ユダの窓

カーター・ディクスン

一月四日の夕刻，ジェームズ・アンズウェルは結婚の許しを乞うため恋人メアリの父親エイヴォリー・ヒュームを訪ね，書斎に通された。話の途中で気を失ったアンズウェルが目を覚ましたとき，密室内にいたのは胸に矢を突き立てられて事切れたヒュームと自分だけだった――。殺人の被疑者となったアンズウェルは中央刑事裁判所で裁かれることとなり，ヘンリ・メリヴェール卿が弁護に当たる。被告人の立場は圧倒的に不利，十数年ぶりの法廷に立つH・M卿に勝算はあるのか。法廷ものとして謎解きとして，間然するところのない本格ミステリの絶品。

登場人物

エイヴォリー・ヒューム……………………銀行の元取締役
スペンサー・ヒューム………………………エイヴォリーの弟
メアリ・ヒューム……………………………エイヴォリーの娘
ジェームズ・アンズウェル…………………メアリの婚約者
レジナルド・アンズウェル大尉……………ジェームズのいとこ
アメリア・ジョーダン………………………エイヴォリーの秘書
ダイアー………………………………………執事
ランドルフ・フレミング……………………ヒューム家の隣人
バーミー・ボドキン…………………………判事
サー・ウォルター・ストーム………………法務長官
ヘンリ・メリヴェール卿……………………弁護士
ロリポップ・フォリオット…………………H・M卿の秘書
ケン・ブレーク………………………………本編の語り手
イヴリン………………………………………ケンの妻

ユ ダ の 窓

カーター・ディクスン
高 沢 治 訳

創元推理文庫

THE JUDAS WINDOW

by

Carter Dickson

This book is published in Japan
by TOKYO SOGENSHA Co., Ltd.
Japanese paperback and electronic rights arranged with
The Estate of Clarice M. Carr c/o David Higham Associates Ltd., London
through Tuttle-Mori Agency, Inc., Tokyo

Introduction by Douglas G. Greene

目次

ユダの窓

モットラム警部によるスケッチ（附註あり）

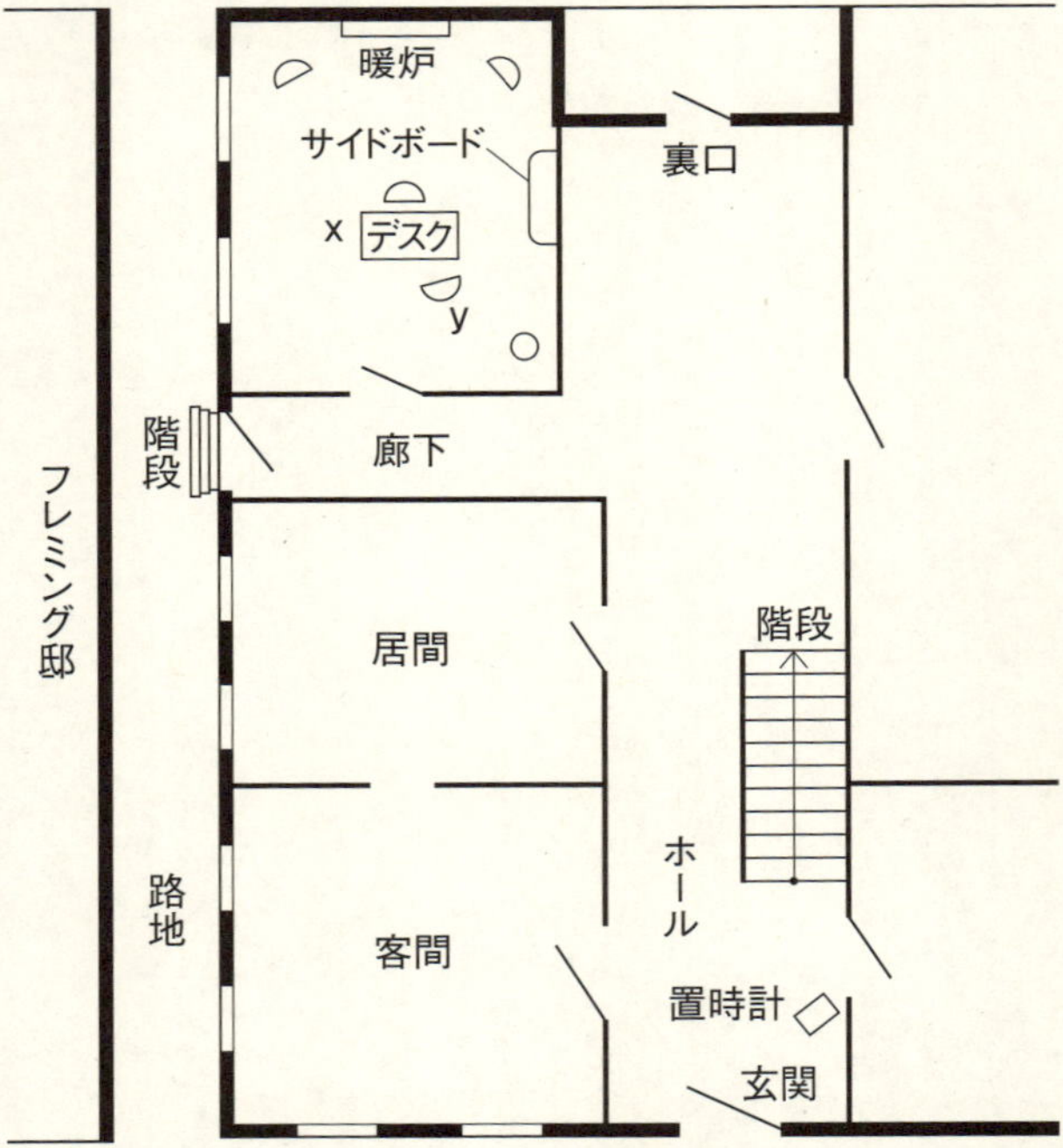

1. x は死体のあった場所。　2. y はアンズウェルが坐っていた椅子。
3. 暖炉の上には、残った二本の矢が壁に密着して留められていた。
4. 廊下の先にあるドアは、隣家との境の煉瓦敷きの路地に出る。事件当時は閉まっていたが鍵は掛かっていなかった。特に注意すべきこととは思えず。裏口も同様に鍵は掛かっていなかった。
5. 書斎のサイドボードの棚には鍵が掛けられ、鍵は被害者のポケットから発見された。ただし棚の中には何も入っていなかった。どういうことか？

序

ダグラス・G・グリーン

本名で書く場合も「カーター・ディクスン」の筆名を使う場合も、ジョン・ディクスン・カーは密室推理小説の最も偉大な巨匠であり、『ユダの窓』は、密室研究家ロバート・エイディの言葉を借りれば、「これまでに書かれた中で最高の密室ミステリ」である。読者に（探偵が謎を解き明かす瞬間まで）起こるはずのないことが起こりうるのだと信じるように求める本書にとって、このタイトルは理想的と言える。ご存じの通り「ユダ」は裏切りを示す言葉だが、この小説においては、人間による裏切りだけでなく、物理的現実による裏切りも示唆している。カーが創出した探偵、ヘンリ・メリヴェール卿の説明によると、ユダの窓は、どんな部屋にも、完全に密閉されたように見える部屋にさえも存在する――「ドアは確かに、きっちり閉まって亀裂もなく、差し錠が掛かっておった。……外から開け閉めできるように細工した者はおらん。……壁のどこにも、隙間や亀裂、ねずみ穴さえなかった。……犯人はユダの窓から出入りしたんじゃ」

ジョン・ディクスン・カーは、いつも慎重にタイトルを選んでいた――『囁く影』『金色の男』（『仮面荘の怪事件』）『魔女の隠れ家』『悪魔の肘の家』『火刑法廷』『引き潮の魔女』。これ以上に刺激的なタイトルを考えつくだろうか？――そしてカーは、あらゆる密室に存在する「犯人にしか見えない」入口である、ユダの窓というイメージに魅了されていた。しかし残念なことに、出版社はこの題名に必ずしも魅力を感じなかったようだ。『ユダの窓』が、アメリカで本来の題名のまま出版されたのは一九四三年が最後で、最も新しい二十三年前のペーパーバック版では『クロスボウの殺人』とされていた。

ヘンリ・メリヴェール卿は、『黒死荘の殺人』（一九三四年）で初めて読者の前に姿を現す。その前年、ドロシー・L・セイヤーズは、ギディオン・フェル博士シリーズ第二作『帽子収集狂事件』の丁寧な書評を書き、作家カーの経歴に大きなはずみをつけた。彼女は『黒死荘』の書評でも、カーが作品の醸すムードをタイトルでも規定していると、それまで誰も口にしなかった穿《うが》った指摘をして、カーター・ディクスン名義のシリーズを広く世に知らしめるきっかけを作った。「『黒死荘』それ自体ぞっとする響きを持つこの言葉は、先に待ち構える恐怖をも暗示している」続けて彼女はこう記す。「完全に密閉された部屋でなされた殺人を取り巻くグロテスクな恐怖の雰囲気が、極めて見事に描かれている。本書を楽しみたいのなら、読者は進んでこの雰囲気に浸るべきである。恐怖の戦《おのの》きを味わうという贅沢を求める人に、かつて私をにやりとさせた仕立屋の宣伝文句を借りれば、『これはぴったり』（「ぞっとする」意の慣用表現 have a fit を用いたしゃれ）と言えるからだ。……ミスター・ディクスンが生み出した、一風変わった巨漢の探偵ヘンリ・メリヴェール卿は個性豊かで――折紙付きの――魅力的な人物である。変わり者を標榜する探偵がゴキブリのようにうじゃうじゃ湧いて出るこの世界では、このことは誇るべきお手柄だ。それに、何といってもミスター・ディクスンは筆が立つ」

カーター・ディクスン名義の初期作品では、不気味さ（セイヤーズ女史は、カーの「心理面と雰囲気両方で奇妙さを醸し出す手腕」と呼んでいる）が、ヘンリ・メリヴェール卿が体現する世俗的常識と対比される。絶えず不平を託《かこ》ち、すぐにかっとなる（「まったく、くそいまいましい！」）彼には俗人臭さや人間味が感じられ、それに照らし出されて、密室も、不可能状況も、ユダの窓さえも、本当の姿――つまり、人間が人間らしい動機で作り出したトリック――を現すのである。ヘンリ・メリヴェール卿のモデルはウィンストン・チャーチルだと主張する向きもあるようだが、そうではない。ただし、カーは一九四〇年代初めまでに、この英国首相の世に知られた特徴をいくつかH・Mに移植している。H・Mにはカー自身の父親の面影が投影され、カーが子供の頃に知っていた、地元ペンシルヴェニアの地方議員の特徴も与えられている。このように考えると、H・Mは英国貴族の称号やホワイトホール庁舎での謎めいた地位にもかかわらず、足許に覗く白い靴下から「ネタの尽きない猥談の名手」であることまで、本質的にとてもアメリカ人らしいのも驚くには当たらない。

ヘンリ・メリヴェール卿は、二十二の長編小説、それから中編と短編にも一度ずつ登場している。それらの作品に述べられ示唆されている事実をつなぎ合わせれば、H・Mの経歴が浮かび上がる。ジェームズ一世によってナイト爵に叙されたイングランドで最も古い准男爵位の始祖クルティアス・メリヴェール卿の直系の子孫、九代目准男爵ヘンリ卿は、一八七一年にヘンリ・セント・ジョン・メリヴェールとアグネス・ホノリア・ゲイルの間に生まれた。チャーチルと同じく、クレメンティーンという名の女性と結婚したが、類似はそこまでである。H・Mの結婚相手は、一九一三年の「ヴェランダ・ゲイエティーズ」のショーガールだった。この結婚からは（公式の伝記が伝えるところによれば）二人の娘が生まれている。H・Mは「娘たちの最大の喜びは、わしの睡眠を奪うことときておる。わしの睡眠を一時間奪えば、あいつらは一点加算となるんじゃ」とこぼす。一緒に暮らすのはたまらないと考えたのだと思うが、夫人と二人の令嬢は一年のほとんどを南フランスで過ごしている。後期の作品では、カーはH・Mの経歴に彩りを施し、一時期フロリダ州ジャクソンビルに住まわせマイナーリーグの野球選手をやらせたり、俳優としてヘンリ・アーヴィングに代わってリチャード三世の役を演じさせたり、二十世紀初めのフランスグランプリに出場させたりしている。

　H・Mは声が大きく癇癪持ちである。禿げて太っているので、しばしば仏像に喩えられもするが、仏像の静謐《せいひつ》さはまるで持ち合わせていない。眼鏡の縁越しに相手を眺め、腐った卵の匂いを嗅いだようなしかめ面をする。「並外れたものぐさで無類のお喋り好き、外見には構わない……趣味は三文小説を読むこと、最大の不平の種は、世間にまともに扱われないこと。法廷《バリ》弁護士《スター》と医師の資格を持ち、悪魔も逃げ出す言葉遣いをする」第一次大戦時には防諜部長をしていたが、一九二〇年代にはホワイトホール庁舎に小さな執務室を構え、ロリポップ・フォリオットという秘書がいる。壁にはナポレオン時代に警察大臣となったジョゼフ・フーシェの肖像画が掛けられ、英語、フランス語、ドイツ語、イタリア語、ロシア語で「国家機密書類！触るべからず!!」と大書した金庫に、ウィスキーの瓶が収まっている。

後期の作品群でカーがH・Mの人物像に厚みを加えた結果、おどけ者に見えることがある。しかし、おどけ者と言い切るのは適切ではない。品位に欠ける自伝の口述をしている時も、歌のレッスンを受けている時も、ゴルフを習っている時も、スーツケースを追いかけて坂道を駆け降りる時や、政府の重要人物を「馬面」「老いぼれ馬」「間抜け」と罵る時でさえ──自分を「老いぼれ」と言い習わすH・Mは、「腰を据えて考え」、一見説明のつかない犯罪の裏に潜む真実を見抜くことができるのだ。『ユダの窓』は、密室や不可能状況を作り出す時の「偶然」の関与について登場人物が論じ合う、カー作品でも珍しいものとなっている。語り手ケン・ブレークはH・Mに「世の中の物事が徒党を組んで行き違って、卿のお尻にありがたい蹴りをくれようとしていると考えているなら、ドーセットにでも隠居して小説を書いたほうがいいですよ」（トマス・ハーディを念頭に置いた表現だ）と言う。しかしH・Mは、偶然は公平に働くもので、自分の役割はその「行き違い」を整え直すことだと考えている。

H・Mが「この世の出来事のとんでもない行き違い」を解きほぐしていく過程が、『ユダの窓』を（批評家ジョン・L・ブリーンの言葉を借りると）「しかるべき形式を具えた最高の推理小説の一つ」へと高めているのである。

訳者註――この序文は、本書がインターナショナル・ポリゴニックス社の「ライブラリー・オブ・クライム・クラシックス」シリーズの一冊として出版された時のもので、言及されている年数などは一九八七年当時が基準になっています。

プロローグ　起こったかもしれないこと

一月四日土曜日の夕刻、結婚を控えた若い男が、妻となる女性の父親をグロヴナー街の屋敷に訪ねた。並よりもいくらか財産に恵まれているのを除けば、この若者に取り立てて目を惹くところはない。ジミー・アンズウェルは金髪で大柄、人好きのする無頓着な性格で、悪意などは薬にするほどもない。趣味といえば、あなた方やこの私と同じで、殺人を扱った推理小説を読むこと。時に酒を過ごしたり羽目を外して愉快に騒ぐこともあったが、それだってあなた方や私と変わらない。ひと言付け加えるなら、亡き母親の財産をたんまり相続したこの男を、結婚相手としてとびきり好ましいと考える向きもあったようだ。

このことは、彩色された矢でなされた殺人事件が大団円を迎えるまで、記憶に留めておかれるようお勧めする。

アンズウェルがグロヴナー街一二番地を訪れた背景には、以下の事情があった。サセックス州のある屋敷で催されたクリスマスパーティーに招かれた彼は、そこでメアリ・ヒュームと出会った。恋の炎は一気に燃え上がり、小火《ぼや》では済まなくなる。顔を合わせて十二時間後には、早くもこの炎をどう扱うかが両人の話題になり、年が明けた頃には婚約が交わされていた。この浮かれぶりにつけ込んで、アンズウェルのいとこで、二人を引き合わせた張本人のレジナルド・アンズウェル大尉が五十ポンドの借金を申し入れたところ、ジミーは額面百ポンドの小切手をぽんとよこした。脳味噌をどこかに置き忘れてきたような、これに類する振る舞いが繰り返された。一方、メアリは父親に手紙を書いて自分たちの婚約を知らせ、祝福する返事を得ていた。

出だしは上々である。しかし、キャピタル・カウンティーズ銀行の元取締役で、同銀行セント・ジェームズ支店長も務めたエイヴォリー・ヒューム氏が、このような問題を軽々しく扱うとは考えられない。氏を「誠実さと猜疑心を等しく具えた人物」と評しても大きく外さないと思うが、彼はその資質を、イギリス北部の工場町で経歴の第一歩を踏み出して以来、はばかることなく発揮してきた。そこでアンズウェルは一月四日、用事があって一日ロンドンに戻るのを利用し、もうすぐ義父となる人物にお目通りしようと思い立ったのだ。のんきな彼にも一つだけ引っかかることがあった。朝の九時に駅で見送ってくれた時、メアリはなぜあんなに青ざめた顔をしていたのだろう?

夕方六時過ぎ、グロヴナー街に向かう道すがら、そのことがずっと彼の頭を占めていた。彼からエイヴォリー・ヒュームに連絡を取る必要はなかった。その日の午後エイヴォリー老がアンズウェルのフラットに電話をかけてきて、自宅まで足を運んでくれないかと頼んだのだ。丁寧だが聞く者を凍りつかせる堅苦しい口調に、花嫁の父と花婿の対面の儀にはそういった態度が当たり前なのかもしれないと、アンズウェルは不承不承自分に言い聞かせるしかなかった。

「私が聞き及んでいることからすると、娘に関わる問題にきっぱり片をつけておくのがいいでしょうな。今晩六時、ご都合はいかがかな?」

やあよく来てくれたねと手を握って肩を叩く、打ち解けた顔合わせは期待できそうもない、とアンズウェルは思った。せめて、夕食を一緒にどうだね、くらいの言葉はあってもよかったのに。おまけに約束の時間に遅れてしまった。肌を刺す冷たい霧のせいで車の流れは滞り、拾ったタクシーも這うように走るのが精一杯。メアリの顔に浮かんだ恐怖を思い出し、彼は不安に苛まれた。いや、そんなことがあるものか！　ヒュームさんがそんなに恐ろしい人間のわけがない。たとえそうだったとしても、羊みたいにおとなしい婿殿だって余計な口出しに甘んじるつもりはない、と言ってやるつもりだ。そこまで考えて、アンズウェルは、おい、滑稽だぞと自分を宥《なだ》めた。なぜこんなに気を高ぶらせる？　このご時世、花嫁の家族に会うだけのことにおどおどするなんて、お笑い種《ぐさ》だ。

しかし、笑い話では済まなかった。

グロヴナー街一二番地の家は、さもありなん、使い勝手を無視して窓のすぐ外に鉄のバルコニーをめぐらした、黄色砂岩造りの頑丈な屋敷だった。執事という語で思い描く通りの人物がアンズウェルを迎え入れ、これまた予想を裏切らぬ厳《いか》めしい雰囲気のホールは、大きな置時計が時を刻む音で満たされていた。時計の針は六時十分。

「えーと――その――アンズウェルと申します。ヒュームさんと約束があるのですが」

「伺っております。お帽子とコートをお預かりしましょう」

この時、どうした加減かアンズウェルは手にした帽子を落とし、山高帽はホールの向こう端へ転がっていった。澄まし顔の調度品に囲まれて不恰好な案山子《かかし》みたいに突っ立っている自分を意識したとたん、首筋まで真っ赤になった。執事が帽子を拾い上げる落ち着き払った物腰も、恥ずかしさに拍車をかける。最初に浮かんだ言葉が思わず口を衝《つ》いた。

「コートは着たままでいいです」勢いで出た切り口上の愚かしい台詞には、粗暴に近い響きがあった。「ヒュームさんにお取り次ぎください」

「かしこまりました。どうぞこちらへ」

案内されたのは屋敷の裏手に当たる部屋だった。ホールの大階段の横を通った時、二階の手すり越しに誰かが見下ろしていた。人好きのする顔立ちの、眼鏡をかけた女性だ。メアリが話していたミス・アメリア・ジョーダンに違いない。エイヴォリー老と長い間一緒に住んでいるという。となると、老人の弟ドクター・スペンサー・ヒュームも、どこからか婿の品定めに参加しているのかもしれない。

「――は、ここでお目にかかります」考え事をしていたせいで、執事の言葉の最初を聞きそびれた。

招じ入れられた部屋は、天井の高い事務室のような設《しつら》えで、かろうじてサイドボードがその雰囲気を和らげていた。部屋の真ん中にモダンな事務机が鎮座し、その上でやはりモダンな卓上スタンドが明るい光を投げかけている。二つ並んだ窓に付いているスティール製の両開きシャッターが、事務室の印象を強めていた。やけに天井が高くて底冷えのするこの部屋は、前世紀に奥の客間として使われていたのを改装したものらしく、黒い壁紙には型押しの金模様の名残があり、往時を偲《しの》ばせる古めかしい椅子が数脚置かれていた。入って正面の壁には、狙ってそうしたかのように飾りのない白大理石のマントルピースがあり、その真上に部屋で唯一の装飾――アーチェリーの矢が三本、三角形に組み合わされたもの――があった。かつて矢はそれぞれ別の色に塗られていたようで、異なる数字が書かれていた。矢の後端に付けられた三枚の羽根はかさかさに乾いてねじれている。矢が作る三角形の真ん中には、ブロンズの飾り板らしきものがあった。

卓上スタンドの明かりを顔に受けたメアリ・ヒュームの父親が、デスクの向こうから立ち上がった。チェス盤を畳み駒を箱にしまって脇に寄せたところだった。エイヴォリー・ヒュームは、がっしりした中背、六十歳を超えていることを考えればかなり元気で、目許に心配そうな表情をたたえている。薄くなった半白の髪を大きな頭骨にかぶせるように丹念に撫でつけていた。灰色のツイードのスーツに古風なハイカラーを合わせ、ネクタイはねじれている。最初のうち、アンズウェルは老人の飛び出たようなギョロッとした目の表情が気に障ったが、その表情は次第に変化した。

「ご苦労だった、ダイアー。ここはもういいから、ミス・ジョーダンに車を取ってきてやりなさい」執事に言いつける声は感情を欠いていた。向き直り客人を正視した目にも、情愛があふれているのでも敵意に満ちているのでもない、捉えどころのない表情しか窺えなかった。「お掛けください。話し合わねばならんことがあるようだ」

ドアが閉まるのを待って、ヒュームはデスクの向こうの椅子に深々と掛け、自分の両手を眺めた。繊細とはお世辞にも言えない太い指だが、手入れは行き届いている。ヒュームは不意に言葉を継いだ。

「私の戦利品をご覧になっていましたな」

アンズウェルは再び顔を赤らめ、老人の後ろの壁に掛かっている矢から目を逸らした。どうもおかしい。しかし咄嗟《とっさ》に、三角形の底辺をなす薄汚れた黄土色の矢に、一九三四と書かれていたことを目に留めていた。

「アーチェリーがご趣味なんですか?」

「子供の頃は北部にいて、今このあたりの子供がクリケットやサッカーをやるように、友達と四十ポンドの弓を引いていました。それがこっちへ来てみると、流行《はや》りのスポーツになっていまして」重々しい声が途切れる。エイヴォリー・ヒュームは、家を買おうとする客が家のぐるりを歩き入念に検分するように、頭に浮かぶ考えを逐一いろいろな角度から眺め渡し確かめてからようやく口にする、そんな性分らしい。「私は王室弓術愛好家協会とケント州森の狩人クラブに入っています。ご覧になっている矢は、森の狩人クラブの大射的《しゃてき》、まあ年次大会みたいなものですが、その賞品でして。最初に金《きん》を射た者が――」

「金を射る?」アンズウェルは、その言葉が不吉な意味を込めて口にされたように感じ、おうむ返しに尋ねた。

「的《まと》の真ん中の金的《きんてき》のことです。金を最初に射た者が、次の一年、森の狩人代表を務める決まりです。十二年の間に私は三度金を射ました。賞品の矢は今でも使えるんですよ。その気になれば人だって殺せます」

アンズウェルは相手を睨みつけたい衝動を抑えた。「それは結構なことで。でも、いったいどういうことなんです？　僕がお宅に伺ったのは、スプーンを盗んだり、むやみに人を殺したりするためじゃありません。ただひと言、こう申し上げたいからです。僕はお嬢さんと結婚したい――許していただけますか？」

「それは称えるべき行ないなれば（結婚する男女に対して、結婚をキリストと教会との神聖な結びつきに喩えてなされる説教の一部）」ヒューム老は初めて笑顔を見せた。「ウィスキーソーダを差し上げたいが、いかがかな？」

「ありがたく頂戴します」アンズウェルの返事にも安堵が覗く。

ヒュームは立ち上がり、サイドボードに向かった。デカンターの栓を開け、勢いよくソーダを注ぎ、弱めの飲み物を二人分作った。

「ご繁栄を祈らせていただこう」ヒュームの顔つきに変化が現れていた。「ミスター・ジェームズ・キャプロン・アンズウェルに」客の名前を繰り返し、顔を見据える。「肚《はら》を割って話そう。その結婚なら双方にとって願ってもない。ご承知かと思うが、私は既に同意を与えている。その結婚に反対する理由は何一つない」アンズウェルは何やらつぶやいたが、視線は自分のグラスの縁より先には届かなかった。「私は亡くなられたレディ・アンズウェルとは昵懇《じっこん》にしていただいたし、ご一族の財政状態に問題がないことも存じておりますぞ。そこで私からの提案なんだが……おい、君、いったいどうした？　気でも狂ったか？」

アンズウェルは、老人が口に運びかけたグラスを途中で止め、驚いた表情を浮かべているのを見た。しかし目に映っているものに全く現実感がない。熱いものが喉を焼き、肩に広がり、こめかみへと上っていった。頭が回り出し、見ている世界も一緒に旋回を始める。デスクがせり出してきて、自分では立ち上がろうとしているのに、体は勝手に倒れているのだ。薄れゆく意識で最後にとりとめもなく考えたのは、飲み物に何か混ぜてあった、ということだった。しかしこの考えも、耳を聾《ろう》する怒鳴り声にかき消された。

苦痛にもがいていても思考の糸は切れていなかった。「ウィスキーに何か入っていた」という認識が頭の中を泳ぎ回っていて、アンズウェルはいわばそれにしがみついて覚醒の岸辺にたどり着いた。背中がこわばり硬い椅子に押しつけられている感じがして、上半身を起こした。頭がぐるぐる回りながら天井へ上り詰めていく感覚に襲われる。まず胃のむかつきを抑えなければ。そうしないことには目を開けるのも叶わない。時間はかかったが、何とかこらえて目を開けると、痛いほど明るい光が飛び込んできた。何度か瞬《まばた》きをして目を慣らす。まばゆい光の正体は、緑色で滑らかなフォルムのシェードが付いた卓上スタンドだった。

恐慌状態は一瞬で過ぎ去り、次いで自分がどこにいるのかぼんやりと思い出した。それから一気に何もかもがはっきりした。ヒューム老が結婚のお祝いを述べている最中に、何かが自分の意識を奪った。ヒューム老がウィスキーに何か入れたに違いない。しかしその考えは滑稽なだけでなく不自然だ。よりによって彼がなぜそんなことをしなければならない？　そういえば、当人はどこにいるんだ？

ヒューム老を捜さなければという思いにとらわれ、アンズウェルは足に力を込めて立ち上がった。頭はずきずき痛み、口の中はミント菓子を頬張ったような味が広がり、涎《よだれ》が垂れている。

誰かに話を聞いてもらえれば何もかも解決するような気がするのだが。今起きたことは、列車に乗り遅れるとか、追いつこうとしていたパレードの行列のしっぽが通りの先で人混みに消えてしまう、そういった経験に似ていた。本当は何が起こったのだろう？　自分はどれくらいの間こうしていたのだろう？　そういえばまだコートを着ている。ごわごわしたコートのポケットに手を入れ懐中時計を探し当てる。この屋敷に着いたのは確か六時十分だった。現実感を失った懐中時計の針は今、六時三十分を指していた。

アンズウェルはデスクに両手をついて床に目を落とし、ふらつく視野を落ち着かせようとした。デスクの裾に沿って目を左のほうへ移していくと、古風な編上靴と寸分のたるみもない靴下が見えた。デスクの左を回って近づこうとして、その足につまずいた。

「起きてください！」自分の叫び声が聞こえた。「起きてください、くそっ！」

再び聞こえた自分の声は、今にも泣き出しそうだ。「立ち上がって何か言ってくださいよ！」

エイヴォリー・ヒュームは立ち上がらなかった。窓とデスクの間に左脇を下にして横たわっている。伸ばした右手がデスクに触れ、あたかもデスクを抱き寄せようとしたかに見える。アンズウェルは老人の体に手をかけ仰向けにした。すると何かが弾かれたように飛び出したので、アンズウェルは素早く身を引いた。最初に血が見えた。細長い木の棒がヒュームの胸から突き出ていた。心臓に深々と刺さったその矢の端には、薄汚れ埃まみれになった三枚の矢羽根。

死んでいるのは明らかだが、体はまだ温かかった。気難しげな死者の顔は驚きと怒りの表情を浮かべている。カラーとネクタイは皺が寄って乱れ、両手に埃、右の掌には切り傷があった。

立ち上がるのと飛び退くのを同時にやろうとして、アンズウェルは危うくひっくり返りかけた。その時——正体がわかったのは後になってからだが——コートの下、ズボンの尻ポケットが膨らんでいるのに気づいた。こんなことがあってはならない、ヒュームが自宅の一室で雌鳥のように串刺しになり、上着を朱《あけ》に染めて横たわっているなんて。卓上スタンドは、デスク上の吸取紙にも、淡い茶色の絨毯にも、死者のぽっかり開いた口許にも、白っぽい無機質な光を分け隔てなく投げかけていた。

アンズウェルは名状しがたい恐怖にうろたえ、部屋を見回した。後ろの壁にはドアがあり、左の壁にはシャッターの閉まった窓が二つ。右手の壁際にサイドボード、真正面の壁には矢が掛かっている——しかし、今見える矢は二本だけだ。三角形の底辺をなし、一九三四と刻まれた矢はヒュームの胸に突き刺さっていた。薄汚れた黄土色に塗られたその矢には三枚の羽根が付いていたが、青い色の中央の矢羽根は、半分ちぎれていた。

この屋敷に足を踏み入れた瞬間から、何かおかしいという感じが頭の奥につきまとっていた。ヒューム老との会話ははなはだ現実離れしていた。ごま塩頭の執事、やかましく時を刻むホールの置時計、手すりから身を乗り出して階下を見る女性、全てが仕組まれた罠か幻想劇の一場面のよう。自分が意識を失っている間に誰かが部屋に入ってきてヒューム老を殺したのだ。だとしたら、殺人者はどこにいる？　今、その人物が部屋にいないのは明らかだ。殺風景なこの部屋には身を潜める場所はない。

数歩後ずさりして、アンズウェルは握った手のあたりからしつこく音がするのに気づいた。

手を開くと、懐中時計が時を刻んでいた。時計をポケットにしまってドアへ向かう。ノブを何度か回すうちに、内側から差し錠が掛かっていることがわかった。

だが、この部屋から出た人物がいるはずだ！　ゆっくりと窓へ向かう。二つともスティール製のシャッターが閉まり、鉄の閂《かんぬき》のように差し錠が受け穴にしっかりと嵌まって、外部からの侵入を阻んでいた。

小走りに部屋の中を見て回った。ほかに出入口はない。新たに発見したのは、白大理石のマントルピースの火床に嵌め込まれた、発熱棒を二本具えた電気ヒーターだけだった。暖炉の煙突を通って出入りするのは不可能だ。煙道の幅は一インチで、溜まった煤《すす》に手を触れた跡はない。暖炉からは盛んに熱が放出され、コートを着たままの体が火照《ほて》る。室内を小走りに動いたせいもある。ヒューム老は自殺したのだろうか？　正気を失い悪趣味な自殺舞踏を演じ、誰かを罪に陥れようとしたのだろうか？　趣味で読む探偵小説によくある筋書のように。馬鹿馬鹿しい！　あと一つ残された可能性は――

しかし、僕がやったなんて信じる奴がいるだろうか？　殺す理由がない。自分が置かれた状況はたやすく説明できる。飲み物に何かが混ざっていたんだ。ヒュームがグラスに何か入れたところを見たわけではないが、あのウィスキーには、誰がどんな手段を用いたかはわからないながら、確かに混ぜものがしてあった。証明だってできるはずだ。その時、頭が急に冴え、グラスの中身を飲み干していないことを思い出した。吐き気に襲われ、反射的にグラスを床に置いたはずだ。

急いでその場所に戻って捜したが、グラスは消えていた。部屋のどこにもない。ヒューム老のグラスもなくなっている。

この頃にはいくらか落ち着きを取り戻していたアンズウェルは、得体の知れない恐怖に駆られ、サイドボードを調べ始めた。そこにあったのは、ウィスキーの入ったカットグラスのデカンター、ソーダ水のサイフォン、タンブラー四個。蓋が閉まったデカンターにはウィスキーが縁まで入っており、サイフォンからソーダ水を注いだ跡もない。タンブラーはどれもきれいで、使われていないのは一目瞭然だ。

後で思い返すと、彼はこのとき声に出して何か言ったらしいのだが、まるで覚えがなかった。口に出したのは不快な考えを追い払うためだ。早口でしゃべり続ければ考えなくて済むとでもいうように。しかし、それでも考えなくてはならない。時間は足早に過ぎていく。懐中時計のコチコチという音が依然聞こえる。一つしかないドアと二つの窓、どれも内側から差し錠が掛かっていたとすれば、ヒュームを殺せたのは自分しかいないことになる。お気に入りの小説が悪夢に変わったようなものだ。ただし、現実世界の警察は自分の無実を信じてくれないし、絞首台への歩みを止める手立てはないだろう。部屋の外にいながら内側の差し錠を掛ける巧妙な仕掛け、そんな小説世界ならではのからくりを訴えてみるのもいいだろう。だが、そんな仕掛けがないことは、この目でドアを確かめた自分が一番わかっている。

アンズウェルはもう一度確かめようとドアに戻った。オーク材の重いドアで、ドア枠にも床にも隙間はなく、床の開け閉めする箇所はこすれていた。鍵穴がないので、小説によく出てくる鍵を使ったちゃちな細工も問題外。エール錠は「開」の位置で動かなくなっていた。その代わりドアからの侵入は長くて重い差し錠で阻まれている。差し錠は長く使われなかったために固くなっていて、試しに引いてみたが若いアンズウェルの力をもってしてもほんの少し動くだけだった。

差し錠から手を離した時、ふと右の手を開いてみた。卓上スタンドのそばへ行って、さらに眺める。五本の指と掌が灰色の埃で汚れ、手を握るとざらざらした感触があった。どこで付いたんだろう？　部屋に入ってから埃っぽいものには触れていない。再び尻ポケットの膨らみが気になった。こんな膨らみには覚えがない。しかし、それが何か知るのが怖い気がして調べるのをためらった。やがてアンズウェルの視線は卓上スタンドの眠気を誘うような光を離れ、床の死体へとさまよった。

死体に刺さった矢は、壁に長い間掛けられ灰色の埃で覆われていた。ただ矢柄《やがら》（矢の軸の部分）に、たぶん壁に接触していたためだろうが、埃の付いていない細い筋がある。よく見ると、矢柄の真ん中あたりに握った跡があり、そこは埃が取れていた。屈んで目を近づけると、はっきりした指紋が見て取れる。アンズウェルは、やけどをした時のように手を差し出して眺め直した。

その瞬間、頭の中におぼろげな理解が生まれるのがわかった。ヒューム老がその日の午後かけてきた電話が本当は何を意味していたのか。メアリの青ざめた顔、サセックスで彼女と交わした会話、メアリがひと晩かけて書いた父親宛の手紙、それらの意味するものが。しかしそれは、雲のように、亡霊のように、遠くで人の名を呼ぶ声が耳許をかすめて消えるようにはかない。そしてその理解を、彼はエイヴォリー・ヒュームの書斎でエイヴォリー・ヒュームの死体を見下ろしているうちに失くした。ほかのことに注意を奪われたせいだった。

いや、これは頭の中で血の流れる音じゃない。

誰かがドアを叩いている音だ。

中央刑事裁判所《オールド・ベイリー》

起こったと思われること

於中央刑事裁判所《オールド・ベイリー》

1936年3月4日

訴追者

国王

被告人

ジェームズ・キャプロン・アンズウェル

罪名

エイヴォリー・ヒュームの謀殺

裁判官

ボドキン判事

弁護人

国王側

サー・ウォルター・ストーム王室顧問弁護士
(法務長官)

ハントリー・ロートン

ジョン・スプラッグ

被告人側

サー・ヘンリ・メリヴェール王室顧問弁護士

I　公正に判断し――

中央刑事裁判所《オールド・ベイリー》の審理に際し、反逆及び重罪事案の聴聞及び審理、並びに未決囚の審理及び釈放の権限を与えられたる王の裁判官閣下の前にて役儀のある者は、全てこれへ寄っておのが務めを果たせ。

神よ、国王を護りたまえ、王の裁判官閣下を護りたまえ。

第一法廷では「赤服」裁判官が所定の席に着こうとしていた。ボドキン判事はもともと小柄で太っちょだが、黒い裏地が覗く緋色の法服のせいで、ずんぐりむっくりがいやでも強調される。しかし判事は法服を颯爽とひるがえし、きびきびした足取りで裁判官席にたどり着いた。後ろをリボンで結んだ灰色の法官かつらは自前の髪と見まがうほど似合っており、真ん丸の顔は子供のように血色がよい。眠たそうにも見える小さな細い目を油断なく周囲に配るさまは、生徒の一群を前にした校長先生を思わせた。

弁護人席後方の指定された場所に着席したイヴリンと私にとっては、ここは法廷というよりも学校の教室に見える。机の並べ方も教室を思わせた。白く塗られた円《まる》天井は中央でガラスの平屋根になり、そこから寒々とした三月の朝の光がぼんやりと射している。四方の壁はかなりの高さまでオークの腰板が張りめぐらされ、その腰板の蛇腹《コーニス》に隠された電燈が、黄色みがかった明かりを円天井まで届かせていた。そのお蔭でオークの重苦しい色合いが明るくなり、他の木製調度品も暖かい黄色みを帯びていた。教室めいた雰囲気を感じるのは、室内が磨き抜かれ、味気ないほど整然としているからか。あるいは、大きな置時計の振り子の動きのように、せわしさや混乱とは無縁のたたずまいのせいかもしれない。

私たちの席——弁護人席の後方——から法廷弁護士《バリスター》たちは見えるが、あいにく法服の背中とかつらが精一杯だった。白いかつらの後頭部で髪が段をなし、各段で巻き毛が小さな畝《うね》を作っている様子はまるで髪留めを並べたよう。互いに身を乗り出してひそひそ声で話すのも、いかにも教室の子供たちがやりそうなことだ。左手には、一段高く、囲いのある広い被告人席があるが、今は空っぽ。井戸の底のように一段低い場所にある事務弁護士《ソリシター》のテーブルの向こうは陪審席で、そばに証言台がある。右手の裁判官席には背の高い大きな椅子が並び、王権の象徴たる宝剣が、中央の椅子の上方に刃先を下にして吊り下げられていた。

ボドキン判事はまず弁護人に、それから廷吏、陪審に頭を下げた。イスラム教徒の額手礼《サラーム》のように腰から折るお辞儀だった。裁判官席のすぐ下の机についていた二人の書記官が、回れ右をして揃って礼を返す。かつらをかぶり法服姿の長身の二人が深々と一礼したタイミングが裁判官のお辞儀と絶妙に嚙み合い、パンチとジュディの滑稽人形芝居の動きを思い出させる。やがて法廷は静かになり、咳払いがそっちこっちから聞こえてきた。ボドキン判事は、宝剣が吊り下げられた椅子の左隣に着席した。中央の椅子はロンドン市長か市参事会員用に空けておくしきたりなのだ。ボドキン判事は鼈甲《べっこう》縁の眼鏡をかけ、ペンを取り大判の記録用ノートを伸《の》す。ガラス屋根越しの三月の日射しは、輝きを増したかと思うとすぐにまた薄暗くなる。やがて、被告人が連れてこられた。

両脇を看守に固められ囲いのある被告人席に立つ囚われ人の姿は、長く正視しうるものではない。少なくとも私にはできない。自分が食屍鬼《グール》にでもなった気がするからだ。イヴリンも私もアンズウェルを見るのはこれが初めてだった。感じがよく、きちんとした身なりの青年で、この法廷にいる誰もが、家で鏡を覗き込めばそこにアンズウェルと同じような顔が映ることに気づくだろう。服装に気を遣い髭もあたったばかりなのに、これから先どうなるかには全く関心がない、そういう印象を与える。それでも、固まったように気をつけの姿勢を崩さなかった。新聞の社交欄を根城にする食屍鬼《グール》仲間の記者が数人、私の後方の席にいたが、被告人はこちらには目を向けなかった。起訴状が朗読された時、彼は意外にも挑みかかるように「無罪」と答えた。法廷では、不必要な言葉は発せられない。裁判官もできることは合図で済ませていた。

「全能の神の名において」――陪審の宣誓が始まっていた――「私は、我らの主権者である国王と被告人との間で争われる事件の陪審を務めるに当たり、公正に判断し、証拠に基づき真実の評決を与えるため最善を尽くすことを誓います」

教室と似てはいても、ここは、校長室に呼ばれて戻ると部屋の後ろに首を吊すロープが下がっている、そんなところなのだ。イヴリンは困惑し片手で口を隠すようにして話しかけてきた。さっきから彼女の視線は、目の前に並んだ黒い法服の物言わぬ背中を越えた先の、ある存在から離れなかった。

「ケン、私にはどうしても理解できないわ。どうしてH・Mは法廷に出る気になったの？　そうでしょ？　あのお爺ちゃんたら、政府のお役人とはいつも喧嘩しているじゃない。特に内務大臣ときたら、顔を合わせるたびに殴り合いを始めかねないほどよ。でも、警察とは仲がいいわ。あの首席警部さん――ほら、何といったかしら」

「マスターズ？」

「そう、マスターズさん。あの人、上司の言いつけは無視してもH・Mの忠告なら素直に聞くのよ。H・Mがアンズウェルという若い人の無実を証明できるのなら、どうして最初から警察にそう証明してあげないの？　そうすれば、警察だって裁判にはしなかったでしょう？」

　それは私には答えられない疑問だった。そのことを尋ねると、とたんにH・Mは機嫌を損ねて貝のように口をつぐむ。目の前に法廷弁護士《バリスター》たちの背中が並んでいたが、H・Mを見つけるのはたやすい。前の列の長椅子の左端にひとり離れて坐っているからだ。机に両肘を突っ張っているので、年季の入った法服が横幅をいっそう広く見せ、かつらは位置がおかしい。同じ長椅子の右のほうでは、訴追者側弁護人――サー・ウォルター・ストーム、ハントリー・ロートン、ジョン・スプラッグ――が鳩首《きゅうしゅ》会談中だ。ひそひそ声なので内容は聞き取れない。H・Mの机は比較的ものが少ないのに対して、訴追者側弁護人の机には、本やきれいに印刷された書類、警察が撮影した写真を貼った黄色い小冊子、真新しいピンクの吸取紙などが積み上げてある。どの背中も厳《いか》めしい。しかし、中央刑事裁判所《オールド・ベイリー》を特徴づけるわざとらしい慇懃《いんぎん》さに隠されてはいるが、彼らの目がＨ・Ｍのほうへさまよっていくたび、成り行きを面白がるような皮肉な期待が感じられた。

イヴリンもそう感じたらしく、憤慨していた。

「お爺ちゃん、法廷にのこのこ出てきちゃ駄目だったのよ。戦前、王室顧問弁護士になったけど、ロリポップの話では、この十五年、一度も依頼を受けていないそうよ。ボコボコにされちゃうわ。ほら、坐っている姿をご覧なさい、まるでゆでた梟《ふくろう》よ！　みんなでやり込めたりしたら暴れ出すわ。絶対そうよ」

Ｈ・Ｍがとびきり洗練された弁護士でないことは私も認めないわけにはいかなかった。「最後に法廷に現れた時には、ひと騒動あったらしい。陪審に『さて、かぼちゃ頭諸君』とか呼びかけて弁論を始めるのは、無分別の極みだな。でも、おかしな理由でその裁判には勝ったらしい」

陪審の宣誓が続いている間、法廷は何かが軋る音や声を落としてつぶやく響きでいっぱいだった。イヴリンの視線は法廷弁護士《バリスター》たちから離れ、その先の一段低い事務弁護士《ソリシター》がいる細長いテーブルに向かった。席は全部ふさがって、テーブルの上には、証拠物が大小さまざまな紙包みになり、積み重なって出番を待っている。珍妙な証拠物が二つ、その先の法廷速記者用区画の近くに立てかけてあった。イヴリンは視線を上げて、ヨガの行者のように一人ぽつねんと坐っているボドキン判事を見た。

「あの裁判官――手強そうね」

「実際手強いよ。イングランドきっての切れ者でもある」

「じゃあ、あの人は有罪――」イヴリンは言わずもがなのことを口にした。「あなたはあの人がやったと思う？」

彼女の口調には、野次馬が何かを期待してこそこそ話すような響きがあった。私見を述べれば、アンズウェルは有罪、もしくは気がふれている、あるいはその両方だ。絞首刑を宣告されるのはほぼ間違いない。あの男自身、自分の首に縄をかけるような態度を取り続けている。しかし、この問題を考えている時間はもうなかった。女性二人を含む陪審の最後の一人が忌避申し立てを受けることなく宣誓を済ませ、被告人に対してもう一度起訴状が読み上げられた。咳払いを一つして法務長官サー・ウォルター・ストームが立ち上がり、訴追者である国王に代わって冒頭陳述を始めた。

「裁判官閣下、及び陪審のみなさん」

静まり返った廷内に響き渡るサー・ウォルター・ストームの張りのある声は、深淵の底から湧き上がってくるような不思議な効果をもたらした。話しながらあごを突き出すと、かつらのてっぺんのもじゃもじゃした固まりがまっすぐ私たちに向く。裁判が終わる時までに私が彼の顔を拝めたのは、何かの拍子に後ろを向いた一度きりだったと思う。面長の赤ら顔で鼻は高く、印象的な目をしていた。感情を表にせず、それでいて剣呑極まりない。しばしば、思いやりのある校長先生がややオツムの足りない生徒を質《ただ》すような態度を見せた。私情を交えない話し方は、そのうち重く抑揚に富む俳優の発声に似てきた。

「裁判官閣下、及び陪審のみなさん、お聞き及びのように、被告人が問われている罪は殺人であります。これから訴追者側の証人による証言がありますが、どんな経過をたどって被告人の犯行を立証していくかを明らかにするのが、さしあたっての私の任務です。訴追者の務めはしばしば不本意を伴う、そう言っても納得していただけると思います。本件の被害者は、誰からも尊敬され、多年にわたってキャピタル・カウンティーズ銀行の要職にあり、同銀行の取締役に迎えられた人物でした。一方、謀殺の容疑で起訴された人物は、良家に生まれ、良い教育を受け、富にも恵まれ余人には与えられない恩恵を享受しております。しかし、やがて明らかにされる事実からは、ミスター・エイヴォリー・ヒュームが被告人席の人物によって無残に殺害されたという結論以外は導かれない、とここで申し上げておきます。

被害者は妻を亡くし、死亡時にはグロヴナー街一二番地の自宅に、愛娘ミス・メアリ・ヒューム、実弟ドクター・スペンサー・ヒューム、それに被害者の信任厚い秘書ミス・アメリア・ジョーダンと住んでいました。ミス・メアリ・ヒュームは十二月二十三日から一月五日までの二週間、自宅を離れ、サセックスの友人宅を訪れていました。のちにその旨の証言がありますが、被害者は十二月三十一日にミス・ヒュームから手紙を受け取りました。内容は、ミス・ヒュームが友人宅で知り合った本件の被告人ジェームズ・アンズウェルと結婚を約束したというものでした。

手紙を受け取った被害者が最初は非常に喜んだと、のちに証人から聞かれると思います。知らせを心から歓迎しているのがわかりました。ミス・ヒュームに祝福の手紙を書き、少なくとも一度はこのことについて電話でミス・ヒュームと話しています。被告人の有望な前途を考えれば、被害者がこの婚約に満足していたのもうなずけます。注意していただきたいのは、それからの成り行きです。十二月三十一日から一月四日までのある時点を境に、この婚約に対する(そして被告人に対する)被害者の態度が、突然、しかも百八十度変わったのです。

陪審のみなさん、この変化がいつ、どのような理由で生じたのか、訴追者側は何も申し上げません。しかし、この変化が被告人に何らかの影響を与えたか否か、とくとご検討いただきたい。一月四日土曜日の朝、被害者がミス・ヒュームから再び手紙を受け取ったことを、証人からお聞きになるでしょう。その手紙でミス・ヒュームは、被告人がその日ロンドンを訪れると伝えました。ヒューム氏は土曜の午後一時三十分、デューク街にある被告人のフラットに電話をかけています。このとき被害者が発した言葉を聞いた証人が二人います。被害者がどんな表現を用いて、いかに辛辣な口調で被告人に話しかけたか、のちに証人から伝えられると思います。被害者は受話器を置くと、こう述べました。『アンズウェルの奴め、きっちり片をつけてくれるぞ』」

サー・ウォルター・ストームは、ここで間を置いた。

彼は、被害者が発した言葉を一字一句書面で確かめながら、全く感情を交えずに引用した。反射的に、大勢の視線が一斉に被告人に注がれる。被告人は両脇を看守に固められ、被告人席に坐っていた。顔色から判断して、被告人はこの展開を予想していたようだ。

「被害者は電話で、その日の夕方六時にグロヴナー街の自宅へ来るよう被告人に伝えています。

これも証人からお聞きになるでしょうが、電話を終えた被害者は六時に来客があると執事に伝え、訪問者のことを（被害者自身の言葉を借りるなら）『信用ならない奴だから、少し面倒なことになるやもしれん』と評しています。

五時十五分頃、被害者は、家の裏手にある書斎または事務室といった趣の部屋に下がりました。説明が必要かもしれませんが、被害者は長く銀行勤めをする間に必要を覚えて、自宅に事務室を設けていました。この部屋には出入りできる場所が三か所しかありません。ドアが一つ、窓が二つ、計三か所です。ドアは重く頑丈な作りでドア枠と床に隙間はなく、内側から差し錠が掛けてありました。外からはエール錠で施錠するので鍵穴はありません。窓は両方ともシャッターで戸締まりをします。強盗防止用の堅牢なシャッターであることが、のちに説明されると思います。この部屋を被害者は以前、持ち帰った貴重な文書や手紙の保管に使っていましたが、ここ数年は金庫室としては用いず、部屋のドアにも窓にも施錠する必要を認めていませんでした。

代わりに、被害者はこの部屋をトロフィーの保管室としていました。これは被害者がアーチェリーの愛好家だったことを示しています。彼は王室弓術愛好家協会及びケント州森の狩人クラブ、共に古き良きスポーツを奨励する団体ですが、その会員でした。書斎の壁には、ケント州森の狩人クラブの年次競射会の賞品が掛かっていました。三本の矢と——一九二八、一九三二、一九三四と、それぞれ獲得した年を書き入れてあります——やはりケント州森の狩人クラブから贈られた、命中数の新記録達成記念のブロンズ賞牌でした。

一月四日の夕方五時十五分頃、被害者が書斎に入った時には、今お話しした状況でした。その後に起こったことに注意していただきたい。被害者は執事のダイアーを呼び、シャッターを閉めて差し錠を掛けるよう言いつけました。『シャッターでございますか?』ダイアーは驚きを口にしました。被害者がその部屋を金庫室として用いたことは久しくなかったからです。被害者はこう答えました。『言われた通りにすればいい。あの愚か者が面倒を起こす現場をフレミングに見られたくない』

フレミングというのが、隣家に住む、同じくアーチェリー愛好家で友人のミスター・ランドルフ・フレミングのことであるのは、今後の証言によって明らかになるでしょう。隣家は、書斎の窓から煉瓦敷きの細い路地を挟んだ間近に建っています。ダイアーは言いつけ通りにシャッターを閉め、差し錠を掛けました。この時、上げ下げ窓自体にも内側から鍵を掛けたことに留意していただきたい。ダイアーは室内がしかるべき具合に調っているのを確認し、ウィスキーを満たしたデカンターと手をつけていないソーダ水のサイフォン、清潔なタンブラー四つがサイドボードにあるのを見ました。そしてダイアーは部屋を出ました。

六時十分に到着した被告人が著しく興奮した状態にあったのか、そうではなかったのか、決定するのに役立つ証言をやがてお聞きになるでしょう。彼はコートを脱ぐことを拒否し、すぐにヒューム氏のもとへ案内するよう要求しました。ダイアーは彼を書斎に通し、ドアを閉めて部屋を後にしました。

六時十二分頃、まだ部屋の外の廊下にいたダイアーは、室内で被告人が『僕がお宅に伺ったのは、むやみに人を殺したりするためじゃありません』と言ったのを耳にしました。さらに数分後、ヒューム氏が『おい、君、いったいどうした？　気でも狂ったか？』と叫んだのを聞きました。ダイアーは別の物音にも気づきましたが、それについては本人から説明があるでしょう」

法務長官は、今度はいくぶん短い間を置いた。サー・ウォルター・ストームの弁舌は脂が乗りつつあった。ただし、相変わらず感情を交えない流れるような話し方で、実際に話されたことを聞き取りやすいように読み上げるやり方にも変化は見られない。身振りをするのは、一語ごとに陪審に向かって人差し指をゆっくり動かす時だけだった。サー・ウォルターは背が高く、指を動かすたびに黒い法服の袖がはためいた。

「陪審のみなさん、ここに至ってダイアーはドアをノックし、どうされましたか、と尋ねました。主《あるじ》から『いいからあっちへ行け、ここは一人で大丈夫だ』と返事があり、ダイアーは言われた通りにしました。

六時三十分にミス・アメリア・ジョーダンが外出すべく階段を下り、書斎に寄りました。ドアをノックしかけた時、被告人が『起きてください！　起きてください、くそっ！』と叫ぶ声が聞こえました。ミス・ジョーダンはノブを回して開けようとしましたが、部屋の中から差し錠が掛かっていることに気づきます。仕方なく廊下を走って戻り始めた時、やってきたダイアーと鉢合わせしました。彼女が『喧嘩になっているわ。二人で殺し合っているのよ。早く止めてちょうだい』と頼むと、ダイアーは、巡査を呼んで参ります、と言いました。ミス・ジョーダンは『だらしがないわね。じゃあ急いでお隣へ行ってフレミングさんをお連れして』と言いつけました。ダイアーは、こんな時に女性が一人で屋敷に残るのはよくない、むしろミス・ジョーダンがミスター・フレミングを呼びに行くのがいい、と勧めました。

彼女はその案に従って、ちょうど出かけようとしていたミスター・フレミングをつかまえ、引き返しました。ダイアーが台所から火かき棒を持って戻り、三人は書斎のドアの前に立ちました。ダイアーがノックして一分ほど経った頃に中から音が聞こえ、三人はそれをドアの向こう側で差し錠をゆっくりと受け穴から引き抜く音だと、いみじくも判断しました。陪審のみなさん、私は『いみじくも』と言いました。まさにこの時、差し錠が外されたのです。しかも、差し錠が固くなっていて引き抜くにはかなりの力を要することは、被告人自身がこれまで繰り返し認めています。

被告人はドアを数インチ開けて三人の姿を認めると、大きく開けてこう言いました。『いいでしょう。入ってもらって構いません』

こうした状況においていささか冷淡な言い方であると考えるかどうかは、ご判断にお任せします。こうした状況というのは、ヒューム氏が窓と机の間に横たわり、胸には矢が刺さっていたことです。まっすぐ深々と突き立てられた矢が、生前の被害者が最後に目撃された時には書斎の壁に掛かっていたものであることも、今後の証言でお聞きになるはずです。この点については、被告人自身が既に認めております。

矢について補足するなら、心臓を貫き即死に至らしめる力と方向で突き刺さったことを医学的所見から明らかにするつもりであります。

さらに、専門家の証言によって、この矢が弓で射た時のように投射または発射されたとは考えられず、例えばナイフを使うように、手持ちの凶器として使用されたに違いないということをお知りになるでしょう。

また、何年間も壁に掛かっていたため、矢の表面に埃の層があったという警察官の証言を聞くことになると思います。埃の層には一か所だけ剝がれた部分があり、そこに明瞭な指紋が残っていました。

その指紋が被告人のものと一致した、という証言もお聞きになると思います。

さて、被告人が書斎のドアを開け、ミス・ジョーダン、ミスター・フレミング、執事ダイアーを迎え入れた時、室内はどんな状況だったでしょうか。被告人のほかには被害者の遺体だけでした。ミスター・フレミングに『誰がやったんだ？』と尋ねられて、被告人は『きっと、僕がやったと言うんでしょうね』と答えました。ミスター・フレミングは『そうか、君が手を下したのか。それなら、警官を呼ぶだけだ』と言いました。三人は部屋をくまなく調べ、スティール製のシャッターは部屋の中から差し錠が掛けられ、上げ下げ窓にも鍵が掛かっていることがわかりました。つまり、これから立証しようとしているのは、出入りが不可能な部屋の中で、被告人が殺害された人物と二人きりでいるところを発見されたことです。そして、文字通り部屋のどこにも、他の人物が出入りできる隙間も壁の亀裂もなかったことです。ミスター・フレミングが部屋を調べている間、被告人は全く落ち着いた様子で（これは証人の話を聞いて判断していただきますが）、椅子に掛け、煙草をくゆらせていました」

誰かが咳をした。

法廷にいる誰もが緊張し厳粛な表情を浮かべていたので、おそらく不意に漏らした咳だろうが、その音は緊張を解き放つ合図になった。今聞いたことを聴衆がどう受け取ったか、私にはわからない。しかし、このようなことには一種の雰囲気がある。場を支配しているのは禍々《まがまが》しい雰囲気だった。私たちのすぐ後ろの席はロンドン市自治体に割り当てられており、ご婦人が二人坐っていた。一人は豹皮のコートを着た目鼻立ちの整った女性、もう一人は、不器量とは言わないまでもごく平凡な顔つきの女性で、気取った顔に厚化粧をしていた。公正を期して言うと、二人はキョロキョロしたり、笑い声を立てたり、あたりをはばからぬ大声で話したりしていたわけではない。甲高い金属的な声が、前にいる私たちにだけ届いたのだ。

豹皮の女性「ねえ、私、あの人にカクテルパーティーで会ったことがあるの。ぞくぞくしない？　あの人、三週間後には縛り首になるのよ」

平凡な顔つきの女性「あなたったら、それを面白いなんておっしゃるの？　それより、わたくしはもう少し坐り心地のいい椅子にしていただきたかったわ」

サー・ウォルター・ストームは長椅子の背にもたれ、その背板に沿って両腕を広げ、陪審をじっと見た。

「陪審のみなさん、この状況について被告人はどのように申し開きをするのでしょうか？　彼が、ヒューム氏が死亡したとき一緒にいた唯一の人物であるという事実をどう説明するのでしようか？　凶器に自分の指紋が残っていた事実をいかに釈明するのでしょうか？　のちに明らかにされる、被害者宅を訪れた際ピストルを携帯していた事実をどのように説明するのでしょうか？　被告人が、ミスター・フレミング、ダイアー、遺体発見の直後に帰宅したドクター・スペンサー・ヒューム、三者に話した内容については、このあと詳細に述べられるでしょう。その際の発言の多くは、一月五日午前零時十五分にモットラム管区警部（上級警部とも呼ばれる犯罪捜査部の階級の一）に対して行なった供述に含まれております。被告人はモットラム警部とレイ巡査部長に伴われてドーヴァー・ストリート署に出頭し、自発的に供述しました。これから読み上げます」

私は、発言が全て記録され証拠として用いられることを通告された上で、この供述を自発的にかつ自由意思に基づいて行ないます。

私は身の証《あかし》を立てることを望みます。私は全くの無実です。私は一月四日午前十時四十五分にロンドンに着きました。ヒュームさんは私がロンドンに来るのを知っていました。婚約者のメアリが、私がサセックスのフローンエンドを九時に発つ列車に乗ることを手紙で知らせていたからです。午後一時三十分にヒュームさんが電話をかけてきて、六時に自宅に来てほしい、娘のことを話したいということでした。私がヒュームさんの家に着いたのは六時十分でした。ヒュームさんは親しげに迎えてくれました。しばらくアーチェリーの話をして、ふと壁に掛かった三本の矢が目に留まりました。彼は、それを使って人殺しもできる、と言いました。てっきり冗談だと思ったので、私は人を殺しに来たのではない、と応じました。この時には確かにドアの差し錠は掛かっていませんでした。それに、私はピストルであれ何であれ、武器は持参しませんでした。お嬢さんと結婚したい、是非承諾をいただきたいと私は言いました。ヒュームさんに飲み物を勧められたので、いただきますと答えました。彼はウィスキーソーダを用意し、グラスの一つを私に、もう一つは自分が取りました。私の健康を祈る、ミス・ヒュームとの結婚を心から祝福すると言ってくれました。

ここでサー・ウォルターは書面から目を上げ、私には随分長く感じられた間、身動きせずに陪審を見つめていた。私たちに顔は見えなかったが、かつらの後頭部はその表情を雄弁に語っていた。

「ここでみなさんにお願いしたい。被害者が被告人を家に呼んだ目的は『娘に関わる問題に決着をつける』ことだったと胸に刻んでほしいのです。その諒解に基づいて、被告人の供述が筋の通ったものであるか、信用性があるかを判断していただかねばなりません。被告人は被害者宅を訪れ、部屋に入るや否やアーチェリーの話を始めました。友好的ムードの被害者が、こともあろうに、その矢で人殺しもできると言った、と被告人は供述しています。この言葉があったからこそ被告人は殺人についての冗談を返せた、とも言えますが、それにしても、これは極めて奇異な行動です。また、他の証人たちの前で被害者が被告人に対して、のちにお聞きになるような否定的な心情をあらわにしていたのに、同じ被告人の健康を祈り結婚に同意を与えるというのは、さらに奇異と言わねばなりません。供述はまだ続きます」

　ウィスキーソーダを半分くらい飲んだ時、頭がぐるぐる回り出した気がして、意識を失いつつあるのがわかりました。何か言おうとしたのですが、言葉が出ません。飲み物に薬が入っていたのだと気づいた時にはもう、体が前のめりに倒れていくような感じでした。最後に覚えているのは、ヒュームさんの『いったいどうした？　気でも狂ったか？』という言葉でした。

　意識が戻った時、自分では椅子から転げ落ちたとばかり思っていたのに、同じ椅子に腰掛けていました。胸がむかむかしました。自分の時計を見ると六時三十分でした。その時ヒュームさんの足がデスクの向こうに見えたのです。ご覧になったように、横たわって亡くなっていました。私は起き上がってくれと呼びかけました。何があったのか、頭は麻痺したようになって何も考えられません。部屋の中を歩き回って、壁に掛かっていた矢が一本なくなっているのに気づきました。ドアを開けようとしたところ、中から差し錠が掛かっていました。窓のシャッターも施錠されていました。このままでは自分に殺害の嫌疑がかかると思ったので、ヒュームさんが注《つ》いでくれたウィスキーのグラスを捜したのですが二つとも見つかりませんでした。サイドボードのデカンターは縁までウィスキーが入っていて、ソーダサイフォンが使われた跡もありません。四個のグラスはきれいなままでした。そのうちの二つが使われたのかもしれませんが私にはわかりません。

少ししてドアを調べました。その時初めて、あなたも指摘されたように、手が埃で汚れていることに気づきました。私は死体のそばに戻って矢を見ました。そうこうしているうちにノックの音が聞こえました。ほかにどうすることもできないので、行ってドアを開けました。ミスター・フレミングと呼ばれている大柄な人が猛烈な勢いで入ってきて、火かき棒を手にした使用人が続き、ミス・ジョーダンは戸口でためらっていました。私の話はこれだけです。あの矢には一度も触っていません。

サー・ウォルターは薄手のタイプ用紙の束をぱらぱらと音を立ててめくり、机に置いた。紙を繰る音は法廷内に響き渡った。

豹皮の女がひそひそ声で「あら、あの人、すごく怒っているわ」

平凡な顔つきの女性「あなた、本当にそう思っていらっしゃる？　単純なのね。そう思わせようとしているだけよ」

「シーッ！」と咎める声。

「陪審のみなさん」サー・ウォルターは、寛容さと、いくらか困惑さえも匂わせるように両腕を広げ、話を再開した。「私は、被告人の供述に対して、またこれから複数の証人及び警察関係者によって明らかにされる物的証拠に対して、敢えて自分の意見を述べません。被告人の突拍子もない供述に対してどんな説明が可能なのか、そして被告人自身、または我が博学なる友（法廷で弁護士が互いに用いる呼称）がどんな解釈を試みるのかは、私の関与するところではありません。国王の代理である訴追者側の主張は、被告人が実現を待ち望む計画に対し、エイヴォリー・ヒューム氏が思いがけなくも怒りに満ち、揺るがぬ決心で反対する心づもりであることを知って口論となり、自分に何ら危害を加えていない老人を冷酷に殺害した、というものであります。

陳述を終えるに当たって、私はみなさんにこれだけを心に留めていただきたい。みなさんの責務は、これから訴追者側が提示する証拠が謀殺の公訴事実を立証するものであるか否かを判断することです。これは精神的苦痛を伴う責務であり、しかもみなさんの唯一の責務なのです。訴追者側が証拠を示したのちになお一片の合理的な疑いが残るとみなさんが考えるのであれば、それに応じて遠慮なく自分の務めを果たされるがよい。率直に申し上げて、訴追者側は、被害者がなぜ被告人に対して唐突に敵意を抱くようになったのか、いかなる理由も示しておりません。しかしながら、それはここで取り上げるべき問題ではありません。問題にすべきは、その敵意が被告人にどんな影響を及ぼしたか、です。敵意自体は動かせぬ事実であり、これからみなさんに提示される連鎖した事実の最初の環《わ》であることをご諒解いただけると思います。それゆえ、訴追者側の主張が十分に立証されたとお考えでしたら、被告人の性格の弱さが弁護の一助となるといった摩訶不思議な議論は認めず、ためらうことなく被告人に法の定める極刑を科さなければなりません」

2　五番の写真を見てください

法務長官は衣擦れの音と共に腰を下ろし、一段低くなった事務弁護士《ソリシター》席から差し出された水のコップを受け取った。陪審が弁護人席を見通す邪魔にならないように背をかがめ、忍び足で陪審席の前を歩いていた廷吏は、ようやく体を伸ばす。サー・ウォルターを補佐する次席弁護人ハントリー・ロートンが立ち上がり、証人尋問を始めた。

最初の二人は役人で証言台に長くはとどまらなかった。その一人、警察の写真技師ハリー・マーティン・クームは、事件に関連して撮影した数枚の写真について証言した。もう一人、ウエストミンスター区の家屋検査官レスター・ジョージ・フランクリンは、グロヴナー街一二番地の屋敷の検査結果を述べた。その際、家屋の平面図を提出し、複写が各陪審に配られた。かぎ鼻のあたりに悪気のない尊大さを感じさせるハントリー・ロートンは、二人目の証人を引き留めた。

「証人は一月五日、モットラム警部の依頼で、グロヴナー街一二番地の家屋の書斎と呼ばれている部屋の検査をしましたね？」

「はい」

「その際、ドアと窓以外に出入りできる手段を見つけましたか？　くだけた言い方をすると、秘密の通路といったようなものですが」

「ありませんでした」

「壁は全体に均質だったのですね？」

沈黙。

小柄な裁判官はわずかに証人のほうへ顔を向け、助け船を出した。

「弁護人は『壁に穴はなかったか』と尋ねておる」

ボドキン判事の声は柔らかく抑揚に乏しい。しかし、その声を聞いた者は、それまでの暗愚から呼び覚まされ、世の中には物事の外皮を削ぎ落とし真の価値をあらわにする、集約された常識といったものがあると悟る。それはまた、法廷に絶対的な支配力を持つ存在があることを、その場にいる誰しもに気づかせるのだ。背板の高い椅子に浅く坐った判事は、証人が「穴とおっしゃるのですか、裁判官閣下。いいえ、穴はありませんでした」と答えるのを待って、首の向きを戻した。それから、珍しいものでも見るようにロートンに向かって目を瞬《しばたた》くと、記録用ノートに戻り、丸っこい指に握ったペンをせっせと走らせた。

ロートンは裁判官に対するお決まりの感謝の言葉をつぶやき、畳みかける。「矢柄《やがら》が通るほどの隙間もなかったのですね？」

「ありませんでした。そのようなものは一切」

「ありがとうございました」

反対尋問はなかった。H・Mは首を振って法服の肩をそびやかしただけ。卿はさっきから同じ姿勢で坐っている。例の底意地の悪い目つきで陪審を睨みつけていなければいいが、と私は祈った。

「アメリア・ジョーダンを喚問します」

陪審席と裁判官席の間、双方に直角をなす位置に設けられた屋根付きの小さな証言台に、ミス・ジョーダンが連れてこられた。普段はきっと落ち着いた有能な女性なのだろうが、証言台への段を上ろうとしてつまずき、宣誓の際には取り乱しかけた。神経が高ぶっているからつまずいたのか、つまずいたせいで取り乱したのかはわからない。いずれにしろ、上気してはいるが顔色は冴えず、具合が悪いのは明らかだ。アメリア・ジョーダンは四十代初めから半ば、穏やかで人好きのする美貌の名残をとどめていた。その美しさは病気のせいで本来の明るさをいくぶん失っているものの、流線形で目立たないデザインのクロム縁の眼鏡によっても損なわれてはいない。髪は茶色で青い目には真面目な人柄が窺われた。彼女の服装は、我々の後ろにいる女性たちから好意的な評価を得ていた。黒ずくめで、つばの前側が大きく張り出した黒い帽子をかぶっている。

「お名前はフローラ・アメリア・ジョーダンですね」

「はい」

その返事は、どれくらいの声の大きさで話せばいいか確かめる、素早い咳払いに続いてなされた。裁判官や陪審には目もくれず、個人的魅力を最大限発揮しようと躍起になっているハントリー・ロートンの安心させるような姿から視線を逸らそうとしない。

「あなたはヒューム氏の信頼厚い秘書でしたね」

「はい。その――いいえ、秘書の仕事はもう長い間しておりません。あの方が銀行をお辞めになってから秘書のご用はなくなりましたので、家政を見てまいりました。家政婦を雇うよりも都合がよかったので」

「裁判官閣下も陪審の方々も事情はご存じです」弁護人の言い方には心からの優しさがこもっていた。さらに宥《なだ》めるような口調になって、「あなたは確か、ヒューム氏と遠い親戚でしたね」

「いいえ、親戚ではありません。私たちは――」

「わかりました。ミス・ジョーダン、あなたが被害者の家に住まわれてどれくらいですか?」

「十四年になります」

「被害者のことはよくご存じでしたね?」

「ええ、もちろん、よく存じ上げていました」

ミス・ジョーダンへの尋問は、ミス・ヒュームの婚約を話題にした手紙二通の提示と確認で始まった。一通は娘から父親に、もう一通は父親から娘に宛てたものだ。最初の手紙には見覚えがある、もう一通についてはそれを書くのを手伝ったとミス・ジョーダンは述べた。文面からは二人の性格がくっきりと浮かび上がってきた。メアリ・ヒュームは今朝のデイリー・エクスプレス紙を飾った両目の間隔の広い金髪の若い女性の写真から想像するに、衝動的で気まぐれ、言動にやや一貫性を欠く性質のようだ。しかし、芯の強い、行動力のある人間だとわかる。エイヴォリー・ヒュームの手紙からは、ことさら難しい言葉を使ってお説教をするのが好きで、優しく思慮深い性格であることが窺われた。とりわけ、ある考えが老人を喜ばせていた。「私に残された未来はそう長いものではあるまい。しかし、遠からず孫の顔を見ることができそうだ――」

（この部分が読み上げられた時、被告人席の若者は幽霊のように青ざめた）

「――我が愛する娘よ、私は財産の全てを、お前の息子のために信託として残すつもりでいる。そうしておけば、私はお前たち一家と共に楽しい余生を過ごせよう」

落ち着かない咳払いの音が聞こえた。被告人席のアンズウェルは、やや顔を伏せ、膝の上に置いた両手を見ている。ハントリー・ロートンは、アメリア・ジョーダンへの尋問を続けた。

「ヒューム氏がその婚約について口にしたことはありますか？」

「ええ、あの方は『非常に喜ばしいことだ。これ以上の話は望めんだろうな』としきりに言っていました。私は何度も『アンズウェルさんのことをご存じなのですか』と訊いたのですが、あの方は『ああ、立派な若者だ。母親とは面識があってな、しっかりしたご婦人だった』と言っていました。言葉は違うかもしれませんが、そのような内容でした」

「言い換えると、被害者は縁談は決まったものと考えていた、ということですね？」

「ええ。私どもはそう考えていました」

「私ども、というのは？」

「ドクター・スペンサー・ヒュームと私です。少なくとも私はそう考えておりました。もちろん、ほかの方のことはわかりませんが」

「ところで、ミス・ジョーダン」弁護人はやや間を置く。「十二月三十一日から一月四日の間に被害者の態度が変化したことにお気づきでしたか?」

「はい、気づいておりました」

「その変化に最初に気づいたのはいつですか?」

「土曜の朝、あの方が亡くなった土曜日の朝です」

「気づいたことをお話しください」

彼女はロートンの催眠術師もどきの物腰に影響され、すっかり落ち着きを取り戻していた。声は小さいものの、話しぶりは明瞭だ。最初のうちは自分の手を持て余し、証言台の手すりに乗せたり引っ込めたりしていたが、そのうち両手を握り合わせ手すりに置くことに決めたようだ。書くのを手伝った手紙を見た時には、目に熱っぽい表情が浮かんだ。懸命に涙をこらえている。

「こういう事情でした」彼女は語り始めた。「金曜にドクター・スペンサー・ヒュームと私はサセックスに出かけ、メアリのお友達と週末を過ごすことになっていました。メアリに直接おめでとうを言いに、車で行く予定でした。ところが、出発は土曜の午後遅くになってしまいました。ドクターがセント・プレイド病院に移り、帰宅が遅くなったからです。金曜の夕方、メアリがサセックスからお父様に電話をかけてきた時、私はこの事情をメアリに伝えました。今こんなお話をするのには理由がございまして――」

弁護人は言い淀む証人を優しく導くようにして話を続けさせた。「エイヴォリー・ヒューム氏はあなた方と同行する予定でしたか?」

「いいえ、日曜に用事があるとのことで、それは叶いませんでした。長老教会の経理か何かのことだと思います。伺えないからみなさんによろしく伝えてくれ、と言われました。それにメアリは一緒に車で戻ることになっておりましたから」

「なるほど。では土曜の朝のことをお訊きしたいのですが、ミス・ジョーダン」

「わかりました」証人は胸につかえていたものを一挙に吐き出すように話し始めた。「土曜日、朝食に下りていきますと、テーブルに手紙がありました。筆跡でメアリからだとわかりました。昨日電話で話したばかりなのに、なぜ手紙をよこしたのかと不思議に思いました」

「その手紙はどうなりました?」

「わかりません。あのあと捜したのですが見つかりませんでした」

「では、その時ヒューム氏がどんなことをしたか、または言ったかに話を絞りましょう」

「あの方は手紙を読み終えると出し抜けに立ち上がり、手紙をポケットにしまい、窓際へ行きました」

「それで?」

「私が『何かありましたか』と尋ねると、あの方は『メアリの婚約者が今日ロンドンに来ることになって、ついでに我々に会いたいと言ったらしい』と答えました。それで、私は『あら、それじゃサセックス行きは取りやめですね』と言いました――アンズウェルさんにお会いして、夕食を差し上げるのが礼儀だと思ったからです。ところが、あの方は振り向いて言ったのです。

『いいから言われたようにしてくれ。予定通りに出かけなさい』と」

「ヒューム氏はどんな様子でしたか？」

「とても冷たくぶっきらぼうな言い方でした。機嫌が悪い時はいつもそうなりました」

「なるほど。それからどうしました？」

「私が『でもご夕食に招待なさらないわけにはいかないでしょう？』と言うと、あの方は私の顔を少しの間じっと見てから『いや、夕食だろうが何だろうが、彼を招待するつもりはない』と言って、部屋を出ていきました」

弁護人はゆっくりと長椅子にもたれかかった。被告人席の男はわずかに顔を上げた。

「さてミス・ジョーダン、あなたは同日土曜の午後一時三十分頃、客間のドアの前を通りかかった。そうでしたね？」

「はい」

「その時、客間の電話でヒューム氏が話しているのが聞こえましたね？」

「はい」

「部屋を覗きましたか？」

「はい。二つの窓の間にあるテーブルに電話が置いてありますが、あの方はそのテーブルについて、こちらに背を向けていました」

「ヒューム氏が実際に話したことを、できるだけ正確に繰り返してください」

証人はゆっくりと首を傾げた。「こうだったと思います。『アンズウェル君、私が聞き及んでいることからすると――』」

「『私が聞き及んでいることからすると』というのは、誓って間違いありませんか？」

「間違いありません」

「先をお続けください」

「『私が聞き及んでいることからすると、娘に関わる問題にきっぱり片をつけておくのがいいでしょうな』と言いました」

裁判官が小さな目を弁護人に向け、相変わらず悠揚迫らぬ口調で尋ねる。

「ミスター・ロートン、君は電話の相手が被告人だったと立証しようとしておるのかね？」

「裁判官閣下、我々は閣下の許可を得て、ホールの隅にある電話で、双方の会話を聞いた証人の喚問を予定しています。その証人は、相手の声が被告人であったか否か、進んで証言してくれるものと期待します」

前列の長椅子の左端から、おっほんと盛大な咳払いが上がった。悪意のこもった喧嘩腰の咳払いである。H・Mが机についた両のこぶしを支えに立ち上がった。どういうわけか、かつらの後ろがピンと撥《は》ね、お下げ髪が突き出たようになっている。法廷に入って初めて人間らしい声を聞いた気がした。

「裁判官閣下」H・Mの声があたりを揺るがす。「それが時間の節約になるというなら、当方としては、話の相手は被告人だったと認めてよい。むしろこっちから主張しようとしていたところじゃ」

各方面に軽く頭を下げると、法廷内に奇妙な驚きの感情が渦巻き、H・Mはドサリと腰を下ろした。鉄のような法廷儀礼に隠されてはいたが、訴追者側弁護人たちの面白がっている雰囲気は、ロートンの厳《いか》めしい答礼にも表れていた。

「尋問を続けなさい、ミスター・ロートン」裁判官が促す。

弁護人は証人に向き直った。「あなたのお話によれば、被害者は『アンズウェル君、私が聞き及んでいることからすると、娘に関わる問題にきっぱり片をつけておくのがいいでしょうな』と言いました。ほかには？」

「あの方は『ああ、そのことならよくわかっている』と言って、間が空きました。相手が話すのを聞いているような間でした。『それは電話で話すことではないだろう。拙宅までご足労願いたい』と言い、『今晩六時、ご都合はいかがかな？』と尋ねました」

「その時の口調はどうでしたか？」

「ぶっきらぼうでよそよそしい口ぶりでした」

「それからどうなりました？」

「そっと受話器を置き、しばらく電話を見つめてから、『アンズウェルの奴め、きっちり片をつけてくれるぞ』と言いました」

沈黙が落ちた。

「どんな口調でした？」

「その前と変わりませんでした。少し溜飲が下がったという感じでした」

「それが独り言だと、つまり思ったことが口を衝《つ》いて出たのだと思ったわけですね？」

「はい」

たいていの証人はそうだが、ミス・ジョーダンも、まとまった話をしたり実際の発言を引用したりするよう求められると、とかく守勢に回った。言葉尻を捉えられ自分に不利な材料として利用される、そんな気がするらしい。盛りを過ぎても美しい面差しとしゃれた眼鏡は、つばの前側が大きく張り出した黒い帽子の陰にさらに隠れてしまった。酷薄なほど実際的でいながら他人《ひと》に頼らずには生きていけない女性、そんな存在があるとすれば、アメリア・ジョーダンがまさにそれだ。甘美な声ゆえに、ごく控えめな間投詞でさえそぐわないように聞こえる。

「そこまで聞いてあなたはどうしましたか？」

「すぐに立ち去りました」ややためらって、「私は、その――あの方の突然の変わりようと、アンズウェルさんを罵る口ぶりに、ただもうショックを受けて呆然としてしまいました。立ち聞きしていたことも知られたくなかったのです」

「ありがとうございます」弁護人は考え込む仕種《しぐさ》になった。「私が聞き及んでいることからすると、ですか」ロートンは独り言のように繰り返したが、その割には一語一語がはっきりしすぎていた。「ヒューム氏は被告人に不利なことを耳にし、そのせいで突然心変わりした、そのような印象を持ったのですね？」

裁判官が、顔の筋肉を動かす様子を全く見せずに口を挟んだ。

「ミスター・ロートン、その質問を認めるわけにはいかん。訴追者側は、被害者が突然態度を変えた原因を明らかにする意図のないことを、既に主席弁護人自ら言明しておる。当てこすりで原因を示そうとする真似は控えるように」

「裁判官閣下、どうかお許しください」弁護人は間髪を容れずに向き直り、偽りない謙虚な態度を見せた。「ですが、それは決して私の質問の本意ではないことをご理解ください。質問を変えます。ミス・ジョーダン、ヒューム氏は気まぐれな行動をする人物でしたか？」

「いいえ、あの方に限ってそんなことはありません」

「道理に従って行動する理性的な人物だったのですね？」

「はい」

「では、例えば被害者が月曜にジョン・スミスなる人物を頭脳明晰であると考え、火曜に同じジョン・スミスを大馬鹿者であると考えたとしたら、よほどの事実を発見したに違いない、ということになりますね？」

裁判官の柔らかな声には、法廷中を静める力があった。

「ミスター・ロートン、重ねて言うが、証人を誘導するのはやめたまえ」

弁護人は、紳士らしく恭順な態度を示して「裁判官閣下の仰せの通りに」とつぶやき、尋問を続けた。「ミス・ジョーダン、一月四日の午後のことをお尋ねします。ご存じの範囲で、夕方六時にご当家には何人いらっしゃいましたか？」

「ミスター・ヒューム、ダイアー、私、その三人です」

「ほかにお住まいの方はいませんか？」

「ドクター・ヒューム、住み込みの料理人が一人、同じくメイドが一人いますが、あの日、料理人とメイドは夕方から休みをもらっていました。ドクター・ヒュームはセント・ブレイド病院においでで、六時十五分に私が車でお迎えに上がる予定でした。私たちはその足でサセックスへ行くことになっていまして――」

「結構です、ミス・ジョーダン」弁護人は途中で遮り、緊張からややもすると早口で饒舌になる証人に落ち着く時間を与えた。「六時十分頃、あなたはどこにおいででしたか？」

「二階で荷造りをしていました。病院から取りに戻る時間がないので、身の回りのものをスーツケースに詰めて持ってきてほしいとドクター・ヒュームから頼まれていました。自分の用意もしなければなりませんでしたし――」

「そうでしょうね、よくわかりました。六時十分頃に玄関のベルが鳴ったのでしたね？」

「はい」

「それでどうしました？」

「急いで階段まで行って、手すり越しに下を見ました」

「被告人が入ってくるのが見えましたか？」

「はい。その、私――階段を少し下りてから覗き込みましたので」証人は答え、顔を赤らめた。

「どんな人か是非とも拝見したかったのです」

「無理もないでしょう。その後の成り行きを詳しく教えてください」

「ダイアーがドアを開け、その人――そこにいる人が」被告人のほうへ目を走らせ、「入ってきました。アンズウェルと申します、ヒュームさんと約束があります、といったことを口にしました。その人は帽子を床に落とし、ダイアーが帽子とコートを預かろうとすると、コートは着たままでいいと言いました」

「コートは着たままでいい、ですか」弁護人はゆっくりと繰り返した。「その時の被告人はどんな様子でしたか？」

「とても怒った口ぶりでした」

「それから？」

「ダイアーについてホールを通って、書斎へ続く短い廊下に曲がりました。その人は通りしなに顔を上げて私を見ました。私は二階へ戻って荷造りを済ませました。見聞きしたばかりのことをどう考えたらいいのか、全くわかりませんでした」

「ご自分のなさったことだけ話してくだされば十分です、ミス・ジョーダン。次に、六時半になる少し前のことに移りましょう。あなたはどこにいましたか？」

「私はジャケットを着て帽子をかぶり、スーツケースと自分の旅行鞄を提げて階下《した》へ行きました。ダイアーはマウント街の修理屋から車を引き取って玄関に回すよう言いつかっていましたから、呼びに来てくれると思っていたのですが、下りていっても誰もいません。それで、出発前に言い残したことや私にしてほしいことがないかヒュームさんに伺おうと思って書斎の前まで行きました」

「『言い残す』ことはできなかったわけですね」ロートンは、遠慮のない残忍な口調で言った。

「それでどうしましたか?」

「ノックしようとしたら、ドアの向こうで誰かが『起きてください、くそっ』と言うのが聞こえました」乱暴な言葉はやはり彼女にはそぐわず、大勢の前では誰でもそうだが、彼女自身も決まり悪そうにその言葉を口にした。

「ほかには何か聞こえませんでしたか?」

「『立ち上がって何か言ってください』と聞こえたように思います」

「大きな声でしたか?」

「かなり大きな声でした」

「被告人の声でしたか?」

「今はそうだったとわかりますが、その時は誰の声かわかりませんでした。ただ、どういうわけか、その声で、その日の朝ヒュームさんが話したことを思い出したのです――」

「ドアを開けようとしましたか?」

「はい、あまり長くは試みませんでしたが」

「部屋の中から差し錠が掛かっていたのですね?」

「その時は差し錠のことまで頭が回りませんでした。鍵が掛かっているとだけ思いました」

「それからどうしました?」

「その時ダイアーが帽子とコートを抱えてホールからこちらへ来ました。私は駆け寄って『喧嘩になっているわ。二人で殺し合っているのよ。早く止めてちょうだい』と言いました。ところがダイアーは『巡査を呼んで参ります』と言うので、私は『だらしがないわね。じゃあ急いでお隣へ行ってフレミングさんをお連れして』と言いました」

「話している間、あなたはどうされていました？」

「いらいらしながら動き回っていたのだと思います。ダイアーはその場を離れようとせず、何が起こるかわからないから私が一人で残るのは危ない、私がミスター・フレミングを呼びに行くほうがよいと言うので、結局私がお隣へ行きました」

「ミスター・フレミングはすぐ見つかりましたか？」

「はい、ちょうど玄関前の階段を下りてこられるところでした」

「一緒にお屋敷へ戻ったのですね？」

「はい。そこへダイアーが、ホールから火かき棒を手にして戻ってきました。フレミングさんが『中はどうなっているんだ？』とお訊きになり、ダイアーは『それが、静まり返っているのでございます』と答えました」

「三人で書斎の前まで行ったのでしたね？」

「はい。まずダイアーがノックしましたが、返事がありません。次にフレミングさんがもっと強くノックなさいました」

「すると？」

「部屋の中で足音がしました。それから、ドアの差し錠が少しずつ引き抜かれました」

「ドアに差し錠が掛かっていたこと、ドアを開けるには差し錠を外さなければならなかったことを、証人は確言できますか？」

「はい、あの時の物音から判断して間違いありません。固くてなかなか動かないようでしたが、やがて横に引かれ、ドアに当たる音がしました」

「ノックしてから差し錠が引き抜かれるまで、どれくらいかかりましたか？」

「よくわかりません。そんなに長い時間ではなかったのでしょうが、私には何年にも思えました」

「優に一分というところでしょうか」

「そうかもしれません」

「それから何があったかを陪審のみなさんに説明してください」

ミス・ジョーダンは終始陪審のほうを向かず、証言台の手すりに置いた両手に視線を落としたまま話した。「ドアが数インチ開いて、中から誰かが覗きました。私にはさっきの人だとわかりました。その人がドアを大きく開けて『いいでしょう。入ってもらって構いません』と言いました。フレミングさんが飛び込むように部屋に入り、続いてダイアーが普通に歩いて入りました」

「あなたは部屋に入りましたか？」

「いいえ、私は戸口を離れませんでした」

「何が見えたか、正確に述べてください」

「デスクの横にエイヴォリーが足をこちらに向けて仰向けに倒れていました」

「あなたはここに収められている写真をご覧になっていますか？」弁護人は小冊子を指した。

「うなずかれましたね、ミス・ジョーダン。では、手に取ってご覧ください」

黄色い小冊子が彼女に渡された。

「五番の写真を見てください。被害者はその写真のように倒れていたのですね？」

「はい、そうだったと思います」

「つらい思いをさせて本当に申し訳ありません……もう置いていただいて結構です。あなたは被害者にどれくらいまで近づきましたか？」

「ドアから先には一歩も入っておりません。もうお亡くなりだと言われたので」

「被害者が死んでいると言ったのは誰ですか？」

「フレミングさんだったと思います」

「被告人がどんなことを言ったか覚えていますか？」

「最初のほうは覚えています。フレミングさんに誰がやったのかと尋ねられて、その人は『きっと、僕がやったと言うんでしょうね』と答えました。フレミングさんは『そうか、君が手を下したのか。それなら、警官を呼ぶだけだ』と言いました。目で見たことはよく覚えていますが、聞いたことはあやふやにしか思い出せません。体調がよくなかったこともあって」

「被告人の様子はどうでしたか？」

「冷静で落ち着いていたと思います。コートの外にネクタイがはみ出していたのが不思議に目に焼きついています」

「ミスター・フレミングが警察のことを話した時、被告人はどんな様子でしたか？」

「デスクのそばの椅子に腰を下ろし、内ポケットからシガレットケースを出して一本抜き、火を点けました」

ハントリー・ロートンは机に指先をついた姿勢で、しばらく何も言わずにじっとしていた。それから上半身を屈めて、主席弁護人と相談を始めた。小声でのわざとらしい話し合いは、効果を狙った演出だと私の目には映った。それゆえ、この独演会が終わった時には、長く潜っていた水の中からやっと顔を出し、新鮮な空気が肺にどっと流れ込んできた気分になった。独演会の間、法廷内の人間は残らず――裁判官は除くが――一度は被告人に視線を走らせた。しかし後ろめたい盗み見なので、被告人の姿を目にするや視線を逸らす。ボドキン判事は、ペンを休みなく走らせて整然と書き留めていたメモに区切りをつけ、顔を上げて待った。証人に至っては、もう永遠に証言台から解放してもらえない運命を潔く受け入れる覚悟を決めた風情さえ漂わせていた。

尋問を再開したハントリー・ロートンが最後のひと押しを試みて証人に話しかけると、坐り直すざわめきが法廷中から聞こえた。

「ミス・ジョーダン、あなたは遺体が発見されるとすぐ、車でプレイド街のセント・プレイド病院へドクター・スペンサー・ヒュームを迎えに行ったのですね？」

「はい。フレミングさんが私の肩をつかんで、手術をしていたりすると電話は取り次いでもらえないから車で行って連れてきたほうがいい、とおっしゃったからです」

「それ以降のことは何もわからない、ということでしたね？」

「申し訳ありません」

「その理由は、病院からの帰りに脳炎の症状が出て、ひと月の間、あなたは自室を出られなかったからですね？」

「はい」

弁護人は書類の白い束を片手でさっと撫でた。「ミス・ジョーダン、よく考えてお答えください。被告人が言ったことについて、もう少し我々にお話しいただけるのではないでしょうか。椅子に腰を下ろし煙草に火を点けた被告人は、何か言いませんでしたか？」

「質問されたこと、というか、言われたことに答えました」

「どんな質問でしたか？」

「どなたかが『あなたには血も涙もないのですか』と言ったのです」

「『血も涙もないのですか』ですね。被告人は何と答えました？」

「あの人は『僕のウィスキーに薬を混ぜた報いだ』と答えました」

しばらく弁護人は彼女の顔を見つめ、それから腰を下ろした。

ヘンリ・メリヴェール卿が反対尋問に立ち上がった。

3　廊下の暗がりで

被告人側がどんな弁護方針を採るのか全く予想がつかなかった。可能性は低いが、精神異常による責任能力の欠如、あるいは計画性がなかったことを主張するのだろうか。ただH・Mの人となりを知っている私には、卿がそんな中途半端かつ人並みなことで満足するとは思えなかった。この反対尋問がヒントになるかもしれない。

H・Mは威風堂々と立ち上がった――はずが、法服が何かに引っかかったせいで台無しになってしまった。どうせ自分で踏んづけたに決まっているが。法服は大きな音を立てて裂け、私は一瞬、卿がお得意の舌を突き出してブーッと鳴らす行為に及んで法廷を嘲弄したのかと思って凍りついた。だが卿はすぐに威儀を正した。反対尋問では、誘導尋問さえ認められ、相応の理由があればおよそどんなことでも俎上《そじょう》に載せてよいのだが、弁護士手腕が錆びついているからといって、いつもの行き当たりばったり作戦を繰り広げたら命取りだ。しかし、どのように進めるか、舵取りが難しい。証言台にいる女性は、陪審を含めた法廷中の同情を一身に集めていた。そこへ考えなしに攻め入るのは得策ではない。だが、どうやら杞憂のようだ。底意地の悪い目つきで破れた法服を肩越しにちらりと見てから、眼鏡が大きな鼻の上にずり落ちているのも構わず、卿はハントリー・ロートンにも負けない優しい口調で証人に呼びかけた――いささか唐突ではあったが。その大きな声は、証人のみならず法廷中の不安を和らげた。まあ坐ってまず一杯、話はその後でゆっくりとな、という気の置けない調子だった。

「お嬢さん」H・Mにかかっては、相手がどんな女性だろうとお構いなしだ。「被告人に対する悪い噂を吹き込まれたヒューム氏が掌を返すように態度を変えた、とあんたは信じておるかな？」

証人はしばらく何も言わなかった。

「わかりません」

「じゃがな、我が博学なる友がせっかくこの問題を持ち出してくれたんだから、一つそれに乗ってみよう。我が友の言葉を拝借すれば、ヒューム老が心変わりしたとすると、それは誰かから何かを聞いたせいだ、ということじゃ。そうではないかな？」

「あの時はきっとそう考えていたと思います」

「そうじゃな。逆に言うと、何も聞いていなかったら心変わりすることもなかった、そうではないかな？」

「そう思います。ええ、それは間違いありません」

「ところで、お嬢さん」理屈を積み上げるようにして、H・Mは尋問を進めていく。「あんたとドクター・ヒュームがサセックスに出かける段取りを決めた金曜の晩には、ヒューム老はすこぶる上機嫌に見えた。どうじゃ？」

「はい、それはもう」

「その夜、彼は外出したかな?」

「いいえ」

「家に誰か訪ねてきたかな?」

「いいえ」

「手紙、電話、どんな形であれ、彼がメッセージを受け取ったということはないかな?」

「ありません。夕方メアリから電話がありましたけれど。私が出て、一、二分話をしてからヒュームさんに替わりました。どんな話だったかは存じません」

「次の日、朝食の席で彼は手紙を何通受け取ったかな?」

「一通だけです。メアリの筆跡で表書きがしてあったものです」

「うんうん。それは必然的にある帰結を導く。ヒューム老が被告人に関する悪い噂を吹き込まれたとしたら、その相手は自分の娘だった、ということじゃ」

法廷に軽いどよめきが走る。サー・ウォルター・ストームは一瞬立ち上がる気配を見せたが、思い直してハントリー・ロートンと小声で話し始めた。

「それは、私には——何ともお答えできません。わかるはずがありませんでしょう?」

「じゃが、彼が被告人に対する峻烈な敵意を初めて見せたのは、その手紙を読んだ直後だった。違うかな?」

「それは認めます」

「まさにその時、その場で、本件の歯車が動き始めたと思えるのじゃが、どうかね?」

「私もそう思います」

「うん。さてお嬢さん、わしが仮に、その手紙では被告人についてその日ロンドンへ行く予定だという以外は触れていなかった、と言ったらどうじゃ？」

証人は眼鏡に手をやった。「仮定のお話にどうお答えすればいいのか、わかりかねます」

「というのはな、わしは実際にそう言うつもりだからじゃよ、お嬢さん。件《くだん》の手紙はこちらの手許にあって、いずれ証拠として提出するつもりじゃ。だから、こうお尋ねしたい。被告人について、ロンドンへ行くという明々白々な事実以外はひと言も手紙に書いてなかったと知ったら、ヒューム老の振る舞いに関してあんたの考えも変わるのではなかろうか、とな」

証人の返事を待たずにＨ・Ｍは腰を下ろした。

法廷中が狐につままれたように感じていた。証人の話に含まれる事実のうち、反対尋問で覆されたことは一つもなかった。卿は覆そうとさえしなかった。しかし法廷には、この先何かが起こるぞという予感が生まれていた。私はロートンが再主尋問をするだろうと踏んでいたが、立ち上がったのはサー・ウォルター・ストームだった。

「ハーバート・ウィリアム・ダイアーを喚問します」

ミス・ジョーダンと入れ替わりに、ダイアーが厳《おごそ》かな足取りで証言台に上った。証人としていかにも申し分ない人物であるという印象は裏切られなかった。五十代後半の物静かな男で、半白の髪を短く刈り込み、物腰は慇懃《いんぎん》そのもの。公私の両面に配慮し、黒の上着に縞のズボンを合わせていた。先折れのウィングカラーではなく普通のカラーをつけ、黒のネクタイを結んでいる。実直な人柄がにじみ出ているが、鼻につくほどではない。陪審席と事務弁護士《ソリシター》のテーブルの間を進む際、テーブルについていた明るい色の髪の若い男に気づき、お辞儀とも会釈ともつかない真面目くさった挨拶をした。ダイアーは明瞭な声で宣誓を済ませると、あごをやや上に向け、両手は脇に垂らした姿勢で質問を待った。

サー・ウォルター・ストームの重々しい声は、ハントリー・ロートンの鋭く押しの強い声と対照的だった。

「証人の名前はハーバート・ウィリアム・ダイアー、五年半の間ヒューム氏に仕えた、それに間違いありませんね？」

「はい、相違ございません」

「以前は十一年にわたって故センラック卿に仕え、死去に当たっては多年の忠勤を認められて遺産を贈られた、そうですね？」

「さようでございます」

「前《さき》の大戦では第十四ミドルセックスライフル銃隊に所属し、一九一七年に陸軍功労章を授けられましたね？」

「はい」

証人はまず、被害者が被告人にかけた電話に関するミス・ジョーダンの証言を裏書きした。それによると、ダイアーはピレネー・ガレージに電話をかけ、修理に出した車について問い合わせ、夕方には必ず間に合わせるよう念を押せと言いつかっていた。ダイアーが一時半頃にホールの奥、階段の下にある受話器を上げたところ、被害者の声が耳に飛び込んできた。被害者は客間の電話でリージェントの〇〇五五番と告げ、被告人の名前を交換手に伝えた。電話に出た相手が「はい、私ですが」と言った声を、ダイアーは被告人のものだと確認した。電話がつながったことを確かめたダイアーは受話器を戻し、客間のほうへ行った。客間のドアの前を通った時に、先ほどの証人が述べた会話の最後の部分を耳にした。さらに「アンズウェルの奴め――」という穏やかならぬ独り言を聞いた。

「ヒューム氏が次にこのことを話題にしたのはいつでしたか？」

「電話が終わってすぐです。客間に入っていきますと、旦那様は『今晩六時に客が来る。信用ならない奴だから、少し面倒なことになるやもしれん』とおっしゃいました」

「あなたはどう返事をしましたか？」

「かしこまりました、と申しました」

「次にこの話が出たのはいつですか？」

「五時十五分頃でございました。あるいはもう数分あとだったかもしれません。ヒューム様に呼ばれて書斎に参りました」

「その時のことを話してください」

「旦那様は、デスクにチェス盤と駒を置いて詰めチェスを解いておいででした。私が部屋に入りますと、チェス盤から目を離さずに、窓のシャッターを閉め差し錠を掛けるようお命じになりました。私は意外な気持ちをうっかり口にしてしまったらしく、旦那様は駒を一つ動かしてこうおっしゃいました。『言われた通りにすればいい。愚か者が面倒を起こす現場をフレミングに見られたくない』」

「被害者は、命じたことの理由を説明する習慣だったのですか？」

「とんでもない」証人はやや語気を強めた。

「ランドルフ・フレミング氏宅の食堂の窓は、煉瓦敷きの狭い通路を隔てて、ご当家の書斎の窓と向き合っているのでしたね？」

「さようでございます」

法務長官が片手を動かして合図を送ると、証言台の下から大きめの証拠物二つのうちの一つ、スティール製のシャッターが取り出された。本物を摸した上げ下げ窓の枠内にしっかりと取りつけられている。興奮した囁きが法廷のあちこちから聞こえた。フランス風に折畳み式の二つの扉が合わさったシャッターで、どこにも穴や隙間はない。中央には握りのある鉄製の差し錠が付いていた。この証拠物は、証人や陪審によく見えるように吊り下げられた。

「ご覧に入れておりますのは」サー・ウォルター・ストームの口調は冷静なまま。「お手許の平面図にAと記されている窓のシャッターです。現場の窓に取りつけ工事を行なった、チープサイドのデント父子商会のデント氏に指導を仰ぎ、モットラム警部が組み立てました。これは土曜の夕方、証人が差し錠を掛けたシャッターに間違いありませんか？」

ダイアーは証拠物を念入りに調べた。

「はい、相違ございません」

「では、土曜の夕方にしたように、シャッターに差し錠を掛けてください」

固くなっていた差し錠は受け穴に嵌まる時ガチャンと耳障りな音を立て、講義中の法学教室のような法廷に、不気味に響き渡った。ダイアーは手の埃を払った。差し錠が閉ざしたものは窓だけではなかった。私たちの後ろにいる豹皮の女性が、連れの女性に小声で「ねえ、絞首台の踏み板を落とす時も、あんなふうに閂《かんぬき》を引くんじゃない？」と話しかけた。

ダイアーは満足げに差し錠を抜いた。再び手を叩いて埃を落とす。

「シャッターの外側には、上げ下げ窓が二つ並んでいるのでしたね？」

「はい、さようでございます」

「二つの窓にも内側から鍵が掛かっていましたね？」

「はい」

「結構です。では、シャッターに差し錠を掛けてからどんなことがあったかを、裁判官閣下と陪審のみなさんに説明してください」

「部屋の中を見て回り、きちんとしているか確かめました」

「その際、マントルピースの上の壁に、いつも掛かっている矢が三本とも揃っているのを目に留めましたか？」

「はい」

「確認している時、被害者はあなたに何か言いましたか？」

「はい。チェス盤から目を離さずに、酒は十分あるか、とお尋ねになりました。私はサイドボードを見て、デカンターにウィスキーが縁まで入っていて、ソーダ水のサイフォンとグラス四個があるのを確かめました」

「ここにあるデカンターを見て、あなたが土曜の夕方五時十五分頃、書斎で見たのと同じものかどうか教えてください」

「同じものでございます。ヒューム様に言いつかって、リージェント街のハートリーの店で私が買い求めたものでございます。カットグラスのデカンターで非常に値が張りました」

「被害者はほかに何か言いませんでしたか？」

「その夜フレミング様がチェスをしにいらっしゃる予定だと言われました。旦那様は『フレミングが来ると酒はいくらあっても足りないからな』とおっしゃいましたが、私はもちろん冗談だと思いました」

「その後、六時十分にあなたは被告人を迎え入れたのでしたね？」

この点に関するダイアーの供述はアメリア・ジョーダンの証言を裏書きするものだったが、先に進むにつれてきな臭くなってきた。

「私は、被告人席におられる方を旦那様の書斎へお連れしました。お二人は握手なさいませんでした。ヒューム様から『ご苦労だった、ダイアー。ここはもういいから、ミス・ジョーダンに車を取ってきてやりなさい』とのお言葉があったので、私は部屋を出ました。その時ヒューム様はデスクの向こうに、被告人席の方はデスク前の椅子に腰を下ろしていらっしゃいました。部屋を後にした時に差し錠を掛ける音がしたかどうかは覚えておりません。取り立てて危険を感じたわけではございませんが何となく不安になり、私は引き返して部屋の外で聞き耳を立てました」

聞く者に最も強く訴えかけるのは、法廷で発せられるこのような簡潔な言葉だ。ダイアーが廊下の暗がりで聞き耳を立てている姿がまざまざと浮かんだ。日中でさえその廊下にはあまり日が射さない、とダイアーは説明した。突き当たりに、フレミング宅との間にある煉瓦敷きの路地に出るドアがあり、以前はドアにガラスが嵌まっていたが、プライバシーを重んじるヒューム氏の希望で半年前にダイアーが窓のないドアに替えた。夜ともなれば、廊下にはホールの明かりが届くだけだ。ダイアーの証言を供述調書の形にまとめるならば、次のようになる。


私は被告人が「僕がお宅に伺ったのはむやみに人を殺したりするためじゃありません」と話すのを聞きました。ヒューム様のおっしゃったことはほとんど聞き取れませんでした。旦那様は普段から低い声でお話しになるので。次第にヒューム様の声が険しさを帯びてきましたが、それでも内容は聞き分けられませんでした。すると突然、ヒューム様の「おい、君、いったいどうした？　気でも狂ったか？」という叫びが上がり、格闘が始まったような音が聞こえました。私はドアを叩いて、「どうされました？」と大声で呼びかけました。するとヒューム様から「ここは一人で大丈夫だ」とお返事がありました。息を切らしたようなお声でした。

心配でしたが、車を取りに行くよう言いつかっておりましたので、その用事を済ませることにしました。言いつけに背くわけには参りません。勤め口を失いたくありませんので。私は帽子をかぶりコートを着て、歩いて三、四分のピレネー・ガレージに赴きました。修理はまだ終わっておらず、もっと時間がかかると言ったはずだと言われました。とにかく車を持ち帰ることにして大急ぎで戻ろうとしましたが、霧が深くて思うように走れません。帰宅してホールの時計を見たところ、六時三十二分でした。

書斎のドアがある廊下へ曲がると、ミス・ジョーダンに出くわしました。部屋の中で喧嘩が始まっているから止めてほしい、と頼まれました。ホールは元々あまり明るくありません。ミス・ジョーダンは、ドクター・スペンサー・ヒュームの大きなスーツケースに覆いかぶさるように倒れ込みました。警官を呼ぶほうが賢明ですと私が言うと、ミス・ジョーダンは食ってかかってきました。泣いていたようです。

私がそう勧めて彼女はフレミング様を呼びに行き、私は火かき棒を取ってきました。三人揃ってからドアの前へ行き、ノックしました。一分間ほどして、被告人がドアを開けました。その時までドアに差し錠が掛かっていたのは絶対に間違いありません。

被告人が「いいでしょう。入ってもらって構いません」と言い、フレミング様と私は部屋に入りました。私はヒューム様のもとへ駆けつけました。写真に写っている状態で倒れておいでででした。今見せていただいた矢が胸から突き出ていました。手が血まみれになりそうだったので、心臓には触れず手首で脈を取りました。亡くなっておいででした。

部屋には誰も隠れていませんでした。すぐに窓のシャッターを調べ、フレミング様を呼んで一緒に確かめてもらいました。そうした理由は、このような非道な行ないと、かねて伺っていた被告人の紳士的な人柄とが結びつかなかったからです。シャッターは両方とも差し錠が掛けられ、窓自体にも鍵が掛かっていました。

法廷中の目とオペラグラスの視線が集まる中、法務長官はミス・ジョーダンの証言の裏づけにかかった。

「フレミング氏が警察を呼んだほうがいいと言った時、被告人は何か言いましたか?」

「はい、『そうだ、さっさとけりをつけたほうがいい』と」

「それを聞いてあなたは何か言いましたか?」

「はい。言うべきではなかったと思いますが、自分を抑えられなかったのでございます。その人は自分の家でくつろいでいるみたいに片脚を椅子の肘掛けに乗せ、煙草に火を点けていました。私は『あなたには血も涙もないのですか』と言いました」

「被告人はどう返事をしましたか?」

「『僕のウィスキーに薬を混ぜた報いだ』と答えました」

「被告人の言葉を、あなたはどう考えましたか?」

「どう解釈したらいいのか見当もつきませんでしたが、サイドボードを見て『どのウィスキーです?』と尋ねました。彼は火の点いた煙草を私に向けてこう言いました。『いいか、僕はこの部屋に通され、ウィスキーソーダを出された。それに何か混ぜてあった。たぶん薬だ。僕はそれを飲んで意識を失い、その後誰かが入ってきてあの人を殺した。僕に罪を着せようと仕組んだ罠だ。お前もそれを知っているはずだ』」

「あなたはサイドボードを調べましたか？」

ここで初めて、証人は脇に垂らしていた両手を手すりに乗せた。

「調べました。デカンターのウィスキーは私が部屋を出た時と同様、縁までいっぱいでした。ソーダサイフォンも未使用で、ノズルの先に紙の封が付いていました。グラスはどれも使った跡がありませんでした」

「被告人に、薬を盛られたと考えられる気配、または身体的徴候がありましたか？」

ダイアーは眉をひそめた。

「それに関しては、何とも申し上げられません」誠実そうな目を上げて正面を見つめる。自分は証言を拒否するという規則違反を犯した、速やかに改めなければならない、咄嗟《とっさ》にそう考えたダイアーは、ジェームズ・アンズウェルの絞首台へと組み立てられつつある仕掛けに、深々と一本の釘を打ち込んだ。「ですが警察医のお話では、被告人は薬など飲まされていなかったそうでございます」

4　窓はあるかないかのどちらかです

一時を回って昼食のため休廷となると、イヴリンと私は冴えない面持ちで階下《した》へ下りていった。中央刑事裁判所《オールド・ベイリー》はごった返し、人々の憂鬱な足音が大理石の床や壁面のタイルに反響してあたりに満ちていた。私たちはセントラルホールへ続く階段めがけて集まる人の波に呑まれていた。

二人とも感じていたことを私が先に口にした。「H・Mが弁護を引き受けたという理由がなければ、なぜ僕たちがこうも被告人に肩入れするのかわからないな。強いて挙げれば、あの男は悪いことなどできませんて顔をしているからかな。必要だと言えばぽんと十ポンド貸してくれ、面倒に巻き込まれたら味方になってくれる、そんな人間だと思えるんだ。だが厄介なことに、被告人席に坐ったら最後、誰でも有罪に見えてしまう。落ち着いていればいたで、悪人だからああして澄ましていられる、となる。暴れたりしたらなおいけない。これは我々イギリス人の根深く忌まわしい国民性ゆえかもしれないな。本当に無実なら、そもそも被告人席にいないと信じ込んでいるんだ」

「あのね」妻の顔には、突拍子もないことを言い出すとき特有の思い詰めた表情が浮かんでいた。「私考えていたんだけど……」

「聞かなかったことにするよ」

「馬鹿げているのはわかっているわ。でもね、ケン、私ずっと考えていたのよ。みんなで証言をああでもないこうでもないと引っかき回している時に、人を殺しておいてあの人みたいにお間抜けな顔をしていられるかしらって。でも結局、睡眠薬なんて飲まされていなかったということになったでしょう。それが医学的に立証されたら……そうね……いくらH・Mでも、精神異常を主張するしかないんじゃないかしら」

H・Mが何を立証しようとしているのか、全くわからない。卿はダイアーに対して、異例に長く類を見ないほど退屈でもある反対尋問を繰り広げた。主に、ヒューム氏が殺害された当日の朝九時にアンズウェルに電話をかけようとしていたという事実の立証に力点が置かれていた。唯一興味を惹かれたのは殺害に用いられた矢に関する質問だったが、それすらも結論が出ず謎めいたまま終わった。H・Mは、凶器の矢に付いていた青い矢羽根が半分ほどちぎれていたことに注意を喚起した。「犯行前にあんたが壁に掛かっている矢を見た時、羽根はちゃんとしておったかね?」「ええ、ちゃんとしていました」「確かかね?」「確かでございます」「だが、遺体を発見した時には羽根の半分はなかったんじゃな?」「さようでございます」「ちぎれた半分は部屋のどこかにあったかな?」「いいえ、ひと通り部屋を調べましたが、羽根は見つかりませんでした」

H・Mの最後の攻勢はさらに意図がわからない。「三本の矢は壁にぴったりくっついていたのかね?」「いいえ、全部ではございません」それがダイアーの答えだった。三角形の斜辺を形作る二本の矢は壁にぴたりとついていたが、その二本と重なる底辺の矢は、U字釘で壁から四分の一インチほど浮かして留められていたのだ。

「しかも尋問の間ずーっと」イヴリンは遠慮なく論評を加えた。「H・Mったら仔羊みたいにおとなしいんだもの。いいこと、ケン、あれは絶対に不自然よ。あのちっちゃな執事を被告人側の証人を扱うようにちやほやしたのよ。ところで、H・Mに会えるのかしら」

「どうかな。きっと法廷弁護士《バリスター》のクラブ食堂でお昼にしているんだろうな」

ちょうどその時、私たちの注意は一人の男に向けられた。その男が誰なのか（裁判所の関係者か、部外者だが知っていることを他人に伝えずにいられないのか）ついにわからなかったが、ジャスパー・マスケリン（一九〇二－七三 英の奇術師）並みの鮮やかさで小柄な男が群衆の中から現れたかと思うと、私の肩を叩いたのだ。

「裁判の登場人物が二人いますよ、見逃す手はないでしょう」男は私の耳許で囁いた。「ほら、すぐそこ！　右がドクター・スペンサー・ヒューム、左がレジナルド・アンズウェル、被告人のいとこですよ。この人混みじゃ、階段を下りるのに呉越同舟もやむなしですかね」

その男はそれきり群衆の中に消えた。彼が教えてくれた二人の人物は、大理石の大階段に押し寄せた人波に呑まれて、並んだまま窮屈な足取りで流れに運ばれるように歩いていた。三月の寒々しい日射しが、困惑気味の二人に注いでいる。ドクター・ヒュームはややずんぐりした中背。白髪交じりの黒髪をきれいに分け、ぴたりと撫でつけているから、まるで車のタイヤだ。横を向いた時、自信家らしい鼻と生真面目そうにすぼめた口許が見えた。いささか場違いなシルクハットを、つぶされてなるものかと抱え込んでいる。

隣にいるのは、事務弁護士《ソリシター》のテーブルにいるのを見かけた、そしてダイアーが通りすがりに会釈した若者で、なかなかの好男子だ。痩せぎすで、肩を颯爽と揺らして歩き、あごの輪郭がくっきりしている。見事な仕立ての服がよく似合っていた。うっかり片手を誰かの山高帽にぶつけたところだった。

二人は素早く視線を交わし、オールド・ベイリー行進曲と言っていい、すり足ダンスのリズムに乗って階段を下りていった。どうやら互いの存在を認めることにしたらしい。会話の基調が敵意になるのかどうかはまだわからない。が、話を始めたところから判断して、主音が決まったらしい。二人の間に凝り固まり、触れることさえできそうな膠《にかわ》のようにねばねばした雰囲気、それは偽善にほかならなかった。

レジナルド・アンズウェルは、葬式以外では使われない口調で話しかけた。

「メアリにはさぞかしつらいことでしょうね」しゃがれた囁き声だった。

「ええ、ひどくこたえているようです」医師は頭《かぶり》を振りながら答えた。

「お気の毒に！」

「全く見ていられません」

揃って階段を一段下りる。

「法廷で姪御さんをお見かけしませんでしたが」レジナルドは口を半ば閉じたまま話していた。

「証人に呼ばれていないのですか？」

「訴追者側にはね」ドクター・ヒュームの声には奇妙な響きがあった。相手の顔を横目で見やり、「あなたも呼ばれていないようですが」

「ええ、僕は事件には何の関わりもありませんので、被告人側からも呼ばれていないんです。力になってやろうにも何もできませんが。僕があの家に着いたのは、ジムが――その、気を失ってからでした。ジムもかわいそうに。もっと芯の強い奴だと思っていました。なりは大きいんですがね。もちろん正気じゃなかったんでしょう」

「ええ、信じていただきたいが、そのことでしたら私は承知しているつもりです」ドクター・ヒュームは、そう言いながら振り返った。「何なら私が証言してもよかったのですが、訴追者側も疑問を抱いているようで。被告人自身があんなことを口走るようでは――」そこで言い淀む。「これは口が過ぎました、お気を悪くされたでしょう」

「いえいえ、とんでもない。我々一族には精神的に危うい血が流れているらしいので」

二人は大階段をほとんど下りきった。

「もちろん大したものじゃありませんが、二、三代前にほんの少しそんな血が混じったらしい。ところで、ジムの奴はどんなものを食べているんでしょうね」

「それは難しい質問ですな」医師は引用好きの一端を披露した。「おそらく『曹長殿の言うことにゃ、一人で苦いビールを飲んでいる』（ラドヤード・キプリングの詩「ダニー・ディーバー」の一節）んでしょうな」

「これはこれは」レジナルドは小声で尋ねた。「軍隊を引き合いに出されたのですか？」

二人は足を止めた。

「いや、ものの喩えで。あなたが軍隊に関係がおありだとは存じませんでした」ドクター・ヒュームはいささか心配そうに言った。二人はセントラルホールの円《まる》天井の下、薄暗い壁画が並んでいるあたりに立っていた。ドクター・ヒュームの口調が優しくなる。「お互い現実を直視しましょう。これは悲しい経験です。私は兄を亡くしました。しかし、済んだことは済んだこと。有為《うい》転変は世の習い。そして『男は働き女は泣く運命（チャールズ・キングズリーの詩「三人の漁師」の一節）』と言いますからね。不愉快な出来事はできるだけ早く忘れるのが賢明です、そうでしょう？　ではお別れです、大尉《キャプテン》さん。握手は遠慮しておきましょう、人が見れば不謹慎と思うかもしれません。今の状況ではね」

医師はせかせかと歩いていった。

ダニー・ディーバーは吊された
葬送行進曲が聞こえるかい
連隊兵士は列を組んで
営舎へ戻っていくよ（前出「ダニー・ディーバー」より）

こうした詩の一節が自然と頭をよぎる雰囲気が、この場所にはある。だが、思いがけなくも喜ばしい光景を目にして、その雰囲気は束の間で消えた。H・Mの金髪の秘書ロリポップ嬢が人混みをかき分けながら近づいてきたのだ。「ねえ、こんなところはもう出ましょう――」そう言いかけたイヴリンの美しい顔にさっと朱が差し、言葉を呑み込む。

「ここよ！」イヴリンは溜めていた息を一気に吐き出して声を上げた。

「H・Mからの伝言よ」ロリポップは言わずもがなのひと言の後、「お二人にいらしてほしいって」

「どこにいるの？　何をしているのよ」とイヴリン。

「今は」ロリポップは覚束ない様子だ。「きっと椅子やテーブルに当たり散らしているでしょうね。私が出てくる時には、みんなぶち壊してやる、と息巻いていましたから。でもあなた方に会う頃にはそれも収まってお昼を召し上がっていると思うわ。場所はチープサイド。ウッド街の〈ミルトンの頭亭〉というパブよ――すぐそこなの。ふーっ、やれやれだわ」

H・Mが怪しげな食べもの屋にやたら詳しいのは、怪しげな人間をよく知っているからだ。どこにでも卿の顔見知りがいて、胡散くさそうな人間ほど仲がいいときている。〈ミルトンの頭亭〉は、ウッド街からさらに枝分かれした風変わりな路地にあった。小さな窓ガラスはロンドン大火（一六六六年九月）以来磨いたこともなさそうだ。一階の酒場では三月の底冷えに負けじと暖炉の火が燃えているが、窓に並んだゼラニウムの造花は外の寒さをかえって際立たせていた。

私たちは二階の個室に案内された。H・Mは、巨大な白鑞《しろめ》（錫と鉛の合金）の蓋付きジョッキとラムチョップの皿を前にして坐っていた。カラーにナプキンをたくし込み、大衆映画でお目にかかるヘンリ八世のように、骨付きラムを横からがぶりとやっている。

「あん？」H・Mの片目が開く。

機嫌の良し悪しがはっきりするまで、私は黙っていることにした。

「おい」H・Mは唸った。どうやら機嫌の悪さはさほどでもないらしい。「一日中ドアを開けっ放しにしておくつもりか？　わしを肺炎で厄介払いしようという肚《はら》じゃあるまいな」

「あなたはこれまで、不利な証拠をものともせず絶望的な状況を何度も切り抜けてこられましたね。今度はどうです？」

H・Mはラムチョップを皿に戻し、両目を見開いた。木に彫ったような無表情に、楽しんでいる気配がかすかに浮かぶ。

「ほう。じゃあ何か、世間の奴らはこの老いぼれが尻尾を巻いて逃げ出したとでも思っているのか？」

「そうは言っていません。H・M、あの男が犯人なんですか？」

「違う」

「立証できますか？」

「わからん。やれるだけやってみるがな。こっちの提出する証拠がどれくらい認められるかにかかっておる」

卿は法廷で責任能力を争う主張をしなかった。卿らしくないことに、今は不安を隠す余裕をなくしている。

「あなたに弁護を依頼したのは誰なんです？」

卿は大きな禿頭《はげ》を撫で、渋い表情になる。「事務弁護士《ソリシター》だというのか？　事務弁護士《ソリシター》は絡んでおらん。あの若者を信じておるのはわしだけじゃ。負け犬を見ると放っておけん性分でな」

最後の台詞は言い訳めいていた。

しばらく二人とも何も言わなかった。

「釘を刺しておくぞ。もしお前さんが、土壇場になって思いも寄らぬ証人がひょいと現れ、それまでの審理をひっくり返すといったドラマチックな展開を期待しておるんだったら、悪いことは言わん、頭から叩き出すんじゃな。チェスのルールを無視して駒を動かせんのと同じでな、バーミー・ボドキンの法廷では騒動なんぞ期待できん。いつだって全てが決められた通りに進む――それはわしの望むところでもあるがな。一つの静かな動きが次の動きにつながる。チェスのようにな。狩りのように、と言ったほうがいいか。ジョン・ピールの狩りの歌を覚えておるか？『猟犬が嗅ぎつけ、見失い、次に見つけたら仕留めるだけ、哀れ朝のキツネ』」

「なるほど。うまくいくように祈っています」

「涼しい顔をしとらんで、手伝いくらいいせんか」H・Mは突然、胸のつかえを吐き出すように大声を上げた。

「手伝いですか？　この僕がいったい――」

「いいから、口にチャックをしてよく聞いとれ！　わしはゲームをしているのでも、お前さんを牢屋にぶち込もうとしているわけでもない。してほしいのはただ一つ。わしの証人に手紙を届けることじゃ。お前さんに迷惑がかかる手紙ではない。わしが届けるわけにはいかんからな。本件での使われ方を考えると、電話はちと信用できんし」

「誰に届けるんです？」

「メアリ・ヒュームじゃ……ほい、お前さんたちのスープのお出ましじゃ。食事の間は静かにしとれよ」

食事は素晴らしかった。平らげた頃にはＨ・Ｍの心労もいくらか和らぎ（あくまでさっきとの比較だが）上機嫌になっていて、おなじみの不満をこぼし始めていた。煤《すす》で汚れた暖炉の火格子で、火が気持ちよく燃えている。Ｈ・Ｍは暖炉の鉄柵に両足を乗せ、太い葉巻を心ゆくまで吸い込んでから、しかめ面を崩さずに話を始めた。

「わしは事件の話をするつもりはない。しかしな、被告人側のとっておきの情報や、天与の才のお蔭で――わしのことだがな――やっとつかんだ事実をばらすわけにはいかんが、それ以外でお前さんたちが知りたいことがあると言うんなら――」

「大ありです」イヴリンは身を乗り出す。「どうしてこの事件が法廷に持ち出されたんですか。あなたが警察にちょちょいと謎解きしてあげれば――」

「いかん。それは、訊いてはいかん質問その一じゃ」Ｈ・Ｍは暖炉の火を睨んだまま鼻を鳴らした。

「じゃあ、僕が代わりましょう。アンズウェルは犯人ではないとおっしゃるなら、真犯人がどうやって書斎に入りまた出ていったか、説明の目処は立っているんですね？」

「腹の立つ奴じゃな、当たり前だろう。そうでなけりゃ、いったいどんな弁護ができると言うんじゃ」Ｈ・Ｍは哀れっぽく尋ねる。「お前さんはわしのことを、説明の一つも用意しないで闇雲に突っ込んでいく、どうしようもない間抜けだと思っておるのか？　これには面白い話があるから聞かせて進ぜよう。わしが袋小路に入っていた時にこの考えを閃かせてくれたのは、メアリ・ヒュームなんじゃ。あれはいい娘《こ》だよ。わしは、いつものように腰を据えて考えていたんじゃが、今回に限っては何も思いつかず困《こう》じ果てておった。その時あの娘がこう言ったんじゃ。ジム・アンズウェルが刑務所で何よりいやなのはユダの窓なんですって、とな。そのひと言で、わしの前にさっと道が開けたんじゃ」

「ユダの窓って何です？　まさか、スティール製のシャッターや鍵の掛かった窓に胡散くさい仕掛けがしてあったとか言うんじゃないでしょうね」

「当たり前じゃ」

「じゃあドアはどうです？　内側から差し錠が掛かっていたというのは本当なんですか？　ドアは鍵穴さえない頑丈なもので外からは細工できないし、事実どんな細工もされていなかった、という証言は正しいんですか？」

「ああ。その証言に間違いはない」

　私たち三人は、示し合わせたようにビールを口に運んだ。「不可能だとまでは言いませんよ、あなたはこれまでに何度もうまく切り抜けてきたんだから。でも、どこにもからくりがないとしたら――」

　H・Mは私が意図せず発した皮肉を面白がるような表情を浮かべた。

「わしの言葉は額面通りに取ってもらって構わん。ドアは確かに、きっちり閉まって亀裂もなく、差し錠が掛かっておった。窓も、きっちり閉まって亀裂はなく、差し錠が掛かっておった。外から開け閉めできるように細工した者はおらん。さっき家屋検査官の話を聞いたと思うが、壁のどこにも、隙間や亀裂、ねずみ穴さえなかった。それも嘘ではない。だが、わしに言わせると、犯人はユダの窓から出入りしたんじゃ」

イヴリンと私は顔を見合わせた。二人とも、H・Mが煙に巻いているのでないことはわかっていた。卿は見つけたことに魅了され、その発見を頭の中で検証しているのだ。「ユダの窓」という言葉には不吉な響きがあった。いろんな心象が湧き出てくるが、一つとして具体的な形にならない。影のようなものが覗き込むのが見えた気がする。でも、それだけだった。

「馬鹿げています」私はなおも言い張った。「証言通りの状況だったら、そんな窓があるはずないじゃないですか！　窓はあるかないかのどちらかです。もう一度言いますが、あの部屋には特異な仕掛けがあって、検査官はそれを見逃した、そういうことですね？」

「いいや。それが本件の風変わりなところなんじゃ。あの部屋が普通の部屋と違っているわけではない。家に帰って見てみるんじゃな。ユダの窓はお前さんの部屋にもある。この部屋にもあるし、中央刑事裁判所《オールド・ベイリー》の法廷にも必ずある。ただし、気づく者はほとんどおらん」

H・Mは大儀そうに巨体を持ち上げた。葉巻を吹かしながら窓際へ行くと、甍《いらか》の波をしかめ面で見つめた。

「しかし当座は——」H・Mは宥《なだ》めるような口調になっていた。「仕事にかからねばならん。ケン、グロヴナー街のメアリ・ヒュームに手紙を届けてくれ。イエスかノーか返事をもらったら、飛んで帰ってこい。午後には法廷に坐って審理の成り行きを見ていてもらわねばならんからな。連中はまずランドルフ・フレミングを喚問するだろうが、あの御仁《ごじん》には、ちょいとばかし突っ込んだ質問をせねばならん——矢羽根のことでな。お前さんが、法廷でこれまでなされた証言、そしてこれからなされる証言を注意深くたどっていけば、わしがどこで証人を見つけたか、なぜその証人が必要なのかわかるはずじゃ」

「ほかにご指示は?」

H・Mは口から葉巻を離してじっと見た。「そうじゃな……まだお前さんを巻き込みたくないから、なし、と言っておこう。わしの使いだといって、これから書く手紙をメアリ・ヒュームに渡してくれればいい。嬢ちゃんが事件のことを話したいと言ったら、構わん、相手になってやれ。お前さんはどうせ大したことは知っておらんからな。ほかの奴につかまったら、遠慮なく出任せを聞かせてやれ。謎めいた不安な雰囲気を醸すのも悪くはない。だが、ユダの窓という言葉を口にしてはならんぞ」

H・Mから聞き出せたのはこれだけだった。卿は店の者に頼んで紙と封筒をもらうと、殴り書きして封をした。ほかの事実もそうだが、「ユダの窓」も頭を悩ます材料になった。手紙を持って階下《した》に下りた時、私の頭はすっかり混乱していた。ウサギの巣穴のように入り組んだ、ロンドンに建つ何千何万の家、何百万の部屋。数限りない街路の両側に並び、どれもがちゃんとしていて、夜ともなれば平和な明かりがともる。それでいて、どの部屋にも殺人犯にしか見えないユダの窓があるというのだ。

＊原註　中央刑事裁判所《オールド・ベイリー》では原則として、被告人側弁護人は事務弁護士《ソリシター》の事実説明を受けてから事件に着手する。しかし、これには二つの例外がある。法律扶助《リーガルエイド》が適用される事件と被告人直接指名《ドック・ブリーフ》である。法律扶助《リーガルエイド》が適用される場合、弁護人を雇う金銭的余裕のない被告人に代わって、裁判官が弁護人を指名する。法律扶助《リーガルエイド》が認められない場合、被告人直接指名《ドック・ブリーフ》または被告人依頼《ドッカー》となる。被告人は登録された弁護士の中から自分で選んだ弁護人による弁護を受ける権利がある。アンズウェルの場合、むろん費用負担に問題はなかった。しかし——読み進めればわかるが——アンズウェルはH・M以外の弁護士との交渉を一切拒否したので、形式的には被告人直接指名《ドック・ブリーフ》となる。このやり方は、異例ではあるが法的には何ら問題ないという助言を私は得ている。通常の被告人直接指名《ドック・ブリーフ》は公平を宗《むね》とする中央刑事裁判所《オールド・ベイリー》の最も優れた特徴である。選ばれた弁護士は、いかに高名であろうと断ることは許されない。弁護に最大限の努力を傾注することは、本人の名誉の問題となる。弁護料は一ポンド三シリング六ペンスと定められている。

——カーター・ディクスン

5　人食い鬼のほら穴じゃない

グロヴナー街一二番地で私を降ろしたタクシーの運転手は、家を好奇の目で眺めた。間口の狭い焦げ茶色の壁の家で、通りから引っ込んで建っている。同じような建物には、最近「貸し家」の看板が掲げられていることが多い。鉄柵をめぐらし小石を敷いた猫の額ほどの前庭があり、左隣の家とは煉瓦敷きの細い路地で区切られていた。午後まだ早いグロヴナー街を掃き均《なら》すように吹く寒風の中、私は玄関へ続く石段を上った。ベルを鳴らすと、こざっぱりした身なりの小柄なメイドが出てきたが、こちらが何も言わないうちにドアを閉めようとした。

「お嬢様はお加減が悪くてどなたにもお目にかかれません——」早口でまくし立てられる決まり文句に、私はかろうじて口を挟んだ。

「ヘンリ・メリヴェール卿から手紙を預かってきた、とお伝えください」

メイドは奥に駆け込み、ドアは開いたまま揺れていた。招き入れられたわけではないが閉め出されたわけでもない私は、とりあえず中に入った。ホールには大きな置時計があり、真面目くさった顔つきでこちらを睨んできた。チクタクというより、カサコソとかすれるような音で時を刻んでいる。左手のアーチ状の入口に掛かっている厚手のカーテンが揺れて、メイドが駆け込んだ場所を教えていた。やがて小さな咳払いが聞こえ、レジナルド・アンズウェルがホールに現れた。

面と向かうと、さっきの印象が間違っていなかったとわかる。整ってはいても、長いあごと辛辣そうな表情はいかにも陰気で、明るい色の髪とそぐわない。広い額の下の落ちくぼんだ目が、まっすぐ前を見据えていた。態度は控えめだが、中央刑事裁判所《オールド・ベイリー》の大階段で見せた、人の死に臨む重々しい謙虚さは影を潜めている。普段は人を逸らさない魅力の持ち主なのだろう。

「ヘンリ・メリヴェール卿のお使いの方だとか」

「そうです」

相手は声を落とし、しかし少々語気を荒らげた。「いいですか、ミス・ヒュームは――具合がよくないんです。僕も様子を見に寄ったところです。僕は――その、当家の友人というか、少なくともミス・ヒュームとは親しくしています。手紙なら僕が預かりますよ」

「申し訳ないが、ミス・ヒュームに直接お渡しすることになっているので」

彼は怪訝そうに私を見つめ、声に出して笑った。「弁護士というのは疑り深い連中だな。いいかい、僕はメアリに渡すと言ってるんだ。ここは人食い鬼のほら穴じゃないんだし――」そこで言葉を呑み込む。

「ご本人にお目にかかるに越したことはありませんから」

ホールの奥から、足早に階段を下りてくる音がした。

メアリ・ヒュームは「具合がよくない」ようには見えなかった。無理やりおとなしそうに装っているが、張り詰めた気持ちでいるのがよくわかる。新聞の写真は驚くほど本人の特徴を捉えていた。間隔の広い青い目、小さな鼻、ふっくらしたあご、美しさとは縁遠いはずのそういった造作が、彼女の中で一体になると美しい顔立ちに昇華していた。金髪を真ん中で分け、うなじでシニョンに結っているが、ぞんざいな印象はない。グレーの半喪服、そして婚約指環。

「メリヴェール卿からのお言づけがあると伺いましたが」抑揚を殺した声だ。

「ミス・ヒュームですね？　はい、手紙を預かっています」

レジナルド・アンズウェルは、いつの間にか、帽子掛けから自分の帽子を捜し始めていた。たくさんの帽子に囲まれ、精一杯の魅力を振りまいて笑いかける。

「じゃあ僕は帰ります、メアリ」

「いろいろとお世話になりました」

「礼には及びませんよ。公平な取引ですから」おどけた言い方だった。「これで話はついたと考えていいんですね？」

「私がどんな女かよくご存じでしょう、レグ」

この謎めいた会話が続いている間、メアリは優しく穏やかな口調を崩さなかった。レジナルド・アンズウェルが会釈をして出ていくと、彼女は玄関のドアを念入りに閉め、私を左手の部屋に案内した。落ち着いた雰囲気の客間で、二つある窓の間の小さなテーブルに電話が置いてある。大理石のマントルピースの下では火が赤々と燃えていた。彼女は私から封筒を受け取り、火のそばへ行って封を切った。短い書きつけを読み終えると用心深く火にくべ、燃え尽きるのを顔を動かしながら見守った。向き直った時、目には明るい輝きがあった。

「あの方にイエスとお伝えください。イエス、イエス、何度でも言います！　でも、お願いですからまだ行かないで。今朝は法廷にお出でになったんですよね」

「ええ」

「どうぞお掛けになって。煙草はいかが？　その箱の中にありますから遠慮なさらずに」メアリは暖炉のそばに置かれた幅広のスツールに腰を下ろし、片脚を曲げて体の下にたくし込んだ。暖炉の明かりで、髪がいっそう柔らかく見える。「どうか話してください。あそこは――つらいところでしょう？　あの方はどうしていました？」

今度の「あの方」がH・Mでないのは明らかだ。私は、立派に振る舞っていたと答えた。

「そうでしょうね。あなたはあの方の味方なんですね？　どうぞ煙草をお取りになって、そこにありますから」根負けして私は箱から一本取り、彼女に火を点けてやった。煙草を受け取る彼女の手は、華奢《きゃしゃ》で美しかった。震える両の手で支えるように煙草を持ち、差し出したマッチの炎越しにちらりとこちらを見やる。「いろんなことが立証されたんでしょうね。あなたが陪審の一人だったら、どんなふうに感じたと思います？」

「それほどたくさんのことが明らかになったわけではありません。冒頭陳述のほかは、二人喚問されただけです。証人への尋問がそれぞれ長くかかったので。ミス・ジョーダンとダイアーですが――」

「ああ、アメリアなら心配ないわ」メアリ・ヒュームはこともなげに言い切った。「あの人はジミーを嫌っていないから。恋の若い夢（アイルランドの詩人トマス・ムーアによる同名の詩を踏まえた表現）にとりつかれているの。お父様のことがあんなに好きじゃなかったら、ジミーのことをもっと気に入ってたはずよ」

彼女はその後を続けるのをためらった。

「あの――私、中央刑事裁判所《オールド・ベイリー》には行ったことがないの。証言台に立つとどんなことをされるのかしら。映画で見るように、弁護士さんが耳許で大声を出したり、大げさな身振りで怒鳴ったりするんでしょうか」

「そんなことはしませんよ、ミス・ヒューム。そんな考えは頭から追い払いなさい」

「本当はそんなことはどうでもいいんです」彼女は顔を背けて暖炉の火を見つめ、沈んだ様子になった。しかし、長い息を吐いて、暖炉の火にいったん向かった煙草の煙が広がって顔のほうへ戻ってくると、こちらに向き直った。「どうか正直におっしゃってください。あの方は罪になりませんよね？」

「ミス・ヒューム、Ｈ・Ｍを信じて任せなさい」

「もちろん信じています。私がヘンリ卿に頼みに行ったんですもの。ひと月前、ジミーの担当事務弁護士《ソリシター》が、ジミーが本当のことを話さないので事件から手を引くと言い出したんです。私は――少なくとも私は、何一つ隠し立てしなかったんですが」よくわからない説明だが、彼女は私がその辺の事情を心得ていると思い込んでいるらしい。「私は本当に何も知らなかったし、臆測さえできませんでした。初めヘンリ卿は、手を貸すなど論外だと雷が落ちたような声で怒鳴りつけたんです。私、ちょっと泣きました。そしたらヘンリ卿は、またガラピシャンと雷を落とした後で、引き受けてやろう、と言ってくれたんです。困ったことに、私の証言は少しは役に立つだろうけど、ジミーをこの恐ろしい事件から助け出すことはできないそうです。今でも私、ヘンリ卿がどうするつもりなのか見当もつきません」やや間があった。「あなたはいかがです?」

「H・Mがどうするつもりかなんて、誰にもわかりませんよ。でも、ここだけの話、H・Mがああやっておとなしくしているってことは、袖の中に何か隠し持ってる証拠です」

彼女は身振りで賛意を示した。「同感です。けれど自分の知らないことがあるとどうしても不安なの。大丈夫だとだけ言われても、どうしようもないでしょう?」

彼女の話しぶりに熱が加わってきた。暖炉のそばから立ち上がると、寒気がするように背中を丸め、両手を握り合わせて部屋を歩き回った。

「知っていることは全部、包み隠さず話したわ。その中でほんのわずかでもヘンリ卿が関心を持ったのは、まるで意味をなさない二つのことだけなの。一つは『ユダの窓』がどうしたこうしたってこと」彼女は元の場所に腰を下ろした。「もう一つは、スペンサー叔父さまの一番上等なゴルフ服」

「叔父さんのゴルフ服? それがどうしたんです?」

「なくなったの」

私は目をぱちくりさせた。彼女は、私が何かに思い当たるのが当然だというように話している。私がH・Mから言いつかったのは、メアリ・ヒュームが望めば話し相手になってやることだった。これでは聞き役に回るしかない。

「クロゼットに吊してあったのになくなっていたの。私、スタンプ台がそのこととどう関係しているのか本当にわからないの。そうでしょう?」

これに異論はない。H・Mによる弁護が、ユダの窓、ゴルフ服、スタンプ台に基づいて組み立てられているとすれば、何とも珍妙な弁護方針だと言わざるをえない。

「フレミングさんが使おうとしたスタンプ台が、ゴルフ服のポケットに入っていたのよ。あなたなら事情をご存じかと思ったんだけど。とにかく、ゴルフ服もスタンプ台もなくなったんです。あら、誰かいるわ!」

最後のほうはかろうじて聞き取れるくらいの声だった。彼女は立ち上がり、吸っていた煙草を暖炉の火に投げ込んだ。一瞬ののち向き直った時には、捉えどころのない表情を浮かべて客の応対をする、落ち着いたしとやかな物腰の女性に戻っていた。肩越しに見ると、ドクター・スペンサー・ヒュームはもう部屋に入ってきていた。

ドクター・ヒュームは、この状況にはそれが似つかわしいというように、足音を殺して素早く歩み寄った。髪を丁寧に撫でつけ、四分の一インチほどの幅の分け目がくっきりと見えた。丸顔には家族を気遣う表情が窺える。写真で見る亡き兄とよく似たぎょろりとした目は、私の存在など気にも留めず、部屋の中をじろじろ見回していた。

「やあ、メアリ」さりげない口調だ。「私の眼鏡を見なかったかな?」

「ええ、叔父さま、この部屋にはありませんよ」

ドクター・ヒュームはあごをつまんで考える素振りを見せ、つかつかと歩いて窓際のテーブルの上を捜し、マントルピースに視線を這わせた。途方に暮れたように立ち止まり、ようやく私を物問いたげに眺める。

「スペンサー叔父さま、こちらはお友達のミスター――」

「ブレークです」私は言葉を継いだ。

「ようこそいらっしゃいました」ドクター・ヒュームの声は抑揚に乏しかった。「どこかでお見受けしたように思うのですが、ブレークさん、以前お目にかかりましたか?」

「はい、私もお顔は存じております」

「ひょっとすると、今朝の裁判の時ですかな」彼は頭《かぶり》を振り、メアリを仔細ありげに見た。ほんの数分前まで見られた彼女の生き生きとした個性はすっかり消えていた。「何ともいやな事件ですな。メアリのお相手はほどほどになさるようにお願いしますよ」

メアリが素早く口を挟む。「スペンサー叔父さま、裁判はどうでした?」

「予想通りの展開だったよ。残念ながら」誰にでもすぐわかるが、この男は期待を持たせることを言った後、眉を寄せて「残念ながら」とがっかりさせることを言い足す癖があった。「残念ながら判決は一つしか考えられんな。メリヴェールが自分の仕事を心得ているのなら、精神異常を示す医学的な証拠を提出するのは間違いない。ただし残念ながら――ああ、そうだ!あなたをどこでお見かけしたか思い出しましたよ、ブレークさん。確か、中央刑事裁判所《オールド・ベイリー》のホールでヘンリ卿の秘書の方と話しておられましたね」

「ヘンリ卿とはもう長いお付き合いなんです」これは嘘ではない。

ドクター・ヒュームは急に興味をそそられたようだ。「でも、事件ではお名前を拝見しておりませんな」

「ええ」

「ふむ、ここだけの話、この不幸な事件をどのようにお考えです？」

「あの青年は無罪放免になるでしょうね、間違いなく」

あたりに沈黙がみなぎる。いつの間にか、部屋を照らすのは暖炉の火明かりだけになっていた。陽が翳《かげ》り、外は風が強い。「謎めいた不安な雰囲気を醸す」という言いつけに従っているつもりだが、効果のほどは心許ない。ドクター・ヒュームはついうっかりと、捜していたはずの黒いリボン付き眼鏡をチョッキのポケットから出し、注意深く鼻に乗せて私の顔をとっくりと眺めた。

「有罪だが精神異常で責任を問われない、ということですかな？」

「いいえ、精神は健全で、無罪ということです」

「それは無茶な話でしょう！　どう考えても無茶だ！　あの若者は頭がおかしい。ウィスキーについての証言一つ取っても――いや、これは失礼。人前でこの話をしてはいけませんでした。午後には証人として出廷することになっていますので。ところで、証人は一か所に集めて監視されるものとばかり思っていました。陪審と同様にです。どうやら、それは場合によるらしいですね。この事件では、訴追者側はその必要を認めなかったようです――その――事実関係がはっきりしているので」

「叔父さまが証人に呼ばれたら」メアリ・ヒュームが口を挟んだ。「ジミーは精神に異常をきたしていた、と言わせてもらえるのかしら」

「おそらく無理だろうが、それとなく匂わせてはみる。お前にそれくらいの義理は果たさせてもらうよ」ドクター・ヒュームは再び意味ありげな視線を私に向けた。「それはそうと、ブレークさん。この娘《こ》の心労を和らげ、大きな試練に際して気落ちさせまいとするあなたのお心遣いには感謝します。しかし、偽りの希望を吹き込むのは――いいですか、それこそ心ない仕打ちだ！　そう、私が言いたいのはそれだ、心ない仕打ち。それ以外に評しようがない。メアリ、胸にしっかり刻んでおきなさい。お前のお父さんが他人《ひと》の手にかかり、冷たい骸《むくろ》となって土の中に眠っているんだ。その事実さえわきまえておけば、ほかに心の支えなど必要ない」彼はたっぷり間を置いてから時計を覗き、早口で続けた。「もうこんな時間か。歳月人を待たず。ところでメアリ、さっき私の茶色い服のことを話していなかったかな？　着古したツイードのことだと思うが」

メアリは暖炉のそばのスツールに、両手で膝を抱えて坐っていた。口を開く前に、チラッと叔父を見上げた。

「スペンサー叔父さま、あれはとても上等なゴルフ服ですわ。十二ギニーもしたんですもの。叔父さまだって早く取り戻したいでしょう？」

医師は気遣わしそうに姪を見た。「メアリ、今のお前は、人が大きな悲劇に――例えば家族との死別などだが――見舞われた際、ごく些細なことが頭を離れなくなる顕著な例だよ。なぜあの服がそんなに気になるんだ？　クリーニングに出したと言ったじゃないか。頭を悩ますことが次から次へと起こって、古いゴルフ服のことはすっかり失念していたんだ。取りに行っていないだけで、クリーニング屋にあるはずだ」

「あら、そうでした？」

「わかってもらえたかな？」

「じゃあ、ポケットにスタンプ台とゴム印を入れたままクリーニングに出したんですね？　トルコ風スリッパはどうしたのかしら」

彼女はわざと叔父を困らせようとしたのではなさそうだが、確信はない。ドクター・ヒュームは眼鏡を外してポケットにしまった。そのとき戸口の厚いカーテンが揺れ、私は男が覗き込んでいるのに気づいた。明かりが乏しいのではっきりしないが、これといって特徴のない、白髪頭の痩せた男だ。片手でカーテンをねじるようにつかんでいた。

「うっかりそうしてしまったんだろうね」カーテンをつかんだ男の手が彼の喉までねじったようだに、ヒューム医師の声は急に調子が変わった。それでも、努めてさりげなく話そうとする。

「私だったらそんなことは気にしないね。クリーニング屋は正直者揃いだよ。うん？　ああ、失礼した。こちらは友人のドクター・トレガノンだ」

戸口に立った男は、カーテンから手を離し軽く頭を下げる。

「トレガノン君は精神科医なんだ」ヒューム医師はにこりとした。「さて、私は出かけるよ。

ごきげんよう、ブレークさん。メアリの頭にくだらんことを吹き込まないように願います。メアリにも馬鹿げた話はさせないでください。メアリ、午後は少し横になって休みなさい。今夜、薬をあげよう。それを飲めば心配事など忘れてしまうさ。シェークスピアも言っているだろう、『眠りは悩みの糸のほつれを編み上げる』（『マクベス』第二幕第二場）とね。けだし至言というべきだね。ごきげんよう、ごきげんよう」

6　青い羽根の切れ端

中央刑事裁判所《オールド・ベイリー》第一法廷の証言台に立った男は、自信にあふれた大きな声を轟かせていた。私が足音を忍ばせて入っていった時、男は証言の途中だった。

「――そこでわしは、スタンプ台のことを思いついた。医者が来るまでの応急処置といったところだな。この場合、来るのは医者じゃなくて警官だがね」

ランドルフ・フレミングは見るからにたくましい大男で、鼻の下に生やした強《こわ》い赤毛の髭は、四十歳若ければ近衛連隊にあっても人目を惹きそうだ。外見にふさわしい物腰で、気後れは微塵も感じさせない。あたりが暗くなるにつれ、オークの腰板上部の蛇腹《コーニス》に隠された明かりが円《まる》天井に届き、劇場のような華やいだ雰囲気を醸し出した。しかし、審理再開から四、五分遅れて潜り込んだ私は、劇場ではなく教会の説教に遅刻した子供のような気分でいた。

イヴリンは私を睨み興奮した声で囁く。「死体を発見した状況について、あの人がダイアーの証言を裏書きしたところよ。アンズウェルは薬が入ったものを飲まされたという主張を変えていないけど、デカンターのウィスキーもソーダサイフォンも手つかずだったという点で二人の証言は一致するわ。シーッ、音を立てないで！　金髪のお嬢さん、どうだった？」

いくつもの顔がこちらを振り向き、証人が発した「スタンプ台」という言葉が耳に飛び込んできたこともあって、私はシーッとお返しをしてイヴリンを黙らせた。ランドルフ・フレミングは大きく息を吸い込んで胸を膨らませ、法廷を物珍しそうに見回した。その底なしの生命力は、死んだような雰囲気の弁護団さえも生き返らせていた。フレミングの大きな顔は下へいくほどしぼんでいて、そのせいか、赤毛の口髭に操られ、下あごが振り子さながら左右に動いているように見える。まぶたには小皺が寄っていたが眼光は鋭い。片眼鏡《モノクル》をかけるか、硬い茶色の髪の上にヘルメットをかぶるかしていないのが物足りなく思えた。尋問の合間に――映画のフィルムが映写機に引っかかったように時々動きが止まる――彼は裁判官を見たり、法廷弁護士《バリスター》に目を向けたり、かと思うと顔を上げて傍聴人を眺め渡したりしていた。口を開くと、下あごがウシガエルのように膨らんだりしぼんだりする。

　尋問しているのはハントリー・ロートンだ。

「スタンプ台について説明してください、ミスター・フレミング」

「そうだな」霜降り地のスーツを着た証人が説明の際に下あごを引くと、上着のボタンホールに挿した花の香りを嗅いでいるように見えた。「サイドボードを調べて、デカンターもサイフォンも注いだ跡がないのがわかった時、わしは被告人にこう言ったんだ」思い起こすような間を置いて、「男らしく、自分がやったと認めたらどうだ？　あの矢を見ろ。指紋が残っているのがわかるか？　あれはお前のだろう？」

「被告人はどう答えました？」

「何にも。ひと言もしゃべらんのだ。そこでわしは被告人の指紋を採ろうと思いついた。元来実際的な人間でね、それがこういうとき役に立つわけだ。わしはダイアーに、スタンプ台はないかと訊いた――ゴム印を押す時に使う、インクの染みた小さな台だな――あれば指紋が採れるんだが、とね。ダイアーは、ドクター・ヒュームが最近ゴム印とスタンプ台を買った、二階へ行ってドクターの上着を捜せば見つかる、と言った。ありかを覚えていたのは、インクでポケットが汚れないように出しておこうと思ったかららしい。で、ダイアーが取ってくると言うので――」

「よくわかりました、ミスター・フレミング。あなたはスタンプ台を取ってこさせて、被告人の指紋を採ったわけですね？」

それまで首を突き出して熱弁を振るっていた証人は、話の腰を折られて苛立ったようだ。

「いや、それが違うんだな。使ったのはそのスタンプ台じゃない。ダイアーが見つけられなかっただけか、端《はな》からそこになかったのかはわからんが、ダイアーは代わりに書斎のデスクで紫インクの古いスタンプ台を見つけた。それを使って被告人の指紋を紙に採った」

「これですね？　この紙を証人に見せてください」

「ふむ、確かにこれだ」

「指紋を採る時に被告人は抵抗しましたか？」

「抵抗したよ、少しばかり」

「どんなことをしましたか？」

「大したことじゃないがな」

「もう一度お尋ねします。ミスター・フレミング、被告人はどんなことをしましたか？」

「大したことじゃないと言ってるだろう」証人の声は低い唸り声になった。「不意を衝《つ》かれただけだよ。平手でちょっと突き飛ばされたんで、よろめいて壁にぶつかり、姿勢を崩しただけのことだ」

「ちょっと突き飛ばされたわけですね。被告人はどんな様子でした？　怒っていましたか？」

「怒るも何も、急に暴れ出したから、指紋を採るのに二人がかりで腕を押さえつけたな」

「被告人はあなたを『突き飛ばし』、それであなたは『姿勢を崩した』のですね。こうも言えませんか？　彼は激しく殴りかかってきた、と」

「不意を衝かれてバランスを崩しただけだがな」

「どうか質問に答えてください。被告人は突然激しく殴りかかってきた、そうですね？」

「そうだな、さもなきゃわしがバランスを崩したりはしないな」

「大変結構です。ところで、ミスター・フレミング、あなたは八番の写真に写っている場所、つまり、壁に掛かっていて、その後凶器として用いられた矢がもぎ取られた箇所を調べましたね？」

「じっくり調べたよ」

「矢を壁に留めていたU字釘には強い力でねじられた跡がありましたね？　壁から矢をぐいと引っ張って取ったような跡ですが」

「その通り。小さなU字釘が床のあちこちに飛んでいた」

弁護人は手許の書類を当たっていた。噛み合わない小競り合いのようなやりとりを終えたフレミングは、肩を怒らせ、片肘を突き出し、片方のこぶしを証言台の手すりに乗せ、わしの供述にけちをつける気なら相手になるぞ、と言わんばかりに法廷内を見回した。額に小皺が寄っている。一度など、偶然だろうが、私とまともに視線が合った。こんな場合は誰でもそうだが、この男は腹の底では何を考えているのかと思わずにはいられなかった。

肚《はら》が読めないという点では被告人も同じだ。昼前の審理の時より落ち着きをなくしている。囲いの内側で被告人が少しでも身動きすれば、必ず気づく。空っぽのダンスフロアで誰かが動けばすぐにわかるようなものだ。重心を移したり忙《せわ》しなく手を動かしたりする所作が、すぐ近くでなされているように感じる。被告人は何度も事務弁護士《ソリシター》のテーブルのほうへ目をやった。視線の先には、深刻そうな顔をしながらも何かに心を奪われ冷笑を浮かべているレジナルド・アンズウェルの姿があった。被告人は目に怒りと不安をたぎらせ、大きな肩をすぼめている。H・Mの秘書ロリポップも事務弁護士《ソリシター》のテーブルにいて、紙製の袖カバーをつけ、タイプした書類を熱心に見ていた。

弁護人が咳払いをして、再び尋問が始まった。

「ミスター・フレミング、あなたはいくつかのアーチェリー関係の団体員で、アーチェリーのご経験が長い、というお話でしたね」

「その通り」

「では、アーチェリーに関して、あなたをある程度の権威と考えてもよろしいですね？」

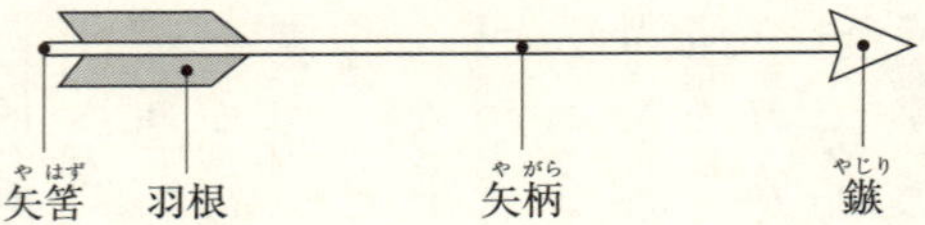

「そう言っても差し支えなかろうな」証人は勿体をつけてうなずき、ウシガエルのようなあごを膨らませた。

「では、この矢をよく見て、どんな矢か説明してください」

フレミングは迷惑そうな表情をした。「何を述べろとおっしゃるのかわからんが、まあやってみよう。これは標準的な男子用の矢だ。矢柄《やがら》の材質はアカマツ、長さ二十四インチ、太さは四分の一インチ、フッティング（矢柄の先にあって鏃を取りつける部分。堅材を用いる）にバラタノキを用いて鉄の鏃《やじり》をつけてある。矢筈《やはず》は角《つの》製で――」彼は矢を両手で回しながら説明していた。

「なるほど、矢筈というんですね。どんなものか説明してください」

「矢筈というのは矢の後ろにある小さな楔《くさび》形の部分だ。これには小さな切り込みがあって――ほら、ここだよ、これを弓の弦《つる》にかけて矢をつがえるわけだ。こんな具合に」

手を大きく引いて実演しようとしたが、証言台の屋根を支える支柱に手がぶつかった。フレミングは驚くと同時に、ばつの悪そうな表情を見せた。

「その矢は弓で射られたと考えられますか？」

「そんなはずはない、問題外だね」

「絶対に不可能だとおっしゃるのですね？」

「むろん不可能だな。それに、矢に付いていたのはあやつの指紋だけで――」

「どうか証言を先取りしないようにお願いします、ミスター・フレミング。その矢が弓によって射られたものではない理由をお聞かせください」

「矢筈を見るがいい！　こんなに曲がっていたら弦につがえられんよ」

「あなたが被害者の体にその矢が突き立っているのを見た時も、矢筈はその状態でしたか？」

「ああ、そうだった」

「陪審のみなさんが矢を検《あらた》められるように、お手持ちの矢を回していただけますか——ありがとうございます。さて、その矢が弓で射られたものではないことがはっきりしたものとしてお尋ねします。埃が矢を覆っていたと証言されましたが、あなたが確認した指紋以外にはどこにも——どこにもですよ——触れた跡はなかったのですね？」

「なかったな」

「これで尋問を終わります」

弁護人は腰を下ろした。矢が陪審の間を回されているさなか、ゴロゴロと雷のような咳払いをひとしきり轟かせてH・Mが立ち上がった。卿が立てる音はいろいろあるが、これは戦闘開始の合図だ。この音に素早く反応した者が何人かいた。ロリポップは黙ったまま鬼のような形相を作ってH・Mに警告し、それでは足りないと考えたか、それまで熱心に読んでいた書類を頭上に両手で掲げた。波瀾の予感が一陣の風となって廷内を吹き抜けたが、H・Mの反対尋問は意外にも穏やかな調子で始まった。

「あんたは土曜の夜、チェスをやりに被害者の家へ行くことになっていたと話したね？」

「その通り」フレミングの食ってかかるような口調は、「だからどうした？」と言い足しているのも同然だった。

「被害者とその約束をしたのはいつかな？」

「土曜の午後三時くらいだったと思う」

「ふむ。何時の約束になったかね？」

「七時十五分前くらいに来てくれ、家の者が出払っているから温かいものは出せんが、一緒に食事をしよう、と言われたな」

「ミス・ジョーダンがあんたを呼びに駆けつけたのは、その約束を果たしに出かけるところだったわけじゃな？」

「さよう。約束の刻限にはちょっと早いが、遅れるよりはいいと思ってな」

「はん。では――おい、そっちへ回してくれ――その矢をもう一度見てもらえんかな。そこに付いておる三枚の羽根じゃが、矢柄に沿って矢筈から一インチくらいのところにあって、長さはおよそ二インチ半、それで間違いないかね？」

「いかにも。羽根のサイズはいろいろあるが、ヒュームは一番大きいのを好んで使っていた」

「真ん中の羽根が、半分くらいのところでちぎれているのがおわかりかな？　あんたが遺体を発見した時もそんなだったかね？」

フレミングは用心するような目でH・Mを見る。赤い口髭の奥で警戒信号がともったらしい。

「さよう。この通りだった」

「被告人が六時十分に書斎に通された時、羽根は三枚とも揃っていたとダイアー証人が証言したのをあんたは聞いたかね？」

「聞いたよ」

「そうだろうとも、みんな聞いておる。となるとじゃ、羽根がちぎれたのは、その時刻から遺体発見までの間ということになるな？」

「まさしく」

「被告人が矢を壁からもぎ取り、矢柄の真ん中を握ってヒューム老を突き刺したとしたら、そんなふうに羽根がちぎれるかな？」

「それはわからん。揉み合っている最中にちぎれたんじゃないか。ヒュームは襲いかかられて、咄嗟《とっさ》に矢をつかんで――」

「ほう、自分に向けられた鏃とは反対側をわざわざつかんだと？」

「ありえん話じゃない。あるいは、矢を壁からもぎ取る時にちぎれたのかもしれん」

「お説ごもっとも。羽根がちぎれたのは、一、二人が揉み合っている最中、二、矢を壁から取る時、そのどちらかじゃ。だが、いずれの場合も、ちぎれた羽根はどこにあるんじゃ？　部屋を調べた時に見つかったかな？」

「そういえば見つからなかったな。何しろ小さな羽根の切れっ端だから――」

「その『小さな羽根の切れっ端』は長さ一インチと四分の一、幅が一インチあったことをお忘れかな。半クラウン貨よりよっぽど大きい。あんただって、床に半クラウン貨が落ちていたら気づかぬはずがあるまい？」

「そりゃ気づくだろうが、残念ながら半クラウン貨じゃなかったからな」

「半クラウン貨よりよっぽど大きい、と言ったはずじゃ。しかも派手な青に染めてあったんじゃろう？」

「そうだったと思う」

「絨毯はどんな色だったかな？」

「はっきり覚えておらん」

「では教えて進ぜよう。淡い茶色だ。思い出したかね？　よろしい。部屋には家具があまりなかったことも認めるかね？　ふふん、そしてあんたは部屋を徹底的に調べた。だが、ちぎれた羽根は見つからなかった。そうじゃな？」

これまで証人は、当意即妙の受け答えをしてやったと悦に入って、にやにやしながら時折口髭をひねったりしていたが、余裕を失いつつあった。

「どうしてわしにわかるんだ？　どこかに引っかかっているのかもしれん。警察に訊くのが筋じゃないか？」

「むろんそうするつもりじゃ。さて、今度はあんたのアーチェリーに関する造詣の出番じゃ。矢の端っこに付いている三枚の羽根は、何かの役に立っておるのか？　ただの飾りかな？」

フレミングは驚いたような顔をした。「もちろん役目がある。羽根は、矢が飛んでいく方向と平行に、矢柄の周りを三等分する角度で付けられている。ほら、この通り。羽根にはひねりがついているから、矢は回転しながら飛ぶ。ライフルの銃弾と同じだ」

「羽根の一枚はほかの二枚とは違う色に塗るのかな？　この矢のように」

「さよう、これは案内羽根《ガイドフェザー》といって、矢を弦につがえる時の目印になる」

「こうした矢を買うと」Ｈ・Ｍは喉の奥をゴロゴロ鳴らしながら眠そうな声で続けた。その間もフレミングは相手から目を離さない。「羽根は最初から付いておるのかな、自分で付けるのかな？」

「普通は最初から付いている、当たり前だがな。でも、自分で好みの羽根を付ける者もいる」

「被害者はそういう物好きの一人だったとわしは睨んでおるが、どうじゃな？」

「いかにも。あんたがどうして見抜いたか知りたいもんだが、あの男はほかの連中とは違っていた。矢にはたいてい七面鳥の羽根が付けてあるが、ヒュームは雁《がん》の羽根を好んでいた。きっと、灰色雁の羽根を使う昔なりのやり方が好きだったんだろうな。便利屋のシャンクスにやらせていたがね」

「この風変わりなちびっ子、あんたの言う案内羽根《ガイドフェザー》のことじゃが、わしの聞き及んでおるところでは、それを染めるのに被害者は自分でこしらえた染料を使っておった、それで間違いないかね？」

「ああ。自分の作業場で――」

「自分の作業場じゃと！」Ｈ・Ｍはにわかに活気づく。「自分の作業場とはな！　そいつはどこにあるんじゃ？　ヒューム家の平面図で場所を教えてくれんか？」

陪審が一斉に図面を広げるカサカサという音がした。傍聴人の中には、この食えない爺さんが薄みっともない法服の袖に何を仕込んでいるのか訝《いぶか》る者もいたはずだ。ランドルフ・フレミングは毛むくじゃらの赤らんだ指を平面図に走らせ、顔を上げて眉を寄せた。

「ここだな。裏庭に建てた離れだよ。母屋からざっと二十ヤードかな。元々は温室にする予定だったたと思うが、ヒュームはそっちに興味がなかったんだ。その名残で、一部はガラス張りになってる」

H・Mはうなずく。「被害者はその小屋にどんなものを置いていたのかな?」

「アーチェリーの道具だよ。弓、弦、矢、手袋、そういったものさ。シャンクス爺さんが羽根を染める時にも使っていた」

「ほかには?」

「棚卸しがお望みとあれば」証人の口調が険しくなる。「叶えてやらんでもない。腕当て、矢筒付きのベルト、鏃を磨く毛糸の房《タッセル》、手袋の利き指に付けるグリースの容器——もちろん工具類も置いてあった。ヒュームは手先が器用だったよ」

「それだけかな?」

「それだけだな、わしの覚えている限りでは」

「確かかね?」

証人はその問いには、鼻を鳴らしただけだった。

「そうか。さて、あんたは凶器の矢が射られたとは考えられないと証言しておる。その証言は真意ではなかったと認める気にはならんかね？　つまり、その矢は投射《プロジェクト》された可能性がある、と変えるのはどうじゃな？」

「何を言ってるのかさっぱりわからんな。どう違うのかな？」

「どう違うかじゃと？　いいか、ここにインク壺がある、わしがこれをあんたに投げつけたとしよう。それは弓で射られたことにはならんが、投射されたということには、あんたも文句はあるまい」

「ふむ」

「何なら、その矢をわしめがけて投射することも、あんたはできるな？」

「できるとも！」

証人の口ぶりには「できるなら投射してやるんだが」と言いたい気持ちがにじみ出ていた。対峙している二人の声は力強く、しかも次第に大きくなりつつあった。ここでついに、法務長官サー・ウォルター・ストームが咳払いと共に立ち上がった。

「裁判官閣下」その豊かで落ち着いた声を聞けば、司教様でも、自分は何かまずいことをしでかしたのかと思いそうだ。「我が博学なる友の尋問を妨げることは本意ではありません。しかしながら、我が博学なる友は、わずか三オンス（約八十五グラム）の矢を投げて、人体に八インチも突き刺すことが可能だと主張しようとしているのか否かを確認したい――遺憾ながら我が博学なる友は、アーチェリーの矢を、捕鯨用の銛《もり》とまでは言わぬものの、アフリカの現地人が用いる投げ槍とでも混同しておられるのではないかと申し上げねばなりません」

Ｈ・Ｍのかつらの後頭部で毛が逆立った。

ロリポップが、Ｈ・Ｍを宥《なだ》めようと必死の形相で両手を動かしている。

「裁判官閣下」Ｈ・Ｍは喉に物が詰まったような妙な声で、「わしが何を言わんとしておるかは、次の質問でわかるはずじゃが」

「続けたまえ、サー・ヘンリ」

Ｈ・Ｍは呼吸を整え、フレミングに向き直る。「わしはな、この矢はクロスボウ（洋弓銃）から発射されたのではないか、と言いたかったんじゃ」

法廷に沈黙が満ちる。裁判官はペンを静かに置き、丸い顔をこちらに向けた。変てこなお月様が昇ったように見えた。

「サー・ヘンリ、私にはよくわからないのだが、クロスボウとはどんなものかね？」

「一つ用意しておる」

Ｈ・Ｍは机の下から、仕立屋が注文服を入れるのに使うような大きなボール箱を取り出した。箱から現れたのは、磨かれて不気味な光沢を放つ木と鋼《はがね》でできた、重そうでいかにも剣呑な仕掛けだった。小型のライフルのような形状で、台尻を含めせいぜい十六インチほど。柔軟な鋼の板ばねが大きな弧を描いて張り出し、弧の両端を結ぶ弦が後方に引っ張られ、台尻の上の、象牙のハンドルが付いた巻き上げ胴の切り込みに引っかけられていた。巻き上げ胴には引き金が付いており、平たい弓床（ライフルの銃身に当たる）の中央に溝が走っている。台尻には螺鈿《らでん》細工が施され、固唾を呑んで見守る者はみなＨ・Ｍの手にあるのは似つかわしくないと考えそうだが、そんなことを思う余裕はなかった。クロスボウは、古《いにしえ》の武器というよりも未来からやってきた兵器のように彼らの目には映ったのだ。

「こいつはな」H・Mはおもちゃを手にした子供のように無邪気だ。「短胴型ショートクロスボウといって、十六世紀のフランス騎馬隊が使っていたものじゃ。仕組みをお目にかけようか。最初に巻き上げる――こんなふうにな」ハンドルを回すと、ギリギリと耳障りな音がして弦が引かれ、板ばねの両端が引き絞られた。「次に溝に沿って、クォーレルと呼ばれる鋼の矢をつがえる。引き金を引くと、投石器《カタパルト》と同じ要領でクォーレルが打ち出される。そいつは、引き絞られたトレド鋼の板ばねが戻る力に押されて飛んでいく……そういう仕組みじゃ。クォーレルは普通の矢より短いが、クロスボウを使って普通の矢を発射することもできるんじゃ」

H・Mは引き金を引いた。敢えてそうしただけの効果はあったようだ。サー・ウォルター・ストームが立ち上がり口を開くと、ざわめいていた廷内が静まった。

「裁判官閣下」口調はあくまで厳《いか》めしい。「非常に興味深い実演でした――これが証拠になるかどうかは別として。我が博学なる友は、犯罪がそこにある面妖な器具によってなされたという新説を披露するつもりでしょうか？」

サー・ウォルターにはまだいくぶん面白がっている風が見えたが、裁判官はそうではなかった。

「さよう、私もそれを尋ねようと思っていたところだよ、サー・ヘンリ」

H・Mはクロスボウを机に置いた。「いや、ちと違うんじゃ、裁判官閣下。こいつはロンドン塔から借りてきたものじゃよ、ちょいと実演しようと思ってな」再び証人に向き直る。「ところで、エイヴォリー・ヒュームはクロスボウを持っていたかな?」

「そういえば、持っていたな」フレミングが答えた。

陪審席の真下の新聞記者席から、午後版担当の男が二人立ち上がり、足音を忍ばせながら出ていった。証人の苛立ちは消えなかったが、興味深そうな様子が加わっていた。

「もう何年も前だが」フレミングは唸るような声で続けた。「ケント州森の狩人クラブでクロスボウの実験をしたことがある。結果は芳《かんば》しくなかった。扱いにくいし、普通の弓に比べて射程がずっと短いんだ」

「ははん。被害者はクロスボウをいくつ持っておったかな?」

「二つか三つだったと思う」

「これと同じようなものかね?」

「そうだと思うが、なにせ最後に見たのは三年前だし――」

「クロスボウをどこにしまっていたかね?」

「裏庭の離れだった」

「ほう、それをあんたは一分前まで忘れとったんではないかな?」

「度忘れしただけだよ。無理もなかろうが」

再び二人の間に不穏な空気が流れた。フレミングの大きな鼻とあごが締まり、人形劇のパンチ人形に似てきた。

「専門家としてのあんたの意見を聞きたい。犯行に使われた矢が、このようなクロスボウから発射された可能性はあるかな？」

「狙いが不正確になるな。矢が長すぎるし、溝に嵌めるには緩すぎる。二十ヤード先の的にも当たらないだろう」

「発射された可能性はあるか、とわしは訊いておるんじゃがな」

「じゃあ、あるかもしれないな」

「じゃあ、あるかもしれない、じゃと？　お前さんは、可能性があることをよーく知っとるはずじゃ、違うか？　おい、矢をよこせ、わしがやってみせる」

サー・ウォルター・ストームが穏やかな物腰で立ち上がった。「裁判官閣下、実演は不要かと存じます。我が博学なる友の申し立てを我々は受け入れます。同様に、証人はやや苛酷な状況下での陳述を強いられながらも、正直な意見を述べようと努めているにすぎないことも認めるものであります」

（「ほら、やっぱり」イヴリンが耳打ちした。「これでわかった？　あの人たち、お爺ちゃん熊が血でリングが見えなくなるまで、寄ってたかっていじめるつもりよ」）

確かに、H・Mは何も立証できなかっただけでなく法廷戦術を誤ったというのが、誰しもの印象だった。最後の二つの質問をする時には、声色は哀れを誘うばかりになった。

「二十ヤード先の的に当たるかどうかは気にせんでよろしい。ごく短い距離――例えば二、三フィートなら、正確に狙えるかな？」

「たぶんな」

「本当のところ、外そうにも外せんだろう？」

「さよう。二、三フィートの距離で外すことはない」

「尋問はこれで終わりじゃ」

法務長官の短い再主尋問は、せっかくのH・Mの新説を粉砕し根こそぎ刈り取ってしまった。

「我が博学なる友の示唆した方法で被害者を殺害するには、クロスボウを持った人物は二、三フィートの距離まで被害者に近づかねばならないわけですね？」

「さよう」フレミングは相手が替わっていくぶん態度が和らいだ。

「言い換えれば、部屋の中にいなければならなかった？」

「さよう」

「結構です。ではミスター・フレミングに尋ねますが、この施錠され密閉された部屋に入った時――」

「おほん、その発言には異議を申し立てる」H・Mは再び立ち上がった。急に立ち上がったせいで息が切れ、書類が飛び散った。

審理が始まって以来初めて、サー・ウォルターは少しうろたえた。H・Mのほうへ顔を向けたので、私たちも彼の顔を拝むことができた。多少赤らんでいるが、面長ではっきりした目鼻立ち、黒い眉が印象的な、精力にあふれた顔だ。サー・ウォルター・ストームもH・Mも裁判官に呼びかけるので、通訳を介して二人が話をしているように見える。

「裁判官閣下、我が博学なる友が異議を唱えているのはどの部分でしょうか？」

「『密閉された』というところじゃよ」

今度は裁判官がＨ・Ｍを見た。その目は落ち着いているが、興味をそそられたように輝いている。しかし、冷静な口調にそれは全く窺えなかった。「サー・ウォルター、確かにその言葉は、やや現実味を欠くようだな」

「裁判官閣下、ではその言葉は撤回します。ミスター・フレミング、あなたが施錠され、密閉されてはいないものの、あらゆる出入りの手立てが内部から阻まれた書斎に入った時――」

「再度異議を申し立てる」とＨ・Ｍ。

「えへん。あなたが――」サー・ウォルターの声に遠雷めいた響きが加わったのは無理もない。

「ドアに内部から差し錠がしっかりと掛けられ、窓は施錠されシャッターが閉まっていた書斎に入った時、あのような奇妙な器具に気づきましたか？」

すっと伸ばした指の先には、件《くだん》のクロスボウがあった。

「いや」

「あったとすれば、見逃しはしませんね？」

「いかにも」証人はからかうような口調で答えた。

「ありがとうございました」

「では、次にドクター・スペンサー・ヒュームを喚問します」

7　キューピッドのように

五分経ってもドクター・スペンサー・ヒュームは見つからなかった。手違いがあったのは確かだ。Ｈ・Ｍに目をやると、大きな手を握りしめただけで変わった様子はない。ハントリー・ロートンが立ち上がった。

「裁判官閣下、証人はどうやら、その――ええと――失踪したようです。我々としては――ええと――」

「そうらしいな、ミスター・ロートン。訴追者側はどうするかな？　証人が見つかるまで休廷を上申するかね？」

訴追者側の話し合いが始まり、途中何度かＨ・Ｍに視線が向けられた。やがてサー・ウォルター・ストームが立ち上がった。

「裁判官閣下、本件の公訴事実の深刻さを考慮し、我々としましては、本証人の尋問を省略し、所定の順序で訴追者側証人の尋問を行なって審理時間の節約に努めたいと存じます」

「サー・ウォルター、その決定は君に任せる。それにしても、証人に召喚状が出ておるのであれば、出廷しておらねばならん。この件は調査した上で、しかるべき手立てを講じなければなるまいな」

「もちろんです、裁判官閣下……」

「フレデリック・ジョン・ハードカスルを喚問します」

ハードカスル巡査は、遺体発見時の状況について証言した――午後六時四十五分、グロヴナー広場を警邏《けいら》中に、今はダイアーと名前がわかっている人物が近づいてきて、「お巡りさん、来てください、大変なことが起こりました」と訴えた。家に入った時、車がやってくるのが見えた。ドクター・ヒュームと気を失っているらしいご婦人（ミス・ジョーダン）が乗っていた。書斎には被告人と、フレミングと名乗る男性の二人がいた。ハードカスル巡査に「どうしたんだ？」と尋ねられた被告人は「僕は何も知らない」と答え、あとは何も話そうとしなかった。巡査は所轄署に電話し、捜査担当の警部が到着するまで現場で番をした。

反対尋問はなかった。訴追者側は次にドクター・フィリップ・マクレーン・ストッキングを喚問した。

ドクター・ストッキングは、小さな口を固く結んだ、ぼさぼさ頭の痩せた男で、どことなく人の感傷に訴える雰囲気があった。彼は証言台の手すりを強く握って離そうとしなかった。よれよれの紐ネクタイを蝶結びにし、サイズの合わない黒いスーツを着ている。しかし、両手だけは丁寧に磨いたのかと思えるほどきれいだった。

「証人の名前は、フィリップ・マクレーン・ストッキング、ハイゲート大学の法医学教授で、ロンドン警視庁C管区の顧問医を務めていますね？」

「その通りです」

「去る一月四日、あなたはグロヴナー街一二番地に呼ばれ、午後七時四十五分頃に到着しましたね」

「はい」

「到着した時、書斎で何を発見しましたか?」

「窓とデスクの間、かなりデスク寄りに、男性が仰向けに横たわっているのを発見しました」

証人の声はくぐもりがちで、明瞭に発音しようと苦労していた。「ドクター・ヒューム、ミスター・フレミングと被告人がいました。私が『被害者を動かしましたか?』と訊くと、被告人は『僕が仰向けにした。最初は、顔をデスクにくっつけるようにして、左脇を下にしていた』と答えました。手は冷たくなりかけていましたが、上腕と胸部から腹部にかけては温もりがあり、左前腕と頸部は死後硬直が始まっていました。私は、一時間以上前に死亡したと判断しました」

「死亡推定時間をもっと狭めることはできませんか?」

「六時から六時三十分の間とまでは言えますが、それ以上の特定は困難です」

「検死もあなたが行なったのですね?」

「はい。鉄の鏃《やじり》が胸部を八インチの深さで穿《うが》ち、心臓に達していました」

「即死でしたか?」

「はい、即死だったことは間違いありません。こんな具合に」証人はいきなり、手品師がトリックを用いる時のようにパチンと指を鳴らした。

「被害者は、身動きしたり歩いたりすることはできたでしょうか？　つまり——」サー・ウォルターは腕を広げ、声を張り上げた。「矢を受けた被害者に、ドアと窓を施錠する力が残っていたでしょうか？」

「それは絶対にありえません。被害者はその場で倒れたはずです」

「傷の所見から、どんな結論に達しましたか？」

「矢が短剣のように用いられ、屈強な人物によって激しい力で刺されたと結論しました」

「例えば被告人のような人物にですか？」

「はい」ドクター・ストッキングは、被告人に向けた視線を一閃させ、うなずく。

「その結論に至った理由を述べてください」

「傷の方向です。傷は高い位置から始まり——胸のこのあたりです」手で位置を示した。「斜め下方へ進んで心臓に達しています」

「鋭角に、ということですか？　下向きに突かれたわけですね？」

「はい」

「矢が弓またはそれに類したものによって発射されたという意見について、どう思いますか」

「個人的見解に踏み込んでもいいとおっしゃるなら、それはありそうもない、というか、ほとんど不可能だと思います」

「なぜです？」

「矢が被害者に向けて発射されたならば、ほぼ体に正対した角度で入ったはずです。あのような角度にはなりません」

サー・ウォルターは指を二本上げた。「こうも言えますね、ドクター。矢が被害者に向けて弓に類する武器で発射されたとすると、射手は天井近くのかなり高い場所にいた——そして下向きに狙った、と」

私には、彼が「キューピッドのように」と付け加えるのをかろうじてこらえたように思えた。サー・ウォルターの声には、実際にはひと言も費やさず、露骨な嘲りを感じさせる効果があった。いつも詰め物をしたぬいぐるみのように無表情に坐っている陪審でさえ、ほんの一瞬かすかな冷笑を浮かべた。廷内の雰囲気が次第に冷たいものになってきた。

「ええ、そんなところです。でなければ、被害者は上半身を折り畳むように屈んでいたのかもしれません。犯人に向かって深くお辞儀をするように」

「争った形跡はありましたか？」

「はい。被害者のカラーとネクタイが乱れ、上着もずり上がっていました。両手が汚れ、右の掌には小さな切り傷がありました」

「その切り傷はどうしてできたのでしょうか？」

「何とも言えません。鏃に触れたのかもしれませんが」

「手を突き出して身を守ろうとしたのかもしれない、ということですか？」

「ええ」

「その傷から出血はありましたか？」

「少し出血していました」

「検死の際、部屋に血痕を認めましたか？」

「いいえ」

「では、その切り傷は矢によるものと考えるのが妥当ということになりますね？」

「私の推察ではそうなります」

「ところでドクター、書斎で検死をした直後にどんなことがあったか教えてください」

再び、ぼさぼさ頭の証人の目が一瞬被告人に向けられた。口許には嫌悪の表情が浮かんでいる。「面識のあったドクター・ヒュームに、被告人を診てほしいと頼まれました」

「診るというのは？」

「診察する、ということです。ドクター・ヒュームは『この男が薬を飲まされたと訴えるので診たのだが、私にはその徴候が見つけられなくてね』と言いました」

「その時、被告人の様子はどうでした？」

「とても冷静で落ち着いていました。時々こんなふうに髪に手をやっていましたね。私のほうがうろたえていたくらいです」

「それで、あなたは被告人を診察した？」

「ざっとですが。脈は速くやや不規則ながら、催眠剤を摂取した時のように弱くはありませんでした。瞳孔反射も正常でした」

「被告人は薬を飲まされたと思いましたか？」

「私見では、薬は飲まされていません」

「ありがとうございます。質問は以上です」

（「もうおしまいね」イヴリンが囁いた。被告人の青ざめた顔には困惑が浮かんでいる。一度、抗議しそうに立ち上がりかけ、両脇を固める看守が素早く警戒態勢を取った。無言のまま唇が空しく動く。彼は袋小路に追い込まれ、猟犬に激しく吠え立てられていた。本当に無実なら、被告人が今感じているのは真の恐怖にほかなるまい）

H・Mは大きな音をさせながら立ち上がり、たっぷり三十秒ほど証人を睨みつけた。

「あんたは被告人を『ざっと』診ただけなんじゃな？」

H・Mの声には裁判官さえも顔を上げた。

「あんたは、患者を『ざっと』診ることにしておるのか？」

「それは言いがかりです」

「人の命が懸かっているとすれば、そうも言っておれんのではないかな。あんたは人ひとりの命が『ざっと』済ませた診察に左右されても構わんと思っておるのか？」

「いいえ」

「だが、法廷で宣誓した上で行なわれる証言なら、それでも差し支えないと言うのかね？」

ドクター・ストッキングの口許がいっそう引きしめられる。「私の務めは検死で、被告人の血液検査ではありません。それに、ドクター・ヒュームは名の通った権威ですから、彼の診立てを尊重して問題ないと考えたのです」

「なるほど。となるとあんたには、二番煎じの証言しかできないのではないかな？　あんたの証言は全てドクター・ヒュームの見解に基づいておるのだから——ところで、当のドクター・ヒュームの姿を見かけんようだが、どうしたかの？」

「裁判官閣下、このような当てこすりには異議を申し立てます」サー・ウォルター・ストームが大きな声で叫んだ。

「サー・ヘンリ、弁護人は証人の発言内容から逸脱しないように」

「裁判官閣下、これは失礼つかまつった。だが、わしには、証人こそ『ドクター・ヒュームの発言内容からちっとも逸脱しない』ように思えたんでな……さて、あんたは自分自身の知見に照らして、被告人が薬を飲まされていなかったと誓うかね？」

「いいえ」証人は撥《は》ねつけるように答えた。「誓ったりはしません。私は見解を述べるよう求められています。その見解が偽りのないものであることは誓いますが」

裁判官が柔らかく抑揚のない声で口を挟んだ。「私にはまだよくわからないのだが、証人は、被告人が薬を飲まされたことはありえないと考えておるようだ。違うかな？　それは当面の問題なんだが」

「いいえ、裁判官閣下、私はありえないとまでは申し上げません。それは少し言いすぎになると思います」

「なぜ言いすぎになるのかね？」

「裁判官閣下、被告人は、薬を飲まされたのは六時十五分頃だと言いました。私が彼を診たのは九時に近い時間です。薬を飲まされたのが本当だとしても、薬効はほとんど消失していたでしょう。しかしドクター・ヒュームが彼を診たのは七時前ですから――」

「ドクター・ヒュームの見解は示されておらん」ボドキン判事が遮った。「この点については疑問の余地がないようにしておきたい。なぜなら非常に重要な問題だからだ。薬の効果が消えていた可能性があるならば、証人はこの件に関してあまり多くを述べる立場にないということになるが、どうかね？」

「裁判官閣下、先ほど申し上げましたように、私にできるのは自らの見解を述べることだけです」

「大変結構。サー・ヘンリ、尋問を進めたまえ」

H・Mは満悦至極の態《てい》で次の論点に移った。

「ドクター・ストッキング、あんたが不可能に近いほどありそうもないと評した問題には、別の考え方ができる。つまり、矢が投射された可能性のことじゃ。被害者の姿勢について考えてみよう。あんたは、被害者が最初、左脇を下にしてデスクの側面に顔を向けて倒れていたという被告人の供述を認めるかね？」

医師は冷淡な微笑を浮かべた。「法廷は被告人の供述を検証する場であって、認める場ではないと思いますが」

「どんな事情があっても受け入れる気にはならん、ということらしいな。じゃが、ここは一つ、この供述に限って認めてもらうわけにはいかんかな？」

「認めないとは言っていません」

「この供述に矛盾する事実を何か知っておるのかね？」

「いいえ、そのようなものが存在するとは言えません」

「では、純粋に議論を進める立場から訊きたい。被害者がデスクのそっちの側面に立っていたとしよう――つまり（あんたの手許にある平面図を見てくれ）部屋の向こうにあるサイドボードを正面に見るようにしてじゃ。そして、デスクの上にある何かをよく見ようとして身を屈めたとしよう。その時にサイドボードの方向から矢が飛んできたら、あんな具合に突き刺さるのではないかな？」

「可能性としては低いですが、ありうるでしょう」

「ありがとう。以上じゃ」

H・Mはドシンと音を立てて腰を下ろした。法務長官の再主尋問は簡にして要を得ていた。

「我が博学なる友が示唆した通りに事態が展開したとします。その場合、争った形跡が残ると思いますか？」

「そのような形跡はきっと残らないでしょうね」

「乱れたカラーやネクタイ、ずり上がった上着、汚れた手、右の掌の切り傷といった跡があると考えますか？」

「いいえ」

「掌の切り傷は、被害者が、自分めがけて発射された矢をつかもうとしてできたものと考えてよいでしょうか？」

「個人的な意見ですが、それは馬鹿げているとしか言えません」

「大きなクロスボウを持った犯人がサイドボードに隠れている、そんな光景を現実のものとして想像できますか？」

「いいえ、全く」

「ドクター、最後に、被告人の薬物摂取の有無について証言をする資格があなたにあるかどうか伺います。あなたは二十年間、プレイド街にあるセント・プレイド病院に勤務していたのでしたね？」

「はい、その通りです」

医師は証言台を下り、代わりに訴追者側は最も警戒すべき証人――ハリー・アーネスト・モットラム――を喚問した。

モットラム警部はそれまで事務弁護士《ソリシター》のテーブルにいた。私はそうとは知らず、彼を何度も見かけていたのだ。モットラム警部は足許に注意しながらゆっくり歩き、態度も話し方も慎重そのものだった。四十歳を超えてはいないが、慌てて不用意なことを口走ったりしない疎漏《そろう》のない受け答えから、法廷での証言にかなりの経験があることがわかる。気をつけの姿勢を崩さない物腰は、「自分は、好んで誰かの首にロープを巻きつける手伝いをしているわけではない。しかし事は冗談では済まされない。殺人はいつだって殺人だし、犯人を一刻も早く処刑できればそれだけ社会のためになる」と語っているように思えた。角張った顔で鼻が低く、鼻のすぐ下にあごが迫っている。物事の裏の裏まで見抜くような鋭い目つきだが、単に眼鏡が必要なだけかもしれない。家庭を大事にするごく普通の男が社会を守ろうと立ち上がった、そんな雰囲気が法廷に漂った。彼は力強い声で宣誓を終え、射貫《いぬ》くような、あるいは単に近視というだけの目を弁護人に向けた。

「私はロンドン警視庁のモットラム管区警部です。連絡を受け、一月四日午後六時五十五分にグロヴナー街一二番地に出向きました」

「何があったか説明してください」

「書斎と呼ばれる部屋に入ると、被告人のほかに、ミスター・フレミング、当家の執事、ハードカスル巡査がいました。私は被告人を除く三人に質問し、彼らは本法廷で証言した通りの供述を行ないました。最後に、言いたいことはあるかと被告人に尋ねたところ、『このうるさい連中を部屋から出してくれたら、何が起きたか説明します』と答えました。私はほかの人たちに部屋を出てもらい、ドアを閉め、被告人に向き合って坐りました」

続いて警部が引用した被告人の供述は、法務長官が冒頭陳述で読み上げたものとほとんど同じだった。ただ、モットラム警部が感情の乏しい声で繰り返すと、さらに馬鹿げてありそうもない話に聞こえた。ウィスキーに薬が混じっていたという件《くだり》に至ると、サー・ウォルターは証言を中断させた。

「被告人によると、被害者自らがウィスキーソーダを作り、被告人は半分ほど飲んでグラスを床に置いた、ということでしたね？」

「はい、被告人の坐っていた椅子のそばの床に置いた、と供述しました」

「モットラム警部、あなたは酒をたしなみませんね？」

「はい」

「では」弁護人の口調が急に優しくなった。「被告人の吐く息にウィスキーの匂いがしましたか？」

「いいえ、全く」

すこぶる単純にして極めて明白な事実。それだけに、訴追者側は頃合いを見て爆発させる爆弾としてこの証言を取っておいたのだと私は確信した。効果は覿面《てきめん》。薬効云々の話と違って実際的で日常経験に基づくものだけに、陪審も納得しやすい。

「話の腰を折って失礼しました。先を続けてください」

「話を終えた被告人に、私は『君が今話したことはおよそ信じられない。その事実に君は気づいているのか？』と尋ねました。彼は『僕は嵌められたんです、警部さん。神に誓ってもいい、これは罠です。なぜあの連中が揃いも揃って僕に敵意を抱くのか、理解できません』と答えました」

「証人は、被告人の言葉をどのように理解しましたか？」

「私は『あの連中』というのが、あの家にいた人たちのことだと理解しました。私に対しては彼も普通に話ができました。むしろ被告人の態度はひたむきで友好的だったと述べるべきだと思っております。しかし、家人や、家族の友人には強い猜疑心を抱いているようでした。それから私は『君が認めたようにドアが内側から施錠され窓にも鍵が掛かっていたのなら、君が言ったことをできた人はいないはずだ』と言いました」

「被告人はどう答えましたか？」

証人は困ったような顔つきになった。「被告人は探偵小説の話を始めました。外からドアの差し錠や窓の鍵を掛ける方法についてです――紐や針金を使って」

「警部、あなたは探偵小説を読みますか？」

「はい」

「被告人が述べた方法について知っていますか？」

「一つ二つ聞いたことはあります。滅多にないほどの幸運に恵まれれば、実際に使えるのかもしれません」モットラム警部は、ここでためらうような表情になり、弁解がましく話を続けた。「でも本件では、そのような方法は使えません」

弁護人の合図で、書斎の窓を摸した証拠物の再登場となった。今回はドアも一緒だ。オークの一枚板で、ドア枠に嵌めた状態で持ち込まれた。

「証人は事件当夜、レイ巡査部長の手を借り、取り外したシャッターとドアを実験の目的で署へ運んだのですね？」

「はい」

「では、被告人の述べた方法が本件に適用できない理由を説明してください」

警部が述べた説明に耳新しいものはなかった。しかしモットラム警部の口から語られると、ここ中央刑事裁判所《オールド・ベイリー》の建物と同じように、堅牢で揺るぎないものに思えてくる。

「警部、ドアと窓について被告人に質問した後、あなたはどうしましたか？」

「被告人に、身体検査をしてもいいかと尋ねました。被告人が立ち上がると――それまで被告人はほとんど椅子に坐っていたのですが――コートの下、右の腰あたりが膨らんでいるのに気づきました」

「被告人はそれをどう説明しましたか？」

「彼は『お手を煩わすまでもありません。あなたが欲しいものはわかっています』と言ってコートを開き、尻ポケットに入っていたものを出して私によこしました」

「何を手渡したのですか？」

「弾を込めた、三八口径のオートマチックピストルでした」

8　老いぼれ熊も盲《めし》いてはおらず

三八口径のウェブリー&スコット・オートマチックが証人に手渡された。後方で誰かがそっと口ずさみ始めた「ああ、共に丘を行くは誰《た》ぞ」（ロバート・ルーカス・ピアサル作曲の合唱曲）が、私には「ああ、彼を無辜《むこ》と言いしは誰《た》ぞ」と聞こえてしまう。懐疑の雰囲気があたりに重く立ち込め、人々の厳《いか》めしい態度にさえそれは感じられた。私はその時たまたまレジナルド・アンズウェルを見ていたのだが、審理の証拠物が被告人のいとこの関心を惹いたのはこれが初めてだったと思う。顔を上げてピストルを見たが、すぐに、冷笑の浮かぶ端整な顔には尊大さ以外のものは読み取れなくなった。大尉はまた下を向き、テーブル上のガラスの水差しをもてあそび始める。

「それは被告人のポケットにあったピストルですか?」サー・ウォルター・ストームは尋問を続けた。「なるほど、相違ないですか。被告人は、自分の結婚について話し合う場に、その物騒なものをポケットに忍ばせていった理由を説明しましたか?」

「被告人は、そのようなものは持っていかなかった、自分が意識を失っている間に誰かが入れたに違いない、と言いました」

「自分が意識を失っている間に誰かが入れたに違いない、ですか。なるほど。被告人はそのピストルが誰のものか知っていましたか?」

「被告人はこう言いました。『そのピストルならよく知っています。いとこのレジナルドのものです。彼は休暇でインドから帰っている時は、僕のフラットに居候します。ピストルを最後に見たのは一か月前、居間のテーブルの引き出しにありました。それからは見ていません』」

書斎の現場検証に関してこと細かな証言が延々と続いてから、警部は犯行状況の要約を求められた。

「以上のことから、犯行について証人はどのような結論に至りましたか？」

「私は、壁面の状態から、犯人は矢の指紋が残っている部分を握り、左から右方向へもぎ取ったものと結論づけました。もぎ取った人物は書斎のサイドボード寄りにいたことになり、被害者は襲撃を逃れるためにデスクを左回りにドアのほうへ行こうとしたはずです――」

「言い換えると、デスクを挟んで犯人と向き合うように、ですね？」

「はい」モットラム警部はうなずきながら両手で四角を作り、次にその手を動かして、状況を説明しようとした。「犯人はデスクを逆に回り、ドア近くで被害者に追いつき、格闘になりました。被害者はデスクのごく近い位置にいて、ややサイドボードのほうを向いていました。この格闘の際、行方が問題になっている羽根の一部がもぎ取られ、被害者は掌に切り傷を負ったのです。それから被害者は胸に矢を受けました。デスクのそばに倒れ――死の直前に絨毯をかきむしったため手に埃が付きました。犯行は以上の経過をたどったと私は考えています」

「被害者が矢をつかんだ時に矢柄《やがら》の埃が付いた可能性もありますね。矢には、被害者の体内に入ったために指紋照合のできない箇所があったと思いますが、そこをつかんだとしたら指紋は検出できませんね？」

「はい」

「それが手に付いた埃の由来かもしれませんね？」

「ありうると思います」

「最後の質問です。警部、あなたは指紋の専門家だと伺っています。その方面の訓練を受けておいでですね？」

「はい」

「あなたは被害者の指紋を記録しましたね？　最初はグロヴナー街の現場で、紫インクのスタンプ台を使って。次は所轄署で」

「はい」

「それを矢柄に付いていた指紋と比べましたか？」

「はい」

「ここに指紋の写真が何組かあります。被告人の指紋を示し、一致の決め手となる特徴を陪審のみなさんに説明してください……ありがとうございました。矢に残っていたのは被告人の指紋でしたか？」

「そうでした」

「室内に、被害者と被告人以外の指紋は発見されましたか？」

「いいえ」

「ウィスキーの入ったデカンター、サイフォン、四つのグラスから指紋は出ましたか？」

「いいえ」

「被告人の指紋は、ほかにどこから出ましたか？」

「坐っていた椅子とデスクの上、ドアの差し錠から見つかりました」

　アンズウェルの逮捕についての質問があったのち、尋問は終了した。公訴事実全体をそれなりに緊密に関係づけ、まとめ上げる尋問だった。派手に打ち上げる花火がＨ・Ｍにあるのなら、今こそ火を点け攻勢に転じる時だ。私たちの頭上高くに掛かっている時計の針は、ゆっくりと着実に時を刻んでいる。外は暗くなり始め、雨がポツリポツリとガラス屋根を叩いていた。法廷の白い大理石と褐色のオーク材は蛇腹《コーニス》に隠された明かりを受け、硬質の輝きを増している。Ｈ・Ｍは立ち上がり、机に両腕を突っ張って身を乗り出すと、唐突に質問を投げかけた。

「ドアの差し錠を掛けたのは誰だったんじゃ？」

「失礼、ご質問がよく聞き取れませんでした」

「誰が部屋の中からドアの差し錠を掛けたのか、と訊いたんじゃがな」

　モットラム警部は瞬《まばた》き一つしなかった。「差し錠には被告人の指紋がありました」

「被告人が差し錠を外した事実を否定してはおらん。掛けたのは誰かと訊いておる。差し錠には被告人以外の指紋があったのかな？」

「はい、被害者の指紋がありました」

「それなら、被害者が差し錠を掛けたかもしれんのだな？」

「はい。そうしても不思議はないと思います」

「そうか、では事件の経過を頭から尻尾まではっきりさせておこう。ダイアーの証言では、六時十五分頃に被害者が『おい、君、いったいどうした？　気でも狂ったか？』と言うのが聞こえ、取っ組み合うような音がした、ということじゃった。おや……あんたの意見では、格闘はヒュームが殺された時ではなかったか？」

モットラム警部はこの手の罠に嵌まる凡夫ではなかった。頭を振り目を細めると、真剣な顔つきで考え始めた。

「私の意見をお聞きになりたいのですか？」

「いかにも」

「我々は、これまでに提出した証拠により、その時の格闘はごく短時間で、ダイアーがドアをノックし主人の無事を確認した時に終わったと結論づけました。ドアの差し錠はその時に掛けられ――」

「誰にも邪魔されず、ゆっくり落ち着いて取っ組み合いを続けられるように、かね？」

「それに関しては何とも申し上げられません」証人に動じる気配は全くなかった。「とにかく、誰も入ってこられないようにしたのだと思います」

「そして、十五分間取っ組み合いを続けたわけじゃな？」

「いいえ、十五分経ってから、再び言い争いになったのではないでしょうか」

「なるほど。だが、六時十五分に被告人が差し錠を掛けたのだとしたら、その時にはもう殺意があったとしか考えられん。それとも、差し錠を掛けた上で腰を据えて穏やかに話し合おうとしたのかな?」

「そうかもしれません」

「あんたは陪審がそれを信じると思うかな?」

「陪審は、裁判官閣下が証言として認めたものだけを信じるのだと思います。私が求められたのは私の意見にすぎません。それに、先ほど申し上げたように、差し錠を掛けたのは被害者だったのかもしれません」

「ほおー?」H・Mは吼えた。「あんたも、ほんとのところは被害者が掛けたのではないかと思っとるわけだな?」

「まあ、そういうことです」警部は折れた。

「よろしい。ところで、被告人は弾を込めたピストルを持っていったことになっておるが、その場合は殺人の計画が頭にあったはずじゃな?」

「普通、使うつもりもない凶器を持ち歩いたりしません」

「じゃが、被告人はそのピストルを使わなかった?」

「そうです」

「被害者を殺した人間は壁の矢を引っぺがして被害者に襲いかかったことになっておるな?」

「我々はそう考えております」

「というか、それが君らの主張の全てではないのかな?」H・Mは身を乗り出して尋ねた。

「公訴事実の一部ではありますが、全てではありません」

「じゃが、肝心要の部分じゃな？」

「その判断は裁判官閣下がなさると思います」

H・Mは両手をかつらに乗せ、片方の手でてっぺんをぽんと叩いた。そうやって蓋をしないと、頭の中身がシャンパンみたいに天井まで噴き上がってしまうかのように。証人の淡々とした冷静な声は、決して急がない。モットラム警部は、自分の言いたいことを過不足なく、ぴったりの匙《さじ》加減で口にする人物だった。

「では、消えた羽根の切れ端に話を移そう」H・Mは、遠雷のような唸り声で尋問を続けた。

「それはどこにも見当たらなかった、そうじゃな？」

「はい」

「部屋は徹底的に調べたんじゃな？」

「隅から隅まで」

「部屋にあったらあんたの目を逃れることはできなかったということだな。ええ？　それは認めるかね？　いったいどこへ行ったんじゃろうな」

モットラム警部は、法廷という場で許される、微笑に近いものを浮かべた。彼は近視とおぼしき目で油断なくH・Mを見守っていた。証言台でうっかり間抜けなことを言えば、警察官としての経歴に大きな傷がつく。どうやらH・Mの攻撃は見透かされていたようだ。

「その問題は我々の頭にもよぎりました」警部の声は淡々としたまま。「それが何者かによって部屋から持ち出されたとなると――」

「ちょいと待たんか」H・Mがすぐに遮った。「何者かじゃと？　その場合、そいつは既にこの法廷で証言したうちの一人ということになるのではないかな？」

「そうなるでしょうね」

「ならば、証人の一人が虚偽の証言をしたことになる、違うか？　すると、被告人に対する公訴事実は一部が嘘の上に成り立っておるのではないかな？」

すぐさま警部は反撃に転じる。「どうか話の腰を折らずに最後までお聞きください。私が今述べたのは、あらゆる可能性を排除するための措定《そてい》にすぎません――それが我々の務めでもありますので」

「では、あんたは何が言いたいんじゃ？」

「私は、羽根の切れ端は被告人の服に付いて部屋から運び出されたに違いないと言おうとしていたのです。被告人はあの時コートを着ていました。厚いコートです。羽根は、被告人が気づかないうちに着衣に絡まったとも考えられます」

「その場合」H・Mは人差し指を立てた。「羽根は取っ組み合いの最中にちぎれたことがほぼ確実ということになるな？」

「はい」

H・Mは事務弁護士《ソリシター》のテーブルに向かって合図をした。その顔は邪《よこしま》な喜びにほころんでいる。「警部、あんたはかなりの力持ちと見たが、どうじゃ？　腕には自信があろう？」

「滅多な相手に引けを取りはしません」

「よろしい。下のテーブルからあんたに向けて掲げておるものを見てもらいたい。何かおわかりか？　羽根――雁《がん》の羽根じゃよ。お好みとあれば別の羽根も用意しておる。あの羽根を手で二つにちぎってもらいたい。折ろうが、ねじろうが、引っ張ろうが、裂こうが、どんなにしても構わん。とにかく半分にちぎってほしいんじゃ」

モットラム警部の節くれ立った両手が小さな羽根を隠すように閉じられ、次いで肩が広がる。法廷がしんと静まり返る中、警部は右に左に身をよじらせ、羽根に力を加えた。が、何も起こらない。

「苦労しておるようじゃな、あん？」Ｈ・Ｍは猫撫で声だ。

警部は張り出した眉の下から睨み返す。

「そこから身を乗り出して」Ｈ・Ｍが声を張り上げる。「陪審長と力競《くら》べをするつもりで羽根を引っ張ってもらおうか。慎重にな、ご両人とも手すりから出んように。……そう、その調子じゃ！」

陪審長は、ごま塩の口髭の、人目を惹く人物だった。真ん中で分けた髪があまりにきれいな茶色なのは、やや疑わしいとしても。綱引きが繰り広げられ、釣り針にかかった魚さながら彼が陪審席から危うく吊り出されそうな場面ののち、ついに羽根がちぎれた。しかし羽根はひょろ長い房と細切れの破片になっていて、二つに切れたというよりも、踏みつぶされた蜘蛛に近い。

法廷中があっけにとられ声も出せずにいると、H・Mの声が轟いた。「実際は話のようにはいかん、そうじゃろ? わしはその手の羽根をパイプ掃除に使うからよく知っておる。では、殺人に用いられた矢に残っておる羽根を見てもらおうか。裂け方は均等ではないにしても、きれいにちぎれていて、羽毛はひと筋の乱れもなく揃っておる。わかるな?」

「わかります」警部の声は落ち着いていた。

「それなら、取っ組み合いの最中に羽根がそんなちぎれ方をしたはずがないということを認めるかね?」

(「あらまあ」イヴリンが囁く。「お爺ちゃん、とうとうやったわね!」)

モットラムは何も言わなかった。正直な人柄ゆえ、その場しのぎの言い逃れもできないのだ。手中の羽根の残骸からH・Mへと目を上げ、足を踏み替えて重心を移す。訴追者側は初めて手痛い反撃を受けた。しかし、いっとき法廷内にどんな興奮の感情が流れたにせよ、サー・ウォルター・ストームの常識にあふれる冷静な言葉に水を浴びせられてしまった。

「裁判官閣下、我が博学なる友の実験は、見た目の派手さほどには議論に貢献しないものと思われます。実験に使用された羽根をちょっと拝見したいが、よろしいかな?」

羽根が手渡される時、サー・ウォルターとH・Mは互いにうなずいて礼を交わした。ようやく訴追者側は臨戦態勢に入っていた。これまでの審理は、訴追者側の、いわば不戦勝の様相を呈していたため、攻撃もどこか手ぬるかった。

H・Mは喉の奥でゴロゴロ鳴るような音を立てた。

「警部、納得できんようなら、矢に残っておる羽根で同じことをやってみるがよかろう……繰り返すが、あんたの言ったやり方で羽根がちぎれたはずがないと認めるかね？」

「わかりません。何も申し上げられません」モットラムは正直に答えた。

「じゃが、あんたほどの力自慢でも、できなかったのではないか？」

「しかし、それでも――」

「はぐらかしてはいかん。羽根はちぎれていた。どうやってちぎれたんじゃろうな？」

「矢の案内羽根《ガイドフェザー》は古くて――もろくなっていて――カサカサに乾燥して。ですからもし――」

「どうやってちぎれたんじゃ？」

「お答えしようにも、そうやって話の腰を折られては。私の考えでは、羽根というものが二つに引きちぎることができないほど強いはずはないのです」

「で、あんたはちぎることができたのか？」

「いえ、あなたからいただいた羽根では駄目でした」

「なら、矢に残っている二枚の古くてもろくなった羽根でやってみればよかろう。できるじゃろう？　なに、できんとな？　よろしい。では、ご覧《ろう》じろ」H・Mはクロスボウを取り出した。

「この弓に矢をつがえるとしよう。弓床を縦に走る溝に矢を嵌め込むとしたら、あんたは案内《ガイド》羽根《フェザー》が真ん中に来るようにするのではないかな？」

モットラムは困惑気味だ。「かもしれません。私には何とも」

「わしが見せて進ぜる。こうやって矢を溝に嵌めて、矢を弾き飛ばす仕掛けにぴたりと収まるまで後ろに引く、そうじゃな？」

「ですから、私には何とも」

「弓の板ばねを引き絞り、巻き上げ胴の歯が羽根の端をしっかりくわえ込むようにする、そうじゃな？」

「私はクロスボウについては全くの門外漢でして」

「だからわしがこうして見せてやっておるではないか。さてこれでよし。最後に」訴追者側の弁護人が異議申立てをする暇《いとま》を与えずH・Mは声を張り上げた。「羽根をきれいにちぎるには――そこにある矢の羽根のようにじゃな――トレド鋼でできた板ばねの力が解放されて矢が弾き出される以外のやり方は考えられん、と言わせてもらおう」

H・Mはクロスボウの引き金を引いた。カチリと不気味な音がし、弦《つる》が唸りを立てて前方へ戻った。

「さて、羽根はどこへ行ったのかな？」

「サー・ヘンリ」裁判官が口を挟む。「議論はやめて、尋問を進めたらどうかね」

「裁判官閣下の仰せのままに」H・Mが唸り声で答える。

「弁護人の質問は審理に何らかの関連があると考えてよいのかな？」

「そう考えておる」H・Mは隠していた砲列の覆いを外し始めていた。「頃合いを見て、犯行に使用されたと思われるクロスボウをお目にかけるつもりじゃ」

明かりに照らされ黄色みがかった椅子や机が、こぞって瘧《おこり》にかかったようにギシギシと軋んだ。咳払いも聞こえる。ボドキン判事はしばらくの間H・Mを見つめ、自分のノートに目を移すと、再びぽっちゃりした指でペンを走らせ始めた。被告人までもが、びっくりしたように、しかし気乗りした風でもなくH・Mを見ていた。

H・Mは、静かに待っていたモットラム警部へと向き直る。

「さて、今度は矢についてじゃ。あんたは、グロヴナー街の現場に着くとすぐ矢を検《あらた》めたんじゃな?」

「はい、調べました」警部は咳払いしてから答えた。

「あんたは、矢に溜まっていた埃は指紋の付いた部分を除いて全く乱れていなかった、とも証言したな?」

「その通りです」

「では、冊子の三番の写真を見て、あんたが文字通りの真実を述べたかどうか教えてほしい。ぼやけた写真ですまんのう。矢柄に沿って埃の付いていない細い筋が縦に続いておるが、これはどうなんじゃ?」

「私は、埃にはほかにどんな跡もなかったと言いましたが、それは全くの真実です。あなたがおっしゃった部分にはそもそも埃が付着しておりませんでした。矢が壁に掛かっていたとき壁に接していた部分で、壁に掛けてある絵の額裏と同じく埃は溜まっていませんでした」

「額裏と同じでか。あんたは、その矢が壁に飾ってあるのを実際に見たことがあったかね?」

「もちろんありません」

「ほう？　あんたもダイアー証人の話を聞いたはずじゃ。矢は壁にぴったりくっついていたのではなく、U字釘によっていくらか浮いた状態で留められていた、ということだったな？」

証人はしばらく黙っていた。「私は、ほかの二本の矢が壁にぴたりとついていたのをこの目で見て知っています」

「いかにも。その二本は、三角形の斜めの二辺じゃ。鏃《やじり》を上に向けて壁に接して固定されていた。しかし、三角形の底辺をなすこの矢はどうだった？」

「質問の意味がわかりませんが」

「三角形の二辺の矢は壁にぴったりついていた。底辺の矢は、二本の矢を横切る形で渡してある。当然ながらその矢はほかの二本の上に重なっていて、壁から四分の一インチ以上離れていたわけじゃ。この点についてのダイアーの証言は認めるな？」

「裁判官閣下が証言としてお認めになったのであれば、もちろん私も認めます」

「よろしい。壁から四分の一インチ浮いていたとなると、そこに埃が付かないということにはならんのではないか？」

「全く付かなくはないと思います」

「全く付かなくはない、じゃと？　あんたは矢が壁に密着していなかったことを認めるんじゃな？　それなら、矢柄は全面に埃をかぶっていたことになる、そうじゃな」

「それは難しい問題です」

「いかにも。だが実際には、矢柄全体が埃をかぶっていたわけではない、そうじゃな？」

「はい」

「矢柄に沿って、埃のない縦の細い筋がついていたんじゃな?」

「はい」

「いいかな?」H・Mはクロスボウを差し出した。「そのような跡がつく可能性はたった一つ。クロスボウの弓床の溝に嵌められて発射された場合しか考えられん」

H・Mはクロスボウを差し出したまま、弓床の溝に沿って指を滑らせ、底意地の悪い目つきで法廷内をぐるりと睨みつけてから腰を下ろした。

そして「ふん」とひと声。

法廷には潜めていた息をほっと吐き出す気配があった。一方的に殴られ、流血の醜態をさらしたとはいえ、老いぼれ熊も盲いてはおらず、いやむしろ強烈な印象を残すことに成功していた。モットラム警部は、誠実な証人であったばかりに、つらい目に遭うことになった。しかし、それほどうろたえていたわけではない。あごの線をこわばらせただけで、その顔つきからは対等な条件での遺恨試合を望んでいるのがわかった。しかし、とりあえず法務長官の再主尋問を待つらしい。

「我々は今、何度も耳にしました」サー・ウォルターの再主尋問は唐突に始まった。「ある結果を生じたかもしれない『ほかには考えられん』方法についてですが。ここで証人には、写真から読み取れる証拠に注目していただきたい。あなたには、矢が壁の左側から右へもぎ取られたことが明らかでしたね?　それについて証言もしましたね?」

「U字釘が取れてしまうほど乱暴にですね？」

「はい」

「そういう場合、矢を強くつかんで揺さぶり、それから横へ引っ張りませんか？」

「はい、そうです」

「従って、矢は壁に沿ってこすれ――写真に見られるような跡がつくことになりますね？」

「はい、そのようにすると思います」

ボドキン判事は眼鏡越しに弁護人を見た。「サー・ウォルター、この点に関して混乱があるようだな。私の覚え書きによると、最初、その部分には埃が付いていなかったことになっておる。ところが今の話では、埃は付いていたがこすれて取れたという。どちらを信じればよいのかな？」

「裁判官閣下、事は単純なのです。我が博学なる友がクロスボウで実演したように、私も実例で示そうとしたのです。我が博学なる友は、ある事象が生じうる『唯一の』方法についてもっぱら論じました。私がほかにも方法があることを示したからといって、我が博学なる友は異議を唱えないはずです……ところで警部、ご自宅の壁には絵が掛かっていると思いますが、いかがです？」

「絵でしたら額に入って何枚かありますが」

「その絵は、壁に密着してはいませんね？」

「はい、壁に紐で吊ってありますから」

「にもかかわらず」サー・ウォルターは陪審に交じっている女性に視線を向けて言った。「額縁の裏に埃はほとんど溜まっていないのではないですか？」

「ごくわずかです、と申し上げていいかと思います」

「ありがとうございます。では次に、『唯一の』方法——羽根が二つにちぎれうる、この世で唯一という方法に移りましょうか」サー・ウォルターは、嘲りを含んだ、大仰で馬鹿丁寧な口調で続けた。「あなたは本件の裁判に臨むに当たって、アーチェリーに関する知識を身につけたそうですね」

「はい」

「結構です。矢の案内羽根《ガイドフェザー》は——例の裂けた羽根です——ほかの羽根よりも傷《いた》みが激しいと思いますが、どうですか？　矢を弦につがえる際の目印となる羽根ですから、射手の手や弓の弦に当たって擦れたり傷ついたりしやすいのではないか、という意味ですが」

「はい、その通りです。たびたび取り替える必要があります」

「では、二人の男性が矢を奪い合っている時に、しかもそのうち一人は命が懸かっている、そんな時に、真ん中の羽根がむしり取られることは絶対にありえないのでしょうか？」

「ありえない、ということはないと思います。しかし、私は——」

「以上で終わります」サー・ウォルターはぴしゃりと遮った。彼は、証人が証言台を降りていく間、勿体をつけて沈黙を守り、それから裁判官に向き直った。「裁判官閣下、ただ今の証言に被告人の供述調書を加え、もって訴追者側の証人尋問を完了いたします」

最悪の時は過ぎた。最後の再主尋問にもかかわらず、被告人に不利となる公訴事実は、ほんのわずかだが軽くなっていた。意外な驚き、そういった感情でしかないのかもしれない。だが、驚きは合理的な疑いの始まりなのだ。あたりのざわめきをいいことに、イヴリンが興奮した声で囁いた。

「ケン、H・Mったら、勝っちゃうわよ。私にはわかるの！ あの再主尋問は穴だらけよ。うわべはもっともらしいけど、説得力が全然なかったわ。額縁の裏の埃のことなんか持ち出すからよ。もちろん溜まってるに決まってるじゃない、どっさりと。私、陪審の女の人たちを見ていたの。何を考えているか、手に取るようにわかったわ。あの矢みたいにちっちゃなものだったら、壁にぴったりくっついていない限り、埃まみれになるはずよ。もうあの人たち、気持ちが揺らいでいると思わない？」

「シーッ――静かにしてくれ！」

裁判官が時計を見上げている中、書記官のよく通る声が聞こえてきた。

「陪審のみなさんに申し上げます。治安判事の取り調べを受けた時、被告人は何か言いたいことはあるかと尋ねられました。何も話す必要はないが、もし話せばそれは記録され、裁判において証拠として用いられると説明を受けた上で、被告人は次のように供述しました。『私は、私に対してなされた告訴に対して、無罪を主張します。私は今の時点で供述するのは賢明ではないと忠告されています。しかし、この告訴によって、私は人生で価値のあるものを全て失いました。ですから、もうどうなっても構いません。それでもなお、私は無実です。言いたいことはそれだけです』」

「サー・ヘンリに異存がなければ」ボドキン判事がきびきびした声で言った。「明日まで休廷とする」

裁判官が立ち上がるのと同時に、人々はガタガタと席を立った。

「中央刑事裁判所《オールド・ベイリー》の審理に際し、反逆及び重罪事案の聴聞及び審理、並びに未決囚の審理及び釈放の権限を与えられたる王の裁判官閣下の前にてさらなる務めを果たすべき者は――」雨がガラス屋根を絶え間なく叩いている。疲れ果て、頭には色とりどりのカクテルが思い浮かぶ、そんな時間だ。「――これより退廷し、明日十時三十分に再び出廷せよ」

「神よ、国王を護りたまえ、王の裁判官閣下を護りたまえ」

廷内に再びざわめきが戻った。裁判官は回れ右して、裁判官席の後ろを内股で足早に歩き出した。第一法廷は散会し、自分の人生、自分の思いを抱えた個々人へと分かれていく。仕事や家庭のことにかまける個人へと。誰かのあくびが聞こえ、それから突然、大きな声が聞こえた。

「そいつを押さえろ、ジョー」

衝撃的な光景だった。誰もが振り向き、被告人席で繰り広げられている騒ぎを見た。二人の看守が弾かれたように飛び出し、被告人の肩に手をかけたところだった。地下の独房へ通じる跳ね上げ戸の手前にさしかかったアンズウェルが、突如身をひるがえし、被告人席の前の柵につかつかと歩み寄った。既にこの世を去った多くの被告人の足で磨かれたダンスホールのような床に、アンズウェルの足音が響く。しかし、事を構えようとしたのではなかった。彼は両手を柵にかけ、聞く者の心をえぐるようなはっきりした声で話し出した。その声を聞くのは、耳も聞こえず口も利けない人間が突如話し出すのを聞くのに似ていた。

「こんなことが何の役に立つんだ？　あの羽根は、僕があいつを突き刺した時にちぎれたんだ。僕があの年寄りを殺したんだ。僕がやったと認めるから、何もかも終わりにしてくれ」

9　赤い法服は少しも急がず

　このような騒ぎが持ち上がるとどうなるか、そう訊かれたとして、以前の私ならいろいろな可能性を思い浮かべただろうが、実際に起こったことは想像の埒外だった。誰もが裁判官を見た。被告人は彼に話しかけていたからだ。この時ボドキン判事は、裁判官席の右手後方にあるドアの近くにいた。一秒の十分の一ほどの間、きびきびした足取りはたゆたい、一秒の十分の一ほどの間、振り向き加減になる。しかし、表情を欠いた視線からは、何も聞こえず何も気づいていないとしか思えなかった。それから赤い法服は——少しも急がず——ドアの向こうに消え、かつらのリボンの後ろでドアが閉まった。

　被告人が法廷の空虚な広がりを越えて発した痛切な叫びは、目当ての人物にはついに届かなかった。だから私たちもそれを聞かなかった。無言劇の役者がひと部屋に集《つど》っているように、我々は身を屈め、帽子を、傘を、荷物を手にする。書類をめくり、床に目をやり、隣の人に話しかける振りをした……

「ああ、誰も僕の言うことを聞いてくれないのか。僕の言葉が聞こえないのか。みんな——お願いだから——」陪審は、放牧から帰る羊の群れのように黙って部屋を出ようとした。誰も振り返ろうとはしない。一人だけ、怯えた様子の女性が振り向いたが、廷吏に腕をつかまれ止められた。「お願いだ、頼むから僕の話を聞いてくれ！　僕が殺したんだ。認めているじゃないか。お願いだから――」

看守が低い声で宥《なだ》めるのが聞こえた。「大丈夫、心配ないからな。さあこっちへ来るんだ。落ち着いてな。ジョー、気をつけてやってくれ――そう――ゆっくりとな」

アンズウェルは立ち止まり、看守を交互に見た。私たちにはアンズウェルのチョッキのボタンから上は見えなくなっていたが、彼はこの瞬間、今までのどんな時より強くはっきりと、抜け出せない罠に捕まった恐怖を味わっている、そんな印象を受けた。二人の看守に引きずられていくアンズウェルの目は火のように燃え、混乱を深めていた。

「聞いてくれ！――待ってくれ、僕は行きたくない――いやだ、ちょっと待ってくれ――僕は――誰も聞いてくれないのか？　僕は認めているだろ、聞こえないのか？」

「わかった、時間はたっぷりあるからな、落ち着くんだ。階段に気をつけて――」

私たちは、照明に映えて黄色みがかった椅子やテーブルでいっぱいの死の教室を、従順に列をなして後にした。誰もが口を閉ざしている。青い顔をしたロリポップが「H・Mは下よ」と私に合図した。人混みにH・Mの姿はない。法廷の明かりが、一つまた一つ消えていく。重い足取りで歩く人々が交わすひそひそ話の網が、私たちをすっぽりと覆っていた。

誰かの声が耳許で聞こえた。「――あとは絞首刑を待つだけだな」

「ああ」別の誰かがつぶやく。「ほんの少しの間、これはひょっとすると、という気になったんだが――」

「あの男が犯人ではないかもしれないと?」

「わからない。そこまでではないが、それでも――」

外に出ると、イヴリンが口を開いた。「今のひそひそ話聞いた? あの人たちが言ったことはもっともよ。私、あまり気分がよくないわ。そうだ、もう行かなきゃ。シルヴィアと六時半に待ち合わせているの。あなたもいらっしゃる?」

「いや、僕はH・Mに言伝《ことづて》がある。ヒュームの娘さんから、イエスとだけね。ここで待つよ」

イヴリンは毛皮のコートの襟をかき合わせた。「私はもうここにはいたくないわ。どうにでもなれって感じよ。そもそも、どうしてこんなところに来たの?――あれでH・Mの努力も水の泡よ」

「あれが証言と認められるかどうかによるよ。認められないのは明らかだけどね」

「証言なんて!」イヴリンは軽蔑を隠そうともしなかった。「証言なんて関係ないわ。自分が陪審だったら、あれでどう感じたかしら。それが大事でしょ? 本当に、こんなところに来なきゃよかった。事件のことなんか、初めから聞かなきゃよかったわ! ヒュームの娘さん、どんなだった? 駄目、やっぱり言わないで。知りたくないわ。さっきの騒動だって――じゃあ、後でね」

イヴリンは雨の中へ駆け出していく。私は残り、渋い顔で人混みに立っていた。雨はやみ加減だが、中央刑事裁判所《オールド・ベイリー》の玄関先では、多くの人たちがニワトリの群れのように小走りに右往左往している。放課後の校門前にいる感じだ。建物の角をかすめて身を切るような風が吹き抜け、ニューゲート・ストリートでは青白い光を投げかけるガス灯の列《つら》なりが荘厳な雰囲気を醸していた。お偉方を迎えに来た車でごった返す中に、お抱え運転手のルイジが運転するH・Mのヴォクスホール（いやな思い出のあるランチェスターではなかった）を見つけた。私は車を風よけにして煙草の火を点けようとした。今夜はいろいろな思い出が頭をよぎる。セント・セパルカー教会（中央刑事裁判所のはす向かい）の前をギルップール・ストリートが走り、ギルップールを外れたあたりに黒死荘がある。黒死荘に棲む亡霊たちの間をH・Mと一緒に歩き回ったのは数年前だ。その時にはまだ、ジェームズ・キャプロン・アンズウェルの頭に人を殺すという考えは宿っていなかっただろう。中央刑事裁判所《オールド・ベイリー》から出てくる人の数が減ってきた。やがてドアに閂《かんぬき》を下ろす音があちこちで響き、ロンドン市警の警察官――青い制服に消防士のような盛り上がった帽子――が二人出てきて、あたりを見回った。H・Mが出てきたのはほとんど最後だった。不恰好なシルクハットをあみだにかぶり、虫食いだらけの毛皮襟のロングコートをひるがえして、威嚇するようにのしのしと歩いてくる。罰当たりな言葉を吐いているのが唇の動きでわかる。今までアンズウェルと話していたらしい。

H・Mは私を押し込むようにして車に乗った。

「飯だ」短くそう言ってから、H・Mは言い足した。「全く、呆れてものも言えん。考えなしの洟たれ小僧めが！　形《かた》なしにしおって」

「やっぱりあの男が犯人なんですか？」

「犯人じゃと？　いいや、あの男じゃない。あの男はな、自分では立派な振る舞いをしているつもりなんじゃ。ケン、あいつを救い出してやらねばならん」沈んだ口調で付け加えた。「それだけの値打ちのある奴じゃ」

ニューゲート・ストリートへ曲がろうとした時、一台の車が泥よけをかすめて通り過ぎた。H・Mは窓から身を乗り出し罵声を浴びせた。そのすさまじい声と、どこから拾ってきたのかと感心する奔放な想像力を示す悪態を聞けば、H・Mの機嫌はおのずと知れる。

「あの男はな、自分から罪を認めさえすれば、裁判官が『よしわかった、それで十分。こいつを連れていって、さっさと首をくくってやれ』そんな優しい言葉をかけてくれると思ったんじゃ。手っ取り早く片をつけようとしたわけじゃな」

「どうして告白したんです？　どうせあれは証拠にはならないでしょう?」

H・Mの考え方はイヴリンとほぼ同じだった。「もちろん証拠にはならん。だがな、バーミー・ボドキンが無視しろと言ったところで、どうしたって陪審の心証に影響する。それが頭の痛いところじゃ。わしはな、バーミーの奴を大いに買っとる……ところでケン、訴追者側の証人尋問が終わった時、これで最悪の場面は過ぎたと考えとったらしいな。いいか、わしらの苦労はまだ始まってもおらん。わしが恐れとるのはアンズウェルへの反対尋問なんじゃ。お前さん、ウォルト・ストームの反対尋問を聞いたことがあるか？　あいつはな、こっちの証言を、時計を分解するみたいにばらばらにしておいて、さあこの小さな歯車やら何やらを元に戻してみろとほざきおる。アンズウェルを証言台に立たせる法的義務はないんだが、そうすると今度は、ストームの奴が言いたい放題言うのをじっと我慢せにゃならん。それにな、アンズウェルに供述させなければ、この殺人事件にはけりがつかん。わしは被告人が裏切りはせんかと心配なんじゃ。あの男が証言台に立ってさっきのように喚いたら――今度こそ証拠として記録され、この老いぼれは一敗地に塗《まみ》れるわけじゃ」

「もう一度お尋ねしますが（どうやら堅苦しい法廷儀礼には感染力があるらしい）、なぜアンズウェルは罪を認めたんですか」

「誰かの入れ知恵じゃよ。どうやったかははっきりせんが、誰の入れ知恵かはわかっておる。レジナルドの奴じゃ。アンズウェルとレジナルドが、午後ずっと意味ありげな目配せをしていたのに気づいたか？　そうか、お前さん、レジナルドとは面識がなかったか」

「いえ、今日のお昼過ぎにヒューム家で会いました」

H・Mの鋭い小さな目が横ざまに私を睨んだ。「で、どうじゃった？」含みのある口調だ。

「あの男をどう思う？」

「どうって――お高くとまって横柄な感じですが、ちゃんとした人間だと思います」

H・Mの目は再び前を見ていた。「ふふん。おお、そうじゃ、あの娘の返事をもらったか？」

「イエスと伝えてほしいと言われました。特大感嘆符付きのイエスでしたよ」

「気立てのいい娘じゃな」H・Mは傾いだシルクハットの下から、運転席との間にあるガラスの仕切りを見つめていた。「これで万事うまくいくやもしれん。今日の午後はそこそこ運に恵まれたが、目算が大きく外れたこともあった。一番ひどかったのは、スペンサー・ヒュームが出廷しなかったことじゃ。わしは、あの男の証言に期待しておった。わしの頭に立派な髪があったら、あれでいっぺんに総白髪になっていたろうな。全くいまいましい！　あやつ雲隠れしおったんじゃなかろうな」ふと考え込む表情になった。「世間の連中は、わしには威厳がないとか抜かしおる。ロリポップとわしが証人をつかまえようと駆けずり回り、事務弁護士《ソリシター》がやるはずの雑用までねじり鉢巻きでやっておるのは、定めし愉快な見世物じゃろうな。法廷弁護士《バリスター》がやるにふさわしい仕事か、一度お前さんに――」

「遠慮なく言わせてもらうと、それもあなたが事務弁護士《ソリシター》を使って仕事をなさらないからですよ。何でもかんでも自分で仕切らないと気が済まないのがいけない」

　これが正鵠を射ていたために、そして最前まで卿が心を痛めていたことを無視する形になったことも手伝い、H・Mの癇癪玉が一気に破裂した。

「それが、ありがとうの代わりか？　わしは、ねぎらいの言葉一つかけてはもらえんのか？　大汗かいて赤帽顔負けに駅を駆けずり回った褒美が――」

「どこの駅です？」

「どこの駅でもいい」H・Mは激しい剣幕を急に引っ込め、真面目な表情になった。私を煙に巻くことができて機嫌がよくなり、怒りが少し収まったようだ。「どうじゃ、ケン、今日の証言を聞いて、お前さんならどの駅へ行ったかな？」

「どこ行きの列車に乗るんです？　そもそもどうして駅の話になるのかわかりません。ひょっとして、ドクター・ヒュームが高飛びしたという仄《ほの》めかしですか」

「そうかもな。くそっ、もしかすると、今――」言いかけて、しばらくガラスの仕切りを見ていたかと思うと、興奮気味にこちらを向いた。「お前さん、今日の午後あの家でドクター・ヒユームに会わなかったか？」

「会いましたよ。決まり文句とお為ごかしの言葉しか聞けませんでしたが」

「不安を煽るような謎めいた雰囲気を作れという指示を守ったか？」

「ええ、かなりうまくいったと思います。自分がしゃべったどの部分が効いたのかわからないんですがね。あの時は、午後には証人として出廷すると言っていましたよ。アンズウェルの精神状態が正常ではないことをできるだけ仄めかしてみる、とも。そういえば、精神科医が一緒でした。ドクター・トレガノンとか――」

Ｈ・Ｍのシルクハットが、曲芸をやっているように、ゆっくりと鼻の上を滑り落ちていった。そのシルクハットはたいそうな自慢の品だというのに、床に転げ落ちてもＨ・Ｍは気づかなかった。

「トレガノン？」ぼんやりと繰り返す。「ドクター・トレガノン。それじゃ！　これからヒユーム家に寄るのがいいかもしれんな」

「囚われのお姫様を助けに行くなんて話にならないといいですがね。何が起きているんです？あの腹黒そうな叔父が気になりますか？　メアリ・ヒユームに被告人側の証人になられると困るので、彼女に危害を加えるとでもお考えですか？　僕も考えてはみましたが、それはくだらない考えですよ。公訴事実は明白じゃないですか、ヘンリ卿。現実を直視しましょう、まさかあの叔父が姪を傷つけるようなことはありませんよね？」

H・Mは考え込んでいた。「そんなことはせんだろう」真面目な口調だった。「だが、あの男も体面が懸かっておる。信心深いスペンサー叔父さんも、トルコ風スリッパがなくなったのを姪が感づいたと知ったら、たいそう危険な人物になるかもしれん……さてさて！」

「それも、スタンプ台や駅、ユダの窓やゴルフ服とか、謎めいて不吉なもののお仲間ですか」

「さよう。だが、気にせんでいい。彼女なら心配いらん、今はとにかく腹に何か入れることじゃ」

その望みを叶えるのはしばらくお預けになった。車がブルック・ストリートにあるH・Mの自宅に着くと、玄関の階段を上っていく女性がいた。毛皮のコートを着て、帽子を斜めにかぶっている。ハンドバッグに手を入れて探しものをしながら、今度は階段を駆け下りてきた。メアリ・ヒュームのひたむきな青い目が見えた。息が上がり、泣き崩れる寸前だ。

「もう大丈夫です。ジムは助かりましたのよ」

H・Mは恐ろしい形相で睨んだ。「わしは信じんぞ。そんな幸運が舞い込んでくることなどありえん！　この腐れきった世の中のありとあらゆるものが、寄ってたかってあの若者には些細な幸運さえ持たせん、と決めたんじゃ、もし――」

「でも、幸運はありました！　スペンサー叔父さまなんです。逃げる前に手紙を残しました。そこに叔父さまの告白が書かれているんです――」

彼女はハンドバッグの中をかき回し、口紅やハンカチを歩道に落としてしまった。やっと手紙を出したと思ったら突風に手紙を奪われ、私が飛びついてかろうじて取り戻した。

「中へな」とだけＨ・Ｍは言った。
客をもてなすためだけにあるような装飾過剰の寒々とした屋敷で、普段はＨ・Ｍと使用人しか住んでいない。夫人と二人の娘は一年のほとんどを南フランスで過ごしている。今日に限ったことではないが鍵を忘れて家を出たので、執事が出てきて「お入りになりますか？」と呆れた質問をするまで、ドアをどんどん叩き、大音声《だいおんじょう》を張り上げなければならなかった。冷え冷えとした奥の書斎に入ると、Ｈ・Ｍはメアリから手紙をひったくって、明かりの真下にあるテーブルの上に広げた。数枚の用箋に、細かい丁寧な字でびっしり書いてある。

月曜、午後二時
メアリへ
お前がこの手紙を受け取る頃には、私は外国へ向かっているだろう。私を追跡するのは容易ではないはずだ。これは私にとっても苦渋の選択だった。というのも、私は恥ずべきことは何一つ――本当に何一つ――していないからだ。それどころか、私はお前のためによかれと思って一生懸命だった。しかしトレガノンは、メリヴェールがキグリーを探し当てて明日には証言台に立たせるつもりだと考えており、今日の午後、家で漏れ聞いた会話から、私も同じ考えに至った。
この叔父のことをあまり責めないでほしい。もしほんの少しでも役に立つと思えば、私はとうに打ち明けていた。嘘ではない。事件の一部については、私は忸怩《じくじ》たる思いでいる。

今だから言えることだが、アンズウェルのウィスキーに入っていた薬物を用意したのは私なのだ。病院で治験に用いていたブルディンという麻酔剤スコポラミンの誘導体だ。

「うおーっ！」Ｈ・Ｍはひと声吼えて、テーブルに握りこぶしを打ちつけた。「そうだったか、やられたわい」

メアリはＨ・Ｍの顔を探るように見た。「あの人の疑いは晴れるとお考えですか？」

「知りたいことのまだ半分じゃな。もうしばらく黙っとれ！」

即効性に富み、半時間足らずの間、確実に意識が失われる。想定より数分早くアンズウェルの意識が戻ったのは、ウィスキーの匂いを消すためにミントエキスを喉に注ぎ込んだ時、上半身を起こしたからだと思う。

「アンズウェルの言ったことを覚えておるか？　目が覚めて最初に口の中がやたらミント臭いことに気づき、しかも涎《よだれ》が出て仕方なかった、と言っておった。バートレットの事件（一八六五年、エドウィン・バートレットが大量の液体クロロフォルムによって死亡した事件。摂取した方法が問題になった）以来、眠っている人間の喉を詰まらせずに液体を注ぎ込むことができるか否かについては諸説あって、結論は出ておらん」

私は話についていけなかった。「誰が薬を飲ませたんです？　理由は？　その人たちは何をやろうとしていたんですか。エイヴォリー・ヒュームはアンズウェルに好意を持っていたんですか、それとも蛇蝎《だかつ》のごとく忌み嫌っていたんでしょうか、どっちなんです？」

薬をグラスではなくデカンターのウィスキーに入れたのは間違いだった。そのデカンターを始末しなければならないからだ。メアリ、信じてほしい、誰かがあのデカンターを見つけるのではないかと考えて、私は何度も恐怖に苛まれた。

考えたあげく、私はトレガノンとキグリーに後始末を頼んだ。これ以上見て見ぬふりはできないからだ。よかれと思って私がしたことが不幸な結果をもたらしたのは、私の責任ではない。しかし口をつぐまねばならなかった理由はわかってもらえると思う。

ページをめくったH・Mは首を絞められたような声を出し、それはやがてうめき声に変わった。私たちの希望は、綱の切れたエレベーターのように奈落の底めがけてまっしぐらに落ちていった。

アンズウェルが本当に無実なら、私は潔く真実を人々に語らなければならない。私がそうすることをお前は疑わないだろう。しかし、お前に言ったように、真実を述べたところで彼の役には立たない。あの男は有罪――救いようがない罪人なのだ。あの男は、一族に古くから悪名をもたらしている怒りの発作に駆られて、お前の父を殺した。あの男にお前を委ねるくらいなら、私は嬉々としてあの男を絞首台に送ってやる。ひょっとすると、あの男が無実を主張するのは、自分ではそう思い込んでいるからかもしれない。お前の父を殺したことを覚えてさえいないのかもしれない。ブルディンはあまり知られていない薬物だ。極めて無害ではあるものの、薬効が薄れると患者に部分的な記憶喪失をもたらすことがある。お前にとっては恐ろしいことだろうが、事実を語らせてほしい。アンズウェルは、お前の父が自分に薬を飲ませペテンにかけるつもりだと考えた。薬が効き始めた時、アンズウェルは飲み物に薬が混ぜられたのだと覚った。それは彼の記憶に残り、目が覚めて真っ先に思い出したのもそのことだった。運の悪いことに、二人は事前に矢で人を殺す話をしていた。アンズウェルは矢を手にして、お前の父が事態を把握できないうちに殺《あや》めてしまった――さらにはその記憶自体をなくしてしまったのだ。お前の婚約者が、記憶が戻ったとき椅子に腰を下ろしていたのは、こんな経緯《いきさつ》があったからだ。それだけのことをしでかした直後だったのだよ。

メアリ、神に誓ってこれが実際にあったことだ。私はこの目で見た。さよならを言おう。もう二度と会えないとしても、お前の幸せを祈らせておくれ。

お前を愛してやまない叔父

スペンサー

H・Mは目許まで上げた両手を額に押し当て、巨体を揺らしテーブルのそばを行ったり来たりして、ようやく椅子に腰を下ろした。かすかな疑惑の虫が私たちの胸に巣くっていた。

「でも、これがあれば――」メアリが叫ぶように訴える。

「あの男を救えるだろう、とな？」Ｈ・Ｍは生気の失せた顔をもたげた。「いいか、嬢ちゃん、その手紙を法廷に持ち出したら最後、あの男を救う手立ては一切なくなるぞ。わしは今だってそんなものがあるのか自信が持てん。ふう、やりきれん！」

「手紙の最後を切り取って、前のほうだけ見せたらどうでしょう？」

Ｈ・Ｍは気難しい顔でメアリを眺めた。愛らしく、本来ならこんな考えを口にするはずのない賢い女性でもあるのだが。

「それは駄目じゃ。わしがたいそう立派な人間で、そんなごまかしはできん、と言うわけじゃない。いいか、何としても他人に見せるわけにいかん部分はな、ウィスキーに薬を入れた件《くだり》の裏に書いてあるんじゃ。ここに立派な証拠がある――信頼できる証言がある――だが、いまいましいことに、それを使うことはできんときておる！　ところで嬢ちゃん、訊きたいことがある。この手紙を読んだ後でも、あんたはあの男が無実だと思うかね？」

「気持ちは決まっています……ああ、でもわからないわ！　わかるのは、私があの人を愛していて、あなたに何とか助けていただきたいってことだけです！　私を見捨てたりなさいませんよね？」

Ｈ・Ｍは太鼓腹の上で両手の親指をくるくる回しながら床を見つめていたが、メアリの言葉に、ふん、と鼻を鳴らした。

「わしが？　馬鹿も休み休み言え。わしは手荒にやられたくらいで音《ね》を上げたりはせん。連中はこの老いぼれを隅に追い詰めて棍棒で滅多打ちにするが、そのたびにこう言わにゃならん。『まだくたばらないのか。それ、もう一つ食らわせろ』とな。わしはそんなことでは――おほん、どうしてこの男は嘘をつくんじゃ？　あんたの心優しい叔父さんはな、ウィスキーについてはもう認めておる。わしは今日の反対尋問に期待していたくらいじゃ。締め上げて真相をさらけ出させるつもりだった。誓ってもいいが、あやつは真相を知っておるし、誰が真犯人かも知っておる。それなのに、この手紙では犯人はアンズウェルだと断言しておる……」Ｈ・Ｍは考え込んだ。「『この目で見た』じゃと？　そこが納得できん。いったいどうやれば自分の目で見ることができるんじゃ？　できたはずがない。犯行時刻には、あの男は病院にいた。梃《てこ》でも動かんアリバイがあるのは確認済みじゃ。だからあんたの叔父さんは嘘をついとることになる――だが、この嘘を立証すれば、同じ人間が書いた手紙の初めの部分など、焚きつけほどの値打ちもなくなってしまう。あっちを立ててこっちも、とはいかんのじゃ」

「この期に及んでも」私は言葉を挟んだ。「卿は、どのように弁護するつもりか仄めかしてもくれないんですか。明日法廷で椅子から立ち上がった時、どう切り出すつもりです？　話す材料があるんですか」

　Ｈ・Ｍの顔には、意地の悪い喜びが覗いた。

「この老いぼれには流暢に話すことなどできんと考えておるんだな？　まあ見ておれ。わしは立ち上がって連中の顔をしかと睨みつけ、こう切り出すつもりじゃ――」

10　被告人を喚問する

「裁判官閣下、及び陪審の諸君」

片手を背中に回し両足を大きく広げて立ちはだかるH・Mは、昨夜豪語した通り、「連中の顔をしかと睨みつけ」てはいた。しかし、その物腰が、鞭とピストルを携えライオンの待つ檻に入っていく猛獣使いにそっくりなのは勘弁してほしかった。せめて、陪審を殺意の宿った目で睨《ね》め回すのだけはやめてほしい。私がそう望んだからといって、贅沢ではないだろう。

第一法廷は人であふれ返っていた。裁判に驚くべき展開がありそうだという噂は、既にロンドン中を駆けめぐっていた。私たちの頭上に位置する一般傍聴席に通じるドアの前には、朝の七時にもう開廷を待つ人の列ができていた。昨日新聞記者はほんの数人だったのに、今日はロンドン中の新聞が、やや手狭な新聞記者席に自社の記者を送り込んでいた。着席する前に、ロリポップは手すり越しに被告人と話していた。被告人は驚いた顔をしたが、落ち着きを失うほどではなかった。被告人がうんざりしたように肩をすくめて話し合いは終わった。この会話は超然と構えているレジナルド・アンズウェル大尉の興味を惹いたらしく、彼は二人の様子を見守っていた。十一時二十分にヘンリ・メリヴェール卿が立ち上がり、被告人側の弁論が始まった。

H・Mは腕組みをした。

「裁判官閣下、及び陪審の諸君。あんた方は、我々がどんな弁護をするのか考えあぐねておるじゃろう。よろしい、これから話して進ぜる」H・Mは悠揚とした態度で話し出した。「まず、我々は、訴追者側の陳述は、どれも、どの一つを取っても、嘘っぱちであることを明らかにするつもりじゃ」

サー・ウォルター・ストームが乾いた咳払いと共に立ち上がる。

「裁判官閣下、ただ今の発言は、あまりに突拍子もないものですから、疑問の余地がないようにしておきたいと考えます。我が博学なる友は、被害者が亡くなっていることまで否定はしないと思いたいものです」

「シッ、シーッ！」H・Mが両のこぶしを振り上げたのを見て、ロリポップが抑える。

「どうかね、サー・ヘンリ」

「裁判官閣下、そこは否定せん。そのことは、本件に関して法務長官殿が他人《ひと》の手を借りずに発見できた唯一の事実として、百歩も二百歩も譲って認めて進ぜる。シマウマには縞がありハイエナは吠えることができると認めても構わんよ。だが個体間の比較なしにハイエナと――」

「動物学的考察は、本件に関係がない」ボドキン判事は瞬《まばた》き一つしなかった。「サー・ヘンリ、先を続けたまえ」

「裁判官閣下、申し訳ありませんでした。疑義は撤回いたします」法務長官は厳《いか》めしい口調のまま、「ただし、普《あまね》く認められた事実として、ハイエナは吠えるのではなく笑うにすぎないと申し添えておきます」

「ハイエナは──ではない、どこまで話した？　ああ、そうじゃ。さて陪審の諸君」H・Mは机に両手をついて身を預け、弁論を続けた。「訴追者側がよりどころとしておる事実は、たった二つしかない。曰《いわ》く、『被告人がやったのでないとすれば、誰がやったのか？』そして曰く、『いかにも動機の影らしきものさえ見つからないが、それゆえ、非常に強力な動機があるに違いない』以上二つの論拠は、諸君が本件を考察するよりどころとするにはあまりに危なっかしい。なぜなら、訴追者側は、主張の根拠を、自分たちでは見つけられない犯人と、自分たちの知りえない動機とに置いておるからじゃ。

　まず、動機の問題を考えてみよう。諸君は、被告人がエイヴォリー・ヒュームを訪ねるのに、弾を込めたピストルをポケットに入れていったと信じるよう求められておる。被告人はなぜそうしたのか？　本件を担当した警察官はこう述べておる。『普通、使うつもりもない凶器を持ち歩いたりしません』言い換えると、諸君は、被告人がエイヴォリー・ヒュームを殺害する明確な意図を持っていたと信じるよう、暗に求められておるのじゃ。だがこれは『なぜ？』という問いの答えにはなっておらん。結婚生活の前奏曲としてはいささか過激ではないかな？　では何が被告人をそのような行動に駆り立てたのか？　それについては、電話での会話を引き合いに出して説明したつもりでおる──しかも、いいかな、その会話ではただのひと言も激しい言葉は使われておらん。『私が聞き及んでいることからすると、娘に関わる問題にきっぱり片をつけておくのがいいでしょうな。今晩六時、ご都合はいかがかな？』そんな話しかなかったわけじゃ。被害者が被告人に『きっちり片をつけてくれるぞ』とでも言ったかな？　否じゃ。その言葉を口にしたのは受話器が置かれた後で、独り言としてだった。被告人が耳にしたのは――被告人が聞いたと誰もが認めておるのは――家に来てくれと頼む、冷静でやや堅苦しい言葉だけじゃ。そして、それゆえ――諸君はこう信じることを求められておる――それゆえ、彼は自分のものでもないピストルをつかみ、殺意もあらわに被害者の家に駆けつけた、と。

　なぜか？　という問いに答える時、そこには、被害者が被告人について芳《かんば》しくない噂を聞いたに違いない、という当て推量がこっそり入り込んでおる。それがどんな噂か訴追者側は語っておらん。諸君が聞いたのは、彼らにはそれが何かはわかっていない、ということだけじゃ。彼らは『火のないところに煙は立たない』と言うが、諸君はどんな煙かさえ聞かされておらん。訴追者側は、エイヴォリー・ヒュームがなぜ急に訳のわからぬ態度を取ったのか、その理由を示せないでおる。

　しかし、いいかな、わしにはそれができるのじゃ」

　明らかに、H・Mは聞き手の心をつかんでいた。卿は両のこぶしを腰に当て、眼鏡越しに睨みながら、ざっくばらんに話す。

「事実、つまり本件の物理的事実には、何の疑問もない。我々が問題にしたいのは、その事実をもたらした原因なのじゃ。我々は被害者の行動の本当の理由を明らかにしよう。それが実は被告人とは無関係だったことも明らかにしよう。そして、被告人に対する公訴事実が、最初から最後まで入念に仕組まれた罠であったと示すつもりじゃ。訴追者側は、それが誰のものであれ動機を全く示せんが、我々にはできる。訴追者側は、消えてしまった羽根の切れ端がどうなったのか説明できないでおるが、我々にはそれが可能なのじゃ。訴追者側は被告人以外の人物が犯行をなしえた方法を説明できない。しかし、我々はそれをここで示そう。

今しがた言ったことじゃが、本件の議論の拠りどころは『被告人がやったのでないとすれば誰がやったのか？』ということにある。それを『被告人がやっていないと考えるのはとても難しい』と言い換えることはできん。もしそう考えるのなら、あんた方は無罪の評決を出さねばならん。しかし、わしは単に、被告人の有罪についての合理的な疑いを示して事足れりとするつもりはない。むしろ我々は、被告人の無罪に合理的な疑いがないことを示すつもりなんじゃ。ありゃ、あれはどうした――」

H・Mが亀のように首を突き出すと、ロリポップが怪しげなタイプ書面をひらひらさせて注意を惹いた。

「わかったわかった！――言い換えると、訴追者側とは全く異なる説明を、あんた方には聞いてほしいのじゃ。被告人がやったのでないとして、殺人を行なった人間を指摘することはわしの仕事ではない。それは我々の調査の範囲外なのでな。だが、あまりにも当たり前の場所なので、捜査の間、誰も捜そうとしなかった場所に隠されていた、羽根の切れ端を二つお目にかけよう。その時わしは諸君に尋ねるつもりじゃ、エイヴォリー・ヒュームが殺された時、真犯人はどこに立っていたと考えるか、と。諸君は、見解やら意見やらをたんと聞いた。被告人が意地の悪い表情を浮かべていたと聞かされ、奇矯な行動に及んだことが何度も強調された。最初は、とても緊張していたので帽子を落とした、ということになった。ところが次は、とても冷淡な人物だから死体のそばで煙草を吸った、とされた。わしの単純な頭では、なぜそんな些細な行為が疑いを招くのか理解できん。被告人はヒュームを殺す計画を抱いていたはずなのに、ヒューム自ら差し錠を掛け、自分がより殺されやすいようにしたとも聞かされた。そして、緑なす広く豊かなこの世界で、被告人がしたかもしれないこと、きっとしたはずのこと、できたはずがないこと、いろいろ聞かされたはずじゃ。そして今、トペテ（幼子を異教の神モロクの生け贄にする慣習があったとされるエルサレム南方の地）の灼熱の角笛の合図と共に、真実を聞く時が来たのじゃ。被告人を喚問する」

H・Mがコップの水をごくごくと飲む間に、被告人席の看守の一人がアンズウェルの腕をつかんだ。被告人席の柵の扉が解錠され、アンズウェルは看守に伴われて事務弁護士《ソリシター》席のある最下部を通っていった。陪審席の前を通る時もそちらには目もくれず、神経質に足を運ぶ。しょっちゅういじっているためにネクタイの結び目が緩み、今も被告人の手はしきりにネクタイに伸びていた。またも、集中砲火を浴びせられる人間をつぶさに観察する機会が私たちに与えられることとなった。明るい髪は七三に分けられ、好感の持てる顔つきは、高い知性よりは豊かな想像力と繊細な感受性を窺わせる。ネクタイに触ったり大きな肩を動かしたりすることを別にすれば、証言台の内屋根を見上げるのが唯一の動作だった。内屋根に隠された鏡――その昔、証言台に照明を当てるのに使われていた名残だ――が気になるらしい。うつろな視線は虚空に据えられている。

H・Mはうがいをするような音を立てて水を飲んだ。その好戦的な物腰に隠されてはいるが、

Ｈ・Ｍが成り行きを危ぶんでいるのが私にはよくわかった。今が裁判の転換点なのだ。被告人は証言台にいる間（普通は一時間以上、場合によると一日中）、自分が口にする言葉で刻々と運命が変わる。自分を待つ苛烈極まる反対尋問を前にしてたじろがないとすれば、それは本当に罪のない人間だけだ。

Ｈ・Ｍはことさら気さくな様子で話しかけた。

「さて、名前は？」

「ジェームズ・キャプロン・アンズウェルです」

ほとんど聞き取れないくらいの低い声だった。アンズウェルの声は不安定に変化し、咳払いをするたびに顔を背け、ばつの悪そうな視線を裁判官に向けることになった。

「現在は無職、住んでおるのはデューク街二三番地じゃな？」

「はい。その――そこに住んでいました」

「昨年十二月の終わり頃、ミス・メアリ・ヒュームと婚約したんじゃな？」

「はい」

「その時はどこにおったかね？」

「サセックス州フローンエンドのストーンマン夫妻宅に滞在していました」

Ｈ・Ｍはメアリ・ヒュームと父親が交わした手紙に関して極めて穏やかに質問を進めたが、それでも被告人をくつろがせることはできなかった。「金曜日、つまり一月三日じゃ。お前さんは翌日ロンドンに行こうと決心したのじゃな？」

「はい」

「どうしてそう決めたのじゃ？」

アンズウェルはぼそぼそとつぶやいたが、聞き取れなかった。

「被告人は大きな声で話すように」裁判官が鋭く注意する。「少しも聞こえん」

アンズウェルは周りを見る。焦点の合わないうつろな目の表情は変わらなかった。苦労してようやく本来の声が出始め、話している途中でやっと言葉が聞き取れるようになった。「――それに婚約指環を買いたかったのです。まだ用意していなかったので」

「婚約指環を買いたかった」H・Mは喉の奥から唸るような声を、それでも何とか励ますように張り上げて、おうむ返しにした。「それを決めたのはいつじゃ？　金曜のどの時点で決心したのじゃ？」

「金曜の夜遅くでした」

「ふむふむ。で、どうしてロンドンへ行こうと思い立ったのかな？」

「その晩、いとこのレグがロンドンへ行くことになっていて、何なら自分が代わりに指環を買ってきてやろうか、と言ったんです」しばらく沈黙があった。「その時初めて婚約指環のことに思い至りました」再び長い沈黙。「もっと早く気づくべきでしたね」

「ミス・ヒュームにロンドン行きのことを話したかね？」

「ええ、もちろんです」アンズウェルの顔に突然奇妙な微笑の影のようなものが浮かんだが、あっという間に消えた。

「お前さんは、同じ金曜の夕方、ミス・ヒュームがロンドンにいる父親に電話したことを知っていたかね？」

「いえ、その時は知りませんでした。後で聞きました」

「翌日のロンドン行きを決めたのは、その電話の前かね、後かね？」

「後です」

「そうか。それからどんなことがあったんじゃ？」

「どんなこと？　ああ、そういうことですか」アンズウェルはほっとしたようだ。「メアリが、それならお父様に手紙で知らせるわと言って、机に向かって手紙を書きました」

「その手紙を見せてもらったかね？」

「はい」

「お前さんが次の朝どの列車に乗る予定か書いてあったかね？」

「はい、フローンエンドを九時に発つ列車だと」

「ロンドンには一時間と四十五分くらいで着くんじゃったな？　およその目安じゃが」

「はい、急行でそれくらいです。フローンエンドはチチェスターほどロンドンから遠くありませんから」

「手紙には、出発時刻だけではなく到着時刻も書いてあったかね？」

「はい、ヴィクトリア駅に十時四十五分に着く、と書いてありました。それはメアリがロンドンに帰る時いつも使う列車なんです」

「では、父親のほうもその列車のことをよく知っていたわけじゃな?」

「きっとそうだと思います」

H・Mはアンズウェルに時間をたっぷり与え、壊れ物を扱うように優しい態度で接している。アンズウェルは相変わらずうつろな目つきで、最初ははっきり発音できるのに、だんだん聞こえにくくなってしまう。

「ロンドンに着いてからどうしたんじゃ?」

「僕は——指環を買いに行きました。ほかの用事も少し」

「その後は?」

「自分のフラットに行きました」

「着いたのは何時かな?」

「一時二十五分頃です」

「そこへ被害者から電話があったんじゃな?」

「はい、大体一時三十分でした」

H・Mは机に大きな手をついて前屈みになり、肩をそびやかした。時を同じくして、被告人の両手がぶるぶる震え出す。その目は証言台の内屋根のひさしを見上げていた。弁護人と被告人は、揃ってある極点に近づこうとしていた。張り詰めた緊張の糸を引っ張りすぎれば、ぷっつり切れてしまう瞬間へと。

「ところで、その日の朝、被害者が何度もお前さんのフラットに電話をかけたが応答はなかっいた、という証言を聞いておるな？」

「はい」

「もっとはっきり言えば、被害者は朝の九時という早い時刻にお前さんのフラットに電話していたんじゃな？」

「はい」

「お前さんはダイアーがそう証言するのを聞いたかな？」

「はい」

「ふむふむ。しかし、その時刻にお前さんがつかまらないことを被害者はよく知っていたはずではないかな？　九時といえば、お前さんがフローンエンドを出発する頃じゃ。目の前の手紙には、列車の出発時刻と到着時刻が書かれておる。しかも自分の娘がよく利用する列車で、被害者は十分に承知していたはずじゃ——違うかな？——あと二時間くらい経たないと、お前さんを電話でつかまえることはできんということをな」

「言われてみると、確かにそうです」

（「お爺ちゃんたら、何をやってるのよ」イヴリンが耳許で囁いた。「自分の証人をばらばらにしちゃう気かしら」）

「では、この電話での会話について考えてみようかの。被害者はどんなことを言ったかな？」

アンズウェルはこれまでの証人と同じ内容の供述をしたが、話し方に真剣味が感じられるようになっていた。

「被害者は気に障ることを言ったかな?」

「いいえ、全く」

「電話での印象はどうじゃった? 全体的に」

「そうですね、親しみやすい感じではありませんでした。でも、そんな人もいますから。打ち解けていないだけだと思いました」

「お前さんに後ろ暗いことがあって、それを彼が知ってしまったということはないかな?」

「心当たりはありません。考えてもみませんでした」

「被害者宅を訪問した時、お前さんは、いとこの銃を持っていたのかね?」

「僕は——持って——いきませんでした。そんなことをするはずがありません」

「被害者宅には六時十分に着いた、そうじゃな?——そうか。聞いたところでは、お前さんは帽子を落とし、機嫌が悪く、コートを脱ぐのを断ったらしいな。こうした行動の、本当の理由は何だったんじゃ?」

アンズウェルが早口で何かつぶやくのを、ボドキン判事が遮った。「自分の役に立てたいのなら、被告人ははっきり話すように。何を言ったか、私には聞こえなかった」

被告人は裁判官のほうを向き、両腕を広げて困惑を示した。

「裁判官閣下、僕はあの時できるだけいい印象を与えたかったのです」言葉が途切れる。「特に、あの人は電話で——あまり愛想がよくなかったので」再び言い淀む。「あの家に入った時、どういうわけか帽子が手から滑り落ちたんです。僕は頭に血が上ってしまい、自分が——のように見られるのはごめんだと思いました」

「何のようにだね。また聞こえなかったが」

「間抜けのように、です」

「間抜けのように、か」裁判官は、抑揚のない声で繰り返した。「質問を続けたまえ」

H・Mは片方の手を差し伸べた。「若い男が義理の父親に初めて目通りをするんじゃから、そんな気分になるのも当たり前じゃな。で、コートを脱がなかったのはなぜじゃ？」

「脱がないと言うつもりはなかったんです。でも一度口にしたら、取り消すわけにはいきませんでした。そんなことをしたら、もっと悪いことになります」

「もっと悪い、とは？」

「もっと間抜けに見えます」

「よくわかった。お前さんは書斎に案内されたんじゃな？――そうか。お前さんを迎えた被害者の様子はどうじゃった？」

「よそよそしく、それに――何となく変でした」

「そこをはっきりさせるぞ。『変』とはどういう意味で使ったんじゃ？」

「よくわからないんです」間を置いて、「変としか言いようがなくて」

「そうか。二人の間でどんなやりとりがあったか、陪審に説明してくれんか？」

「あの人は、僕が壁に飾ってある矢を見たのに気づいたようでした。僕は、アーチェリーの趣味がおありですかと尋ねました。彼は、北部にいた子供時代に弓と矢で遊んだこと、それが今はロンドンで流行《はや》りのスポーツになっていることなどを話してくれました。壁に掛けてある矢は、ケント州森の狩人クラブの年次大会とやらの賞品だそうです。確か『その大会で金《きん》を最初に射た者が、次の一年、森の狩人代表を務める』と言っていました」

「金？」Ｈ・Ｍは唸り声で繰り返した。「金とな？ それはどんな意味なんじゃ？」

「僕も同じ質問をしました。あの人の説明では、的《まと》の中央のことだそうです。その話をした時、あの人は僕を見つめたのですが、それが妙な感じでした――」

「その説明をしてくれんか？ 焦らずに、ゆっくりな……」

アンズウェルは再び両腕を広げた。「その、何ていうか、あの人はこ、の、僕が財産目当てで来たと思い込んでいたようです。僕はそんな印象を持ちました」

「財産目当てで来た、とな。お前さんがよそで何と呼ばれておるか知らんが、財産目当てと言う奴はおらんと思う。どうじゃ？」

「そう思います」

「ほかに被害者はどんなことを言ったんじゃ？」

「自分の指を見つめ、僕に視線を移して『その気になれば、その矢で人だって殺せる』と言いました」

「なるほど。それから？」Ｈ・Ｍは優しく促す。

「話題を変えたほうがいいと思ったので、できるだけ軽い感じにしようとして『それは結構なことで。でも、僕がお宅に伺ったのは、スプーンを盗んだり、むやみに人を殺したりするためじゃありません』と言いました」

「なんじゃと？」Ｈ・Ｍは吼えた。「お前さんは、『スプーンを盗んだり』という表現を使ったのか。これは初耳じゃ、本当なのか？」

「『人を殺したりするため』より先に言ったのを覚えています。僕の頭には『金』という言葉の余韻があって、相手は何を考えているのだろうと思いをめぐらせていました。『金』でスプーンを連想するのは自然だと思います」

「同感じゃな。で？」

「遠回しに言っても無駄な気がしたので、『お嬢さんと結婚したいのですが、許していただけますか』とだけ言いました」

Ｈ・Ｍはウィスキーを注《つ》がれた件《くだり》まで、ゆっくりと質問を進めた。

「さて、これからの質問には特に慎重に答えてもらわねばならん。ウィスキーを注いでから被害者が何と言ったか、正確に述べてもらいたい。いいかな、その時の態度、身振り、お前さんが覚えている限り何でもじゃぞ」

「あの人は『ご繁栄を祈らせていただこう』と言いました。すると表情が変わったように見えました――何というか、不快な感じに。そして、宙に向かって『ミスター・ジェームズ・キャプロン・アンズウェルに』と言いました、誰かの後に続いて繰り返す感じで。次に僕を見て、『その結婚なら双方にとって願ってもない』と」

Ｈ・Ｍは片手を挙げて遮る。

「ちょっと待たんか。慎重にな。被害者は『その結婚なら』と言ったんじゃな？『この結婚』とは言っておらんのだな？」

「はい」

「それから？」

「あの人は『ご承知かと思うが、私は既に同意を与えている』と言いました」

「最初から繰り返すぞ」H・Mは素早く口を挟み、一語一語、ずんぐりした指を折って数えるように唱え始めた。「『その結婚なら双方にとって願ってもない。私は既に同意を与えている』こうじゃな？」

「はい」

「わかった。で、それから？」

「あの人はこう言いました。『その結婚に反対する理由は何一つない。私は亡くなられたレディ・アンズウェルとは昵懇《じっこん》にしていただいたし、ご一族の財政状態に問題がないことも存じております』」

「待て！　彼は『あなたの財政状態』と言ったのか『ご一族の財政状態』か、どっちじゃ？」

「『ご一族の財政状態』でした。そしてあの人は『私からの提案なんだが――』と言いました。僕がはっきり聞いたのはここまでです。ウィスキーに入っていた薬が効き始めていました」

H・Mは深い息を吐き出し、法服を揺らした。唸るような単調な声で質問を進めていく。

「さて、お前さんをグロヴナー街に呼び出した電話に戻るぞ。被害者は、お前さんが九時にフローンエンドを発つ列車でロンドンに向かうのを知っていたわけじゃな？」

「そのはずです」

「その列車が十時四十五分までロンドンに到着しない、従って十一時より前に電話でお前さんと話すことはできない、被害者はそのことも知っていた。そうじゃな？」

「メアリが知らせましたから」

「それなのに、朝の九時からお前さんのフラットに電話をかけていた——九時といえば、フローンエンドを発つか発たんかの時刻じゃ」

「そうですね」

「土曜の午後一時三十分に被害者と電話で話す以前に、お前さんは被害者の声を聞いたり本人を見たりしたことがあったかな？」

「いいえ、ありません」

「電話での会話の最初に戻りたい。どんな具合に始まったんじゃ？」

「まず電話のベルが鳴りました」答えるアンズウェルの声は冷静だった。「受話器を取りました（彼はその様子を実演した）。僕は長椅子に坐って新聞を読んでいるところで、手を伸ばして取ったんです。ミスター・ヒュームと名乗る声がしました。その時、彼が『キャプロン・アンズウェルをお願いしたい』と言ったように思えたので、『私ですが』と答えました」

H・Mがぐっと身を乗り出す。

「ほう？　お前さんは、彼が『キャプロン・アンズウェルをお願いしたい』と言ったように思、えた。しかし、のちにそうではないと気づいたのではないか？」

「はい、そうではなかったとわかりました」

「被害者は実際には何と言ったんじゃ？」

「違う言葉でした」

「彼はこう言ったのではないか？『アンズウェル大尉《キャプテン・アンズウエル》をお願いしたい』と」

「はい」

H・Mは手にした書類を机に落とし、両腕を組んで、獲物をいたぶる獣を思い起こさせる猫撫で声になった。

「要するに被害者は、昼間の電話でも、夕方に書斎で会った時も、お前さんのいとこレジナルド・アンズウェル大尉と話していると思っていた、そうではないかな？」

11　こっそりと

十秒ほどの間、法廷には囁き声も椅子が軋る音もしなかった。周りの息遣いさえ聞こえる気がした。今の質問の意味はすんなりとは頭に入らなかった。それは突然現れたかと思うと、ぐんぐん目の前に迫ってきた。しかし、事件のどこにどう当てはめればいいのだ。そもそも裁判官がこれを認めるだろうか？　被告人は憔悴した顔に軽蔑したような表情を浮かべ、目を合わせてみろと言わんばかりの視線をレジナルド・アンズウェルに向けていた。しかしレジナルドは応じない。証言台を背にして事務弁護士《ソリシター》のテーブルにつき、片手を水差しに置いている。今のやりとりは聞こえていなかったかのようだ。被告人と同じ明るい色の髪だが、その下の冷たい笑みを浮かべた顔には、わずかにうんざりした表情が覗いていた。

「そう、あそこにいる男のことじゃ」Ｈ・Ｍは念を押して法廷中の注目をレジナルドに集めた。

レジナルド大尉は頭を振って馬鹿にしたような笑いを浮かべた。既に軍《いくさ》支度を調えていたサー・ウォルター・ストームが立ち上がり、一撃繰り出す。

「裁判官閣下、ヒューム氏が考えたかもしれないこと、または考えなかったかもしれないことについて被告人に考察を加える資格はない、そう申し上げてもよろしいでしょうか」

裁判官は、小さな手でこめかみを軽くこすりながら考えをめぐらせた。

「サー・ウォルター、君の言うことは理に適《かな》っておる。しかし、この問題に関して何らかの証拠を提出する用意がサー・ヘンリにあるのなら、裁量を認めてもよい」ボドキン判事はそう言ってH・Mに鋭い目を向けた。

「いかにも、裁判官閣下、証拠は用意してある」

「では質問を続けたまえ。釘を刺しておくが、被告人の考えは証拠にはならんぞ」

法務長官は矛《ほこ》を収めて腰を下ろしたが、宣戦布告がなされたことは明らかだった。H・Mは再びアンズウェルに向かう。

「では、我々が説明しようとしておる電話のことに話を戻そう。お前さんのいとこは、前の晩ロンドンに着いていたのじゃな？」

「はい、その前は僕と同じ家に客として滞在していましたが」

「ロンドンにいる間、彼はいつもお前さんのフラットに居候を決め込んでいた。そのことについては証言があったと思うが、そうなのか？」

「その通りです」

「すると、被害者が彼と連絡を取りたいと思ったら、土曜の朝九時にお前さんのフラットに電話をかけたのも、何の不思議もないことになるな？」

「はい」

「土曜の夕方グロヴナー街へ出向いた折、一度でもお前さんのファーストネームが口にされたかな？」

「いいえ。執事には『アンズウェルと申します』と言っただけですし、執事も『旦那様にご面会の紳士です』と言って取り次ぎました」

「被害者が『アンズウェルの奴め、きっちり片をつけてくれるぞ』と言ったのは、お前さんのことではなかった、と今は信じておるんじゃな？」

「僕のことではなかったに違いありません」

Ｈ・Ｍは書類をかき回して時間を稼ぎ、今の発言が聞く者の腑に落ちるよう図った上で、ウィスキーを飲む件《くだり》に始まる事件のあらましをたどっていった。私たちはウィスキーに薬が入っていたことが真実であることを知っている。それでも彼は有罪なのだろうか？　お世辞にも最高の証人とは言えないが、被告人の口を衝《つ》いて出るひと言ひと言に、聞く者の胸をわしづかみにする真実の響きがあった。もし彼が無実なら、罠にかかり逃げ出せずにいる絶望感を嚙みしめているはずだが、その絶望さえも彼はいくらか伝えることができた。気づくと、質問が始まってから随分時間が経っていた。きっと彼は良い印象を残すことができたはずだ――昨日の夕方、自分の有罪を叫ぶ真似さえしなかったら。誰もそれを口にはしないが、彼の発する言葉にはことごとくあの出来事が影を落としていた。質問を始めた時点で、既に彼は自ら罪を認めた殺人犯だった。アンズウェルという人間が二人いて、二重露光の写真さながら、互いに相手と重なり合っているようだ。

「最後に」Ｈ・Ｍは吼えるように声を張り上げた。「さまざまな出来事が生じた理由について検討しよう。被害者がお前さんのことをいとこと取り違えていたと、お前さんが最初に考えるようになったのはいつじゃった？」

「わかりません」間を置いて、「あの晩遅くに、その考えが浮かびました。でも信じられなかったんです」再び間を置く。「それからまた考えました。ずっと後になってからですが」

「その時になってもなお、このことを誰にも言わなかったのには理由があるのかね？」

「僕は――」言いかけてためらう。

「話してみんか？　理由があったんじゃな？」

（焦らないで、H・M。お願いだから、足の運びは慎重に！）

「証人は質問が聞こえたはずだが」裁判官が口を挟んだ。「質問に答えなさい」

「裁判官閣下、理由はあったと思います」

ボドキン判事は顔をしかめた。「思うでは答えになっておらんな。理由があったか、なかったか、どちらかで答えなさい」

「理由はありました」

H・Mは頑《かたくな》な被告人を前にして汗をかき始めていた。「では、質問を変えるから答えてくれ。被害者がお前さんではなくお前さんのいとこと会おうとした理由を知っておるかね？」

弁護人と被告人の間には一つの天秤が存在するように思えたが、その天秤の皿が傾きかけた。愚かな若者は、肩を怒らせ深く息を吸い込む。そして、証言台の手すりに両手を置き、澄んだ目で法廷を見回した。

「いいえ、知りません」はっきりと言い放った。

沈黙。

「知らんじゃと？　理由があったのではないのか、そんな行き違いが生じた理由が」

沈黙。

「理由があったのではないのか、被害者がアンズウェル大尉を毛嫌いし、『きっちり片をつけてくれるぞ』と意気込んだ理由が」

沈黙。

「その理由というのは――」

「そこまでだ、サー・ヘンリ」緊迫した空気に裁判官が割って入った。「誘導を認めるわけにはいかん」

H・Mはお辞儀をして、両のこぶしに力を入れて体重を支えた。深追いしても無駄だと悟ったらしい。私たちの周りに列をなす無表情な人々の頭の中では、あらゆる忖度《そんたく》や臆測のたぐいが飛び交っているのだろう。私の場合、その理由はメアリ・ヒュームに関係があるに違いないという確信だった。例えば、メアリ・ヒュームとアンズウェル大尉の間にただならぬ関係があり、海千山千のエイヴォリー・ヒュームが良縁を破談にされないうちに禍根を絶つ気だったとしたら？　これなら状況にぴったり当てはまる。だからといって被告人が、それを認めるくらいなら絞首台のロープに自分から首を突っ込むほうがましだ、と思うだろうか？　まずは信じがたい。もっと常識を働かせなくては。宮廷騎士《ナイト》気取りもはなはだしい、今どき流行《はや》らない話だ。メアリ・ヒュームに関係しているにせよ、ほかに理由があるはずだ――しかし、それが何なのか、この時は誰も推測できなかった。聞かされて初めてわかる話もある。

Ｈ・Ｍに代わって、屈強の手練《てだ》れサー・ウォルター・ストームが反対尋問に立ち上がった。しばらく彼は黙っていた。それから、軽蔑の交じった冷淡な口調で質問を投げかけた。

「被告人は、自分が有罪なのか無罪なのか、どっちにするか決めましたか？」

たとえ相手が無力であろうとも、してはならない口の利き方がある。ほかの何をもってしてもできないと思われることを、サー・ウォルターの質問はやってのけた。アンズウェルが顔を上げたのだ。事務弁護士《ソリシター》席を越えて、被告人は法務長官の目を正面から見据えた。

「それは、ポーカーをやっている人に『いかさまをするのはやめたのか？』と訊くようなものですね」

「ミスター・アンズウェル、残念ながらここはトランプの心得を質《ただ》す場ではないのですよ。どうか私の質問にお答えいただきたい。あなたは有罪なのですか、無罪なのですか？」

「僕はやっていません」

「大変結構です。耳は普通に聞こえるようですが？」

「聞こえます」

「私が『キャプロン・アンズウェル』と言い、続けて『キャプテン・アンズウェル』と言ったとしましょう――この法廷は、あいにくいろいろな雑音であふれていますが――それでもあなたは二つを聞き分けられますね？」

事務弁護士《ソリシター》のテーブルでレジナルド・アンズウェルが薄笑いを浮かべ、周りを見た。これまでのやりとりを聞いてこの男はどんな印象を持ったのだろう。

「はっきり答えてください。あなたには突発的に耳が聞こえなくなる病気はなかったはずですが？」

「ありません。あの時はたまたま注意が散漫になっていたんです。新聞に目を通していたところで、空いたほうの手で受話器を取り、ヒュームさんの名前が出るまでは身を入れて聞いていませんでした」

「でも、ヒューム氏の名前は聞き取れたわけですね？」

「はい」

「ここにあなたの供述調書、第三十一号証があります。被害者が『キャプロン・アンズウェル』ではなく『アンズウェル大尉《キャプテン・アンズウェル》』と言ったかもしれないという珍説を、あなたは警察に話しましたか？」

「話しませんでした」

「殺人当夜にその考えが浮かんだのにですか？」

「その時はあまり真剣に考えていませんでした」

「では、真剣に考えるようになったきっかけは何ですか？」

「それは――だんだんそう考えるようになったのです」

「その考えを、治安判事に話しましたか？」

「いいえ」

「そのような考えがあなたの頭に明確な形を取ったのはいつですか?」

「覚えていません」

「それでは、何がきっかけで、はっきりした形を取るようになったのですか? これなら思い出すでしょう? 思い出せない? 遠慮なく言わせてもらうと、あなたの突拍子もない考えに、ただの一つでもちゃんとした根拠があるのですか?」

「もちろんあります」被告人は、それまでの無気力状態から脱して大声を上げた。顔を紅潮させ、審理が始まってから初めて見せた自然で人間らしい姿だった。

「大変結構。どんな理由ですか?」

「僕たちが出会う前の話ですが、メアリとレグが親しくしていたのを、僕は知っていました。実は、ストーンマン夫妻の屋敷で僕をメアリに引き合わせてくれたのもレグなんです――」

「ほう?」サー・ウォルターは、ことさら慇懃《いんぎん》な口調で尋ねる。「あなたは、二人の間に不適切な関係があったとおっしゃるのですね?」

「いいえ、そういうわけではないんです。つまり――」

「二人には不適切な関係があったと疑う理由があったのでしょうか?」

「いいえ」

サー・ウォルターは首を後ろに傾げ、今聞いた奇妙な話を整理するかのように片手で顔を撫で始めた。

「ではこういうことになりますか? 間違っていたら指摘してください。ミス・ヒュームとアンズウェル大尉は親しい間柄だが、後ろ指をさされるような関係ではなかった。そのため、極めて理性的なヒューム氏は大尉に激しい嫌悪を抱き、突然『きっちり片をつけてくれるぞ』と決心する。そして大尉に電話をかけるが、自分宛だと思い込んだあなたがその電話に出てしまった。あなたは武器など持たずにヒューム氏を訪ね、あなたをアンズウェル大尉だと思い込んだヒューム氏によって薬の入ったウィスキーを供される。あなたが意識を失っている間に、誰かがあなたのポケットにアンズウェル大尉のピストルを忍ばせ、(我が博学なる友にあなた自身が供述したところによると)わざわざ時間をかけてあなたの喉にミントエキスを流し込む。あなたが目を覚ますと、触れた覚えのない矢に自分の指紋が付いていて、ウィスキーはいつの間にか触った跡のないデカンターに逆戻りしている。この事件におけるあなたの立場は、以上で正確に言い尽くされていますか? そうですか、ありがとうございます。あなたはこの話を陪審に納得してもらえるとお考えですか?」

法廷に沈黙が流れた。アンズウェルは両手を腰に当てて法廷を見回し、飾らない自然な口調で話し出した。

「でしたら、僕にはどうしようもありません。何を言っても、誰を相手にしても、信じてもらえないでしょう。ですが、人間のすることが必ず理性の支配下にあるとお考えなら、ほんの少しの間で結構ですからここに立って、自分が馬鹿げたことをしゃべっているのを聞くのがどんな気持ちかお試しになるといいでしょう」

裁判官席から鋭い叱責が飛び、アンズウェルは黙った。しかし、態度におどおどしたところがなくなり、生気すら感じられるようになった。

「わかりました」サー・ウォルターは挑発にも動じなかった。「次の申し立ては、あなたの行動はどれ一つとして理性の支配下にはなかった、というところでしょうか」

「自分では、いつだって理性的に行動しているつもりですが」

「一月四日の晩も理性的に行動していましたか」

「はい。今のあなたみたいにみんなが寄ってたかって僕に話しかけてきましたが、ちゃんと口を閉じていましたから」

再び裁判官席から戒めの言葉が投げられたが、今やアンズウェルはH・Mが質問していた時よりも好ましい印象を与えつつあった。サー・ウォルターによってがんじ搦《がら》めにされ、被告人の言葉を信じる者は法廷に三人もいなくなったというのに、好印象を与えているとは皮肉な話だ。しかし――H・Mを惨めに引き下がらせた後に――この見事な挽回ぶり。あの食えない爺さんは、こうなることまで見越して仕込んだのか？

「玄関先でコートを脱ぐのを断った理由、そして本法廷で証人の一人となったダイアーに乱暴とも言える口調で話しかけた理由を、あなたは間抜けに見られたくなかったからだと言いましたが、それで間違いありませんか？」

「間違いありません」

「ということは、コートを着たままでいるより、脱いだほうが間抜けに見えると思ったわけですね？」

「はい。いや、つまりですね――」

「つまり？」

「そんな気がしただけです」

「コートを脱がなかったのは、ズボンのポケットに入れたピストルの膨らみを気づかれたくなかったからではありませんか？」

「いいえ。そんなことは考えてもみませんでした」

「何を考えてもみなかったのですか、ポケットのピストルのことですか？」

「はい。というか、ポケットにピストルなんかありませんでした」

「ほう。それではあなたが一月四日の夜に警察で行なった供述に再度注意を向けたいと思います。あなたが今日述べたことは、警察でした供述と完全に食い違っていることにお気づきですか？」

アンズウェルはたじろぎ、再びネクタイに手をやった。「いえ、そうはならないと思います」

「いくつか拾ってみましょう」サー・ウォルターの口調は、相変わらず落ち着いて威厳にあふれている。「あなたはこう述べています。『ヒュームさんの家に着いたのは六時十分でした。ヒュームさんは親しげに迎えてくれました』しかし、あなたの今日の供述では、被害者は親しげとは似ても似つかない態度だったことになります、そうですね？」

「はい、確かに」

「二つの態度のどちらをあなたは我々に信じさせようとしているのですか？」

「両方です。あの人は、僕のことをほかの人物と取り違えていました。それで、お世辞にも好意的な態度とは言えませんでした。ですが、僕自身に対しては十分に好意的だったんです」

しばらくの間サー・ウォルターは被告人をまじまじと見つめ、熱くなった頭を冷やそうとするかのように頭を下げた。

「話が混乱しているようですが、まあいいでしょう。どうやら、私の質問の意図を誤解しておられる。被害者があの日あなたのことを誰と思っていたにせよ、あなたと会っていた時の被害者は好意的な態度でしたか？」

「いいえ」

「そう、そのように答えていただきたかったのです。となると、供述調書のこの部分は偽りだということになりますね、違いますか？」

「その時はそれが正しいと思っていたんです」

「その後あなたの考えは百八十度変わったわけですね？　よろしい。あなたはこうも述べています。『ヒュームさんは、私の健康を祈る、ミス・ヒュームとの結婚を心から祝福すると言ってくれました』あなたは今、被害者の態度が非友好的だったと断言しました。実際に被害者が発した言葉と非友好的な態度とを、どのようにすり合わせるつもりですか？」

「あの時、僕はあの人の真意がわかっていませんでした」

「要するに」やや間を置いてから、法務長官は一語ずつ区切るように話した。「今あなたが陪審に信じてもらおうとしていることは、あなたの供述の最も重要な文言の一部と完全に矛盾していることになりますね？」

「有り体《てい》に言えば、そうだと思います」

サー・ウォルター・ストームは、たっぷり一時間かけて、時計を分解するように被告人をばらばらにしてしまった。被告人の話を注意深く検証し、徹底的に粉砕してから、ようやく腰を下ろした。H・Mが再主尋問に立ち、証人を組み立て直すのを期待したが、そうはならなかった。卿は代わりにこう発言した。

「メアリ・ヒュームを喚問する」

看守がアンズウェルを被告人席に連れ戻し、柵の扉を開けてだだっ広い囲いの中に入れた。地下の独房区から、コップ一杯の水が運ばれてきた。アンズウェルはさも喉が渇いていたように水を飲んだが、次の証人の名前が告げられると、はっと驚きの色を浮かべ、コップの縁越しに視線を走らせた。

アンズウェルへの質問が行なわれている間、メアリ・ヒュームがどこにいたのか見当もつかない。彼女は法廷の真ん中に、降って湧いたように出現した。証人という糸を紡いで審理を織りなす杼《シャトル》（はた織りで緯（よこ）糸を通す道具）の動きには、わずかのためらいも滞りもあってはならないかのように。その織物で、アンズウェルは既に過去の模様になっていた。レジナルド・アンズウェルの表情が変わった。驚きと呼べるほどはっきりしたものではない。誰かに肩を叩かれたが振り返るのは気が進まない、その程度だった。あごの長い端整な顔が緊張したようにややこわばったが、楽しげな表情を作ったまま指でゆっくりと水差しを叩き続けている。ふと視線が上方へ向かう——そこには微笑を浮かべた被告人の姿があった。

証言台に上る時、メアリ・ヒュームはレジナルド大尉の頭の後ろに視線を走らせた。モットラム警部を除けば、彼女はこれまでの証人の中で一番落ち着いていた。黒貂《てん》の毛皮をまとっているのを見たイヴリンが「派手な見世物よね」と言い捨てたが、それには同性への敵愾心《てきがいしん》も交じっているかもしれない。メアリは帽子をかぶっていなかった。顔の作りで目立つのは間隔の広い青い目だが、真ん中で分け後ろに流した黄色い髪は、その顔本来の柔らかい印象と、奇妙な官能性を強調していた。水上スキーの板に乗っているように、証言台の手すりに両腕を伸ばしてしがみついている。その態度のどこにも、昨日私が見た、堅い殻をかぶったような従順さはなかった。

「全能の神の名において、あなたはこれからなす証言が——」

「はい、誓います」

（「彼女、死ぬほど怯えているわ」イヴリンが囁く。そんな様子は見られないと私は指摘したが、イヴリンは黙って首を振り、証人のほうに向かって再びうなずいた）

事件の真実がどうであれ、彼女が法廷にいること自体、今後の展開が波瀾含みであることを物語っていた。小柄であることは、かえって彼女の重要性を際立たせていた。新聞記者席も新たな興味に色めき立つ。H・Mは自分の声が通らないのに閉口し、ざわめきが静まるのを待っている。ひとり裁判官だけが平然としていた。

「おっほん！　あんたの名前はメアリ・エリザベス・ヒュームに間違いないな？」

「はい」

「被害者の一人娘で、住所はグロヴナー街一二番地じゃな?」

「はい」うなずく様子は夢遊病者のように覚束ない。

「サセックス州フローンエンドのさる屋敷でクリスマスパーティーが開かれた折に、被告人と初めて会ったわけじゃな?」

「はい」

「ヒュームの嬢ちゃん、あんたはあの男を愛しておるのか?」

「はい、とても愛しています」その目がほんの短い間だがきらりと輝いた。静まり返っていた法廷内が、いっそう空虚な静寂に満たされた。

「彼があんたの父親を殺した容疑で起訴されたことは知っておるな?」

「もちろん知っています」

「では奥さ——お嬢ちゃん、この手紙を見てもらいたい。日付は『一月三日午後九時三十分』、殺人のあった前の晩になっておる。これを書いたのがあんたかどうか、陪審に言ってもらえんか?」

「はい、私が書きました」

H・Mは手紙を読み上げた。

お父様

ジミーが急に思い立って、明日の朝ロンドンへ発つことになりました。ですから、どうしてもお知らせしなければ、と思いました。私がいつも乗る列車です――ご存じでしょうが、こちらを九時に発って、ヴィクトリア駅到着は十時四十五分です。ジミーは明日中にお父様に挨拶に伺うと言っています。

メアリ拝

追伸　もう一つの件についてはお父様にお任せします。よろしいですね？

「あんたの父親がこの手紙を受け取ったかどうか、知っておるかね？」

「はい、父は受け取っていました。父の訃報に接して私はすぐロンドンに戻りました。その日のうちに、つまり父が亡くなった夜に、手紙をポケットから出しておきました」

「あんたがその手紙を書くきっかけは何だったのじゃ？」

「金曜の晩――事件の前日ですが――ジムが突然、婚約指環を買いにロンドンへ行くと言い出したことです」

「あんたはそれを思いとどまらせようとした、つまりロンドン行きをやめさせようとしたんじゃな？」

「はい。ですが下手に疑いを招くのがいやで、あまり強くは出られませんでした」

「思いとどまらせようとしたのはなぜじゃ？」

証人は唇を湿した。「ジムのいとこのアンズウェル大尉が、やはり次の日に父に会う目的で、金曜の晩にはもうロンドンへ向かっていました。二人が父のところで鉢合わせするのではと心配だったのです」

「父親のところで二人が顔を合わせては困る理由があったということかね？」

「はい、絶対にいやでした！」

「なぜじゃ？」

「その少し前、といっても同じ週ですが、アンズウェル大尉は私に、というよりも私の父に、口止め料として五千ポンド要求していたからです」

12　獲物を見つけ、また見失い

「あんたが言うのは、そこにおる男のことじゃな?」Ｈ・Ｍは大きな手を振って、再びレジナルドの姿を人々の目に容赦なくさらした。

非情にもスポットライトを浴びせられたも同然のレジナルド・アンズウェルの顔色は奇妙な土気色に変わり、棒を呑んだように上半身がこわばった。胸が大きく波打つ。この時ようやく、昨日の出来事を思い返している私の眼前で、細切れの光景が一つの形を取っていた。この男は安全地帯にいると信じ込んでいた。自分とこの女性は、裏切ることなど思いも寄らない強い絆で結ばれていると。彼女は見事に恐怖を装って、口を割らないと約束さえした。今では、彼女が固い芯を感じさせながらも従順な態度を取っていたことにも、穏やかな「いろいろとお世話になりました」という口上にも、覚悟が潜んでいたことがわかる。二人の会話がよみがえった。まずレジナルドが意味ありげに「公平な取引ですから。これで話はついたと考えていいんですね?」と話す。そして彼女が物思うように口にした「私がどんな女かよくご存じでしょう、レグ」という言葉。

法廷では、三人の声が矢継ぎ早に聞こえた。

最初は法務長官の声。「この裁判はアンズウェル大尉を裁くためのものですかな?」

次いでH・M。「それは先の話じゃ」

最後に裁判官が、「尋問を続けなさい、サー・ヘンリ」

H・Mは証人に向き直る。彼女はふっくらとした可愛い顔に落ち着きを漂わせ、その目はレジナルドの頭の後ろを見据えていた。

「アンズウェル大尉は、あんたに、というよりあんたの父御《ちちご》に、五千ポンド払えと要求したわけじゃな?」

「はい、彼は私にそんなお金が払えないのはよくわかっていましたが、父からなら間違いなく取れると踏んでいたんです」

「うんうん。で、ゆすられるどんな理由があったのかね?」

「私はあの男と親密に付き合っていました」

「そうか。しかし別の、もっと強い理由があったはずじゃ、ずっと強い理由がな」

「はい、ありました」

裁判が始まってこれで二度目だが、被告人がいきなり立ち上がって被告人席から声を上げようとした。まさかここまでやるとは予想していなかったのだろう。H・Mが乱暴な仕種《しぐさ》で彼を黙らせる。

「どんな理由だったんだね、ヒュームの嬢ちゃん?」

「私はアンズウェル大尉に写真を何枚も撮られていたんです」

「どんな写真かな?」

証人の声がかすれ始めた。「何も身につけず――いろいろなポーズをさせられました」

裁判官席から声が発せられた。「よく聞こえなかった。証人はもっとはっきり話しなさい。何と言ったんだね？」

「何も身につけず、いろいろなポーズをさせられました」メアリは明瞭に言い直す。

裁判官が静かに、だが容赦なく責め立てる様子に、誰もが身をよじりたくなる決まり悪さを感じていた。

「どんなポーズだったのかね？」

さすがにH・Mが割って入った。「裁判官閣下、被告人がなぜああまで躍起になってこの件について発言を拒み、かつ法廷内で奇妙な振る舞いに及んだか、その理由を明らかにするために、わしは問題の写真の一枚を持参しておる。写真の裏には『彼女が僕のために何でもいとわずにしてくれた証《あかし》として』とご丁寧に書かれておるが、筆跡がアンズウェル大尉のものであることは証人に確認してもらうつもりじゃ。その上で、これを、我々が立証しようとしておる事実の証拠として陪審に回覧していいか、裁判官閣下に判断を一任したい」

裁判官が写真を見ている間、法廷にみなぎる静寂は今にも決壊しそうな堰《せき》を思わせ、沈黙の響きとなって聞こえそうなほどだった。証人はこの瞬間どんな気持ちでいるのだろうか。法廷中の目という目が一度は彼女に注がれ、今とは異なる身なりの――というより一糸まとわぬ彼女の姿態をめいめい思い描いていた。サー・ウォルターからは、異議の申し立てを含め発言は一切なかった。

「陪審に見せることを許可する」抑揚のない声で裁判官が言った。

写真は、二列に並んだ無感動な顔の前を順に渡っていった。

「ところで、このような写真は何枚あるんじゃ？」

「い、一ダースほどです」

「あんたの手許にあるのは、わしが証拠として提出するために貸してもらった、この写真だけじゃな？」

「はい、残りは全部レグが持っています。口止め料を要求されたことを法廷で黙っていれば、残りを返してくれる約束でした」

レジナルド・アンズウェルがゆっくりと立ち上がり、出口へ歩き始めた。急がず、同じ速さで、何げない歩きぶりを心がけながら。声をかけたり制したりする者はいない。H・Mはしばらく尋問を控え、法廷中の目が歩み去る男に焦点を結ぶに任せた。椅子、事務弁護士《ソリシター》のテーブルにいる人々、通路にはみ出た肘や足、あらゆるものが大尉の行く手を遮るように思えるらしく、足取りは次第に速くなる。それは、芝居見物の最中、並んだ椅子の真ん中から中座しようとすると人の足につまずきやすいのに似ていた。ドアにたどり着いた時には、ほとんど駆け足になっていた。出口で警備の任に当たる警察官は、一瞥をくれると脇へどいて道を空けた。ホールに続くガラスドアが外へ開くのが聞こえた。

「では」H・Mの口調が重くなった。「写真について訊こう。撮影されたのはいつ頃じゃ？」

証人は再び唇を湿す。「い、一年ほど前です」

「被告人と初めて会った時には、アンズウェル大尉との関係は終わっていたんじゃな?」

「もちろんです、ずっと前に終わっていました」

「写真を渡してほしいと頼んだんじゃな?」

「はい。あの人は笑い飛ばし、悪いことに使ったりしない、と言って取り合いませんでした」

「あんたが被告人と婚約したと聞いて、アンズウェル大尉はどうしたかね?」

「人に聞かれないところに私を呼んで、おめでとうと言いました。とても素晴らしい話だ、自分も賛成だ、とも」

「ほかには?」

「私が五千ポンド払わなければ、写真をジムに見せると。誰も彼もあり余るほど金を持っている、自分がこいつをネタに少しばかり懐を温めることのどこが悪い、そう言いました」

「それは十二月二十八日から一月四日までの一週間のことじゃな?」

「はい」

「そうか、遠慮せずに先を続けてくれんか、ヒュームの嬢ちゃん」

「私は、そんなことを言うなんてどうかしている、私には五千ポンドどころか五千ペニーだってないし、作る当てもないとわかっているくせに、と言いました。すると彼は、それは先刻承知、でも私の父なら喜んで払うだろうと言うんです。あの男――あの男の言い分では、父の生涯の夢は私を裕福な男に嫁がせることで、それに――」

「それに?」

「私は、父がその夢を諦めなければならないほどの深みに——足を突っ込んでしまったんだからと——」

「落ち着くんじゃ、嬢ちゃん、ちょっと待ってくれんか。あんたは前にも同じようなことをしたことがあるのか？」

「いいえ、いいえ、違います！　私はレグが——アンズウェル大尉が言ったことを繰り返しているだけです。あの人は、ジム・アンズウェルのような望ましい結婚相手を私の父が五千ポンドのために諦めることはないだろう、と言いました」

H・Mはメアリ・ヒュームをじっと見た。「あんたの父親はかなりの頑固者だったな」

「はい」

「しかも、欲しいと思ったものは必ず手に入れた？」

「はい、いつもそうでした」

「父御はその写真のことを知っておったのか？」

いくら明瞭さが至上命題である法廷とはいえ、敢えてそんなことを尋ねる愚かさが理解できないとでも言うように、メアリ・ヒュームの間隔の広い目が見開かれた。

「いいえ、もちろん知りませんでした。そんなことをおくびにでも出したら、それこそ——」

「しかし、あんたはしゃべったんじゃな？」

「はい、そうしないわけにはいかなかったので、仕方なく話しました」

「その時のことを話してくれんか？」

「ええと、レグ――アンズウェル大尉が、金を作るのに数日の猶予をやると言いました。それが――そう、水曜のことです。私は父に、結婚のことで差し迫った大切な相談があるから会いたいと手紙を書きました。そうすれば、父のほうから会いに来てくれるとわかっていました。私は口実もなくハウスパーティーを抜け出すわけにはいきませんでした。おまけに、ジムは婚約祝いにお金をあたり構わずまき散らし、地元の慈善団体がこぞってお礼を言いたいと押しかけてきたので。それで私は父に、木曜の朝フローンエンド近くの村まで来てほしいと頼んだんです……」

「そうじゃったな。それで？」

「私は〈青い猪亭〉という宿屋で父に会いました。チチェスターへの街道沿いだったと思います。父はかんかんになって怒るだろうと思っていたのですが、予想は外れました。黙って私の話を聞き、両手を背中で組んで部屋の中を行ったり来たりしてから、五千ポンドは馬鹿馬鹿しいほど法外だ、と言いました。父によると、もっと少額なら払わないこともなかったらしいのですが、最近お金の運用がうまくいっていなくて、実はジムのお金を当てにしていたらしいのです。アンズウェル大尉も金額については多少折れるでしょう、と私が言うと、父は『そいつに金をくれてやるのは業腹《ごうはら》だ。その男のことは私に任せなさい、きっちり黙らせてやる』と言いました」

「ほう、『その男のことは私に任せなさい、きっちり黙らせてやる』とな？　そう言った時の父御はどんな様子だったんじゃ？」

「顔色が紙のように真っ白でした。あの場にレグがいたら殺しかねない様子でした」

「ふむ、なるほど。では」H・Mは親指をぐいと反らした。「あんたの父親が、アンズウェル大尉に片をつけるために薬を混ぜたウィスキーを飲ませようと企んだのは、そこにあらせられる我が博学なる友が言い立てるほど馬鹿げた思いつきではなかったことになる、違うかな？」

H・Mはこの無遠慮な発言に異議を申し立てる暇《いとま》を与えまいと、急いで言葉を継いだ。「父御はどんなふうにアンズウェル大尉を黙らせるつもりか話してくれたかな？」

「これからロンドンに帰る、考える時間が必要だと言いました。その間レグに動きがあればすぐ知らせるよう言いつかりました」

「ほかに何か言わなかったかな？」

「あ、レグが写真をどこに隠しているかそれとなく聞き出せと言われました」

「やってみたかな？」

「はい、でも私はそういうことが下手なんです。私のせいで――そのせいで、こんな事態になったんです。あの男は私の顔を覗き込んで笑い出し、『その手は食わないよ。そっちがその気なら、僕がロンドンに乗り込んで君のお父さんに会ってこよう』と言いました」

「それが金曜のことじゃな？」

「はい」

「あんたはどうしたかね？」

「金曜の夕方早いうちに父に電話を――」

「それが証人の話にあった電話じゃな?」

「はい。その電話で私は父に用心するよう警告し、どうするつもりなのか父に尋ねました」

H・Mは両手を上げて、いくらか大げさに、催眠術師が術をかけるような怪しげな手振りをした。「その時あんたの父親が何と言ったか教えてくれんか? 覚えている限り全部、言葉もそのままでな」

「やってみます。『構わん。手筈《てはず》は調っている。明日の朝あの男に連絡して、家に来てもらう。もうあの男に悩まされることはない、約束する』父はこう言いました」

証人の言葉は、はっきり力強く発せられ、H・Mはそれが陪審の頭に染み入るだけの時間を置いて、同じ言葉を自分でも繰り返した。

「アンズウェル大尉をどうやって黙らせるつもりか、父御は話してくれたかな?」

「いいえ。尋ねたんですが、話してくれませんでした。今申し上げた以外に父が話したのは、レグと連絡を取るのに一番確実な場所はどこかと訊いたことだけです。私がジムのフラットだと答えると、父は『そうだろうと思った。あそこなら行ったことがある』と言いました」

「あそこなら行ったことがある、と言ったんじゃな」H・Mは一段と声を張り上げた。「父御は、そのフラットへ行ってアンズウェル大尉のオートマチックピストルをくすねたことは話さなかったかな?」

この質問の効果は、裁判官の言葉であっけなく発現を妨げられた。

「サー・ヘンリ、証人は既に、ほかに何も聞かなかったと証言しておる」

Ｈ・Ｍは満足した様子で、かつらをぽんと叩いた。「こうした騒ぎに加えて、藪から棒にあんたの婚約者までロンドンに行くと言い出したもんだから、あんたは何かまずいことが起こりそうだと不安になったわけじゃな？」

「はい、頭がおかしくなりそうでした」

「それであんたは、電話をかけた同じ金曜の夜、今度は父御に手紙を書いたんじゃな？」

「はい」

「『もう一つの件についてはお父様にお任せします。よろしいですね？』と追伸があるが――これは、アンズウェル大尉の件をうまく片づけてほしい、と念を押したんじゃな？」

「はい、もちろんです」

「もう一つ、些細なことじゃが」Ｈ・Ｍはひときわ大きな音を立てて洟をすすり、先を続けた。「ある証人が、土曜日の朝食の席で、あんたの父親があんたからの手紙を読んだ際におかしな振る舞いをしたと証言しておる。父御は窓際まで歩いて、不機嫌な口調で、娘の婚約者がその日ロンドンに来る――自分に会いたいと言っている、と告げた。その証人が『あら、それじゃサセックス行きは取りやめですね。夕食にお招きしましょう』と話すと、被害者は、二人には予定通りサセックスに行ってもらう、と言った。さらに彼は『夕食だろうが何だろうが、彼を招待するつもりはない』とも言った」Ｈ・Ｍは片手をぴしゃりとテーブルに叩きつける。

「父御はあんたの婚約者を夕食に招く気はなかった。なぜなら、いとこ同士が鉢合わせすると困るからだ、そうではないかな？」

それまで動かずにいたサー・ウォルター・ストームが立ち上がる。

「裁判官閣下、こうもたびたび証人が見なかったこと及び耳にしなかった言葉についての質問が繰り返され、しかもことごとく誘導尋問の形でなされるとあっては、断固異議を申し立てずにはいられません」

「証人は今の質問には答えないように」ボドキン判事が注意を促す。

「あんたの意見を聞きたい」お決まりの言い訳を皮肉たっぷりに述べた後、H・Mは証人に尋ねた。「あんたが実際に見たこと、実際に聞いたことから判断して、今あんたが述べた事実こそが殺人のあった日に起きたことを示しておるとは思わんか？」

「そう思います」

「被告人の無実を心から信じているのでなければ、女性が、あんたがここで証言したことを最後まで述べる胆力を持ちうるもんじゃろうか？」

卿は、答えを待つふりをしてみせて、ドスンと長椅子に腰を下ろした。

私たちの後ろでも、周りでも、向こうでも、丈高い草むらの葉ずれのような囁き声がした。聞かなくてもみな同じ話題であることはわかる。メアリ・ヒュームにもわかっているはずだ。彼女は目を伏せ、証言台の張り出した板の上に指で何かの模様を描いていた。法務長官がなかなか反対尋問を始めないので、時々顔を上げて様子を窺っている。きれいな顔がくすんだ赤みを帯び始めていた。無意識にか、黒貂《てん》の毛皮をしきりにかき寄せる。精神に働きかける麻薬のようなその動作を恃《たの》みにして、彼女はこの先どれくらい持ちこたえられるだろう？　彼女は既に、訴追者側の主張の大部分を修復できないほど打ち砕いていた。傍目《はため》には愚かしいと映ったアンズウェルのしどろもどろの供述の多くを、動かしがたい真実に違いないと誰もが思い始めていた。陪審もそう考えているのは明らかだ。さっきは草の葉がこすれるほどだった囁きが、森の木々の間を吹き抜けるざわめきくらいになっていた。あの写真をこっちにも見せてくれないかなと誰かが露骨に話している。新聞記者が法廷を出ていく姿を見かけた記憶はないが、気づくと記者席は空になっていた。ここで明かされた新しい事実は新聞のネタになり、イギリス中の家庭で思い思いの推測の材料となるのだ。

「さあ、始まるわよ。覚悟はよくって」イヴリンの囁きから緊張が伝わってきた。サー・ウォルター・ストームが反対尋問に立ち上がる。

法務長官の物腰には同情と思いやりがあふれ、声は穏やかで説得力があった。

「どうか信じていただきたい、ミス・ヒューム、我々は本件におけるあなたの誠実な態度、やや風変わりな写真を敢えて提出された勇気を心から敬仰《けいぎょう》するものであります。ですが、あなたはこのような、確か十二枚の写真のモデルとなることにためらいはなかったのですか？」

「十一枚です」

「失礼、十一枚でしたね」再びサー・ウォルターは間を置いた。机の上の冊子類を動かして高さを揃える。「ミス・ヒューム——あなたはここで証言したことを全て、殺人が行なわれた時に知っておられたわけですね？」

「はい」

「あなたは、お父上の訃報に接するとすぐサセックスを発ち、殺人当夜に帰宅した、と証言なさいましたね？」

「はい」

「そうですか」サー・ウォルターはまた冊子を神経質そうに揃えた。「にもかかわらず、あなたは、今証言なさった重要な事実を、その時も、またその後のいかなる機会にも、警察に対して供述なさいませんでしたね？」

「はい」

「ほかの人には話しましたか？」

「あの方にだけです――」控えめな身振りでH・Mを指す。

「ミス・ヒューム、あなたがその事実を警察に知らせ、アンズウェル大尉が恐喝を働こうとしていることを告げていれば、この写真を法廷に持ち出す必要はなかったこと、また、このような屈辱的な尋問を受ける必要はなかったことに気づいていましたか？」

「はい」

「ほう、おわかりだった？」サー・ウォルターは急に興味を惹かれ、冊子から目を上げた。

「はい、私は――その、考えたあげくのことでした」

「推測するに、このような経験はあなたにとっても愉快とは言えませんね？」

「ええ、愉快ではありません」証人の目には緊迫した表情があった。

「なぜ警察に打ち明け、被告人への疑惑を晴らす役に立てようとなさらなかったのです？　そうすれば、この件を公にしないで済んだはずですが」

「私は――」

「あなたは被告人が有罪に違いないと確信し、それゆえ、そのような写真が彼の実際の罪状とは何の関係もないと思っていたからではありませんか？」

Ｈ・Ｍは痛々しいほど苦労してよたよたと立ち上がった。「我が博学なる友の賢察には感服つかまつったが、この質問から得るものがあるのかどうか、我々も承知しておきたい。訴追者側は――我々がずっと主張してきたように――キャプロン・アンズウェルとアンズウェル大尉《キャプテン・アンズウェル》を取り違えた被害者が、アンズウェル大尉を黙らせようとして被告人を罠にかけてしまったということを、既に受け入れておるのではないかな？」

サー・ウォルターはにこりとした。「とんでもない。写真のことは事実として認めます。アンズウェル大尉がその写真を撮ったという証言も認めましょう。しかし、我々はこう述べざるをえません。それらの事実は、本裁判の趣意――被告人が有罪であるか無罪であるか――には、何の関係も持たないと」

隣に坐るイヴリンが肘で私をつつく。かなり痛い。

「まさか、あの人たち、ここまで来てあのことで争うつもりじゃないでしょうね。火を見るより明らかっていうのはこのことでしょう？」

私は、それには先入観が交じっていると指摘した。「ストームは難癖をつけているんじゃないさ。彼はアンズウェルのことを、ごくありふれた殺人者だと信じているんだ。事実を突きつけられても、くねくね身をよじって逃げようとしているとね。いいかい、きっとこれから、被告人をかばうために彼女がありもしない出来事をでっち上げたんだと示そうとするから。レジナルドとメアリ・ヒュームには何らかの関係があったかもしれないが、レジナルドが恐喝を働いた事実はなく、今被告人側がやっているのは何とか弁護の筋道をつけようという苦し紛れの最後のあがきだってね」

「それ、私には馬鹿みたいに聞こえるけど。あなたはそんなこと信じられるの？」

「信じないさ。でも陪審のあの二人の女性を見てごらんよ」

私語を咎める刺すような視線が四方から浴びせられるのを感じ、私たちは口をつぐんだ。その間も法務長官の尋問は進んでいた。

「もしかすると私の言い方に問題があったかもしれません。言い直します。今日ここであなたが述べたことは全て、被告人が逮捕された時に述べようと思えば述べられたわけですね？」

「はい」

「その事実は、今になって我が博学なる友が我々に信じ込ませようとしているほどには、被告人の逮捕時には重要ではなかったのですか？」

「私――私にはわかりかねます」

「しかしあなたはそれを警察には話さずにいた？」

「はい」

「あなたはわざわざ――失礼な言い方ですがご容赦願います、ほかに言いようがないので――

わざわざ、もっと早い時期に打ち明けるよりも法廷で見世物になることを選んだのですね？」

「少し言いすぎだ、サー・ウォルター」裁判官が鋭くたしなめた。「法廷は倫理規範を裁く場ではないと、念を押さねばならんようだな。これまで、そのような誤解に固執して論陣を張る者が数多《あまた》おって、我々は難渋してきたから、ここで釘を刺さずにはおれん」

サー・ウォルターは頭を下げた。「裁判官閣下、よくわかりました。私としては、反対尋問の権限を逸脱していないつもりでした……。ミス・ヒューム、一月三日金曜の夜、アンズウェル大尉はロンドンに向けてフローンエンドを発った、目的は翌日あなたのお父様に会うため、そうおっしゃいましたね？」

「はい」

「会って、お金をゆすろうとしてですね？」

「はい」

「ではなぜ、大尉はあなたのお父様に会わなかったのでしょう？」

証人は口を開け、そのまま動かなくなった。ひ弱そうに見えたものの、彼女はここまでよく持ちこたえてきたと思う。

「質問の意図をはっきりさせましょう。これまで何人もの証人が——中には我が博学なる友によって証言を半ば強制された人もいますが——土曜は終日、本審理で明らかにされたものを除けば、あなたのお父様は客に会わず、手紙を受け取らず、電話にも出ませんでした。アンズウェル大尉はお父様に近寄るどころか連絡を取ろうともしなかった。あなたはこの事実と、アンズウェル大尉はあなたが今述べた目的でロンドンに急遽やってきたという話の折り合いをどうつけるつもりですか？」

「わかりません」

サー・ウォルターは片手をさっと突き出した。「お教えしましょう、ミス・ヒューム、一月四日土曜日、アンズウェル大尉はロンドンにいなかったのですよ」

「そんなはずはありません！」

「ではこれなら認めますか、ミス・ヒューム。この事件の関係者の動静を調査した警察官の報告によれば、金曜の夜アンズウェル大尉はフローンエンドを車で発ち、ロチェスターの友人に会いに行きました。ロンドンに戻ったのは土曜の深夜に近い頃です。これを認めますか？」

「いいえ！」

「ではこれはどうです？　彼はフローンエンドで複数の人物に、ロンドンではなくロチェスターへ行く予定を明かしています。どうです？」

返事はなかった。

「あなたは少なくとも、ロチェスターにいた人間が同じ時間にロンドンにいることはできないということはお認めになりますね？」

「きっとあの人は私に嘘をついたのです」

「そうかもしれませんね。では、別の角度から考えてみましょう。あなたは問題の写真を一年前に撮られたとおっしゃいましたね？」

「大体その頃です。もう少し前だったかもしれません」

「アンズウェル大尉との関係に終止符を打ったのは、それからどれくらい後ですか？」

「それからすぐ、ひと月くらい後です。長くは経っていません」

「その後、今回のことがあるまで彼は一度もあなたをゆすろうとしなかった？」

「はい」

「どんな形にしろ、問題の写真を脅しの道具に使うことはなかった？」

「はい。でも、あなたは彼がここを逃げるように出ていった時の顔をご覧になっていないのですか？」

「それには関心がなかったものですから。しかしながら、恐喝を考慮に入れなくても、彼がいたたまれない思いをした理由は想像に難くありません――あなたにもおわかりでしょう？」

「証人は今の質問に答えなくてよろしい」裁判官はペンを置いて言った。「弁護人は、証人が尋ねられたことから逸れないようにと注意しただけなのでな」

「話を戻しますが、あなたはそれまで一度もアンズウェル大尉に恐喝まがいのことはされなかったとおっしゃいましたね？」

「はい」

「あなたは、ご自分がした宣誓がどういうものであるかご存じですね？」

「もちろんです」

「私は遺憾ながら、アンズウェル大尉の恐喝、及びあなたのお父様が大尉に『片をつけてくれる』つもりでいたということに関するあなたの証言は、最初から最後まででっち上げだと申し上げます！」

「いいえ、いいえ、そんなことはありません！」

サー・ウォルターは、しばらく証人の顔を気遣わしげに見つめてから首を横に振り、肩をすくめて腰を下ろした。

H・Mの再主尋問を期待していた人たちは、ここでも肩すかしを食った。H・Mはさも億劫そうに立ち上がる。「この問題にけりをつけるつもりじゃ」その先はことさらはっきりと述べられた。「ドクター・ピーター・キグリーを喚問する」

その名前には覚えがある。つい最近聞いたばかりだ。しかし、証言台に上った男には見覚えがなかった。スコットランド人の特徴が強く出た顔立ちで、静かな物腰、言葉を音節ごとに区切って発音する。三十歳をそう出ているはずはないが、もっと年かさの印象を受けた。この男を尋問するに当たっても、H・Mはぞんざいな態度を変えない。

「あんたの名前をフルネームでお願いする」

「ピーター・マクドナルド・キグリーです」

「グラスゴー大学医学部を卒業後、ザルツブルク大学で犯罪科学の学位を受けておるな？」

「はい」

「ふむ。あんたは、さる十二月十日から一月十日までの一か月、どこで働いておった？」

「サリー州テムズ・ディットンにある、ドクター・ジョン・トレガノンの療養所で助手を務めていました」

「そこに勤めた事情を教えてくれんか」

「少々説明が必要だと思います」キグリーは言葉を句切りながら話し出した。「私は国際医療協議会の調査員をしています。現在は精神疾患対策委員会の委任の下《もと》、イギリスで活動しています。開業している精神病専門医に関してなされた、通常の手段では証明できない噂や非難について調査することが目的です」

「これからあんたが述べる事実は、英国医学評議会に提出された報告書に記載されていて、評議会の承認を受けておるんじゃな？」

「その通りです」

「あんたは、被害者のエイヴォリー・ヒュームと知り合いだったな？」

「はい」

「あんたは、レジナルド・アンズウェル大尉が被害者から金をゆすり取ろうとしていたかどうか、知っておったかな？」

「はい、それは実際にあったことです」

「そうか。そのことについてあんたの知っていることを述べてもらえんか？」

「一月三日金曜日のことでした——」

証人の最初の言葉は、法廷のざわめき、そして隣で話しかけるイヴリンの声にかき消された。今証言台に立っているのは、発言の信用性に誰もけちをつけられない人物だ。Ｈ・Ｍはのんびりと、しかし容赦なく訴追者側の主張を踏みつぶしていった。反対尋問は好きなだけやらせ、再主尋問はやらなかった。それが済むとH・Mはよたよたと法廷を後にした。私の頭にはジョン・ピールの歌の一節が再び浮かんだ。今度は詩の引用というよりも、会の式辞のように響いた。「猟犬が嗅ぎつけ、見失い、次に見つけたら仕留めるだけ、哀れ朝のキツネ」

「一月三日金曜日のことでした――」

13　スタンプ台が鍵

驚天動地の証言の影響で午前中の審理は長引き、H・M、イヴリン、私の三人がウッド街の〈ミルトンの頭亭〉二階で昼食の席についたのは、午後の二時だった。事件の細部のピースはあらかた出揃っていた。しかし私には図柄が見えてこない。暖炉の明かりに照らされ、さながら中国の大きな仏像といったH・Mは、口の端に葉巻をくわえ、こちらを睨みながら料理の皿を押しやった。

「さて、かぼちゃ頭諸君、もう事件のあらましはわかったな?」

「起こったことは大体わかりましたが、どうつながるのかがさっぱりです。ところで、キグリーにはどうやってたどり着いたんです?」

「腰を据えて考えたんじゃ。そもそもなぜわしが弁護を引き受けたかわかっておるのか」

「訊くだけ野暮です」イヴリンが自信たっぷりに言う。「あの娘《こ》があなたのところへ行って泣き崩れてみせたからに決まってるわ。卿は若い人たちが楽しそうにしているのを見るのが大好きですもの」

「そう来ると思っとった」H・Mは勿体をつけて話し出した。「いまいましいが、わしが骨を折ってやった時に返ってくる礼の言葉は、みんなそんなものじゃ。世間の奴らは、へこたれることを知らんこの無口な男をつかまえては――ふん、益体《やくたい》もない。さて、耳をかっぽじってよく聞け、わしは本気だからな」悪鬼のような形相から、聞き終えるまで解放してくれないのは明らかなので、私たちはおとなしく聞き役に回った。「わしはな、物事の行き違いを直すのが好きなんじゃ。お前さんたちも、わしがこれまでに世の出来事のとんでもない行き違いについて話すのを何度も聞いておるはずじゃ。どうせお前さんたちは、わしがそうやって癇癪を静めているんだろうと思っとったに決まっておる。だがな、わしは本気なんだ。たいていの場合、歯車がちょっと狂ったような出来事はご愛敬で済む。けつまずいたゴミ箱が部屋中を転げ回っても、自然と口許がほころぶくらいが落ちじゃ。わしが言いたいのはそんなことではない。大事な約束がある日に限って列車に乗り遅れる、大本命の女の子を食事に誘っていざ勘定をしようとすると財布を忘れてきたことに気づく、まあそんなことじゃ。だがな、歯車の狂いがもっと深刻な出来事にも当然起こりうることを、お前さんたちは考えてみたことがあるかな？　これまでの人生を振り返ってみるがいい。自分の身に降りかかった重大な出来事は、誰かの悪意の産物だったかな？　あるいは善意の賜《たまもの》だったかな？　そもそも誰かが意図的にこうしようと行動した結果だったかな？　違うはずじゃ、物事の歯車がどうしようもなく狂ったせいだったはずじゃ」

私は珍しいものを見る思いでH・Mを眺めた。卿は猛烈な勢いで葉巻を吹かしている――きっと安堵の表れだ。H・Mの切り札証人はサー・ウォルター・ストームを叩きのめし、法務長官の回転の速い頭も反駁の余地を見つけることはできなかった。

「まさか『行き違い教』の教祖に納まるつもりじゃないですよね？　世の中の物事が徒党を組んで行き違って、卿のお尻にありがたい蹴りをくれようとしていると考えているなら、ドーセットにでも隠居して小説を書いたほうがいいですよ」

「ほらな」Ｈ・Ｍは獲物を見つけた食屍鬼《グール》のような笑みを浮かべた。「お前さんの頭で考えつく行き違いは、せいぜいひどい目に遭わされることくらいだろう。ギリシャ悲劇がお手本というわけじゃ。神々がちょっと運命をいじったら、哀れ青年は一生惨めな境遇から浮かび上がれない。思わず叫びたくなる、『おい、フェアプレーで行こうじゃないか！――そうしないといけないっていうなら、二、三発殴るくらいはいいさ。でも、そいつが霧のロンドンを歩くたび日射病になって帰ってくる、そこまでサイコロに細工をしちゃ駄目だ』とな。だがな、それは考え違いじゃ。どんなものでも働き方は表と裏の二通りある、ことに行き違いはそうなんじゃ。行き違いのせいでアンズウェルは事件に巻き込まれた。同じ原理が働いて、今度はわしがあの男を助け出すことになった。問題は、これを理詰めで説明することはできん、ということじゃ――ウォルト・ストームの奴がやろうとしたようにはな。この働き全体を、運命と呼ぼうが、人霊《マンソウル》（ジョン・バニヤン『聖戦』の舞台となる神聖都市）と呼ぼうが、不文憲法の融通無碍《むげ》と呼ぼうが、変てこな名前を好きにつけてもらって構わん。それでも、行き違いであることに変わりはない。

　例えば今度の事件がそうじゃ」Ｈ・Ｍは葉巻を指示棒のように動かしていた。「あの娘が訪ねてきた時、わしはすぐに何が起こったのかピンときた。お前さんたちだって、証言を聞いて察しがついたはずじゃ。ジム・アンズウェルは人違いの電話を受けて、我らがレジナルドを捕まえようとした罠にのこのこ嵌まってしまったんじゃ。だがアンズウェルもヒュームの娘も、最初はそれがわからなかった。無理もない、二人とも罠の近くにいすぎたからだ。自分の目の中の砂粒が見えんのと同じじゃな。二人とも砂粒があることだけはわかった。だが、わしがひと月ほど前、あの娘から話をすっかり聞き出して起こったに違いないことを明らかにした時には、もう手遅れだった――事件は裁判にかけられることになっておった。その時になってあの娘が洗いざらいしゃべったとしても、警察は信じなかったろう。今日ウォルト・ストームが信じなかったようにな。ストームの奴は、見せかけではなく本心から信じていないんじゃ」

H・Mは鼻をグスンと鳴らした。

「最初あの娘は何を考えたと思う？ 父親が死んだと連絡を受ける。家に戻ると、婚約者が金庫同然の鍵の掛かった部屋で、父親と二人だけでいたのがわかる。矢には婚約者の指紋。何から何まで犯人は彼だと指し示しておる。そんな状況で、どうすればそれはレジナルド目当てに仕掛けられた罠だと考えることができる？ それを我らがレジナルドと結びつけようという気になるはずもない。誰かが指摘してやらん限りはな」

「その誰かが卿だったわけですね？」

「いかにも。そこがこの事件を腰を据えて考え始めた出発点なんじゃ。エイヴォリー・ヒューム老が、我らがレジナルドを搦《から》め取ってやろうとして珍妙なトリックを仕掛けたことははっきりしていた。お前さんたちが聞いた通りじゃな。ヒュームは朝の九時からひっきりなしにフラットに電話していた――アンズウェルが最初に警察で供述しておるように、彼が十時四十五分までロンドンに到着しないのを知っていたのにじゃ。ヒュームはその晩、料理人とメイドに予定外の休みをくれてやった。ヒュームは誰も覗けないように書斎の窓のシャッターを閉めさせた。ウィスキーが縁まで入ったデカンターと手つかずのサイフォンがサイドボードにあることに、ヒュームが執事の注意を向けた。アンズウェルと二人きりになった時、ヒュームが書斎の差し錠を掛けた。ヒュームは執事に聞こえるように『おい、君、いったいどうした？　気でも狂ったか？』とがなった。もっとも、これは大失敗だったな。ウィスキーを飲んだ客が意識を失って倒れるのを見て、『気でも狂ったか？』などと見当外れなことを口にするもてなし役がどこにおる？　『気分が悪いのか？』とか『加減が良くないようだが』と言うのが普通じゃ。いっそ『どうした、酔っ払ったか？』でもよかった。

　エイヴォリー・ヒュームが何か企んでいたとして、その狙いは何だ？　彼は我らがレジナルドの口を封じようとしていた。ただし金を払うつもりはない。我らがレジナルドについて、そのヒントになるようなことをわしらは知っておるのではないか？　わしはそれをあの娘から聞いた――お前さんたちも昨日ふと耳にしたと言っておったな。例えば、あの言葉はどうじゃ？　レジナルドの一族に精神疾患にかかりやすい傾向があるということじゃよ」

　私の頭の中には、中央刑事裁判所《オールド・ベイリー》の大階段を下りてくる無数の足音に交じって聞こえる甲高い声が、鮮明に残っていた――レジナルド・アンズウェルとドクター・ヒュームが並んで階段を下りる。二人の間には、相手への敵意は隠れもないが共通の利益のために友好的態度を維持しようとする、臆面もない偽善の雰囲気が漂っていた。レジナルド・アンズウェルがさりげなく鎌をかける。「我々一族には精神的に危うい血が流れているらしいので。もちろん大したものじゃありませんが、二、三代前にほんの少しそんな血が混じったらしい――」

「しかし、当面の目的にはそれで十分だった」H・Mがこちらの思考を読んだかのように論評した。「十分以上だ。あの時、二人が何を考えていたのか是非知りたいもんじゃ。二人とも実際に何があったのかよく知っておるくせに、口を閉ざすつもりでいた。まあいい、先に進もう。レジナルドの一族には精神疾患の傾向があり、エイヴォリー・ヒュームの弟は医者だ。ヒュームの企みを叶えるには怪しげな薬が必要だった。スペンサー・ヒュームの親友ドクター・トレガノンは、精神病の専門医で自分の療養所を持っておる。これで証言に必要な二人の医師が揃った――」

「レジナルドを精神病の患者に仕立て上げて監禁しようと企んだ、ということですね」

H・Mは額に皺を寄せた。

「それを取っかかりにして、わしは証拠についてあれこれ考えた」H・Mは葉巻を口に突っ込んで、ペパーミント・キャンディをもらった子供のようにしゃぶり出した。「エイヴォリーとスペンサーのヒューム兄弟が段取りをつけたと考えるのが理に適《かな》っている。この企みがうまく運んでいたらどうなったか？　実際には恐ろしい手違いがあってレジナルドではなくジムが捕まってしまったが、人が替わっても罠の細部の状況は変わらん。それを詳しく見てみよう。

レジナルドは家に訪ねてくることになっておった。だが、一族に精神病の傾向があるからといって、そうそう都合よく狂気の徴候を見せてくれるだろうか？　実は、これはさほど難しいことではない。メアリ・ヒュームと深い関係にあったのを利用すればよい。その関係についてはジム・アンズウェルでさえ知っていたくらいじゃからな」

「あの写真のことも知っていたのかしら」好奇心を抑えられないイヴリンが尋ねる。

「ほほう、あの写真か。いや、事件が起こった時には知らなかった。知ったのは留置場に入れられてから――何を隠そう、わしが話したんじゃ。そのお蔭でわしは難渋する羽目になった。ジム・アンズウェルといえども、自分の恋人が以前別の男とただならぬ関係にあったと世間に知られるくらいなら絞首台に上るほうがましだ、と考えるほど英雄気取りではない。ところが事情が変わった。質問が写真の一件に及びそうになると、彼は法廷で洗いざらい話して写真の件を世間に広める結果を招くことができなくなった。話そうとしても体が言うことを聞かなくなったのじゃ。たとえ自分の命が懸かっているとしてもだ。お前さんならどうじゃ？」

「わかりません」私は正直に認めた。その時アンズウェルの目の前に浮かんだに違いない光景がまざまざと見えていた。「考えれば考えるほど、おぞましい気がします」

「ところが、あの娘にはそれができた」H・Mは嬉しそうな顔をした。「わしがあの娘を気に入っておるのはそこなんじゃ。心のまっすぐな正直な娘じゃよ。そういえば、裁判官閣下にも花束を贈らにゃいかんな。バーミー・ボドキンが、この法廷は倫理規範を裁く場ではないと言ってくれた時は――認めるのは悔しいが、立ち上がって葉巻を一箱進呈する気になりかけたよ。この三十年というもの、わしは赤い法服の裁判官があれこれ説教をせずに人生のありのままの事実を認めてくれるのを待っていたんじゃ。前にも言ったが、わしはバーミーのことは大いに信頼しておる――こら、話の腰を折るでない。わしはレジナルドをとらえる罠について聞かせてやっていたはずじゃ。

どこまで話したかな？　ああ、そうじゃった。レジナルドとメアリ・ヒュームが深い仲だったことはわかった。レジナルドが一文無しで、エイヴォリー・ヒュームが二人の縁談を一蹴したこともだ。そこに金持ちのいとこが現れてメアリと婚約する。そしてレジナルドはヒューム老に会いに来て暴れ狂う、そういう段取りじゃな。

エイヴォリーの筋書きはもうわかるな？　荒々しい言葉が書斎から聞こえる。やがて証人が――偶然居合わせた証人というわけじゃ――現場に駆け込む。レジナルドはポケットにピストルを忍ばせた状態で発見される――最初から暴力の計画があった証拠じゃな。さらに彼の指紋が、はっきりと――はっきりすぎるほど――壁からむしり取られた矢に付いている――これで正気の境を超えた暴力行為が示唆される。レジナルドの髪はくしゃくしゃ、ネクタイは胸許から飛び出している。エイヴォリー・ヒュームにも激しい格闘の痕跡が見つかる。こうした状況をレジナルドはどう釈明するだろうか？　彼は興奮し、自分がどこにいるのかすら理解していない心許ない状態で、一服盛られた、自分は嵌められたんだと繰り返す。しかしその場にいた医者が薬を投与された形跡はないと証言し、サイドボードのデカンターにはウィスキーが縁まで入っていて手を触れた跡さえない。これ以上念入りにやろうとすると、わらを何本も髪に挿しておくくらいのことしか考えつかんな。

さて、わしは自分に問うてみた。レジナルドを発見した時にどう言うかあらかじめ決まっていたはずだが、それは何だったろうか、となる。『誰にも話すな！　この件は内々にして、狂言ではないと証言してくれる限られた人間にしか知らせるな』というようなものだったはずじゃ。その後はおそらく――『この可哀想な男が正気を失っていることを誰にも知られてはならん。精神疾患対策委員会の耳に入れるなどもってのほか。この男は、メアリのことや、写真が何だ、罠がどうしたと、ずっとぶつぶつ言っていたな。傍《はた》迷惑な与太を言い回られてはかなわん。ましてや、気のふれた奴の口からはな。スペンサーに付き添ってもらって、ドクター・トレガノンの療養所へ連れていくのはどうだ？　ジム・アンズウェルだって、このことを聞かされたら必死で隠そうとするに決まっている。結婚を間近に控えて、自分のいとこが療養所に送られたことを吹聴されたくはないだろうし』――というように続いただろうな。

患者を預かる医師は患者の私物にも責任を持つ。衣類とか鍵とかな。レジナルドが写真をどこに隠していようと、やがては見つけられ、こんなふうにさっさと焼却されるだろうな」H・Mは指をパチンと鳴らし、鼻をグスンといわせた。「これで一件落着じゃ、かぼちゃ頭諸君。大して金もかからん。我らがレジナルドは、はい、いい子になりますと約束するまで監禁される――自業自得というわけじゃよ。筋書き通りに運ばなかったのが残念なくらいだ。よしんば彼が悔い改めないとしても、何も証明できんし、いつまでもほら吹きと思われるだけじゃ。エイヴォリー・ヒュームの娘はしっかり奥様に納まって安泰だしな。これに類することは数限りなく繰り返されてきた。醜聞を表沙汰にせず処理する、おあつらえ向きのやり方だからな」

私たちは、このことを煎じ詰めてみた。証言台のキグリー医師が冷静な声でこの事実を述べた時よりもずっと念入りに。

「エイヴォリー・ヒュームは、かなりのしたたか者だったようですね」

Ｈ・Ｍは、昔の面影が色濃く残る古い部屋の暖炉の明かりに照らされ、驚いたように目をぱちくりさせる。「特にそういうわけでもない。体面を保つのに腐心していただけじゃよ。それにな، 徹底した現実主義者だった。恐喝された、手を打たねばならん、だからそうした――それだけのことだ。今日の喚問であの娘が父親について話すのを聞いたな？　この手の人間がどうであろうと、わしにはどうでもいいことじゃ。ただ、さっきも言ったように、金に目がくらんだ似た者同士の争いはちょっとした見世物だったが、ヒューム老の企みがうまく運んで、冷酷なレジナルドが冷たい牢屋に閉じ込められ、金を手に入れる方法はほかにいくらでもあると反省させられなかったのが、残念といえば残念だ。だがな、ケン、わしは昔気質《かたぎ》の弁護士じゃ。金の亡者の競演が面白いからといって、依頼人を絞首台に送るわけにはいかん。だから、ヒューム老の企てについてなにがしか知っている証人を探さねばならなんだ。必要とあらばトレガノンを買収して知っていることを吐かせる肚《はら》づもりだった――」

「今、買収と言いましたか？」

「言ったとも。だがな、わしは運よくキグリーに行き当たった。というのも、医療協議会が既にトレガノンの内偵を進めていたからじゃ。エイヴォリー、スペンサー、トレガノンの三人が怪しげな相談をしているのを漏れ聞いた者がいた、それがなんとトレガノンの療養所に派遣されトレガノンの悪事を暴く機会を虎視眈々と狙っていた人物だったんじゃ。これもまた、さっきわしが言った、うまい具合に行き違いが働いた一例じゃな」

「これからの弁護方針はどうなるんです？」

「ああ！」Ｈ・Ｍは顔をしかめた。

「あなたは隠れた企てがあったことを立証しましたが、だからといってストームが訴えを取り下げるでしょうか。そもそも、アンズウェルが殺人を犯していないという決め手はあるんですか？」

「いや。それでわしも頭を痛めておる」

Ｈ・Ｍは椅子を引いて立ち上がり、部屋の中をよたよた行ったり来たりし始めた。

「で、弁護方針はどうなるんです？」

「ユダの窓じゃ」そう言ってＨ・Ｍは、鼻に落とした眼鏡の上から私たちを見下ろした。

「さてさて！」説得調になってきた。「証拠を最初から吟味してみることだな。企みがあったことははっきりしたんじゃから、実行の段取りをたどっていけば真相解明に役立つ手がかりはいくらでもある。一つヒントを進呈しよう。この企みで、わしはどうしても腑に落ちんことがあった。エイヴォリーとスペンサーは共謀してレジナルドを罠にかけようとしていた――これはよろしい。しかしだ、いざ実行に移す段になってエイヴォリーは執事以外の全員を家から追い出そうとしていた。料理人とメイドは休みをもらって外出中。アメリア・ジョーダン及びドクター・ヒューームはサセックスに出かける予定だ。わしは自分に問うてみた。『おい！　スペンサーは出かけるわけにはいかんぞ。兄貴のエイヴォリーに必要とされているじゃないか。部屋に入り、狂人に仕立て上げられた男に、困った奴だと舌打ちしてみせるのはドクター・ヒュームが適任ではないか。ドクター・ヒュームでなくて誰が、狂人を診察し、薬物摂取の痕跡はないと証言できる？　彼は計画の最も大事な部分、扇の要じゃないか』となし

「トレガノンもいますがね」

「ああ。だが、トレガノンを家に置く計画は立てられん。そこまでしたら胡散くさくなる。実は、わしの疑問に対する答えもそこにあったんじゃ。スペンサー自身があまりに都合よく聴診器片手に現場近くをうろついていたら、そして段取りがあまりに淀みなく運んだら、どうも変だと眉に唾をつける向きが現れるだろう。実はな、ヒントを与えてくれたのは、昨日頼りない声で証言したジョーダンという女だったんじゃ。ひと月前に彼女から話を聞いたのに、肝心なことを理解できたのは昨日なんだから、お粗末なことじゃ。事件当日、彼女が何をする予定だったか覚えておるか？　車で病院へ行ってスペンサーを拾い、サセックスへ向かうことになっていたな？」

「はい。それがどうしました？」

「では、これも覚えておるか？」H・Mは閉じていた目を開けた。「スペンサーが彼女に何を頼んだかじゃ。スペンサーはな、家に帰らなくていいように、スーツケースの荷造りをして病院まで持ってきてくれと頼んだ。これが、今まで聞いたことがないほど絶妙な策略なんじゃ。彼女はもちろんサセックスへ行くつもりだった。しかしスペンサーには端《はな》からその気はない。世の中で自分の欲しいものが絶対に手に入らない方法といえば、特に指示しないで他人に荷造

りを頼むことに尽きる。頼まれたほうは、よかれと思って片っ端から詰め込む。だが、いつだって何か足りない。この場合、スペンサーが必要としていたのは単なる口実だった。彼女は車から重いスーツケースを下ろし、引きずるようにして病院にやってくる。スペンサーは愛想よく迎え、『ああ、荷造りしてくれたんだね、すまなかった。私の銀のブラシはまさか忘れなかったろうね？』パジャマの上に着るガウンだろうが夜会服のカフスボタンだろうが、何でもいいから詰め忘れたものにぶち当たるまで適当に挙げていくんじゃ。『あれを詰め忘れたのか？　あれなしで田舎に行くなんて恐ろしいことを言わないでくれよ。絶対になくちゃ駄目なんだ。困ったな』――スペンサーがそう言う声が聞こえてこんか？――『すまないが、家に取りに戻ろう』とな」

H・Mは、太鼓腹を撫でながら、げじげじ眉の下から嘲るようにこっちを眺め、本人の声が聞こえてきたかと思うほどそっくりにスペンサー・ヒュームの話し方を真似て、しばらく間を置いた。

「二人は車で家に戻る。エイヴォリー・ヒュームが自分を殺そうとした狂人を取り押さえた現場にちょうど――偶然に、しかも神の導きかと思われるほどタイミングよく――間に合う、といった筋書きじゃ。どうかな？」

しばらくは声もなかった。

「見事なトリックだわ。それなら誰も不審に思わないでしょうね」イヴリンはうなずく。「あの女の人、アメリア・ジョーダンもレジナルドを罠にかける計画に加わっていたのかしら」

「いや、加わっておらん。彼女が荷担していたら、そもそも今説明した策略自体必要なくなる。彼女は、偶然その場に居合わせた目撃者の一人になるはずだったんじゃ。ほかの目撃者としてはダイアーとフレミングが予定されていた——」

「フレミングもですか？」質問が私の口を衝《つ》いて出た。

Ｈ・Ｍは葉巻を口から離し、渋い顔を作るとテーブルに戻って腰を下ろした。「こういうことじゃ。証言台でフレミングが話したことを聞いたな？ エイヴォリーには七時十五分前に来てほしいと言われていた。そうだったな？ フレミングの習慣を考えると、言われた時間より四、五分早く来るだろうとまでエイヴォリーは読んでいたかもしれん。では、何がどのタイミングで起こることになっていたか、ヒュームの見事な計画に目を向けてみよう。

エイヴォリーはレジナルドに、六時きっかりに来るよう言ってあった。目的がゆすりなんだから、レジナルドは時間通りに来るとほぼ確信できる。一方アメリアには、ダイアーが修理屋から取ってくる車に乗って、六時十五分になったらすぐ出るよう言ってあった。おい、わしに紙と鉛筆をくれ。エイヴォリー・ヒュームは並外れて几帳面な男で、いかさまの計画を立てる時も、抵当貸付の条件を決めるように几帳面にやったんじゃ。こういう具合にな。

午後六時、レジナルドがやってくる。その姿をジョーダンとダイアーが目撃。ダイアーが彼を書斎に案内する。それからダイアーに車を取りに行かせる。しかしダイアーは、書斎のドアの前でしばらく様子を窺ってからでないと出かけないだろう。ダイアーには、訪問客が信用ならん人間だと吹き込んであるからじゃ。ダイアーは、そうさな、六時五分くらいに家を出る。

車を取って戻るのが六時十分から六時十五分の間。六時十五分から六時二十分の間に、アメリア・ジョーダンが病院へ車で出発する。

グロヴナー街からパディントン近くのプレイド街まで、車だとあっという間だ。アメリア・ジョーダンが病院に到着するのが、六時二十二分といったところかな。彼女はスペンサーにスーツケースを渡す。スペンサーは何たらがないと言って、二人は家に戻る。到着が六時二十七分から六時三十分の間。

その頃には、舞台は準備万端調っておる。エイヴォリー・ヒュームは騒ぎを起こして喧嘩が始まったと思わせる——ダイアーがやってきてドアを叩く——ドアを開けると書斎の中には激しくやり合った跡。レジナルドは狂気の発作の反動で無気力状態に陥り、目は血走り、ふらふらで、ろくにものも言えない。そこへスペンサーが来て、困った奴だとばかりに舌打ちをする。現場の興奮さめやらぬうちにフレミングが到着し最後の目撃者になる、というわけじゃ」

H・Mは葉巻の煙を吐き出し、それを手で払った。

「ただし計画通りには運ばず、誰かがこの計画を利用してヒューム老を殺した、ということなんですね」

「ご明察。今わしが話したのは、何がどんな順序で起こることになっていたかだが、次は——こうなったらおまけで、もっと先まで手を引いてやろう——実際に何が起こったのかを教えて進ぜる。ここに事件当夜の時間表があるから、よく見るんだな。なかなか示唆に富む表じゃぞ。公式に確認されている時刻、例えば警察官の到着時刻や殺害に直接関わる時刻は、お前さんたちも法廷で聞いておるはずじゃ。証拠として重要でない場合、わざわざ問題にされなかったものもあるが、わしは警察の調書に当たって、それを含めて全部ここに書き取った。アンズウェル及びメアリ・ヒュームと話してから思いついたことも、並べて記した。ほんの少し頭を働かせてこいつを調べれば、わかることがたんとあるぞ」

H・Mは内ポケットから手ずれした大判の紙を取り出し、テーブルの上で丁寧に広げた。上段は明らかにロリポップがタイプしたものだ。下段の附記にはH・Mが青鉛筆で書き殴った文字が躍っていた。

6:10	アンズウェル到着。書斎に通される。	霧のため到着が遅れた。
6:11	エイヴォリー・ヒューム、ダイアーに車を取りに行かせる。書斎のドアが閉められる。差し錠はまだ掛かっていない。	
6:11－6:15	ダイアーは書斎のドアの前で、アンズウェルが「僕がお宅に伺ったのは、スプーンを盗んだり、むやみに人を殺したりするためじゃありません」と話すのを聞く。その後	スプーンを盗むことへの言及なし。「気でも狂ったか?」は非常に胡散くさい。要調査。「取っ組み合うような音」はアンズウェル

	ヒュームが激しい語調で言ったことは聞き取れない。最後に大きな声で「おい、君、いったいどうした？　気でも狂ったか？」と言うのが聞こえた。取っ組み合うような音。ダイアーがドアを叩きどうされましたかと尋ねる。ヒュームは「いいからあっちへ行け、ここは一人で大丈夫だ」と答える。	の倒れた音か？ ドアに差し錠が掛けられたのはこの時か？ ――いや。もしそうなら、長い間使われなかった固い差し錠が受け穴に嵌まる音をダイアーが聞いたはず。ヒュームは非常に勇敢だが、すこぶる胡散くさい。
6:15	ダイアー、車を取りに出かける。	非常に従順。6時18分、修理屋に到着。
6:29	アメリア・ジョーダン、自分の旅行鞄とスペンサー・ヒュームに頼まれたスーツケースの荷造りを終える。	驚くべきこと。 ジョーダンが何か詰め忘れたとしたら？
6:30－6:32	アメリア・ジョーダン、二階から下り書斎前の廊下へ。アンズウェルが「起きてください！」と叫ぶ声を聞く。書斎のドアを開けようとするが、差し錠が掛かっている、	差し錠が掛かっていたに違いない。エール錠は「開」の位置で動かなくなっていた。

	または他の方法で施錠されていると気づく。	
6:32	ダイアー、車を受け取って戻る。	
6:32−6:34	アメリア・ジョーダンがダイアーに、喧嘩をやめさせるかフレミングを呼んでくるよう言う。結局彼女自身がフレミングを呼びに行く。	
6:34	フレミング、隣家を訪れようとして自宅の石段を下りる。	約束の時間より早いが、それがどうした？
6:35	フレミングがアメリア・ジョーダンと合流、ダイアーと三人で書斎の前に立ち、ドアをノックする。	
6:36	アンズウェル、書斎のドアを開ける。	

6:36－6:39

遺体と室内を調べる。ドアと窓が内側から施錠されていたことに疑いなし。アンズウェルの冷静で無関心な態度をめぐる会話。「あなたには血も涙もないのですか」に対して、アンズウェルは「僕のウィスキーに薬を混ぜた報いだ」と答える。ウィスキーについての質問。デカンターもサイフォンも縁までいっぱい。グラスに手を触れた形跡なし。アンズウェルは、自分は嵌められたのだと言い続ける。矢羽根の一部が欠けているのがわかる。

薬の効果が残っている。ブルディンか？

ヒュームはどんな方法で最初にあったデカンターとサイフォンを始末したのか？——

アンズウェルはグラスには何も混ぜられなかったと話す。

どういうことか？

注意！　鍵には一切仕掛けなし。ドアは厚さ一インチ半、大きくて重いノブの付いた扉板。ドア枠にぴったり嵌まっている。鍵穴なし。窓のシャッターには差し錠が掛かっている。隙間なし。窓も施錠されている。

ゴロゴロゴロ。

ふーん。

6:39

フレミング、アメリア・ジョーダンにドクター・ヒュームを迎えに行かせる。フレミング、アンズウェルの指紋を採ろうとする。ダイアー、スタンプ台はドクター・スペン

なぜわざわざ？　ただのお節介屋か？

	サー・ヒュームのゴルフ服にあると言う。	
6:39－6:45	ダイアー、スタンプ台もゴルフ服も見つけられず。書斎のデスクに古いスタンプ台があるのを思い出す。アンズウェル、指紋の採取に抵抗しフレミングを突き飛ばす。やがて気力を失ったらしく採取に同意。	デスクの捜査は行なわれたのか？（註――確認済）なくなった矢羽根の切れ端はどこにある？
6:45	ダイアー、通りに出てハードカスル巡査を呼ぶ。	

「あら！　みんなが書斎に入ってからダイアーがお巡りさんを呼びに出ていくまで、九分しか経っていないの？　法廷で証言を聞いていると、ずっと長い感じがしたわ」

Ｈ・Ｍは渋面を作って唸るような声を出した。「いかにも。話だけ聞いていると、長い時間だったように感じるんだ、なにせみんなたくさん話すからな。だが、これが実際の記録じゃよ。お前さんたちにもこれくらいの表は作れるはずじゃ」

「腑に落ちないことがあるんですが」私は言わずにはいられなかった。「たかがスタンプ台に、どうしてこれほど騒ぎ立てるんです？　スタンプ台はこの事件に何の関係もないと思います。

フレミングがアンズウェルの指紋を採ろうが採るまいが、どうでもいいじゃありませんか。警察に任せれば指紋は採取できるし、それを矢に付いた指紋と比べれば済む話ですから。それなのに、訴追者側までこの話を持ち出して、問い詰めようとしていましたね」

H・Mは葉巻の煙を大量に吐き出し、この上なく満足そうな様子で椅子の背にもたれると、片目をつぶって煙が目に入るのを避けた。

「その通りじゃよ、ケン。だがな、あの連中はスタンプ台にこだわっていたわけではないんじゃ。あの連中が問い詰めようとしていたのはな、フレミングが指紋を採ろうとした時に、アンズウェルが——薬で無気力になっているどころか——すさまじい剣幕でフレミングを突き飛ばしたことなんじゃ。被害者にも同じように襲いかかったと訴追者側は考えたのさ。だがな、そのお蔭でスタンプ台のことが明るみに出た。さもなければ、わしがこの件を持ち出さねばならなかった。いいか、その理由はな、わしはあるスタンプ台にすこぶる興味を持っておるからなんじゃ。それこそ事件全体の鍵にほかならん。お前さんたちにはわからんか?」

14　射手たちの時間表

この談義は午後の開廷を待つ間に〈ミルトンの頭亭〉二階、垂木が頭上に迫る小部屋で行なわれたのだが、この事件の印象的な挿話として、いつまでも記憶に残るだろう。ずらりと並んだ白鑞《しろめ》の蓋付きジョッキにも、H・Mの馬鹿でかい靴にも、眼鏡にも、気まぐれな上機嫌に輝くその顔にも、暖炉の火明かりが映えていた。イヴリンは脚を組んで身を乗り出し、片手であごを支えていた。はしばみ色の目には、H・Mの話を聞く女性が決まって見せる、戸惑いながらも愉快そうな表情があった。

「私たちにはわからないってこと、よーくご存じでしょう？　それを、そこに坐ってスティギンズ牧師をどうしてやろうかと思案しているトニー・ウェラー（共にチャールズ・ディケンズ『ピクウィック・ペーパーズ』の登場人物）みたいに、クスクス笑ったり体を揺すったりしかめ面をしたり、さぞ愉快でしょうね。お爺ちゃま、ご存じ？　あなたったら時々我慢できないくらい腹立たしいわ！　人を煙に巻くのがそんなに楽しい？　ここにマスターズ首席警部がいらしたら『かぼちゃ頭』御一行勢揃いよね」

「何を抜かす、楽しんでなどおらんわ！」H・Mは真剣だ。「世間の連中がわしをからかって楽しんでおるから、ちょっとばかりお返ししておるだけじゃ」どうやらこれで気が済んだらしい。「さあ、仕事だ。ここに時間表の続きがあるから、よく見ておくんじゃな。わしが訊きたいのはただ一つ。ジム・アンズウェルが殺したんでないなら、いったい犯人は誰か？」

「もうその手には乗りません」とイヴリン。「これまでに何度もそれでやられているわ。ちょっと多すぎよ。フランスでもデヴォンでもやられたわ。容疑者の一覧表を見せられて、私たちが『この人！』って言うでしょう？　だけど、あなたが選ぶ真犯人はいつも全然違う人。今回だって、サー・ウォルター・ストームか、でなけりゃ裁判官閣下が犯人ってことになるんじゃないかしら。もうたくさん」

「何が言いたいんじゃ？」Ｈ・Ｍは眼鏡の縁越しにイヴリンの顔を見た。

「じゃあ話すわ。あなたは私たちの注意をこの時間表に惹きつけたでしょう？　それがそもそも怪しいのよ。殺人が起こった時あの家の周辺にいた人だけに注意を向けようとしているみたい。でも、ほかの人たちはどうかしら」

「誰のことじゃ？」

「少なくとも三人います。レジナルド・アンズウェルでしょ、メアリ・ヒューム、ドクター・ヒューム。例えば、法務長官は今日メアリに、レジナルドが事件当日ロンドンにいなかったと指摘して得意満面だったでしょう？　レジナルドはロチェスターにいて真夜中近くまでロンドンに戻らなかったって。あなたは反論なさらなかった――少なくとも、証人の再主尋問はしませんでした。では、どこにいたのかしら？　私たちは、殺害のあった夜のどこかの時点で、だいぶ遅くなってからかもしれないけど、レジナルドがあの家にいたことを知っているわ。彼が中央刑事裁判所《オールド・ベイリー》の大階段を下りる時、自分でそう言うのを聞きましたから。メアリ・ヒュームも、やはり遅くなってからだけどあの家に帰ったわ。最後に、行方がわからないお医者様。最初あなたはドクター・ヒュームにはアリバイがあると匂わせていました。でもゆうべケンから聞いた話だと、あの人が殺人の瞬間を目撃したと断言した手紙があるんでしょう？　だったら矛盾しているわ。どうやって辻褄を合わせるおつもり？」

「だから、時間表の続きを見ればわかると――」H・Mの表情が曇る。「それにはわしもちょっと頭を痛めておる。知っておるか？　スペンサーに逮捕状が出た。あの男が行方をくらましたとなっては、バーミー・ボドキンも見過ごせん。捕まえたら、法廷を故意に侮辱したかどで牢屋行きを言い渡すだろうな。スペンサーが出廷していないとわかった時、ウォルト・ストームの奴がいやにあっさり尋問を断念したのも引っかかる。本来なら休廷を申し出るところなのにな。ウォルトの奴、スペンサーが雲隠れしたことを知っておったに違いない。どうやらバーミーも知っていたんじゃ。待てよ、ひょっとすると……まあいい。ケン、何かうまい考えでもあるか？」

私の立場は至って明快だ。「社会正義の感覚はあまり持ち合わせていないので、犯人が誰かということよりも、犯行をどうやったかに興味があります。マスターズの言葉を借りると『動機はどうでも結構。からくりについて拝聴しましょうかな』というところです。三つの可能性があると思うんです。一、アンズウェルが被害者を刺し殺した。二、ヒュームは事故あるいは自殺、自分のせいで死んだ。三、ほかに犯人がいて、我々の知らない方法で殺害した。ヘンリ卿、率直に訊きたいことが二つほどあります。のらりくらり逃げたり、言葉遊びではぐらかしたりせずに答えてください」

H・Mの顔から表情が消えていった。

「わかった、言ってみろ」

「あなたによると、真犯人はユダの窓から侵入した。それは本当ですか？」

「いかにも」

「殺害はクロスボウを用いて行なわれた。それがあなたのお考えですね？」

「その通り」

「なぜ？　どうしてクロスボウなんですか」

H・Mは少し考えて言った。「論理的に導かれた凶器なんじゃよ。それが犯行に適《かな》う唯一の凶器なんじゃ。ついでに言うと、一番扱いやすい凶器でもある」

「あなたが見せてくれた、あの大きくて不恰好な代物がですか？」

「扱いやすいし、決して大きくはないぞ。横幅はあるが、長くはない。お前さんも見たはずじゃ、あの短胴型ショートクロスボウをな。扱いの点で言うと、フレミングが話しておっただろう、短い距離なら初心者でも狙いを外しっこない」

「そのことですが、矢はどれくらいの距離から発射されたんでしょうか」

気まぐれの虫がまた騒いだか、H・Mは渋い顔に戻って、ずり下がった眼鏡の上からこっちを睨んだ。「やれやれ、法廷の流儀は伝染性があるとみえる。『宣誓をして始める大学の口述試験を受けているようだ』と言った医者がいたが、わしもそんな気分じゃ。ケン、お前さんはわしに一インチ二インチ単位まで厳密になれと求めておるようだが、それは無理な注文じゃ。しかし、はぐらかしていると責められるのも癪じゃ、これだけは言っておこう。どんなに遠くても三フィート以上離れてはいなかった、これで満足か？」

「まだです。矢が発射された時、ヒュームはどんな体勢だったんでしょう？」

「犯人はヒュームに話しかけていた。ヒュームはデスクのそばにいて、何かを見ようと屈んでいたんじゃ。身を屈めたその時、犯人は落ち着き払ってクロスボウの引き金を引いた。だから、まっすぐ射られた矢が変てこな角度で突き刺さった。――ウォルト・ストームの奴はさんざん冷やかしてくれたが、これは絶対に間違いのない事実じゃよ」

「何かを見ようとして、身を屈めていたんですね？」

「その通り」

イヴリンと私は顔を見合わせた。H・Mは短くなった葉巻をかじりながら時間表を私のほうへ押しやった。「さて、言うだけ言って胸のつかえが下りたら、同じくらい重要な問題に注意を向けてみたらどうじゃ？　例えばスペンサー・ヒュームのことだ。あの男のせいで、この時間表は完成しておらん。何しろ法廷で証言していないんだからな。家に戻った時、あの男が特別重要なことをしたわけではない。それでもあの男の行動は極めて興味深い。捕まっているのがレジナルドではなくジム・アンズウェルだとわかった時は、頭を殴られたようなショックだったろうな」

「スペンサーは二人の顔を知っていたんですか？」

「ああ」Ｈ・Ｍは再び妙な表情を浮かべた。「スペンサーは両方知っておった。この事件の関係者で両方を知っていたのは、あの男だけなんじゃ」

6:46	スペンサー・ヒューム、グロヴナー街に帰宅。	警察によれば、スペンサー叔父には水も漏らさぬアリバイがある。5時10分から6時40分まで病院で回診。6時40分に病院の玄関で迎えを待つ。6時43分（すごいスピードだ）アメリア・ジョーダン到着、エイヴォリーが亡くなりメアリの婚約者の様子がおかしいので早く帰宅してほしいと告げる。スペンサーは容疑者から除外。ゴロゴロゴロゴロ。
6:46－6:50	ハードカスル巡査、アンズウェルから事情聴取を試みる。次いで所轄署に電話連絡。スペンサー・ヒューム、アメリア・ジョーダンを二階へ連れていく。医師の診察が必要と判断。	

6:51－6:55	スペンサー・ヒューム、書斎に入る。フレミングとダイアーの前で、アンズウェルは「あなたは医者ですね。後生ですからこの人たちに、僕は薬を盛られたと言ってやってください」と言う。スペンサーは「そのような徴候はない」と答える。	なぜスペンサーは薬が混入された飲み物に関して本当のことを言わないのか？　自身に累が及ぶのを恐れただけ？
6:55	モットラム警部とレイ巡査部長、到着。	
6:55－7:45	モットラム警部による最初の取調べ。他の目撃者も聴取を受ける。モットラム警部とレイ巡査部長、書斎を捜索。	警察による最初の書斎の捜索。矢柄《やがら》に埃の付いていない細いまっすぐな線がある。極めて不審。投射されたか？　矢羽根の一枚が半分にちぎれている。格闘中にもぎ取られたのではない。強い力できれいにちぎれている——何かに引っかかった？　機械仕掛けか？　投射されたのか？　どんな仕掛けか？　道具小屋を捜すこと。

		（追記）三軒共同で雇っている便利屋J・シャンクスが、離れのクロスボウがなくなっていると報告。 クロスボウの紛失。 ゴルフ服の紛失。 1＋1＝ああ、警官よ、その馬を信じるなかれ！（ウェルギリウスの叙事詩『アエネーイス』より。神官ラオコーンがトロイア市民に発した警告のもじり）
7:45	管区顧問医ドクター・ストッキング到着。	
7:45−8:10	検死。	遺体の位置に注目。 傷の方向は？　適合せず。 もしかするとこれは！
8:15	スペンサー・ヒューム、フローンエンドにいるメアリ・ヒュームに電話。	メアリは食事に出ていたが、電話した時ちょうど戻ってきた。

8:10－9:40	事情聴取と家宅捜索続く。アンズウェル、気力を失い倒れる。	
9:42	アンズウェルのいとこレジナルドに電話。	レジナルドはロチェスターから車でジムのフラットに戻ったところだった。ロチェスターを5時15分頃に発ったと確認済。途中、ホテルで早めの夕食を時間をかけて取ったと話す。帰宅時にはかなり酔っていた様子。ホテルの名前も場所も覚えていない。
9:55	レジナルド・アンズウェル、グロヴナー街に到着。	
10:10	アンズウェル、警察署に身柄を移される。レジナルドが付き添う。	
10:35	知らせを受けてすぐさま列車に乗ったメアリ・ヒュームが帰宅。	

10:50	遺体が安置所に移される。この時、被害者のポケットにあった二通の手紙がなくなっていることがわかる。	メアリがくすねた。理由は？
12:15	警察署でアンズウェルの最終供述調書が作成される。	

結論　以上の時間経過及び事実から、犯人の正体については疑問の余地がない。ゴロゴロゴロゴロ。

「これはまた長時間にわたっていますね」私はH・Mをじっと見た。「この表を見れば何かわかるんですね？　ところで、何度も出てくる『ゴロゴロ』というのは何です？」

「わしにもよくわからんが、その時そんな感じがしたってことだな」さすがに弁解口調である。「真相の端に手が届いたという合図みたいなものじゃ」

イヴリンは再び時間表に目を通した。「あなたがこの表でごまかしをやっていない限り、もうひとり犯人から除外できるわね――レジナルドよ。彼は五時十五分にロチェスターを出発したのが確認されたと書いてあるわ。ロチェスターはロンドンから大体三十三マイルでしょ？そうだわね。理論的には一時間でロンドンに着くけど、途中の交通量とロンドンに入ってからの渋滞を考えると、グロヴナー街に着いて殺人を犯す時間があったとは思えないわ。あなたはドクター・ヒュームも消しているし」

「スペンサーを消したとな？　おい、嬢ちゃん、わしはそんなこと言っておらんぞ」

「あら、彼には水も漏らさぬアリバイがあるって、ご自分で認めていらしたわよ」

「ああ、アリバイな！」Ｈ・Ｍはこぶしを振りながらひと声。立ち上がって部屋の中をよたよたと歩き出した。口調は相変わらず剣呑だ。「赤後家の犯人にも立派なアリバイがあったな。孔雀の羽根事件で汚い真似をしよった奴にも、見栄えのするアリバイがあった。わしが頭を痛めておるのはそんなことではない。ゆうべスペンサー叔父さんがヒュームの娘に残していった厄介な手紙なんじゃ――文中でスペンサーは、自分が殺人を目撃したこと、犯人がアンズウェルであることを断言しておる。なぜあんな手紙を書いたんじゃ？　嘘をついたんだとして、その理由は何だ？　とりわけ注意せねばならんのは、アンズウェルが無実だと言い張っているのを、嘘を言っているのではなく自分自身はそう信じているのだ、ヒュームを殺しはしたが覚えていないのだと書いているところじゃ。ふん！　そういえば、ディケンズが『エドウィン・ドルードの謎』（未完のまま作者ディケンズが歿した）の結末をつけるのにこの手を使おうとしたとぶち上げた奴がいたな――ジャスパーが殺人を犯したが覚えておらんというわけだ。阿片を吸ったせいだったかな。ウィルキー・コリンズも『月長石』の宝石を盗む件《くだり》で同じことをやっておるから、この説も驚くには当たらんが。だが、わしの偉大で美しい理論がそんなつまらん嘘で瓦解してしまったら……いや、そんなことはさせんぞ！　いまいましい！　そもそも理屈に合わん。それに羽根のことはどうなるんじゃ？　わしが真っ先に疑ったのはスペンサーだったんだが——」

「アリバイがあるから、というわけですね？」

「お前さんに話しても埒は明かん」H・Mはうんざりした顔をした。「お前さんにこの難しいところがわかるとは思えん。わしはな、あの男が自ら手を下さないまでもお膳立てはした、と考えたのじゃ——」

新たな可能性現る。

「これと同じような事件のことを何かで読んだ覚えがあります。随分昔のことで、実際にあったことか作り事だったか覚えていませんが。海のそばにある高い塔のてっぺんにある部屋で、男が殺害されたと思われる状態で発見されるんです。胸を散弾銃で撃たれていますが、凶器は見つかりません。手がかりといえば、部屋に釣り竿が一本あっただけ。塔に出入りするドアにはずっと監視の目があり、出入りした者はいません。部屋の唯一の窓は海に面した側にあって、滑らかな壁に足がかりはなし。誰が殺したのか？　凶器はどうなったのか？……種を明かせば簡単なことでした。自殺だったんです。自分に銃口を向けて窓の縁に散弾銃を載せ、自分は数フィート離れて立ち、釣り竿で触発引き金《ヘアトリガー》（非常に軽い力で作動する）に触れたのでした。発射の反動で銃は後方へ動き、窓から海へ落ちました。この仕掛けのせいで殺害されたと見なされ、遺族は保険金を受け取りました。ひょっとして卿も、エイヴォリー・ヒュームの書斎に何らかのからくりがあって、それに偶然触った被害者めがけて矢が発射されたとお考えなんですか？　そうでないなら、いったいどんなことなんです？」

「それは考えられないわ」イヴリンが異議を唱えた。「またお爺ちゃまにごまかされているのでなければ、犯人は犯行時にヒューム老人と話していたのよ」

「その通りじゃ」Ｈ・Ｍが相槌を打つ。

「それはそれとして、僕たちは一番肝心なところから外れてしまったように思うんですが。犯人が誰にせよ、動機は何だったんです？　もうすぐ義理の父親になる男に一服盛られただけのことで、アンズウェルが矢をつかんでヒュームを刺したなんて話は受け入れられませんよ。もっとも、レジナルドをそう見せかけたいとヒュームたちが考えたのと同じくらい、アンズウェルの気がふれていたのなら話は別ですが。それにしても、この事件では不思議なくらい動機の話が出ませんね。ほかに動機と呼べそうなものを持っていた人はいないんですか？」

「お前さん、遺言書のことをお忘れか？」Ｈ・Ｍは眠そうな目を上げた。

「どんな遺言書です？」

「法廷で聞いたはずじゃ。叩き上げの男によくあることじゃが、エイヴォリー・ヒュームは孫が欲しくてたまらんかった。血筋を残したいとか、どうせそんな理由だろうがな。あの男は、まだ生まれもせん孫のために、全財産を、いいか全部だぞ、信託にする遺言書を作ろうとしていたんじゃ」

「で、作ったんですか？」

「いいや、時間がなかった。だからわしは、サマセットハウス（当時は登記所があった）へ行って、身銭を切って検認の済んだ遺言書を覗くのも一興かと思ったんじゃ。もちろん、ヒュームの娘が主な相続人だが、ほかの連中もまとまった額をもらうことになっておった。あの老人も、そういったことにはあまりみみっちくなかったようだ。哀れっぽいダイアーにも分け前が用意されておるし、ケント州森の狩人クラブには新しいクラブハウス建設資金として三千五百ポンドという大金が遺贈され、使途にはクラブ事務局の裁量が利くようになっておる……」

「だから、ケント州森の狩人クラブの会員が大挙してロンドンに押し寄せ、得意の矢で被害者を串刺し、ですか？　くだらない。焼きが回りましたね、ヘンリ卿」

「わしは考える材料を提供しただけじゃ」意外にもおとなしい口調の返事だった。皺の寄った額の下で抜け目なさそうな目が光る。「お前さんの灰色の脳細胞の刺激にはなるだろうと思ってな。ケン、お前さんに被告人の弁護はできん。証言を聞いてピンと閃き、頭を働かせて必要な証人を見つけてくるなんてことは、お前さんの手に余る芸当だからな。例えば、どうあってもスペンサーを連れてこなければならんとしよう。証言台に押し込むわけではないが、ちょっとばかり話をしなくてはならん理由があるとする。さあ、わしはいったいどこに行けばあの男をつかまえられるかな？」

「知るもんですか。その手の仕事はマスターズならお得意ですよ。警察が見つけられないなら、卿にだってできるはずはありません。彼はかなりの先手を打って雲隠れしましたからね。今頃はパレスチナかもしれません」

ドアにノックの音がし、それまでの気怠《けだる》そうな状態から脱したH・Mは、居住まいを正す。

「入れ」とH・M。「パレスチナかもしれん。だがな、そうではないんじゃ」

おずおずとドアが開けられる。一分の隙もない服装をし、片手に山高帽、曲げた腕に傘をかけた男が部屋に入ってきた。ドクター・スペンサー・ヒュームだった。

15　ユダの窓の形は

中央刑事裁判所《オールド・ベイリー》の円屋根《まる》にそびえ立つ金ぴかの正義の女神像がぴょんと飛び降りて現れたとしても、これほど目覚ましい効果は期待できなかったに違いない。今日のドクター・ヒュームは、無味乾燥で影の薄い人物ではなかった。具合が悪そうなのだ。黒い髪は前に見た時と同じく丁寧に櫛を当ててあるが、顔から血の気が失せ、神経質そうな小さな目には不安の色が濃い。イヴリンと私が暖炉の明かりを受けて坐っているのを見て取ると、大きく後ずさりした。

「気にせんでよろしい」H・Mは安心させるように口にした。H・Mはテーブルに向かってふんぞり返り、片手を目にかざしていた。スペンサーの視線は、どうしても窓の外、自分を捜し回っている中央刑事裁判所《オールド・ベイリー》の大きな建物に向かう。「この二人はわしの友人じゃ。片方とは、あんたも昨日顔を合わせておるな。まあ、腰を下ろして葉巻でもやらんか。灯台もと暗しと言うが、バーミー・ボドキンの鼻先にいればかえって安全じゃ。一般傍聴人の列に並んで法廷に入り、野次馬と一緒に傍聴席におれば、たとえその席がバーミーの真上だろうと、あんたが中国より近くにいるとは夢にも思わんよ」

「私も――その――それはよくわかっています」スペンサーの顔には苦笑いの気配があった。背をまっすぐ伸ばして椅子に掛け、ずんぐりした姿には奇妙な威厳がある。勧められた葉巻は受け取らず、両手を揃えて膝に置いた。「実を言えば、午前中はずっと一般傍聴席にいました」

「ふむ。確かにあんたを見かけた」H・Mはさりげない口調だったが、相手の白い顔がいっそう白くなった。「特に目新しい手ではないがな。チャールズ・ピースが、自分が犯した殺人事件の裁判でハブロンという若者が被告人になった時に同じことをやっておる（コック巡査殺害の容疑で誤認逮捕されたウィリアム・ハブロンは終身刑の判決を受けたが、のちに別件で捕まり死刑判決を受けたチャールズ・ピースが自供したことによって刑期の三年目で釈放され、賠償金八百ポンドを受け取った）。正直な話、あんたはなかなか見どころがある、思っていたよりよほど胆が据わっておるな」

「あなたは気づいていながら——黙っていた？」

「法廷で騒ぎを起こすのは性に合わんのでな」H・Mは鼻にかかった声で言うと、指先をしげしげと眺めた。「落ち着いた雰囲気が台無しになるし、せっかくの知恵競《くら》べに水を注《さ》す。しかし、そんなことはどうでもよい。あんたはゆうべのわしの手紙を受け取ったようじゃな」

ドクター・ヒュームは帽子を床に置き、傘を椅子の横にそっと立てかけた。

「大事なのは、とにかく私が今ここにいることでしょう？」言い返してはみたものの、あまり熱はこもっていない。「質問にお答え願えませんか？　どうやって私の居場所がわかったんです？」

「わかったのではない。いそうな場所を当たっただけじゃ。あんたは雲隠れしたというのに、姪に宛てて、長ったらしい、言葉選びも慎重な、深刻な内容の手紙を書く時間があった。定期船への乗り継ぎ列車や飛行機に乗れるようにと急いでいたら、そんな暇はない。あんたは追われることになると覚悟していたし、法廷侮辱がただでは済まないことも承知していた。だが、一つだけ出頭を回避できる口実がある——急病がそれじゃよ。思うに、あんたは友達のドクター・トレガノンのところへ駆け込んで、療養所の毛布やシーツ、氷枕の間にでも隠れておったんじゃないか。おそらく、昨日は容体が悪かったと証明する診断書も用意してあるはずじゃ。わしはかねがね言っておるのじゃが、こういう追いかけっこは、薄ぼんやりした少年が逃げた馬を捜す昔話と同じでな、『もし自分が馬ならどこへ行くだろうと考えた。そこへ行ってみたら馬がいた』という具合だよ。で、わしはそこに手紙を出し、あんたが受け取ったというわけじゃ」

「かなり奇妙な手紙でした」スペンサーはH・Mの顔を見つめた。

「ああ、だからこそ、今こうやって話をしとるんじゃないか。あんたにだって、絞首刑になるのを見たくない人間が少なくとも一人はおるだろうしな」

「私自身のことですか?」

「その通り」H・Mは目の上にかざした手を下ろし、うなずいた。ポケットから安物の大きな懐中時計を出してテーブルに置く。「心して聞くんじゃぞ、ドクター。わしははったりを言っておるのではない。高をくっておるんなら、そうでないと証明してやってもよい。だが、あと十五分ほどで出廷せねばならん。この午後でジム・アンズウェルの弁護にけりをつけるつもりじゃ。そうなるとだな、これは絶対確実というわけではないが、あんたは殺人の容疑で逮捕される公算が大きい」

スペンサー・ヒュームは指で膝頭を叩きながらしばらく黙った。それから内ポケットに手を入れ、シガレットケースを取り出すと煙草を一本抜き、ぱちんと大きな音を立ててケースを閉じた――もう一つの事件《ケース》も閉じてしまえとばかりに。しかし、口を開いた時には冷静な口調に戻っていた。

「はったりですな。そうじゃないかとは思っていたのですが、これではっきりしました」

「スタンプ台やゴルフ服、それだけでは済まんが、そういうものがどこへ行ったか知っていて、今やみんなわしの手許にあるのに、それでもはったりだと言うのか？」

関心のなさそうな表情のまま、H・Mは上着のポケットに手を突っ込む。取り出したのは、ありふれた錫《すず》の容器に入ったスタンプ台と、印面に名前が刻まれた細長いゴム製スタンプ。それをH・Mは料理皿の並ぶテーブルに無造作に放り出した。これまでもたびたび不思議に思っていたが、H・Mの乱暴な手の動きとポーカーフェイスとのつながり、というかその対照の著しさに、私は今回も驚いていた。ドクター・ヒューームに至っては、驚きを通り越して苦悶と困惑がはっきり顔に出ていた。

「しかし、ヘンリ卿……そう、むろんそうです。これがどうかしましたか？」

「これがどうかしたか、じゃと？」

スペンサー・ヒュームはつらそうな表情を浮かべ、静かに話し出した。「今日法廷で、私という人間は、ドクター・キグリーによって完膚無きまでに叩きのめされました。彼の告発を受け入れなくてはならないでしょう。ですから、あなたがこの興味深い品々をずらりと法廷に並べたところで、屋上屋を架すのみ、新しいことを証明したことにはなりません。溺れた者はほかの誰より冷静に航海の先行きを見通すことができるのです」屈託のない微笑に変わる寸前で勢いをなくしたような薄気味悪い笑みがかすめた。「これがカイ・ルン（盲目の探偵マックス・カラドスの生みの親、アーネスト・ブラマが創出したシリーズキャラクター。中国を舞台にした奇談の語り手で、作中多くの諺や警句が語られる）の言葉だったかどうか自信はないのですがね。いずれせよ、私は既に一件の有罪判決を受けたも同然ですから、ヘンリ卿が汚い引っかけを使っても動じることはありません」

スペンサーは乱暴な手つきでマッチを擦り、煙草に火を点けた。H・Mはしばらく相手を見つめていたが、ふと表情が変わり、ゆっくりとした口調で話し出した。

「そうか——わしは今、あんたが本気でアンズウェルのことを犯人だと考えているのだと信じそうになっておる」

「あの男が犯人なんです」

「メアリ・ヒューム宛のゆうべの手紙では、あんたは殺人の現場を目撃したと断言しておったが、あれは本当かな？」

スペンサーは煙草の先を立てて灰をひと吹きした。「私は、たとえ天気の話でも自分の意見を控えることにしているのですが、これだけは申し上げましょう。この事件を通して、この私が何も手につかないほど混乱し狂わんばかりに苦しんでいるのは——」激しい身振り。「私が何もしてやれなかったからなのです！　エイヴォリーを助けてやろうとしました。メアリを助けてやろうとしました。それが道を踏み外すことだとしても、みんなのためになると信じたのです……それでどうなったでしょうか？　私は追われています。繰り返さずにはいられません、私は警察に追われているのです。昨日、やむをえず逃げ出した時も、私はメアリを助けてやろうとしました。エイヴォリーに頼まれてブルディンを用立てたことをあの娘《こ》に打ち明けました。そうすれば当然、ジェームズ・アンズウェルが犯人であることも述べないわけにはいかなかったのです。あの世に召される際《きわ》でも、私は彼が犯人だと断言します」

月並みな決まり文句を多用しているにもかかわらず、真実の響きは、その声に窺える自己憐憫を凌駕していた。

「あの男が殺すところを見たのかね？」

「私は身を守らねばなりませんでした。あの手紙の始めの部分しかなかったら、あなたは手紙を法廷に持ち込んでアンズウェルを助けたでしょう――殺人犯である、あの男を。ですから私は、あの手紙が法廷に持ち出されない手立てを講じたのです」

「ふん、それで呑み込めた」Ｈ・Ｍの口調が変わる。「あんたは手紙にわざと嘘を押し込んで、証拠として使えんようにしたんじゃな」

ドクター・ヒュームはこれを無視し、さらに落ち着いた口調で、

「私が危険を冒してここに来たのは、情報が欲しかったからです。これがフェアプレーと言えますか？　私が知りたいのは、この事件での私自身の法的立場です。私は、昨日病気だったことを証明する診断書を持っています――」

「医師登録をもうすぐ取り消される医師が書いた診断書をな」

「医師としての信用はまだ失われていません。あくまで形式にこだわるというのであれば、こ

ちらにも考えがあります。まず、私は今日の午前中、事実上出廷していました。どうやらご存じのようですが。第二に、訴追者側は私を証人として尋問する意図を放棄しました。訴追者側の申し立ては既に完了しています」

「いかにも。だが、被告人側の申し立てはまだじゃ。あんたを証人として尋問する道は閉ざされておらん。どっちの側かは問題にならんのだろう?」

スペンサー・ヒュームは吸いかけの煙草をテーブルの端に注意深く置き、腕を組んだ。

「ヘンリ卿、私を尋問することはできませんよ。そんなことをなされば、私はあなた方の主張を根こそぎ、空高く吹っ飛ばしてご覧に入れます」

「ほう、そうか。じゃあ、わしらは重罪を見逃す相談をしておることになるな、違うか?」ヒューム は急に顔をこわばらせ、私たちのほうに目を走らせた。H・Mの眠たげな目には、相手に情けをかけつついたぶるのを楽しんでいるような表情が浮かんでいる。「気にせんでもいい。わしは、不正直とまでは言わんが、弁護士としては規格外でな、横紙破りくらいはお手のもんじゃ。ところで、わしがあんたを呑気な隠居生活から引きずり出すなら、殺人の現場を見たと証言台で作り話をするぞ――そう言ってわしを脅しているのなら、あんたの面の皮の厚さも相当なもんじゃな。うへえ、正直な話、見直したよ」

「いいえ、作り話じゃありません。ありのままの事実を述べているだけです」

「あんたの口から出る言葉を、誰が――」

「いや、そんなことはない!」スペンサーは、咎めるように指を一本上げてH・Mを制した。

「ご存じのように、法廷は道徳上の問題を裁く場所ではないと、今朝確認されました。メアリが過去にふしだらな振る舞いをしたからといって、殺人についてあの娘《こ》の証言が信用できないことにはならないとね。同じように、私が、ゆすりを働く卑劣な男を、そいつにふさわしい場所に、血を見ることも苦痛を与えることもなく押し込めるつもりだったからといって――そもそも、そのようなことをイギリス人はさほど恥ずべき犯罪と考えませんが――殺人に関する私の証言が信用できないことにはならないのですよ」

「はん。それほどまでに脅迫者を憎むあんたが、なぜわしを脅迫するのかね」

ドクター・ヒュームは大きく息を吸い込んだ。「本心から申しますが、私は脅迫しているのではありません。ただあなたに――私を証人として尋問するのを思いとどまってほしいだけです。あなたの主張は、なくなった矢羽根の切れ端の上に築かれています。あなたはどの証人にも、耳にたこができるほど『羽根の切れ端はどこへ行った?』と大声で尋ねておられた」

「それがどうした?」

「私が持っています。ほら、ここに」

彼は再びシガレットケースを出し、並んだ煙草の下から、長さ一インチと四分の一、幅が一インチほどの青い矢羽根の切れ端をそっと抜き取り、テーブルにやはりそっと置いた。

「ご覧の通り」重苦しい雰囲気に包まれてスペンサー・ヒュームの話は続いた。その間H・Mは無表情のまま黙り込んでいた。「羽根の端は矢に残っている羽根の端よりぎざぎざしていますが、並べればぴったり合うと思います。この切れ端がどこにあったと思います？　もちろん私が見つけたのです！　殺人があった夜、書斎の床で拾いました。証拠を探すなんて意識は毛頭ありません。生来の潔癖性が頭をもたげ、ゴミが落ちていたから拾っただけです。なぜ誰にも見せなかったのか？　そう尋ねたいとお顔に書いてありますな。逆にお尋ねしますが、この切れ端に興味を見せた唯一の人物は誰だったでしょう？　ヘンリ卿、ほかならぬあなたです。警察はこんなものには見向きもしませんでした。これが事件に関係あるとは全く考えていませんでした――それは私も同じで、正直言ってこんなものがあったことをすっかり忘れていました。しかし、これが証拠として提出されれば、結果はおわかりでしょう？　納得していただけましたか？」

「ああ、わかったとも」Ｈ・Ｍはにやりとする。口許を大きく開いた危険な笑いだ。「今までかかったがようやく納得できた。あんたがユダの窓のことをやっぱり知っておったとな」

スペンサー・ヒュームは慌てて立ち上がり、その拍子にテーブルの端に置いていた煙草が床に落ちた。生来の潔癖性がまた頭をもたげたのか、火を消そうと無意識に煙草を踏んだ時、ドアにノックの音がした。さっきよりもせっかちにドアが開かれ、ランドルフ・フレミングが鴨居に頭をぶつけないよう身を屈めながら、目ざわりな赤い髭を部屋に持ち込んできた。

「やあ、弁護士先生、ここにおいでだと聞いたもんで――よう、あんたか！」大股で踏み出そうとしたのを遮られた恰好になって調子が狂ったのか、フレミングはドクター・ヒュームに目を釘付けにして立ちすくむ。やや地味だが、フレミングもスペンサー・ヒュームに劣らず伊達《だて》に決めていた。グレーのソフト帽を気障《きざ》にならない程度に傾げ、手には銀の握りが付いたステッキ。スペンサーを目にして、しなびたような下あごを膨らませた。気まずさからか声をかけるのを少しためらったが、振り返ってドアが閉まっているのを確かめ、ぶっきらぼうに切り出した。

「なんだ、ここだったのか。わしはてっきり――」

「雲隠れしたと思った、か?」H・Mが補った。

フレミングは肩越しにスペンサー・ヒュームを見て、曖昧な言い方でお茶を濁した。「おい、いいのか? 今頃のこのこ出てきて、厄介なことになりはせんか?」それからやっとH・Mに向き直る。気になっていることを確かめたいと思っている様子だ。

「まずこれだけは言っておく。わしはあんたに対して何の含むところもない。昨日法廷で散々やられたからって、根に持ったりはせんよ。あんただって商売だし、いつもやっていることなんだから。三百代言《ローヤー》対三百妄言《ライアー》の対決ってわけだ、うまいこと言うだろう? それがお決まりの見世物だから仕方ないな、はっはっは。おっと、あんたに訊きたい。どういう理由か知らんが、わしがあんた側の証人として呼ばれると聞いた。どうなっているのかね?」

「いや、そんなことはせんよ。シャンクスに確認してもらえば十分だ。あんたが尋問されるにしても、形式だけのことじゃ。わしが持っておるクロスボウが、エイヴォリー・ヒュームのものだと確認してもらおうと思ってな。シャンクスなら手際よくやってくれるさ」

「あの何でも屋にね?」フレミングはぶつぶつとつぶやき、手袋を嵌めた手で口髭を撫でた。

「ところで、あんたさえよければ、教えてもらいたいことが――」

「構わんよ」相手がためらっているのを見て、H・Mが促す。

「気の毒なヒュームがクロスボウで殺されたと、あんたは本当に考えておるのかね？」

「その考えは最初から変わっとらん」

フレミングは考え込んだ。「本当なら、自分の見解に反することは認めんのだが」ぎょろりと怒ったように睨む。「これだけは言わねばならんと思ったんでな。わしはゆうべ実験してみた。そしてわかった。やってやれんことはないとな。距離が近ければ、できないことはない。実際にそうだったとは言わんが、可能だった。それにもう一つ――」

「この際、きれいさっぱり打ち明けてみんか？」H・Mは水を向け、先客の医師をちらりと見た。スペンサー・ヒュームは静かに坐り、喉はからから、誰にも聞こえないように咳払いを試みるに似た、奇妙な音を立てていた。

「わしは三度――クロスボウで実際に矢を発射してみた」フレミングはクロスボウを構える身振りを交えて念を押す。「よほど注意してやらんと、案内羽根《ガイドフエザー》が巻き上げ胴の歯に引っかかる。一度は、矢が発射された時に羽根が丸ごともげた。ククッと音がして、羽根が半分にちぎれることもあった。あんたが法廷で見せてくれた矢のようにだよ」そう言うと、警告するように人差し指を立てて振った。「だからといって、わしは言ったことをひと言だって取り消すつもりはないぞ。だが、こういうことはどうしても気になる。それはどうしようもない。で、わしは自分に言い聞かせた。『胡散くさいことがあるのなら、しかるべき筋に話そう』とな。立派な心がけだろう。だが、わしが喜んでここへ来て話をしていると思ったら大間違いだ。法務長官殿にも同じことを言わねばならん。それでやっと肩の荷が下りる。ところで、ここだけの話にしておくから、いまいましい羽根の片割れがどうなったか教えてもらえんか？」

しばらくH・Mは何も言わずにフレミングを見ていた。テーブルの上には、料理皿に隠れるように、スペンサー・ヒュームが置いた青い矢羽根の切れ端がある。フレミングの言葉と同時にスペンサーはさっと手を伸ばした。が、H・Mが一瞬先んじた。掬《すく》うように拾い上げて手の甲に載せ、息を吹きかけるように差し出す。

「これも胡散くさい代物でな」H・Mはスペンサーには目もくれなかった。「ちょうど詮議をしておったんじゃ。あんたは、例えばこれが、なくなった羽根の片割れだと思うかね？」

「どこで見つけたんだ？」

「さて……それも議論のポイントじゃ。どうかな、この道の専門家として、我々が求めておる羽根かどうか判断してもらえんか？」

フレミングは怪訝な顔をしながら羽根をそっと手に取った。H・Mとスペンサーを不審そうに眺めてから窓際へ行き、明るい光の下で羽根をつぶさに観察した。小さな鋭い目がぐるぐる動く。

「くだらん」フレミングは言い捨てた。

「何がくだらんのじゃ？」

「こいつだよ。こいつがあの羽根の片割れだなどと、くだらんことを考えついたものだ」

スペンサー・ヒュームは胸ポケットから折り畳んだハンカチを取り、なるべく目立たないように気を遣いながら顔を拭いた。薬罐《やかん》をぴかぴかに磨こうとしているかのように。疑惑あるいは惨めな気持ちを伝える目の表情には見覚えがあった。間違いない、しかも最近だ。目をきょろきょろさせ、落ち着きなく手を動かす痛々しい仕種《しぐさ》は忘れようとしたって忘れられるはずがない。どこで見たのだろう。

「そうかね」H・Mの声は穏やかだった。「あの羽根の片割れではないんじゃな。どうして違うと言える？」

「こいつは七面鳥の羽根だよ。前にも言った、というよりあんたに言わされたようなもんだが、ヒュームは雁《がん》の羽根しか使わなかった」

「だいぶ違っておるのかな？」

「だいぶ違っているかって？　はん！」フレミングは帽子の縁を指でピンと弾いた。「レストランで七面鳥を注文したのに、皿に載っかって雁が出てきたら、あんただって違うとわかるだろう？　羽根だって同じだよ」ふと思いついたように、「あんたたち、ここで何をやってるんだ？」

「なに、大したことじゃない」H・Mはぶつぶつ言い、抑揚のない声で続けた。「内々の相談があってな。わしらは――」

フレミングはすっくと立ち上がった。「おっと、こうしちゃおれん。長居する気はなかった」勿体をつけた口調だ。「胸のつかえを吐き出すために来たんだった。さて、目的は果たせたし、やましい気持ちもすっかりなくなったから、お暇《いとま》しよう。ここには不穏な雰囲気が漂っているようだ、とだけは言わせてもらうがね。ところで、ドクター。法務長官殿に会うことになったら、あんたが戻ってきて証言台に立つ用意があると伝えて構わんのかな?」

「何とでも好きなように言ってくれ」スペンサーは静かに答えた。

フレミングは今にも怒りを爆発させそうに口を開けたが思いとどまり、勿体ぶってうなずきドアへ向かった。本人は気づいていないだろうが、不穏なまでに部屋の雰囲気をかき乱した張本人はフレミングだった。H・Mは立ち上がり、スペンサー・ヒュームを見下ろす。

「出廷しないで済めばありがたいんじゃないのかね?」H・Mは穏やかに尋ねた。「安心せい。あんたを証人として呼んだりはせん。今のあんたの精神状態ではなおさらじゃ。ここだけの話、その羽根はでっち上げじゃな?」

スペンサー・ヒュームはじっくり考えてから答えた。「そう言っても差し支えないでしょう」

「なぜそんなでっち上げをしたんじゃ?」

「アンズウェルが、い、い、犯人だからです」

この時私はスペンサーの目が思い出させるものの正体に行き当たった。ジェームズ・アンズウェルその人だ。アンズウェルが告発を受けた時の追い詰められた誠実さと同じなのだ。それにはH・Mさえ目を瞬《しばた》いた。H・Mは、私には解釈できない重々しい身振りをしながら、その間もスペンサーから目を離さなかった。

「ユダの窓という言葉は、あんたには何の意味もないんじゃな?」念を押すように尋ねるH・Mは、再び訳のわからない身振りをし、スペンサーはそれを怪訝そうに見ていた。

「誓ってもいいが、何の意味もありません」

「それなら、わしの言うことをとくと聞くがよい。あんたの前には二つの道がある。一つは、さっさと逃げ出すこと。もう一つは、午後の法廷に姿を見せることじゃ。ウォルト・ストームがあんたの証人申請を取り下げ、そしてあんたが昨日の日付の診断書を本当に持っておるなら、バーミー・ボドキンが底意地の悪い怒り方でもせん限りは——まあ、その心配はないと思うが——逮捕される気遣いはない。わしがあんただったら出廷する。面白いことが聞けるだろうし、いっそ洗いざらい話したくなるかもしれん。しかし、本物の羽根の切れ端が今どこにあるか、あんたは知っておるはずじゃ。消えた切れ端は二つに分かれて存在しておる。一つはわしが法廷に持ち込むクロスボウの歯に挟まっておる。もう一つはユダの窓の中に残されておる。あらかじめ言い渡しておくぞ、潮目が変わってわしの分《ぶ》が悪くなりそうだとなれば、あんたがどんな厄介な立場に追い込まれようと首根っこを押さえて証言台に立たせてやる。そんなことはまずないと思うがな。わしの言うことはそれだけじゃ。法廷に戻らねばならん」

私たちはH・Mに続いてパブを出た。部屋には、火勢の衰えた暖炉の明かりに顔を照らされ、物思いにふけるスペンサーがひとり残された。私たちがユダの窓という言葉を初めて聞いたのは昨日の今時分だった。これから一時間と経たないうちに、その言葉の意味するものが、隠されてはいるが本来は明瞭な含意の隅々まで明らかにされる。やや異なった次元ではあるが、サイドボードと同じくらい大きく、同じくらい現実的な存在として姿を現し、中央刑事裁判所《オールド・ベイリー》の第一法廷を呑み込んでしまうことになるのだ。しかし、この時点で私たちが知っていたのは、あの部屋が密室だったということだけだ。

階段の踊り場で、イヴリンはH・Mの腕をつかみ、声を潜めて問い質《ただ》した。「せめて一つくらい教えてくれてもいいでしょ。ほんの些細なことで、こんなに簡単なのに思いつかなかったのが不思議なくらい――」

「ふむ、何じゃね？」

「ユダの窓って、どんな形をしているの？」

「真四角じゃよ」H・Mは間髪を容れずに答えた。「ほらそこ、足許に気をつけるんじゃぞ」

16　わしがこの手で染めた

「――真実を、全ての真実を、そして真実のみを述べると誓いますか？」

「ああ」

証言台に立った男は、ガムを嚙んでいるわけではない。しかし、絶えずあごを動かし、要所要所で舌を鳴らすので、そんな印象を与えていた。幅の狭い狷介《けんかい》な顔に、人の好さそうな様子と反抗的な様子が代わる代わる現れた。首が極端に細い。真っ黒で粘っこそうな髪は、リコリス飴を思わせる。話を強調したい時は、目に見えないチューインガムを使って手品でも始めるように頭を真横にし、片方の目で質問者を見据えた。H・Mは別にして、誰にでも「閣下」と呼びかける癖があるのは、相手への畏怖が顔を出すせいかもしれない――あるいは歪めた唇、ハンマーと鎌のネクタイ模様に窺える、共産主義的傾向のせいか。

H・Mが尋問を始めた。

「あんたの姓名はホーレス・カーライル・グラベル、住所はパトニー、ベンジャミン街八二だね？」

「その通り」陽気だが、疑う奴はただではおかない喧嘩腰だ。

「あんたは、デューク街のドーセイ・チェンバーズ、被告人が住んでおる賄い付きフラットのある建物じゃが、あの区域にはよく仕事に行っておったね？」

「そうだ」

「そこでどんな仕事をやっていたのかね？」

「よろず片づけ屋さ」

「それはどんな仕事なんじゃ？」

「簡単に言うとこういうことさ。あんなフラットに住む連中は、部屋係のメイドがいやがるようなゴミをどっさり出すんだ。灰皿がいっぱいになると屑かごにぶちまける。使い古しのカミソリの刃は、とりあえず見えなくなりゃいいとばかり、そこいらに突っ込む。用無しになったものはほったらかし——そこで、よろず片づけ屋の出番てわけだ。パーティーなんかの後は特に重宝するぜ」

「一月三日頃、そこで働いておったかな？」

「三日頃じゃないぜ、まさに三日当日だ」ホーレス・カーライル・グラベルは食ってかかるように訂正した。「ああ、働いてたよ」

「そうか。で、あんたは被害者のミスター・ヒュームのことを知っておったかね？」

「いやあ、個人的にお近づきにはなってなかったけどね——」

「証人は訊かれたことにだけ答えるように」裁判官が鋭く注意する。

「裁判官閣下、よーくわかりました」証人は穏やかに返した。上唇がめくれ上がって歯がむき出しになると同時に、あごが伸びる。「ちゃんとこう言おうとしてたんですぜ。たった一回こっきりだけど、おいらはあの旦那とすごく仲よくなったんだ。旦那は泥棒を働いたことを黙っていてくれればいいからと言って十ポンドくれるし――」

審理中に書記官が「廷内騒然」と記す機会は何度かあったと思うが、今回は――誰も発言の真意がわからないので「物議を醸す」と表現される本来の意味での廷内騒然ではないにしても――グラベルがあまりにも何げなく口にしたため、法廷内の混乱ぶりはいっそう際立った。裁判官はおもむろに眼鏡を外し、折り畳んで、証人の顔をまじまじと見た。

「証人は自分が何を述べているのかわかっておるのかね？」

「裁判官閣下、もちろんよーくわかってますよ」

「それを確かめられればよい。サー・ヘンリ、尋問を続けなさい」

「裁判官閣下、わしはこれから証人の発言の意味を明らかにするつもりじゃ」H・Mは唸るように言った。「ところで、あんたはどうして顔を見ただけで被害者のことがわかったんじゃ？」

「おいらは前に別の場所で働いていた――そんなに離れていないけどね。その店では毎週土曜の朝、その週の売り上げを革袋に詰めてキャピタル・カウンティーズ銀行へ運ぶことになっていて、おいらも一緒に行く。護衛ってわけさ。本当は護衛なんか必要なかったんだけどね。被害者の旦那は、その時は何もしないんだ、カウンター越しに金を受け取ったりとかはね。いつも銀行の裏口の小さなドアから出てきて、金を運んでくるミスター・パーキンズにうなずくだけ。牧師さんが祝福を授けるみたいにね」

「そこで何回くらい被害者の顔を見たかね？」

「随分たくさん見たよ」

「十回くらい見たかな？」

「それではきかないな」証人は強く言い、疑い深そうに頭を振って、虫歯だらけの歯の隙間から息を吸い込んだ。「何しろ、半年くらい、土曜日のたんびだからな」

「さて、一月三日金曜日の朝のことだが、あんたはどこにおった？」

「三Cの部屋の屑かごを掃除してたよ。そこがアンズウェルさんのフラットなんだけどね」グラベルは言下に答え、被告人のほうを向いてこぶしをあごの下にあてがい、頑張れとばかりに親愛の合図を送った。それもすぐにやめ、さも厳《いか》めしい態度になる。

「屑かごはどこにあった？」

「台所だよ」

「食堂に続いている台所じゃな？」

「どこも大体そんな作りだからね」

「間のドアは閉まっておったかね？」

「ああ。いや、ほとんど閉まっていたけど、ちょっと隙間があったな」

「その時に、何か見るか聞くかしたかな？」

「おいらは物音を立てなかった。台所にいると、食堂のドアが開く音がしたんだ——食堂から玄関に出るドアだけどね。こいつは変だと思った。だって、アンズウェルさんはまだ帰ってくる予定じゃなかったからね。隙間から覗いたら、入ってきたんだ、男が。早足で音を立てないようにね。誰だって、まともな客じゃないのはわからあな。食堂の窓は全部ブラインドが下ろしてあった。最初その男は壁を叩いて回った。隠し金庫を探すみたいにね。それから、サイドボードの引き出しを開けた。どっかの引き出しから何か取ったんだけど、奴《やっこ》さんこっちに背を向けていたから見えない。と思ったら、そいつが窓まで歩いて、物を確かめようとしてブラインドを上げたんで、それが誰か、何を持っているかわかったっていう案配さ」

「誰じゃった？」

「ヒュームの旦那だった」

「何を持っておったかな？」Ｈ・Ｍはいよいよ声を張り上げる。

「アンズウェル大尉の銃だよ。ほら、あそこのテーブルにあんたが置いた」

「それを証人に渡してくれんか――よく見て、金曜の朝被害者がサイドボードの引き出しから取り出した銃であるか確かめてもらいたい」

「間違いないよ」グラベル証人は銃を渡される前にそのシリアルナンバーを諳《そら》んじた。受け取ると、挿弾子《クリップ》を抜き、カチャンと音を立てて戻し、銃の向きを変えたので、近くにいた女性の陪審がのけぞった。「部屋でパーティーがあって住人が馬鹿騒ぎをした時、おいらは念のためにこいつの弾を抜いといたんだ」

「ミスター・ヒュームだとわかってから、何があったか教えてくれんか？」

「自分の目がどうかしたかと思ったよ。ヒュームの旦那は小さな手帳を出し、そこに書いてある何かと念入りに比べて、銃をポケットにしまった。ここまでされちゃあ黙っていられない。

おいらはすぐに近づいて声をかけた。『やあ』ってね。人の部屋に入って盗みを働く奴に丁寧な挨拶をしろなんて教わってないからな。旦那は死ぬほど驚いたはずだけど、一生懸命隠そうとしてたよ。くるりと振り向いて、手を後ろに回してしかめ面をするんだ――ナポレオンの真似をしたんじゃないかな。旦那が『私が誰か知っているのか?』と訊くから『知ってるよ。ついでに、あんたがアンズウェル大尉の銃をくすねたこともね』と答えてやった。すると旦那は『変なことを言わんでくれ。こいつはほんの冗談なんだ』って言うんだ。おいらはね、お偉方が汚いことをやってしらばっくれる時にどんな口の利き方をするか知ってるんだ、ちゃあんとね。だから読めたんだよ、旦那は何もかもわかってやってるってことがね。ほら、ボアファストレイ卿がチョッキのポケットにエースとキングとジャックのカードを隠しているのが見つかったことがあるじゃないか――」

「証人はその話をやめなさい」と裁判官。

「裁判官閣下、よーくわかりました。で、おいらは『冗談かどうか知らないが、一緒に差配人のところへ行って、アンズウェル大尉の銃を盗んだわけを説明してもらうよ』って言ったんだ。そしたらヒュームの旦那はおとなしくなって、『君はパンのどっち側にバターが塗ってあるか（自分の利益になるのはどちらかの意）知っているかな?』ときた。おいらが『知らねえな。おいらはバターなんてものには生まれてこのかたお目にかかったことがないんでね』と答えたら、ヒュームの旦那は、きっと銀行じゃ使ったことがない甘ったるい声で『どうかね、このことを黙っていてくれたら一ポンド出すよ』と言い出した。相手が何を始めたかわかったから、おいらは『旦那、そいつじゃマーガリンしか買えないよ。おいらだってマーガリンならたっぷり塗れるんだぜ』と返した。すると『よかろう、十ポンド出そう。それ以上は駄目だ』ってことになって、ヒュームの旦那は銃を持ってご帰還さ」

「証人は十ポンドを受け取ったのかね？」と裁判官。

「受け取りました、裁判官閣下」グラベルは喧嘩腰で返す。「閣下ならどうされました？」

「私はそんなことを決めるために裁判官になったわけではないのでな。サー・ヘンリ、先を続けなさい」

Ｈ・Ｍは、頭を大きく揺らしてうなずく。「さて、被害者は銃を持って出ていった。それからあんたはどうしたかね？」

「ヒュームの旦那がよからぬことを企んでるとわかったから、アンズウェル大尉に注意しようと思ったよ」

「ほう、ではアンズウェル大尉に警告したわけだね？」

「ああ。一シリングの価値もない人だけどね。でも耳に入れとくのがおいらの務めだと思ったんだ」

「いつ知らせたのかな？」

「その時はできなかったんだ、あの人は田舎へ行っていたからね。ところが、驚いたことに次の日ひょっこり帰ってきた――」

「ふむふむ。ではやっぱり、殺人のあった土曜日に大尉はロンドンにいたわけじゃな？」すぐに答えようとするグラベルのあごの動きを、しかめ面に近い顔で牽制してやめさせ、次の質問をする前にたっぷり間を置いた。「で、大尉に会ったのはいつかな?」

「土曜の夕方、六時十分くらいかな。あの人は、いつも使うフラット裏の駐車場に車を入れた。あたりに誰もいなかったから、おいらは近づいて、前の日にヒュームの旦那が来て銃を盗んだことを教えてやった」

「大尉は何と言ったかな?」

「ちょっとの間、妙な顔をしていた。考え込むみたいにね。それから『ありがとう、いいことを教えてくれた』と言って、半クラウンくれたよ。そして、車を回してビューンと出ていっちまった」

「さて、しっかり聞くんじゃぞ。被告人のポケットから見つかったピストルは――そこにあるのがそうじゃ。被告人が土曜の夕方、ミスター・ヒュームを殺害する目的で携行したとされておる――実際はミスター・ヒュームが金曜日に被告人のフラットから盗み出したものなんじゃな? 間違いないか?」

「リンゴは神様がお創りになったたってことと同じくらい確かさ」証人は、人差し指を突き出したH・Mに応戦するように、証言台から身を乗り出し強い調子で答えた。

H・Mは腰を下ろした。

グラベルは横柄で脱線が多く、出来のいい証人ではなかったかもしれない。だが彼の口から明かされた事実は、聞く者に著しい印象を残した。しかし、激しい剣戟《けんげき》が始まるのはこれからだと、私たちはわかっていた。証人とサー・ウォルター・ストームとの間に生まれた敵愾心《てきがいしん》は、法務長官が口を開く前から歴然としていた。ロンドンっ児《こ》の本能の一部である赤い法服に対する畏敬の念、それは「法と共にある帝国」及びそれに根ざした様々な物事に対する、彼らなりのおぼろげな認識でもあるのだが、そのせいでグラベルは、裁判官には謙虚と言っていい服従の態度を示していた。しかし、訴追者相手にそんな気持ちは全くない。彼にとってそのような連中は、口実を設けては自分を痛めつける人間でしかないのは明らか。証言台に立った時から、訴追者側の弁護人たちを睨《ね》めつけ、毛を逆立たせる用意があったのは間違いない。あいにくその気持ちは、サー・ウォルターの——決してわざとそうしているのではない——お高くとまった我関せずの視線によっても、さっぱり和らぐことはなかった。

「えーと……グラベル君。君はミスター・ヒュームから十ポンド受け取ったと言いましたね」

「ああ」

「君は、その金を受け取るのが立派な行為だったと思いますか？」

「あんたは、そんな金を出すのを立派な行為だったと思うのかい？」

「ミスター・ヒュームの習癖は、今のところ問題ではない——」

「じゃあ、今問題にしたらどうだい。その習癖とやらのせいで、あんたたちはそこの可哀想な人を縛り首にしようとしているんじゃないか」

法務長官はよほど怖い顔で凄んだらしい。証人は反射的に身を引いた。「グラベル君、君は法廷侮辱罪という言葉を知っていますか？」

「ああ」

「ご存じなければ、裁判官閣下を煩わせて説明していただかねばなりません。不愉快な事態になるのは避けましょう。あなたの務めは私の質問に答えることであり、そこから逸脱してはいけないと申し渡しておきます。おわかりいただけましたか？」

グラベルはやや青ざめ、首に結わえられた革紐が引っ張られるのに懸命に耐えるような仕種《しぐさ》をしたが、雄々しく首をもたげ、何も言わなかった。

「大変結構です。わかっていただけたようですな」サー・ウォルターは手許の書類を並べ直した。「思うに」陪審の様子を横目で確かめながら質問を続ける。「君はカール・マルクスが唱えた主義主張の支持者ですね？」

「そんな名前は聞いたことがないな」

「君は共産主義者ですか？」

「そうかもしれないな」

「決めかねているということですか？――では、ミスター・ヒュームから口止め料を受け取ったか、受け取らなかったかについてはどうです？」

「受け取ったよ。その後でさっさとアンズウェル大尉に言いつけたけど」

「なるほど、君の『名誉はおのが不名誉の上に成り立つ』（アルフレッド・テニスンによる物語詩『国王牧歌』中の「ランスロットとエレイン」からの引用）というわけですね。我々にそう信じさせようとしているのですか？　君は、信頼を二度裏切ったがゆえに、自分はなおさら信頼に値する人間である、我々にそう信じてほしいのですか？」

「いったい何の話だ？」グラベルは大きな声を上げ、助けを求めるようにあたりを見た。

「一月三日、君はデューク街のドーセイ・チェンバーズで仕事をしていたそうですが、今は行っていないのですか？」

「あそこは辞めたよ」

「辞めた？　なぜですか？」

証人は黙った。

「解雇されたのですか？」

「そうも言えるかな」

「解雇されましたか。理由は？」

「証人は質問に答えるように」裁判官が咎めるように促す。

「差配人とそりが合わなかったんだ。それに人手が余ったとかでね」

「その差配人は、君が辞める時に推薦状を書いてくれましたか？」

「いや」

「しかし、君が今言った理由で仕事を辞めたのなら、人物証明書を書いてもらえたはずでしょう」

サー・ウォルター・ストームは、この予想外の証人について何の下調べもしていなかった。だが長年の経験で培った見識で、情報に頼らずともどこを突破口にすればいいか心得ていた。

「君は一月三日の朝、被告人のフラットの屑かごを掃除したと言いましたね」

「ああ」

「ミスター・アンズウェルとアンズウェル大尉は、どれくらいの期間フラットを留守にしていましたか？」

「二週間くらいかな」

「二週間くらいですね。二人がそれほどの間留守にしていたのに、どうして屑かごの掃除をしたのですか？」

「いつ戻ってくるかわからないからな」

「しかし、君はついさっき、我が博学なる友に向かって、戻ってくるはずがなかったと述べたのではないですか？」

「いつかは掃除しておかなきゃならないからな」

「二週間、誰もいなかったのに？」

「そうだけど――それはつまり――」

「住人は屑かごを空にしてから出かけたはずですよ」

「ああ。でも確かめなきゃいけないからな。ねえ閣下、いいかい……」

「さらに君はこうも言いましたね」法務長官は、両手を机に押しつけ、肩を下げて質問を続けた。「掃除をしにフラットに入った時、ブラインドは全部下りていて、君は物音を立てなかった、と」

「ああ」

「君は真っ暗なところで屑かごの掃除をすることに慣れているのですか？」

「ちょっと待ちなよ！　そんなことは考えたことも――」

「誰もいないフラットなのに、物音を立てないよう気をつけた、そうも言えますね？　率直に訊きましょう――君がその時間にフラットにいたのが事実なら――君の目的は屑かごを掃除すること以外にあったのではないですか？」

「とんでもない」

「では、そもそも君はフラットに足を踏み入れたことなどないのでは？」

「いや、行ったんだよ。なんでおいらにしゃべらせてくれないんだ？　いいか、あの時ヒュームの旦那が部屋にいて、銃を盗んだんだ。だからもう勘弁してくれ！」

「ではほかに議論の役に立ちそうなことがないか考えてみましょう。確か、ドーセイ・チェンバーズには玄関ホールに管理人がいましたね？」

「ああ」

「管理人は、警察に質問された時、金曜日だろうがほかの日だろうが、被害者と思しき人物がドーセイ・チェンバーズにいるのを見たことはないと証言しているのですが、君はそれを認めますか？」

「管理人は見なかったかもしれないな。きっと裏口の階段を使っただろうから――」

「誰が裏口の階段を使ったですって？」

「ヒュームの旦那だよ。来る時はわからないけど、帰る時はそっちを下りていった。おいらはこの目で見たよ」

「君はその時、その事実を警察に知らせましたか？」

「知らせなかったさ。できるわけないぜ。それきりあそこには行かなかったからな。おいらは次の日にあそこを辞めたんだ」

「次の日に辞めた？」

「ひと月の猶予で解雇通告があったんだよ。その期限が土曜だった。これが重要なことだなんて思わなかったしな」

「そうでしょうね。どうやら、事件当時、何人かの人には、何が重要で何がそうでないかについて奇妙な考え方が広まっていたようですね。でも、少なくとも今は重要なんです」サー・ウォルターは素っ気なく口にした。「ところで、君は駐車場でアンズウェル大尉に会ったと言いましたが、その場に居合わせて裏づけてくれる人はいますか？」

「アンズウェル大尉だけだよ。どうして本人に訊かないんだ？」

ボドキン判事が口を挟む。「証人の今の発言は、所定の手続きを経てはいないが」いささか厳しい口調だ。「理には適《かな》っておる。アンズウェル大尉は出廷しておるかな？　証言の一部が、大尉の与えうる情報に左右されるのであれば――」

H・Mが、薄気味悪いのを通り越して獰猛と言えるほどの愛想笑いを浮かべて、すっくと立ち上がった。「裁判官閣下、アンズウェル大尉は被告人側の証人として出廷することになっておる、捜すには及ばんよ。とっくに召喚状を出してあるし、出廷の確認は当方で行なうから、お手を煩わせるまでもない。もっとも、自分が関係する審理となると快く口を開くか疑問じゃがな」

(「どういうこと?」イヴリンがひそひそ声で尋ねる。「あの人、自分が喚問されることはないって言ってたわよね? でもあの時には召喚状が出ていることを知っていたはずでしょう?」)

H・Mが何らかの手を打ったことは間違いない。手詰まりになった時には躊躇なく老獪《ろうかい》な巨匠に豹変するのがH・Mだからだ。わかるのはそれだけだ。

「これ以上、証人に尋ねることはありません」サー・ウォルター・ストームは突如反対尋問を打ち切った。

「ジョゼフ・ジョージ・シャンクスを喚問する」H・Mは次の証人を呼んだ。

グラベルが証言台を離れシャンクスと入れ替わる間、訴追者側の弁護人は額を寄せて相談に余念がなかった。彼らは思いも寄らない厄介な立場に追い込まれ、難局を乗り切る手腕が問われていた。ジェームズ・アンズウェルは人違いの犠牲者である、ヒュームが罠を仕掛けようとした相手はレジナルドだった、さらにはヒューム自身がピストルを盗んでいた——それらが今や確定的事実になりつつあった。しかし、それらの瑣末な事実は、これまでの証言を覆し被告人の無実を示す証拠にはならない。私は、著名な裁判でとある高名な裁判官が行なった説示を思い出していた。「陪審の諸君、場合によっては、情況証拠は目撃証言と同じくらい決定的になりうる……一例を挙げよう。ここにドアが一つと閉まった窓が一つだけの部屋があり、ドアから通路が延びているとしよう。その通路をある者がやってきたとする。ドアを開けて中に入ると、ピストルを手にした男が立っていて、床には死体が横たわっている。この場合、情況証拠は、完全にとまでは言えないにしても、ほとんど決定的と言える」

私たちの目の前にある事件は、まさにそういう状況なのだ。被告人が密室内で発見された事実に変化はない。情況証拠は決定的で、核心をなすこの事実に疑問は投げかけられていない。そして、この事実だけが真の争点なのだ。たとえ訴追者側の主張が傷だらけになろうとも、サー・ウォルター・ストームは予定した進路を走り抜くだろう。

私はH・Mの声で我に返った。

「あんたの名前はジョゼフ・ジョージ・シャンクス、つい先日まで、グロヴナー街一二番地の家に雇われていた、そうだね?」

「へい、そうです」小柄で太った証人の姿が寸詰まりのジョン・ブルを如実に思い出させ、着込んだ一張羅は完全に浮いていた。真っ白なカラーの剣先が喉に食い込まないよう懸命に首を伸ばすことによって声が出ているように見える。

「働き始めたのはいつ頃かな?」

「ええと——六年くれえ前かな、大体その頃だね」

「どんな仕事をやっていたのかな?」

「主にヒュームの旦那の弓の道具を手入れすることだったね。傷《いた》んだところを直したり、そんな仕事だね」

「この矢を手に取って見てもらえんかな？　被害者はこの矢で殺されたんじゃ」証人は一張羅の尻で両手を入念に拭ってから、矢を受け取った。「陪審に、その矢に見覚えがあるかどうか話してやってもらいたい」

「見たかどうかって、見たことがあるのは間違いねえだよ、旦那。わしが羽根を付けたんだし。こいつは特に忘れっこねえ。思ったより、ちっとばかし染めが濃くなっちまったからね」

「あんたはたびたび被害者の特別あつらえの羽根を矢に取りつけていたし、その案内羽根《ガイドフェザー》を染めたのもあんただったね。ミスター・フレミングが昨日教えてくれたんじゃが」

「うん、わしだよ」

「これからあんたに羽根の切れ端を見てもらうんだが」H・Mは議論を持ちかけるような説得口調で続ける。「それが、そこにある矢の羽根からちぎれたものかどうかを、あんたに教えてもらいたいんじゃ……できるかな？」

「それがこの羽根からちぎれたもんなら、できるよ。そん時は、ここにくっつければぴったり合うし」

「合うじゃろうな。ところで——ちょっと別のことを訊いても構わんかな？　あんたは、裏庭の小さな作業場というか、あの小屋で働いていたんじゃね？」

「そんなに恐縮されたら、わしのほうが案配悪くなるだよ」証人は鷹揚《おうよう》に構えた。「で、何だっけね？　ああ、そうだった。うん、あそこで仕事しとったよ」

「ミスター・ヒュームは、そこにクロスボウをしまっていたね？」

椅子が軋る音が法廷中を駆け抜け、それを聞いたシャンクスは自分が重要人物になったような気がして有頂天になった。すっかりくつろぎ、証言台の手すりに両肘を乗せた。その時、私たちの頭上の一般傍聴席から、彼の振る舞いに咎めるような視線を送った者がいたことは間違いない。というのは、自分の姿勢がこの場にふさわしくないと気づき、シャンクスが慌てて居住まいを正したからだ。

「ああ、しまってたよ。三つだった。どれも、おっかなそうな奴だったね」

「どこにしまってあったかね？」

「おっきな箱の中だよ。持ち手の付いた、おっきな道具箱みたいな箱。木工台の下にあった」

証人は集中するのに骨が折れるのか、しきりに目を瞬《しばたた》く。

「あんたは一月五日日曜の朝、つまり殺人のあった翌朝、あの小屋へ行ったかな？」

「行ったよ、旦那。日曜だとはわかっとったが、何しろ――」

「小屋の中に変わったところはなかったかな？」

「あったよ。わしは勝手に道具箱と呼んでるんだがね、その箱に誰かが触った跡があった。そこは木工台の真下で、かんな屑や埃が薄く積もってるんだ。だから、触った奴がいたらすぐにわかるんだよ」

「箱の中を調べたかね？」

「ああ、もちろん調べたよ。クロスボウが一つなくなってた」

「それがわかった時、あんたはどうしたかね？」

「メアリお嬢さんに話したよ。そんなことは気にせんでもいい、ということだったから、それきりうっちゃっておいたんだ」

「そのクロスボウを見たら、なくなったものだと見分けられるかな」

「できるよ」

H・Mは人目に触れないようにしている物置き場に赴き、ロリポップを手招きした。そこから取り出されたのは、昨日H・Mが説明に使ったのとよく似たクロスボウだった。昨日のものよりいくぶん短く、頭の部分はさらに幅が広い。台尻には飾り鋲《びょう》が一列に打ってあり、銀のプレートが嵌め込まれていた。

「このクロスボウかな？」

「そうだよ。ほら、小さなプレートにヒュームの旦那の名前が彫ってあるんだ」

「巻き上げ胴のドラムを見てくれんか。そこに歯があるじゃろう？　そこに何か挟まっておるな？――そう、それじゃ！　それを取り出してくれ。陪審のみんなが見えるように、手を伸ばしてな。それは何かな？」

「羽根の切れっ端だよ、青い羽根の」

サー・ウォルター・ストームが立ち上がる。もはや面白がってはいられない。ひたすら深刻で重々しく、丁寧な口調だった。

「裁判官閣下、これがなくなった羽根の片割れだと仄《ほの》めかすためだけに、あれほど多くの質問がなされたのでしょうか？」

「裁判官閣下、こいつはその羽根の一部にすぎん」Ｈ・Ｍは唸るように言った。「その切れ端を調べれば、まだほんの少し見つかっていない部分があるのがわかる。四分の一インチに二分の一インチくらいのちっぽけなかけらじゃ。それさえあれば、羽根はすっかり元通りになる。そこにあるのは二つ目のかけらじゃ。羽根は三つの部分に分かれた。一つは矢に付いたまま。残りの一つは見つかっておらん」裁判官に型通りのお辞儀をしてから、Ｈ・Ｍは証人に向き直る。「あんたは、手にしておるその切れ端が、そっちの矢の案内羽根《ガイドフェザー》からちぎれたものかどうか、はっきり言えるかな？」

「言えると思うよ、旦那」証人はまた目を瞬《しばたた》いた。

「では、よく見て答えてもらいたい」

シャンクスが目を細め背中を丸めて羽根を検《あらた》めている時、法廷には足を引きずるような、滑らすような足音が響いた。人々はこっそり伸び上がって足音の主を見ようとした。今や混乱した様子が消え、顔つきに鋭さが戻った被告人もその人物を見ていたが、やはり事情が呑み込めないようだ。

「ああ、やっぱりそうだよ。こっからちぎれたのは間違いねえ」

「それは確かかね？　ちぎれた羽根の一部だけでは、確認が難しいじゃろう？　いくらそれが雁《がん》の羽根で、特製の染料を使っていたとしても。それでもあんたは、その矢からちぎれたものだと言えるのかね？」

「この矢についちゃ言えるよ。うん、間違いねえ。わしがこの手で染めたんだからね。ペンキを塗るように刷毛を使ったんだ。刷毛目があるから、同じかどうかわかると言ったんだよ。ここんところ、やり損なって青い色が薄くなってるよな？　ちょうど、はてなマークみたいになって。マークの上のほうは見えるけど、下のほうと点が見えねえ……」

「神様に誓ってそう言えるかな？」H・Mの口調は優しかった。「クロスボウに挟まっていた羽根の切れ端は、あんたの目の前にある矢からちぎれたものだと誓えるかな？」

「ああ、誓えるとも」

「今のところ、わしの尋問は以上じゃ」

法務長官は優雅に立ち上がったが、焦りは隠しきれない。その目つきにシャンクスは不安を覚えた。

「そこにある矢には一九三四と書いてありますが、それは、あなたがその矢を一九三四年にその形にあつらえた、または染めたことを意味していますね？」

「そうだよ、旦那。その年の春時分だったかな」

「それ以降、あなたはそれを近くでよく見たことがありますか？　つまり、こういうことです。一九三四年の年次大会で優勝してから、ミスター・ヒュームはその矢を書斎の壁に掛けていたのでしょうか？」

「掛けてあったね」

「その間にあなたは、そばに寄ってよく見たことがありましたか？」

「ないよ。ひと月前に、あそこにいる紳士が」シャンクスはH・Mにうなずいて、「矢を見てくれとわしに頼んだ時まではね」

「おや！　するとあなたは、一九三四年からその時まで矢を見ていなかったのですね？」

「そういうことになるかな」

「その間に、あなたはきっと、ミスター・ヒュームのために、随分たくさんの矢を手入れしたり、こしらえたりしたのでしょうな？」

「そうだよ、旦那」

「例えば、何百本も？」

「うーん、そこまで言っちゃあ多すぎだな」

「では、大まかな数を言ってみてください。百本以上なら、あまり外してはいませんか？」

「そうだね、それくらいかな。矢はたくさん使うからね」

「なるほど、たくさん使うのですね。それではお訊きしますが、長い年月が経っていても、あなたは百本以上の矢の中からご自分が一九三四年に染めた一本の矢を見分けることができるのですか？　宣誓した上で質問に答えていることをお忘れなく」

脅すように念を押された証人は、助けを求めるかのように、顔を上げて一般傍聴席のほうをきょろきょろ見た。「うーん、でもそれがわしの仕事だから――」

「質問に答えてください。長い年月が経っていても、百本以上の矢の中から、一九三四年に自分が染めた一本の矢を間違わずに見分けられるのですか？」

「いや、そこまで言うのはなあ。ちょっくらそこの旦那と相談――いや、その、こんなにいろんなことがあるとは──」

「いや、よくわかりました」所期の効果を上げたことに満足した法務長官は、話題を変えようとした。「ところで──」

「それでもその矢に間違いねえよ！」

「ただし誓うことはできない、ということですね、わかりました。ところで」サー・ウォルター・ストームは、タイプした薄紙の書類を手に取った。「ここに被告人の供述調書の写しがあります──これを証人に渡してください──ミスター・シャンクス、最初の部分を声に出して読んでください」

シャンクスは驚き、差し出された書類を何も考えずに受け取った。最初彼は、前にも見せたことのある訝《いぶか》しそうな態度で目を瞬《しばた》いていたが、やがてポケットに手を突っ込み、何かを探し始めた。目当てのものは見つからないらしく、その間にも自分のせいで審理を滞らせているという意識がどんどん重くのしかかって、しまいにはすっかりうろたえてしまった。

「眼鏡がめっからんのだよ、旦那。眼鏡がないと、わしは──」

「察するに」サー・ウォルターは、証人が目を瞬く理由をとっくに把握していた。「眼鏡がないと読めないのですね？」

「読めんということはねえけども──」

「でも、あなたは一九三四年に染めた矢の見分けがつくとおっしゃるのですね？」そう言って、サー・ウォルター・ストームは腰を下ろした。

この時ばかりは、H・Mも闘志満々で大きな音を立てて再主尋問に立ち上がった。が、その質問はどれも簡単だった。

「エイヴォリー・ヒュームは年次競射会で何回優勝したんじゃ?」

「三度だよ、旦那」

「問題の矢は、その時の賞品だったはずじゃな?」

「そうだよ」

「だったら『百本以上の中の一本』ではなかろう。ほかのものとは異なる、特別な記念品だったわけじゃな?」

「ああ、そうさ」

「だったら、ミスター・ヒュームは競射会で優勝した後、あんたにその矢を見せて、さぞ自慢したろうな」

「自慢したよ」

「はん」H・Mは法服をたくし上げ、ズボンを引っ張り上げた。「これで、本当にしまいじゃ――いや、そっちではない。そっちは裁判官席じゃ。守衛に案内してもらうんじゃぞ」H・Mはシャンクスが連れていかれるのを見届け、再び立ち上がった。

「レジナルド・アンズウェルを喚問する」

17　窓の隙間から――

レジナルド・アンズウェルは、必ずしも護衛付きで召喚されたわけではなかった。守衛に伴われて通路を歩き、導かれるように証言台に上った時も、何の束縛もないと見えた。しかし、そのすぐ後ろに見覚えのある人物がいた。最初は名前が出てこなかったが、ホワイトホール庁舎内、H・Mの執務室の入口で検問をしているカーステアズ特務曹長だとやがて思い出した。特務曹長の顔には、捕獲した獲物を好き勝手にさせているのを苦々しく思う気持ちが表れていた。

スキャンダルの森のこずえを渡る囁きが再び大きくなった。誰もがメアリ・ヒュームの存在を捜し求めていたが、法廷に彼女の姿はない。レジナルドの骨ばった長い顔は、やや青ざめているものの、覚悟を決めた様子が窺えた。H・Mが懐に何を忍ばせているにしても、このず賢い男の扱いは慎重にやってほしいものだ。もっともそれは、黄色い髪に軽くウェーブをかけている様子や澄ました顔に浮かぶ冷たい表情に、激しい嫌悪を覚えたせいかもしれない。冷酷な表情への反感がとりわけ強く作用したのだと思う。そのレジナルドは、明瞭かつ快活な声で宣誓を終えた。

H・Mは大きく息を吸い込む。相手がどんな策略を隠し持っているのかわからないのだ、自分が喚問した証人の反対尋問をする羽目にならないとも限らない。

「証人の名前はレジナルド・ウェントワース・アンズウェル、住所不定、ただしロンドンに滞在中はデューク街のドーセイ・チェンバーズに宿借りしておる、それで間違いないな？」

「はい」

H・Mは腕組みをした。「ひと言注意しておく。証人は、いかなる行為に関しても、自分を罪に陥れる質問に答える義務はない、わかっておるな？」やや間を置いて、「しかしながら、わしがこれからする質問は、君に罪を負わせたりはせんよ。君は一月四日夜の行動について警察に訊かれた時、全ての事実を包み隠さず話したかな？」

「全ての事実ではありませんでした」

「宣誓した上で、全ての事実を話す気になっておるか？」

「はい、お話しします」レジナルドはいかにも誠実そうに答える。目が点滅するように光った。おかしな表現だが、それ以外に喩えようがない。

「一月四日の夜、比較的早い時間に、君はロンドンにいたな？」

「いました。ロチェスターから車を走らせ、六時過ぎにはドーセイ・チェンバーズに着きました」

H・Mが身をこわばらせたように見えた。得体の知れない緊張が再び張り詰めていく。H・Mは頭を少し傾げた。

「そうかね。わしは六時十分と聞いておったが、どうなんじゃ？」

「申し訳ありません。それよりちょっと早かったんです。車のダッシュボードの時計を見たのではっきり覚えています」

「あの日、君は被害者を訪ねるつもりでいたな？」

「はい。ちょっとご挨拶をと思いまして」

「ドーセイ・チェンバーズに着いた時、君はホーレス・グラベル証人に会っておるな？」

「はい」

「その時グラベルから、被害者が金曜日に君のフラットに忍び込んだと聞かされたな？」

「はい」

「被害者が君のピストルを持ち出したことも聞かされたな？」

「はい」

「それを聞いて、君はどうしたかな？」

「どういうことかわかりませんでしたが、きな臭く感じました。それでミスター・ヒュームに会うのはよそうと思いました。そのまま車を走らせ——特に目的もなくドライブし——間もなく町を離れて——夜も更けた頃、ロンドンに戻りました」

H・Mは思いのほか尋問を早く切り上げ、腰を下ろした。今の「間もなく」には不自然な響きがあった。私たちの耳に残ったくらいだから、H・Mだって気づいただろう。時を置かず、サー・ウォルター・ストームが反対尋問に立ち上がった。

「アンズウェル大尉、あなたは今、特に目的もなくドライブし、間もなく町を離れたと言いましたが、間もなくとはどれくらいの時間でしたか？」

「三十分か、ちょっと超えるくらいだと思います」

「三十分？　そんなに長く、目的もなくドライブしていたのですか？」

「はい、考え事をしていました」

「どのあたりを走っていましたか？」

証人は黙り込む。

「どのあたりを走っていましたか、アンズウェル大尉。質問を繰り返さなくてはいけないようですね」

「グロヴナー街のミスター・ヒュームの家まで行きました」

その言葉の意味が私たちの頭に入るのに一秒ほどかかった。どんな思惑で質問したのかわからないが、法務長官も先を続けるのをためらった。青ざめた顔のレジナルド・アンズウェルが今見せている率直さは、昨日私が見た「人を逸らさない」魅力的なレジナルドの率直さだった。

「車でミスター・ヒュームの家へ行った、そうおっしゃるのですね？」

「はい。その質問を恐れていたんです」彼は、自分のことをずっと睨んでいる被告人へ視線を走らせた。「私はあの人たちに、自分が証人になったところで被告人の力にはなれないと言ったんです。だから、まさか証人として喚問されるとは思っていませんでした」

「あなたには真実を述べる義務があることを知っていますね？　そうですか。よろしい。では、あなたはなぜミスター・ヒュームの家へ行ったのですか？」

「自分でも本当のところはよくわからないんですが、珍しいものが見られるんじゃないかと思ったんです。他所《よそ》では見られない見世物が。家に入るつもりはありませんでした。車で通り過ぎて、その——どんなことが持ち上がっているか遠目に見物しようと思いました」

「家に着いた時間は？」法務長官といえども、先の展開が気になって落ち着いていられないようだ。

「六時十分でした」

ボドキン判事はすぐに顔を上げた。「サー・ウォルター、ちょっと待ってくれんか」小さな目を証人に向け、「六時十分に到着したとすると、被告人が着いたのと同じ時間になるが？」

「はい、裁判官閣下。事実、私はジムが家に入るのを見ました」

人間が身じろぎせずにいる程度の大小を、普通問題にはしない。しかし私は、仏像のように全く身動きしない印象を与えるH・Mを見たのは初めてだった。H・Mは、手に鉛筆を持ったまま、黒い法服の巨大な塊と化していた。息すらしていないかのようだ。被告人席で、ジェームズ・アンズウェルの椅子が突如大きく軋む。被告人は、子供が教室で手をおずおず挙げるような身振りをしたが、それだけで思いとどまった。

「それからどうしました？」法務長官が促す。

「どうしようかと考えあぐねていました。何が始まるのか、なぜジムがいるのか気になりました。フローンエンドで最後に会った時、ジムはヒューム家を訪ねることなど口にしていませんでした。ひょっとして、以前ミス・ヒュームに求婚していた自分に関係することかもしれないと思いました。私はこの時の自分を――」レジナルドは姿勢を正して続ける。「弁解しようとは思いません。誰でも同じことをしたと思います。ヒューム家と隣家の境に路地があるのを私は知っていました――」

サー・ウォルター・ストームは（特筆すべきことに）やむにやまれず咳払いしたように見えた。もはや尋問をしているという態度は消え失せ、しゃにむに真相に近づこうとしている人間がそこにいた。

「アンズウェル大尉、あなたは以前その家を訪ねたことがありましたか？」

「ええ、何度か。ミス・ヒュームに会いに行ったことはありますが、ミスター・ヒュームにお目にかかったことはありません。ミスター・ヒュームは私たちの交際を認めてくれませんでした」

「先を続けてください」

「私は――その――」

「証人は弁護人の言葉が聞こえたはずだが」裁判官はレジナルドの顔に視線を据えて言った。

「話を続けなさい」

「ミスター・ヒュームの書斎については、ミス・ヒュームから聞いていました。ですから、ジムを歓待するならば書斎に通すはずだと見当をつけました。私は家横の路地を進みました。誓って、その時は二人の近くに行ってみたいという以外の動機はありませんでした。路地を少し行った右手に短い階段があり、上るとガラス窓にレースのカーテンが掛かったドアです。そのドアは、書斎の前の短い廊下に通じています。カーテンの隙間から覗くと、ジムを案内してきた執事が書斎のドアをノックするところでした」

法廷内の空気が一変した。一陣の突風を起こして弁護人のテーブルの書類を吹き飛ばしても不思議ではないくらいの変わりようだった。

「それからどうしました？」

「私は――待ちました」

「待った？」

「ドアの外で。どうするか決めかねていましたから」

「どれくらいの時間、待っていましたか？」

「六時十分か十二分あたりから、六時半を回って、みなさんが書斎に押し入った時までです」

「それなのに、あなたは」サー・ウォルターは人差し指を証人に突きつけた。「あなたに限ったことではないが、今に至るまでその事実を誰にも言わなかったのですか？」

「もちろん言いませんでした。自分のいとこを縛り首にしたいと思う人がいますか？」

「その発言は、質問の答えとしては不適切である」裁判官が鋭く注意した。

「裁判官閣下、お許しください。私は――自分が話すことがどのように解釈されるか心配だったと申し上げたかったのです」

サー・ウォルターは軽く頭を下げた。「あなたは、ガラス窓のあるドアの外にいた時、何を見ましたか？」

「六時十五分頃、ダイアーが書斎から出てきました。六時三十分頃にミス・ジョーダンが二階から下りてきて書斎のドアをノックしました。そこへまたダイアーが来て、ミス・ジョーダンがダイアーに、中で喧嘩していると大声で伝えるのが聞こえました。それ以降は――」

「ちょっと待ってください。ダイアーが書斎を後にした六時十五分から、ミス・ジョーダンが下りてきた六時三十分までの間に、誰かが書斎のドアに近づくのを見ましたか？」

「見ていません」

「あなたの位置から、書斎のドアはよく見えましたか？」

「はい。その廊下に明かりはありませんが、ホールの明かりが届いていました」

「ドアの外、あなたが立っていた位置から――証人に建物の平面図を渡してください――書斎の窓は見えましたか？」

「はい、この図からもわかるように、窓はすぐ左手にありました」

「その窓に近づいた人がいましたか？」

「いいえ」

「あなたに気づかれずに窓に近づくことは可能だったでしょうか？」

「いいえ。ジムにはすまなく思っています。でも、黙ったままだと罰を受けるでしょうから」

ここで私は、事件を綴る手をひと休みさせたい。ちょうどこの時、法廷にもしばしの空白が生まれたからだ。私たちは過去、被告人の不利な立場を土壇場で覆す証言のことを何度も聞いた。しかしながら今回は、被告人側の証人が、被告人の首に巻かれたロープをいっそうきつく絞る、訴追者側に有利な証人となったのだ。ジェームズ・アンズウェルは、裁判の間一度も見せたことがなかった顔色になり、いとこの顔をぼんやりと戸惑ったような表情で見ていた。

とはいえ、法廷にはまた別の空白、あるいは雰囲気の変化があった——レジナルドに対する偏見で凝り固まった私に限ったことではないはずだ。これまでのところ、血色の悪い顔に酷薄そうな唇をしたレジナルドは、声を荒らげることもなく堂々と証言したと言えよう。彼は人々に初めて確信の気持ちを与えた。彼の登場によって、裁判にこれまで欠けていたもの、つまり情況証拠を裏づける目撃証人が現れたのだ。しかし、それとはやや異なる雰囲気を醸したのは、最後のずる賢い言い回しだった——「黙ったままだと罰を受けるでしょうから」長くは耳に残らなかったが、歯車が一つ嚙まずに空回りしたり、鎧戸が開いて光がさっと射したりした感じを与えた。そして、聞き覚えのある、いかにも偽善者らしい粘っこい口調がつい現れたのだ。この男は嘘をついている。私は確信した。さらに言えば、この男はどのように嘘をつくか、あらかじめ計算して証言台に立った。明らかに、サー・ウォルター・ストームの攻撃を誘っていた。

　しかしH・Mならそれくらいお見通しのはずだ。きっと備えだってできているだろう。当のH・Mは両のこぶしをこめかみに押し当て、じっと坐っている。だが肝心なのは、レジナルドの証言がH・Mにではなく陪審に与える影響だ。

「私の質問は以上です」サー・ウォルター・ストームも戸惑い顔である。

H・Mが再主尋問に立った。再主尋問といっても、実際は自分の側の証人に対する反対尋問に等しい。立ち上がるとH・Mは、中央刑事裁判所《オールド・ベイリー》では滅多に使われない、実際、アラビン上級法廷弁護士（一七七三―一八四一）の時代以来、絶えて聞かれなかった激しい言葉を発した。単に言葉が荒っぽいだけではない。天まで届くような満足感にあふれていたために、H・Mの背丈が一フィートほども伸びたかと思えた。

「貴様に二秒だけくれてやる！　貴様にアル中による幻覚の発作があったこと、貴様の証言が全部嘘っぱちだったことを認めるんじゃ！」

「サー・ヘンリ、今の発言は撤回するように」裁判官が口を挟んだ。「弁護人には、サー・ウォルターの反対尋問で言及のあったいかなることについても質問する権利があるが、言葉は選んで用いなさい」

「裁判官閣下の仰せのままに。わしがなぜ今のような言葉を用いたかは、すぐにおわかりいただけるじゃろう……アンズウェル大尉、自分の証言を取り消す気になったか？」

「いいえ。どうして取り消す必要がありますか？」

「よかろう」身を切るような冷淡な口調。「君は今述べたことを、ドアの窓ガラス越しに見たんじゃな」

「はい」

「ドアは開いていたか？」

「いいえ。屋内には一歩も足を踏み入れていません」

「一月四日を除いて、君が最後にあの家を訪れたのはいつじゃった？」

「一年近く前だと思います」

「はん、そんなことだろうと思っておった。お前さん、昨日のダイアーの証言をお聞きでなかったか。ガラス窓の嵌まったドアはな、半年前に外されて頑丈な一枚板のドアに交換されておるんじゃ。嘘だと言うんなら、証拠として提出されておる家屋検査官の報告書を見て確かめるがいい。どうじゃ、何か言いたいことがあるか?」

証人の声は深い穴の底から聞こえてくるようだった。「ドアは――その、開いていたかもしれません」

「これでしまいじゃ」H・Mは素っ気なく言った。「裁判官閣下、この尋問を終えるに当たって、ひと言お節介を述べたい。この偽証については何らかの処分が必要だろうて」

大きな衝撃だった、という表現では控えめにすぎるだろう。虚空から降って湧いたように現れた証人が、ジェームズ・アンズウェルの有罪を決定づける証言をしてのけた。と思ったら、その八秒後には自分が偽証罪に問われているのだ。しかし、それよりもっと大事なことがある。化学変化のようなものが陪審の心証に影響し、審理が始まって以来初めて、陪審の何人かは、被告人のことを偏見なしに見ようとしていた。それは、どんな時であれ同情の芽生えにほかならない。「濡れ衣」という言葉が、実際にあちこちで口にされているかのように漂っていた。たとえレジナルドの汚いやり方を予想して反撃の罠を張っていたのだとしても、ここまでの効果を上げるとはH・Mも思っていなかっただろう。しかも、同情はどんどん募っている。

H・Mは本当は予想していたのだろうか……?

「サー・ヘンリ、次の証人を呼びたまえ」裁判官は穏やかな口調で促した。

「裁判官閣下——法務長官殿に異存がなければじゃが——訴追者側の証人をもう一度喚問したい。喚問といっても、これから提出する証拠を確認してもらうだけじゃ。家人ならそのものを見慣れているから、確認してもらうには最適だと思ってな」

「裁判官閣下、当方に異議はありません」サー・ウォルター・ストームは、隠れるようにしてハンカチで額の汗を拭いていた。

「では、喚問を認める。その証人は出廷しておるのかね？」

「裁判官閣下、抜かりはないて。ハーバート・ウィリアム・ダイアーを再度喚問する」

　このいまいましい事件では、新しい展開についてあれこれ考える暇《いとま》は与えられない。今回も、証言台にはもうダイアーが姿を見せていた。被告人は目を輝かせ、椅子から伸び上がるようにして証人を目で追っている。謹厳実直居士のダイアーは、昨日ほど地味ではないが相変わらず一分の隙もない身なりで、ひと言も聞き漏らすまいとばかり、白髪交じりの頭を前屈みにしていた。既にロリポップは、茶色の紙に秘密めかしてくるまれた証拠物を、テーブルのそばにせっせと用意していた。H・Mは手始めにゴルフ用半ズボン《プラスフォー》付きの茶色のツイードのスーツを取り出した。

「あんたは、これに見覚えがあるかな？——証人に渡してやってくれ」

「はい、ございます」ダイアーは少し間を置いてから答えた。「スペンサー・ヒューム様のゴルフ服でございます」

「あいにくドクター・ヒュームはつかまらんが、確認はあんたでもできるじゃろうと思ってな――そうか。この服は、殺人のあった晩にあんたが捜し回った服に間違いないかな?」

「はい、相違ございません」

「上着の右ポケットに手を入れてみてくれんか。そこに何かないか?」

「スタンプ台が一つ、ゴム印が二つございます」ダイアーが取り出した。

「殺人のあった晩、あんたが捜し回ったスタンプ台かな?」

「さようでございます」

「よろしい。ほかにも見てもらいたいものがある。洗濯物やトルコ風スリッパだが、それはあんたの領分ではないか。ミス・ジョーダンに確認してもらうのが筋かもしれん。しかし、ひょっとすると、あんたにも確認できるのではないかな?」

今度は黒革の大きなスーツケースが取り出された。持ち手のそばのフラップに、金文字でイニシャルの刻印があった。

「はい、私にも確認は可能です」ダイアーは少し後ろに下がって答えた。「ドクター・ヒュームのスーツケースに間違いございません。これは、あの――事件当日、ミス・ジョーダンがドクターに代わって荷造りしたものです。ミス・ジョーダンも手前も、このスーツケースのことはすっかり忘れておりました。少なくとも――ミス・ジョーダンはあの晩からずっと具合が悪かったので。その後ミス・ジョーダンから尋ねられた時も、私は思い出せませんでした。あれ以来見ておりません」

「なるほど。ところで、ここにもあんたでないと見分けられんものがある。カットグラスの栓付きデカンターじゃ。グラス二杯分ほど減っておるが、ウィスキーが入っている。前に見たことはないかな？」

私は最初、H・Mが訴追者側の証拠物に手をつけたのかと要らぬ心配をした。H・Mが持ち出したデカンターは訴追者側が証拠として提出したものと見分けがつかなかった。ダイアーもやはりそう考えたらしい。

「これは――ヒューム様が書斎のサイドボードに入れておいたデカンターのようですが。あの――もう一つのものと、そっくりに見えます」

「そのはずじゃ。そっくりに見えるように作ってあるんじゃからな。二つを比べて、どっちがどっちか断言できるかね？」

「できないと存じます」

「両手に一つずつ持ってみてくれんか。右手に持ったのがわしのデカンターじゃ。それが、あんたがリージェント街のハートリーの店で買った、本物のデカンターではないと断言できるかね？　また、左手のは最初の証拠物じゃが、それが、質のよくないガラスで作った模造品ではないと言い切れるかね？」

「私にはわかりかねます」

「これで質問は終わりじゃ」

続いて三人の証人が矢継ぎ早に喚問されたが、証言台にいた時間は三人合わせても五分ほどだった。リージェント街にあるハートリー父子商会のリアドン・ハートリーは、H・Mが「わしの」デカンターと呼んだほうはミスター・ヒュームがよこした同家の執事に私が売ったもの、訴追者側の証拠物は、一月三日金曜日にエイヴォリー・ヒューム本人が来店して買った模造品であると証言した。化学分析の専門家デニス・モアトンは、「わしの」デカンターに入っていたウィスキーから、スコポラミンの誘導体であるブルディン百二十グレイン（約七・八グラム）が検出されたと証言した。三人の中では、マンチェスター大学の応用犯罪学教授、アシュトン・パーカー博士の証言が最も重要だった。

「私は、そこにある、エイヴォリー・ヒューム氏の所有と説明を受けたクロスボウの調査を行ないました。クロスボウの中心に走っている溝は投射物を固定するためのものですが、ここに――」博士は指で示した。「顕微鏡下で、乾燥した塗料の剝がれたものと思われる小さな薄片を複数認めました。私の判断では、クロスボウから何らかの木製投射物が発射された際、急な摩擦によって剝がれたものです。分析の結果、Xワニスと呼ばれるもので、被害者に問題の矢を売ったハーディガン商店だけが使用している塗料と判明しました。これについては、別に宣誓供述書を提出します。

この矢の――そう、この矢はモットラム警部のご厚意によってお借りしたものですが――矢《や》柄《がら》に沿って塗料が不規則な線を描いて剝離している箇所のあることが、顕微鏡を覗くとわかります。

私は、クロスボウの巻き上げ胴の歯に、さっきみなさんがご覧になった青い羽根の切れ端が挟まっているのを見つけました。矢に残っている羽根と比べたところ、二つはぴたりと合って、ごく小さな部分が欠けていますが、ほぼ完全な羽根になりました。ここに、二つの羽根をそれぞれ十倍に拡大した顕微鏡写真があります。これを見れば、羽根の繊維の接合点がはっきりわかります。二つが同じ羽根の一部であることは間違いありません」

「あんたの考えでは、矢はこのクロスボウから発射されたものなんじゃな？」

「私の見解では、それに疑いの余地はありません」

訴追者側にとってはまさに痛烈な一撃だった。反対尋問によってパーカー博士は、判断が誤っている可能性も理論的にはありうると認めた。しかし、完璧を求めるのは酷というものだ。

この時、裁判官席から投げかけられた質問に、Ｈ・Ｍが答えた。「裁判官閣下、わしもそれは潔く認める。仰せの通り、我々はまだ、このクロスボウやほかの証拠物をどこで見つけたか、羽根の最後のかけらがどうなったか、それを明らかにしておらん。これからそれを補ってご覧に入れる。ウィリアム・コクランを喚問する」

（「ねえ、いったい誰なの？」イヴリンが囁く。チェスのルールを無視して駒を動かせんのと同じで、バーミー・ボドキンの法廷では騒動なんぞ期待できん、とは昨日のＨ・Ｍの言葉だが、今や法廷内の好奇心は、ひと騒動起きそうなところまで高まっていた。その好奇心は、地味な身なりの老人が宣誓しているのを見てさらに煽られた）

「あんたの姓名は？」

「ウィリアム・ラス・コクランです」

「あんたの職業は？」

「パディントン駅、グレート・ウェストコースト鉄道の終着駅ですが、そこで手荷物預り所の主任を務めております」

「利用の仕方を知らん田舎者はおらんと思うが」H・Mは低い唸り声で説明した。「念のため、わしがおさらいしよう。鞄とか紙包みを数時間預かってもらうには、それをカウンター越しに手渡して、引き替えに預り証をもらう。返してもらう時は預り証を持っていけばいい、そういうことじゃな？」

「はい」

「荷物を預けた日時はわかるようになっておるのかな？」

「ええ、もちろんです。預り証に書いてありますし」

「そこで尋ねたいんじゃがな。誰も取りに来なかったら、預かった荷物はどうなる？」

「期間によります。なかなか取りに来そうもないと判断されれば、その荷物は専用の倉庫に移します。二か月経っても引き取り手がない荷物は売り払い、収益を鉄道関係の慈善団体に寄付してもいいことになっています。しかし私どもは、できる限り正当な持ち主にお返しするよう努めております」

「責任者は誰じゃね？」

「私です。私の裁量に任されております」

「二月三日のことじゃが、預り所に来て、これこれの日時に預けたスーツケースのことを訊きたい、と尋ねた者がおらんかったかな？」

「いましたよ。あなたです」答える証人の顔には、微笑の影のようなものが浮かんだ。

「ほかに誰か一緒にいたかな？」

「はい、二人いらっしゃいました。今は誰か存じています。パーカー博士とミスター・シャンクスです」

「我々が預り所に行った一週間後、別の人物が――本件の関係者でもある、別の人物が――電話で同じスーツケースのことを尋ねたかな？」

「はい、男の方です。お名前は、確か――」

「名前は口にせんで結構」H・Mは慌てて制した。「それは今の我々にはどうでもいいんでな。最初に来た連中の目の前で、あんたはスーツケースを開けたんじゃな？」

「はい。そのスーツケースの持ち主が、その方々の中にいると確信しましたから」コクランはH・Mの顔をまじまじと見た。「ありきたりのものではないスーツケースの中身を、開ける前に正しく言い当てられましたので」

H・Mは、スペンサー・ヒュームのイニシャルが入った大きな黒革のスーツケースを指した。

「あれを見て、その時のスーツケースかどうか教えてくれんか」

「間違いありません」

「その時スーツケースに入っていた品物も確認してもらいたい。わしが指差したら証人に渡してやってくれ――それは？」ゴルフ服だ。「よろしい。それは？」身につけるものがまとめてある中に赤革の派手なスリッパもあった。「これは？」H・Mが証拠として提出した、薬品が混入され二杯分ほど減っているウィスキーのデカンターが手渡された。「ではこれは？」それは、中身が二インチほど減ったソーダサイフォンだった。次に手渡されたのは、内側に「エイヴォリー・ヒューム」と消えない特殊インクで書いてある薄手の手袋。続いて、小さなねじ回し、グラスが二個とミントエキス入りの小瓶が渡された。

「いよいよ最後じゃが、このクロスボウもスーツケースに入っておったな？」

「はい。ゆったりと収まっていました」

「クロスボウの巻き上げ胴の歯には、この羽根の切れ端が挟まっておったな？」

「はい、よく見るように言われました。確かにその羽根のかけらです」

「ふむふむ。で、一月四日土曜の夕方、ある人物がこのスーツケースを預けたんじゃな？」

「はい」

「必要な場合には、その人物を見分けることができるかね？」

「はい、係の者が覚えていると言っています。というのも――」

「いや、ありがとう。質問はこれまでじゃ」

サー・ウォルター・ストームは、瞬時ためらう素振りを見せ、腰を浮かした。

「質問はありません」

詰めていた息をほっと吐き出す音が聞こえた。ボドキン判事は疲れ知らずの手をせっせと動かし、メモを取っている。やがて丁寧にピリオドを打ち、顔を上げた。すると、H・Mが睨みつけるように法廷を見回していた。

「裁判官閣下、最後にもう一人、証人を用意しておる。喚問の目的は、犯人が閉ざされた部屋にどのようにして入り、そして出ていったか、つまり訴追者側とは別の犯行方法を実演することなんじゃが」

(「さあ、いよいよだわ！」とイヴリンが囁いた)

「その証人は」考えをまとめるように、H・Mは額を手でこすった。「実を言えば、裁判が始まった時からずっと法廷におる。ただ、困ったことにこの証人は口が利けん。従って、わしが手を貸して説明を加える必要がある。異議があるなら、最終弁論に譲っても構わんが、ここでわしが二言三言説明を加えるだけで、もう一つの具体的な証拠——被告人側の証拠物を提出できる見込みもあるんじゃ。異例かもしれんが、寛大に対処願いたい。これなしでは被告人側の証拠は揃わんのでな」

「裁判官閣下、訴追者側としては、我が博学なる友の提案に異議はありません」

裁判官はうなずいた。H・Mはしばらく黙り込む。随分長い時間に思えた。

「事務弁護士《ソリシター》席にモットラム警部がおられるようじゃな」厳《いか》めしい表情のモットラム警部が驚いたように振り向く。「警部には、訴追者側の証拠物を引っ張り出してもらうようお願いしたい。本法廷では、書斎の窓のシャッターと大きなオーク材のドアの説明が済んでおるが、再度ドアにお出まし願おう。

警部は——出廷しておる警察官は誰でもそうじゃろうが——ユダの窓というちょっとした仕

掛けのことを聞いたことがあると思う。これは普通、監獄にしかないと思われておる。ユダの窓とは、独房のドアに付いている四角い覗き窓のことじゃ。蓋があって、看守が自分の姿を見られずに囚人を観察できるようになっておる。本件でも、これが肝心なところで使われたのじゃ」

「サー・ヘンリ、私は君の話についていけんのだが」裁判官が咎めるように口を挟む。「我々の前にあるドアには、君の言うユダの窓なるものは付いていないのではないか？」

「いや、付いておる。裁判官閣下、ほぼどんなドアにもユダの窓は付いておる。ちょっと頭を働かせればわかるはずじゃ。わしが言いたいのはな、ドアには必ずノブがあるということじゃ。このドアも然《しか》り。そして、何人かにはもう話したが、そのノブが馬鹿でかいときておる！

試しにドアからノブを取ったらどうなるかな？　握りを外すと金属製の真四角の軸が真四角な穴を通っておる――ユダの窓をな。この軸の両端にはねじ穴が切ってあって、小さなねじ釘で握りが取りつけてある。軸を含めて一切を取り外すと、ドアには穴があくことになる――このドアの場合は、すぐお目にかけるが、ほぼ半インチ角の穴だ。半インチ角がどれほど大きな穴か、そこから覗けばどんな景色が見えるか、実感が湧かないと言うのなら、すぐご覧に入れて進ぜる。だからわしは『密閉された』部屋という表現に異を唱えたんじゃ。

さて、この簡単な仕掛けを利用するには、準備が必要だな。まず、ドアの外側からねじ釘を外して握りを外す。パディントン駅に預けられたスーツケースに、小さなねじ回しが入っていたのを覚えておいでかな？　そろそろモットラム警部にやっていただこうか――そうじゃ！

握りを外すと、真四角の軸の端にねじ釘が嵌まっていた小さな穴があるはずじゃ。その穴を通して丈夫な黒い糸を固く結びつける、糸のたるんだ部分を十分長く手許に残してな。それから、指先で軸を穴の向こう、つまり部屋の内側へと押し込んでやる。軸には今、握りが片側――ドアの内側――にだけ付いていて、手前側の端には糸が結んである。その糸はいくらでも伸ばすことができる。軸を元の位置に戻すには、糸を引っ張ればよい。内側の握りの重みで、軸はドアにくっついてぶら下がっておるから、糸を引くだけで軸は真四角の穴にきちんと嵌まる。というのも、軸はねじれずにまっすぐ上がってきて、軸の角《かど》がユダの窓の縁《へり》まで来ると、するりと窓に嵌まり込むからじゃ。元通りに嵌まったら、糸を引きちぎり、外しておいた外側の握りを再び軸に嵌めてねじ釘で留める……拍子抜けするほど簡単じゃが、これでドアは見たところ密閉されておる。

今度は、あらかじめ糸を軸に結わえておく仕掛けが用意できていたとしよう。部屋の中に誰かいて、ドアには差し錠が掛かっておる。こっちはドアの外で仕掛けを動かし始める。中にいる人間がふと見ると、ドアの握りと軸がそろそろと下りてきてぶら下がっている。こっちとしては、気づいてもらうのが狙いじゃ。何ならドア越しに話しかけてもいい。いったい何が始まったのかと中の人間が不思議に思い、ドアのほうへ歩いてきたら、しめたもんじゃ。そいつは屈み込むはずじゃ、ノブをよく見ようとすれば誰でもそうするからな。屈み込んだ相手は――こっちの目からたったの三フィートしか離れていない恰好の的じゃ、外す気遣いは無用」

「裁判官閣下」サー・ウォルター・ストームがたまりかねて大声を上げる。「我々としてもできる限り寛容でありたいと思うのですが、ただ今の発言に対しては異議を唱えざるを――」

「――矢を穴にあてがって」H・Mは構わず続けた。「引き金を引けば、殺人の矢が飛んでいくんじゃ、ユダの窓を通ってな」

話し終えたH・Mは、そこで間を置く。雷鳴が轟き渡るような沈黙だった。モットラム警部はねじ回しを手にして突っ立っている。

「裁判官閣下、わしは最後まで話さねばならんかったのじゃ」H・Mもさすがに弁解口調だ。「これから立証しようとしておることを正しく理解してもらうには、それがどうしても必要なんでな。今問題にしておるそのドアは、殺人のあった夜からずっと警察が保管していた。ドアに悪さのできた者がおるはずもない。そっくり元のままじゃ……警部殿、ドアノブの軸から握りを一つ外してもらえたかな？　結構。では、あんたの口から、裁判官閣下と陪審に、そこがどうなっておるか説明してやってくれんか――軸に何か結わえられておらんかな？」

「はっきりと述べるように」ボドキン判事が声をかける。「ここからは見えんのでな」

モットラム警部は声を張り上げた。その声は、水を打ったような静寂の中、亡霊の声さながらに響いた。私は、オークの腰板と黄色みがかった木製調度品に囲まれ、蛇腹《コーニス》の陰から射す黄色い明かりに照らされた警部の姿を忘れることはできそうもない。傍聴人席の人たちは慎みも忘れて立ち上がり、私たちの前にいる白いかつらと黒い法服の弁護人たちも伸び上がっては私たちの視界を邪魔していた。中央刑事裁判所《オールド・ベイリー》の白い円《まる》天井の下、あたかもスポットライトを浴びた舞台俳優のように立つモットラム警部は、手にしたねじ回しとドアノブの軸とを交互に見ていた。

「裁判官閣下、ドアノブの軸のねじ穴に黒い糸が一本結んであります。その糸は軸に数回巻きつけてあるようです――」

裁判官は、発言を受けて丁寧にメモを取った。

「なるほど。サー・ヘンリ、先へ進めなさい」

「モットラム警部、今度は指で軸を先まで押し込んでくれるか?――ねじ回しの先を使うとやりやすいかもしれん――構わんから、軸を向こうに落としてくれ。そう、それでいい! ユダの窓がすっかり見えるはずじゃ……うん? 何か見つけたな、そうじゃろ? 軸とユダの窓との間に、何か挟まっておったな? 焦《じ》らすでない、それは何じゃ?」

掌のものを調べていたモットラム警部が、身を起こし慎重な口ぶりで伝えた。

「青い色をした羽根の、小さなかけらのようです。四分の一インチほどの大きさで、三角形です。何かからちぎれて取れたのは間違いないでしょう――」

法廷の床に張られた堅木の板は一枚残らず、椅子という椅子も、てんでんばらばらにギイギイと耳障りな音を立てた。私の隣でイヴリンがやにわに腰を下ろし、長い息を吐く。

「裁判官閣下」H・Mの声は穏やかだった。「羽根の最後のひとかけらの所在が確認されたことをもって、被告人側の尋問を終えるものとする。はん!」

18　全員一致の評決

サー・ヘンリ・メリヴェールによる被告人側最終弁論より

午後四時十五分－午後四時三十二分

「……で、わしは、これまで述べたように、いわば搦《から》め手から攻めて、真相を知ってもらおうとしたわけじゃ。陪審諸君には、被告人が入念に仕組まれたでっち上げの犠牲者であることを聞いてもらったし、納得してもらえたはずじゃ。ピストルを携えて被害者に会いに行ったなど語るのもあほくさい、彼が会いに行ったのは、この世で一番喜ばせたいと願う人物だった。諸君にはまた、彼の口にした言葉が全て曲解され、このわしでさえ慎重に舵取りせねばならなかった事情も聞いてもらった。このでっち上げは、数人の手で隠され、また巧みに仕上げられたのじゃが、その一人は図々しくも諸君の前で証言し、逆恨みから被告人の首にロープを巻きつけようとまでしよった。これなど、諸君が評決を考える際に大いに参考になるものと信じておる。

だからといって、わしは諸君に哀れみや同情を期待しておるのではない。諸君の務めは正義を果たすこと、ひたすら正義を貫くことにあり、わしが諸君に望むのもそれに尽きる。それゆえ、この事件の鍵が、羽根のかけらとクロスボウ、たった二つのものにあるということをこれから論じたい。

訴追者側が諸君に信じさせようとしておるのは、被告人が――動機もなく――いきなり壁から矢をもぎ取り、その矢でエイヴォリー・ヒュームを刺したということじゃ。それなら至って単純な事件であり、彼がやったかやらなかったか、争点も至って単純じゃ。やったなら有罪、やらなかったことに疑問の余地がなければ、無罪にも疑問の余地がない。

最初に羽根のことを考えてみよう。ダイアーが、被告人とエイヴォリー・ヒュームを残して書斎を出た時、羽根は矢に付いていた――どこも欠けずにじゃ。これは誰にも異論のない単純な事実であり、法務長官殿も認めるじゃろう。差し錠が外されドアが開き、ダイアーとミスター・フレミングが部屋に入った時、その羽根の半分はなくなっていた。二人はすぐに部屋をくまなく調べたが、羽根はなかった。これも単純な事実じゃ。モットラム警部も調べたが、やはり見つけられなかった。これも単純な事実じゃ。諸君は覚えておいでじゃろうが、その間、被告人は一度も書斎を出ていない。

羽根はどうなったのか？　警察が考えついた説明は、本人も気づかないうちに被告人の着衣に紛れて運び去られたということだった。だがわしは、そんなことがあるはずはない、と断言する。理由は二つある。一つ目、ここで実演したように、二人がかりでやっても羽根は――取っ組み合いでは――あんなふうにちぎれはせん。だから、取っ組み合いのせいではない。この理由だけでも、訴追者側の主張は怪しいと思わんかね？　二つ目にしてさらに重要な理由じゃが、我々はなくなった羽根が実際にどうなったかを知っておる。

諸君は、パディントン駅手荷物預り所の主任が、被告人以外の人物が一月四日の夕方スーツケースを預けに来た、と証言したのを聞いた（被告人は、殺人が発見されてから翌朝まで警察の監視下にあって、どんな用事であれ外に出ることはできなかった）。そのスーツケースに諸君も目にしたクロスボウが収められていたのであり、そのクロスボウの巻き上げ胴の歯に、なくなった羽根の大部分が挟まっていたのじゃ。

それが矢に付いていた羽根の一部であることを疑うことはできん。諸君は、細部を比較することができる顕微鏡写真を見たし、羽根を矢に取りつけた人物が、それは問題の羽根の一部だと確認する証言を聞いた。つまり――この事件における他の事実と同様に――自分の目で見て判断することができたわけじゃ。さて、どんな経緯で羽根がそんな場所に現れたのか？　どう考えれば、この事実を、被告人が矢をもぎ取って刺殺の凶器にしたとする訴追者側の主張とすり合わせることができるのか？　これは諸君が念頭に置かなければならん問題じゃ。被告人が被害者を刺殺したと言う者がおるとしても、被告人がやったのではないとわしが神に誓って断言できることはほかにいくらでもある。彼は羽根を引きちぎらなかった。彼にそんな力はない。彼はクロスボウの歯に羽根の切れ端を嚙ませなかった。そもそもクロスボウをスペンサー・ヒュームのスーツケースに詰め込むことは彼には絶対にできなかった――スーツケースは六時三十分まで、荷造りされてもいなければ、階下に運ばれてもいなかったことを思い出してほしい。

ここでスーツケースについて触れておこうか。被告人の無実について仮に合理的な疑いがあったとしても、スーツケースの件を考えてみるだけで霧散してしまうと言ってよい。わしは何も、ミス・ジョーダンが週末旅行のお供にカラー留めボタンやスリッパと一緒にクロスボウをスーツケースに詰めたと言っておるのではない。ホールに置かれていたスーツケースを誰かが利用したんじゃ。その誰かは、被告人ではありえない。スーツケースが荷造りされて階下に運ばれたのは六時三十分。その時刻から三人の証人が書斎に入るまでの間、スーツケースは絶えず誰かの目に触れていた。その間、被告人が書斎を出たことがあったか？　一度もない。この事実は――主として訴追者側の証人からじゃが――耳にたこができるほど聞かされておる。被告人がどうやってスーツケースに近づき、クロスボウやデカンター、その他のものを（それらはどこかに置かれ、スーツケースに詰めるばかりになっていた）詰め込むんじゃ？　被告人はスーツケースとは何の関わりもない。犯行が発見される前には全く機会がなく、それ以降もおよそ彼には機会がなかった。

さて、やれやれじゃな――おほん、失礼――陪審諸君の注意を喚起しておきたいことがもう一つある。今述べた事情で、なくなった羽根の一部はクロスボウごとスーツケースに収まり、そのスーツケースをパディントン駅まで運んだのは被告人以外の人物ということになる。まさか、ジェームズ・アンズウェルが幽体離脱して運んだとは言うまい？　もう一つの羽根のかけらがどこにあったか、今どこにあるか、諸君はもう知っておる。自分の目で見たのじゃからな。それは、わしが便宜上ユダの窓と呼んでおる場所にあった。繰り返すが、アンズウェルが矢を刺殺の凶器として用いたという訴追者側の主張と、羽根のかけらがユダの窓にあった事実は、どうすれば帳尻が合う？

どうやっても無理じゃ。羽根がそこにあることに疑問の余地はない。その羽根が殺人の際そこにもぐり込んだことにも疑問の余地はない。諸君もお聞き及びのように、ドアはモットラム警部が殺人当夜に取り外し、それからは警察に保管されていたし、殺人が発見されてからモットラム警部がドアを外すまで、書斎には常に誰かがいた。だから、羽根がユダの窓に入り込んだのは犯行の時以外に考えられん。今しがた、再喚問されたパーカー教授がこれはなくなった羽根の最後のかけらに間違いないと証言するのを聞き、そう判断する理由も聞いたはずじゃ。となると、その羽根はなくなった羽根であり、ずっとそこにあったということになる。

さて、我が博学なる友は、羽根がそこにあった事実をどう説明するつもりじゃろうか。わしは、王権を代理しておる弁護人のお歴々に、つまらぬ当てこすりを言いたくない。何しろ彼らは公訴事実を主張する際、被告人に公平を欠かぬようあれこれ配慮してくれたし、被告人側弁護人にそれ以上望めんほどの発言の自由を認めてくれたんじゃからな。しかし、ほかにどんな言いようがある？　その立派な方々の口から、ジェームズ・アンズウェルが突如狂気の発作に襲われてエイヴォリー・ヒュームを殺害し、同時に、羽根のかけらがちぎれて飛んでいき、どういうわけかドアノブの軸が嵌まっておる穴にもぐり込んだという荒唐無稽な説が披露されたことも、どうか心に留めてもらいたい。いかに理由を巧妙に作ろうとしたにせよ、ここまで腹の皮がよじれる滑稽劇に仕立てんでもよいと思わんか？

諸君には、被告人がクロスボウにもスーツケースにも近づけなかったと考えられる理由を聞いてもらった。近づいたと言う者はおらんのだがな。同じことが、そっくりそのまま、ユダの窓にもぐり込んだ羽根のかけらにも言えるし、ノブの軸に仕掛けたからくり、つまり結わえられた黒い糸にも言える。このちょっとしたからくりは、諸君も同意するだろうが、前もって仕掛けられたものじゃ。しかるにアンズウェルは、それ以前にあの家を訪れたことがない。また、あのからくりはドアの外側からしか使えん。なにせ軸を内側にぶら下げるのに、まず外の握りを外さねばならんからな。しかるにアンズウェルは、ずっと差し錠の掛かった部屋の内側におった。繰り返すが、つまらん当てこすりなど何の役にも立たん。だが、考えれば考えるほど、訴追者側の主張は話にならんと諸君にもおわかりいただけるはずじゃ。それがわからんのであれば、諸君は揃いも揃って大たわけ——おほん、もとい——賢きイギリスの陪審とは言えん。いやなに、諸君の頭が切れることはわしもよく知っておるよ。

とにかく羽根はそこにあったし、いかなる方法でかそこにもぐり込んだ。そこは、羽根がよく見つかる場所であるとはとても言えん。敢えて言うが、今晩家に帰ったら、家中のドアノブを外してみるとよい。お邪魔しますと言って隣近所のドアノブを片っ端から外してみるのもよいな。それでもユダの窓に羽根は見つからんじゃろうて。さらに言わせてもらえば、ユダの窓に羽根がもぐり込み、同時にノブの軸に糸が結わえられたからくりが見つかった事情は、この世にたった一つしかない。壁から矢をもぎ取って凶器にしたというくだらん説は真相にかすってもおらん——まあ、その説の眼目は、部屋の中で薬を盛られていた男を犯人の身代わり《スケープゴート》にできる点にあるんじゃがな——からくりが見つかった事情とは、さっきわしが仄《ほの》めかしたこと、つまり差し錠の掛かったドアの外側にいた何者かが、エイヴォリー・ヒュームの心臓に矢を射ち込んだことじゃ。矢を少し伸ばせば被害者に触れるくらいの至近距離からな。

さて次に、諸君にお許しいただいて、犯行の実際を説明させてもらおうか。これまでにわかっておる事実がそれを裏書きし、また訴追者側の主張と完全に矛盾しておることも併せて納得していただこう。

その前にどうしてもやっておかねばならんことがある。首の後ろにたかった甲虫《かぶとむし》をほったらかすわけにはいかんのと同じで、法廷で述べられたが説明されずに放っておかれた言葉を無視することはできん。陪審諸君、諸君は昨日の午後、被告人がびっくり仰天の大嘘をつきよったのを耳にしたと思う。あれは、被告人がこの法廷で言ったたった一つの嘘だ。自分が有罪であると叫んだことじゃな。あれは宣誓した上での言葉ではなかった。だからこそ諸君は余計に信じたくなったかもしれん。無理からぬことじゃ。しかし今となっては、彼がなぜあんなことを口走ったのか、諸君はよくご存じじゃ。あの時、彼は有罪になろうがどうなろうが構わなかった。自らそうしなくても、彼を有罪にしようと躍起になっておる者が大勢いたしな。彼があのように口走ったことを悪く取るのも、好意的に解釈するのも、諸君の判断次第じゃ。今ようやく、あの時よくもでたらめをしゃべってくれたと被告人を責めることができる。彼はあの時、自分がエイヴォリー・ヒュームを矢で刺し殺し、取っ組み合いの最中に羽根がちぎれたと言ったからじゃ。その言葉を鵜呑みにしない限り諸君は有罪の評決を下すことはできんし、敢えてそうしたいとも思わんじゃろう。その言葉を諸君は鵜呑みにはできんし、敢えてそうする気にもなれんはずじゃ。その理由をこれから話して進ぜる。
陪審の諸君、この犯罪が実際になされたと信ずべき方法は――」

午後四時三十二分―午後四時五十五分

サー・ウォルター・ストームによる訴追者側論告より

「……従って、我が博学なる友が危惧されるには及ばない。裁判官閣下の総括説示を待つまでもなく、私からこう言わせていただきたい。もしみなさんが訴追者側の主張に満足できないのであれば、それは、訴追者側が公訴事実を立証できなかったからであり、無罪の評決を出されるのがみなさんの務めであります。みなさんは私の冒頭陳述を聞いておられるのですから、その点に誤解はないと考えます。私はその時、公訴事実の立証責任はひとえに訴追者側が負うべきであると述べましたが、陪審の前で公訴事実を陳述する時には、私は常にそうするつもりです。

同時に、証拠により認められる事実の中で被告人の犯行を示唆する点を強調するのも私の責務です。事実あるのみ。私は冒頭陳述でそう述べました。事実あるのみ。裁判を通して私は常にそれを訴えてきました。それゆえ、私は今、一切の感情を排して冷静にみなさんに尋ねます。この訴訟において、どれくらいの具体的事実が変更を余儀なくされ、または否定されただろうかと。

我が博学なる友は、雄弁に説明を試みました。それでも、私は全てが説明されたわけではないと述べざるをえません。

説明されずに残った事実は何か？　被告人が、装塡されたピストルをポケットに入れた状態で発見されたことがそうです。被告人はピストルを携行したことを否定しておりますが、それを裏書きしているのはグラベル証人の証言だけです。みなさんは彼の証言を聞きました。反対尋問で私がした質問に対する答えも聞きました。その際の証人の態度も目《ま》の当たりにしました。彼は、そして彼のみが、金曜の朝ドーセイ・チェンバーズで被害者を見たと証言しています。建物に見慣れぬ者が入って、住人に全く気づかれないということがあるでしょうか？　そもそも被害者は被告人のフラットにどうやって入ったのでしょうか？　そして証人は、部屋の屑かごが二週間前にきれいになっていたかもしれないと自ら認めながら、どうして暗がりで屑かごの掃除をしていたのでしょうか？　グラベル君は――彼が名誉と誠実さについてどんな考えの持ち主であるかを、みなさんは判断できたはずです――この件で唯一の証人です。エイヴォリー・ヒュームがピストルを盗んだとされることについて、たとえ又聞きでも証言できる証人がほかにいるでしょうか？　実はレジナルド・アンズウェルなる人物がいます。ここで私は非常に微妙な立場にあることを告白しなくてはなりません。陪審のみなさん、正直に述べますが、彼がみなさんに被告人の有罪を信じ込ませるような話をした時、私はその証言を信じませんでした。彼は事実上、訴追者側の証人でしたが、それでも私は彼の言葉を信じませんでした。みなさんは、我が博学なる友が——それが訴追者側を利することであれ、被告人側の益になることであれ——虚偽の陳述を利用することが許されない法廷という場において、彼の証言を切り捨てるのを聞いたと思います。しかし、ピストルについてグラベル証人と話したことを証言しているのは、レジナルド・アンズウェル証人なのです。ある人物の証言の最後がでたらめだと確信しているのに、同じ人物の証言の最初は真実であると信じてよいでしょうか？

被告人がピストルを携帯してミスター・ヒュームの家に行ったのであれば、それは予謀があったことを示唆します。私は彼がピストルを携行したのだと考えます。

ほかにどんな事実が説明されずに残っているでしょうか。矢に被告人の指紋が残っていました。指紋はなかなか消えないものです。指紋は、被告人の手が矢に触れたことを疑問の余地なく示しています——我が博学なる友が示唆したように、被告人が意識を失っている間に他の人物によって矢に付けられた指紋であるかどうかは別としますが。

意識を失っていた、薬を盛られたと彼が主張していることはどうでしょうか？　実は、これこそが指紋を出発点とする推測の拠り所なのです。被告人が薬を盛られたことをみなさんが信じないのであれば、明らかに指紋こそ本件の最も重要な証拠であると言わなければなりません。では、薬が盛られた証拠は何でしょう？　現場にあったデカンターによく似た、薬物入りウィスキーを満たしたデカンターが、中身がいくらか減ったソーダサイフォンと共に、パディントン駅手荷物預り所で発見されたスーツケースから見つかりました。よく似たデカンターなどロンドンにはいくらでもありますが、それはさておき、私はみなさんにこう述べたいのです。被告人が薬物入りウィスキーを、または単にどんなものであれウィスキーを——実際に飲まされた証拠を見せてほしい、と。その証拠があるどころか、警察顧問医が（証人の見解としてですが）被告人は薬物を摂取していなかったと証言したのを、みなさんは聞いたはずです。公正を期するならば、この件について証言すべき立場にいたドクター・スペンサー・ヒュームが不可解な失踪を遂げていることを述べなければなりませんが、そのことがこの件にどう関係しているかは、当のドクター・ヒュームの供述を待たなければ何とも言えません。それこそが、私の言う事実です。

みなさんは、あの時ドクター・ストッキングに向けられた当てこすりを聞いたと思いますが、セント・プレイド病院で研鑽を積んだ専門家ドクター・ストッキングの意見を軽々に扱うべきではないと私は考えます。

ほかにどんな説明されていない事実があるでしょうか。みなさんは、被告人が被害者に『僕がお宅に伺ったのは、むやみに人を殺すためじゃありません』と話すのを聞いたという、ダイアー証人の証言を聞きました。これは、のちに被告人によって、『僕がお宅に伺ったのは、スプーンを盗むためじゃありません』と訂正され、我が博学なる友もそちらを強調しています。みなさんもお気づきでしょうが、我が博学なる友はダイアー証人の他の供述をどれも受け入れています。むしろ歓迎していると言っていいでしょう。というのも、被告人側の証拠の多くが、ダイアー証人の証言に基づいているからです。しかし、我が博学なる友は、この部分だけは受け入れていない。我々はこれをどう理解すればよいでしょうか？　ダイアー証人は、午後一時に真実を述べ、五分後には虚偽を述べるような人物なのでしょうか？

陪審のみなさん、本件をどのように眺めていただきたいか、私の考えをご理解くださったと思います。その点が明らかになったのですから、次に、法廷でなされた証言を最初から順を追って検証したいと思います……

……以上で証言の検討が終わりました。ところで、クロスボウと三つに分かれた羽根についてですが、このような反撃を訴追者側は何ら予告されていませんでした。予告されなかったことは、法的にも倫理的にも問題はありません。被告人側が弁護方針を明らかにしないのはごく正当なことです。一方、訴追者側がどのように立証を進めていくか、被告人側はあらかじめ知らされているのが慣例であると言わせていただきます。さて、クロスボウと三つに分かれた羽根について、ここで述べるつもりはありません。私の責務としてみなさんに明らかにすべき訴追者側の証言は、既に余すところなく聞いていただきました。羽根のかけらが――それが本当にみなさんの前にある矢からちぎれたものだとして――どういった経緯でドアノブの軸穴に入り込んだかは、私の関知するところではありません。もう一つの羽根のかけらが――やはり同じ仮定が伴いますが――どのようにしてクロスボウの歯に挟まったかについても、わからないと答えるだけです。私には『そこにある』としか言えないのです。これらを被告人に有利な重要な事実であると考えるのであれば、それを評決に反映させるのがみなさんの務めです。みなさんは、今我々が概観してきた訴追者側の公訴事実が有無を言わさぬ明瞭さで被告人の有罪を示していると考え、そこにいかなる合理的な疑いもないと確信しない限り、被告人を有罪とすることはできないのです。最後に裁判官閣下がなさる説示において、私はいささかの疑いもなく、裁判官閣下はみなさんに――」

午後四時五十五分―午後五時二十分

ボドキン判事による総括説示より

「……そして陪審諸君、ご承知の通り、我々が扱っておるのは情況証拠に基づく公訴事実である。ところで、情況証拠の価値を決定する基準は次の言葉に集約される。『この証拠は他の合理的な可能性が入り込む余地のないものだろうか?』さらにハードルを上げることもできる。『この証拠は他のあらゆる理論や可能性を排除するものだろうか?』諸君が被告人に不利な証拠を勘案しても、そうであるらしい域にとどまり、それより先に向かわないのであれば、諸君は合理的な疑いなく公訴事実が立証されたと満足することはできん。これには混乱や曖昧さはありえん。この点に関して、法は極めて明白な立場を取っておる。人は、それが合理的な確信の域に達するほど強いものでない限り、単なる蓋然性に基づいて、罪を、なかんずく殺人の罪を負わされることはない。ほかに可能性があるならば、公訴事実が立証されたと結論づけることはできないのだ。

問題は『誰がこの犯罪を行なったのか』ではなく『被告人がその犯罪を行なったのか』であ

る。諸君は本件に関して数多くの証言を聞き、双方の弁護人による論告及び最終弁論も聞いた。そして今、証言証拠の総括を試みるのが、裁判官たる私の責務となっておる。よいかな、事実に判断を下すのは諸君である。私は事実を判断する任にはない。私が諸君と見解の異なる点を省いたり、ことさら強調したりすることがあっても、今述べたことを常に念頭に置かれよ。

では、関接事実と呼ばれておるものを取り上げてみよう。まず、被告人の態度について多くのことが述べられた。ご承知のように、個人の外見を――楽しそうだったとか興奮しているようだったとか――法廷で証言することは許されておる。従って、そのようなことにも相応の配慮は払うべきである。しかし、そのような言葉に過度の信を置くのは賢明ではないと私は考える。きっと諸君も、日常生活の各局面でそれが必ずしも当てにならないとわかっておるはずだ。人の態度を判断する際、その者がある出来事に――悲しい出来事、奇妙な出来事、またはごくありふれた出来事に――直面した時に見せる反応が、自分と全く変わらないと思い込んでしまうものだ。それに付きものの危険については、諸君に念を押すまでもなかろう。次に、諸君がこれまでに概要を示された事実を取り上げようと思う……

……従って私は、本件を煮詰めると、単に事実がどうのこうのではなく事実の解釈の問題に帰趨《きすう》すると考える。答えだけ書いてあって問題が載っていない算数の教科書がないように、結果だけ存在して原因がない事件はありえん。論じるべきは原因である。諸君が決定を下さねばならん根本的な問題は二つある。一つは、エイヴォリー・ヒュームが、アンズウェル大尉に薬を盛り、自分に襲いかかったと見せかけ、狂気を理由に大尉を拘束下に置こうとする筋書きを本当に考えたのか、ということ。もう一つは、被告人がアンズウェル大尉と間違えられたのか、ということ。

私は既に、この二つの問題いずれにも肯定の答えを出すべき十分な根拠があると考える理由を述べた。諸君は、国際医療協議会の調査員ドクター・ピーター・キグリーの証言を聞いたと思うが、その証言は、エイヴォリー・ヒュームがある企みについて話すのを聞いた、というものだった。すなわち、被害者がアンズウェル大尉のピストルを手に入れるつもりだったこと、大尉を自宅に招くつもりだったこと、ウィスキーソーダにブルディンを混入するつもりだったこと、その証拠を後で処分するつもりだったこと、格闘の痕跡を作るつもりだったこと、矢に大尉の指紋を付けるつもりだったこと、そして大尉のポケットにピストルを入れておくつもりだったことだ。私は、それが現に行なわれたという合理的な推測を可能にする補足的証言を引用して諸君の注意を惹いた。諸君は、それが実際にあったことだと考えるだろうか？　そう考えないのであれば、そのように評決すればよい。それは諸君が決めるべき問題である。しかし、それが実際にあったと信じるならば、『事実』なるものをいたずらに論じたところで泥沼に嵌まり込むだけだ。

被害者は、自分がもてなした男のポケットからピストルが見つかるように仕組んだのだろうか？　もしそうなら、ピストルがそこで見つかった『事実』を、被告人に不利な材料とすることはできん。被害者が薬を混入したウィスキーを被告人に飲ませ、のちに証拠の隠滅を図るつもりでいたなら、それを首尾よくやり遂げたことをもって被告人に不利な事実とすることはできん。矢に指紋が発見されるように被害者が企んだとしたなら――そして指紋を残すことに成功したと諸君が信じるなら――指紋は発見されて当然のものでしかない。例えば、人物Aが人物Bの財布を盗んだという嫌疑をかけられ、実際にAのポケットからBの財布が見つかったとしよう。しかし財布をそこに入れたのが別の人物Cだと諸君が納得しているのであれば、財布が見つかったという『事実』は、諸君にとって重要ではない。

証拠をこのように読み解くと、正直言って、私には被告人に被害者を殺す動機があったとは思えん。実際、エイヴォリー・ヒュームが被告人に抱いていた敵意以外の動機は示されておらん。諸君が私と同じ見方をするなら、そもそも被告人への敵意は存在せず、被告人は動機も凶器も持たずに被害者宅を訪れたことになる。一方、諸君は書斎で口論があったと解釈できる証言を聞いたが、これにも慎重な配慮が求められる。情況証拠とされているものが被告人の有罪にも無罪にも等しく寄与するのであれば、そのような事実をどれだけ積み重ねようと、被告人を有罪とする結論にほんのわずかも近づくことにはならん。

では各証人の証言について考えてみたい……

……陪審の諸君、諸君の評決を大きく左右する問題が一つある。被害者は被告人が手にした矢によって殺されたのか、ということだ。

被告人が矢を手にし、殺意を持って被害者を刺したのだとすれば、被告人は謀殺の罪を負わねばならん。一方には、矢に付いた指紋があり、窓にもドアにも差し錠が掛かっていたという状況がある。しかし、もう一方には既に私が述べた解釈があり、それによれば別の説明が成り立つ。その証拠については後述する。我々は、被告人が書斎にミスター・ヒュームと二人で残された時には、矢柄《やがら》の案内羽根《ガイドフェザー》は完全だったという証言を聞いておる。犯罪が発見された直後に部屋が調べられ、長さ約一インチ四分の一、幅一インチの部分がなくなっていたという証言も聞いた。ミスター・フレミングとダイアーはそれを見つけられなかった。モットラム警部の捜索でも見つからなかった。訴追者側の説明は、被告人の着衣に付着して外部に運ばれたというものだった。

我々が直面している問題は『なくなった羽根の一部はどうなったか』というよりは、むしろ、それをさらに正確に言い直した『被告人側から提出された羽根の二つのかけらは——一つはクロスボウから、もう一つはドアノブの軸が通っている穴から発見された——我々が捜している羽根の一部なのか』ということなのだ。その羽根のかけらは、犯行に使われた矢に付いていたものなのか？　つなぎ合わせると元の一枚の羽根になるのか？　諸君がそうでないと判断するなら——もっと正確に言えば、二つのかけらとも案内羽根《ガイドフェザー》の一部ではないと判断するなら——その羽根のかけらは我々には何の関係もない。確かにそれらが発見された状況は奇妙だが、それは我々にはどうでもよい。しかしもう一方で、諸君が、その羽根のかけらの一つが、または二つともが案内羽根《ガイドフェザー》の一部に違いないと認めるなら、それは訴追者側の主張に対する合理的な疑いをなすものだと考えずにいることのほうが難しい。

率直に言って、私はこの点に関する訴追者側の説明が理解できません。私のメモには、訴追者側の言い分として、最初の羽根のかけら、クロスボウから発見されたほうは元の羽根の一部ではない、とある。ところが、これに関してはその後何の説明もない。では、これから提出された証拠を検討し、それがおのずとある結論へ向かうのを――」

午後五時二十分―午後五時二十六分

ミスター・ジョン・キーズによる速記録から

陪審は六分間の退席ののち法廷に戻った。
書記官「陪審のみなさん、評決は一致しましたか?」
陪審長「一致しました」
書記官「被告人は謀殺について有罪ですか、無罪ですか?」
陪審長「無罪です」
書記官「被告人は無罪、それが全員一致の評決ですね?」
陪審長「はい」
ボドキン判事「ジェームズ・キャプロン・アンズウェル、陪審は証拠を検討し被告人が本件の謀殺について無罪であると判断した。この評決を私は全面的に支持する。私に残された務めは、君にこう告げることだ。君は自由の身である、前途に幸多きことを祈る――被告人の釈放を命じる」

附記——法務長官は満面に笑み。この結末を望んでいたようだ。老メリヴェールは立ち上がって猛烈に怒鳴り散らしている。依頼人が釈放されたのに、理解に苦しむ。被告人は帽子を手渡されるも、出口がわからぬ様子。そこへ人々が押し寄せる。あの女性もいる。なんと傍聴席が喜びに沸き返っている。「そしてトスカーナの兵士さえ歓声を禁じ得ず！」（トーマス・マコーリー卿『古代ローマ詩歌集』中の「ホラティウス」より）

午後五時四十五分

中央刑事裁判所《オールド・ベイリー》実録から

第一法廷の明かりが次々に消されていった。今は消防士のようなヘルメットを脱いでいるのでロンドン市警の警察官とは思えない看守が二人、生徒がいなくなった教室のような寂しい法廷に残っていた。ドアの外、大勢の靴音が次第に遠ざかっていく。時折、話し声が木霊《こだま》となってあたりにたゆたう。頭上高くガラスの天井に間断なく打ちつける雨の音が、ことさらはっきりと耳に残る。カチリと音がし、壁の蛇腹《コーニス》裏の明かりが一列消え、オークの腰板とその上の白い壁が鈍い色に沈む。さらにカチリカチリと二度鳴ると、ほとんど真っ暗になった。雨脚の響きがいっそう大きく感じられる。呼応するかのように、堅木の床を慎重に歩く看守の足音も大きくなった。その姿は背の高い影法師が動いているように見える。闇の向こうに、裁判官席の椅子の背板の尖端と吊り下げられた宝剣の鈍い金色が、かろうじて見分けられる。看守の一人が表のホールへ続くドアを開けると、軋んで暗がりに音が響いた。

「おい、ちょっと待て」もう一人が声をかけ、木霊が返る。「まだ閉めるな。誰かいる」

「幽霊でも見たか?」

「いや、ふざけているんじゃない。長椅子の端っこに――被告人席の後ろだ――誰か坐っている。もしもし、そこの人!」

かつてニューゲート監獄があった場所、囚人の骨の上に建てられた建物だ、幽霊が出ても不思議はない。ガラス屋根から落ちる灰色の薄明かりの下《もと》、長椅子の端にうずくまる人影があった。誰何《すいか》する声が木霊してけたたましく響き渡るが、その人影は動かなかった。看守が重い足音と共に近づく。

「さあ、立って!」苛立ちを抑えるように声をかける。「もう出てください――」

人影はうずくまったまま、声だけを返した。「もう――動けません。飲んでしまったんです」

「何を飲んだんです?」

「消毒薬です。名前は覚えていません。我慢できると思ったんですが駄目でした。すごく――苦しい。病院へ連れていって」

「ジョー!」看守が鋭い声で呼んだ。「手を貸してくれ!」

「私があの人を殺しました。だから薬を飲んだんです」

「殺したって、誰をです？」

「エイヴォリーを殺しました。今は後悔しています。ずっと悔やんで、死のうと思ったんです。でも、こんなに苦しいなんて。アメリア・ジョーダンと申します」

エピローグ　本当に起こったこと

「私が言いたいのは」イヴリンが口火を切った。「法務長官の論告が、一番強く訴えかけてきたってことなの。あの人の主張が通るんじゃないかと最後の最後まで冷や冷やしたのよ。すごく印象的だったわ。誰もわかってくれないでしょうけど。それに――」

「ほう、それが嬢ちゃんの考えか」とH・M。「ウォルト・ストームをそんなつまらん弁護士だと考えるのは大間違いじゃぞ。わざとあんな論告をやったとは言わんが、裁判官がパンチの狙いを定めやすいように、ああも堂々と論陣を張ったんじゃ。口八丁とはよくも言ったもんだが、パンチを叩き込んでくれとあごを突き出すも同じ、今までお目にかかったこともないほど巧みな話術じゃった。ウォルトはな、あの若者が無実だとどこかの時点で気づいた。が、やんぬるかな、遅きに失した。公訴を取り消すことだってできたはずじゃが、わしとしては中途半端な幕引きをしてほしくなかった――事件の全貌を明らかにしたかったんじゃ。あの男が付き合ってくれたお蔭で、お前さんたちも、頭の切れる男がわらの一本もなしに煉瓦をこしらえるという、滅多にない見世物にありつけた。確かに印象的な論告だったな。だが中身はすかすかじゃ」

私たちは、雨風が荒れ狂う三月の晩、河岸通り《エンバンクメント》を見下ろす陸軍省の上階、階段をいくつも上った先にあるH・Mの執務室でくつろいでいた。H・Mはアンズウェル事件解決記念の名目でお湯を沸かし、ウィスキーパンチを作ると、腰を下ろして机に両足をどっかと乗せ、首が自在に曲がる読書用スタンドを下に向けた。暖炉の火は赤々と燃え、ロリポップは窓際のテーブルで収支報告書の帳尻合わせに余念がない。H・Mは、目に葉巻の煙が沁みるわ、鼻にはウィスキーパンチの湯気が入り込むわで難渋し、クックッと笑う仕種《しぐさ》と窒息めいた様子とを交互に繰り返していた。

「だから、評決については心配しとらんかった――」

「へぇー、そうかしら。あの時ご自分が何をしたか覚えていらっしゃる？　評決が出て閉廷が宣言されると、あなたのところへ行っておめでとうと言った人がいたの。その時、はずみでデスクから本が落ちてしまった。するとあなたはいきなり立ち上がって、たっぷり二分間、毒づくやら喚くやらで大変だったわ――」

「そうさな、あんな事件を頭から叩き出すには、ああしたほうがいいんじゃ。あれでもまだ足らんかったがな。いささか見当違いの喩えで申し訳ないが、お前さんたちだって、競馬場で自分のひいきの馬が絶対に一着になるとわかっておっても妙にいらいらするじゃろう？　わしは何としても戦い抜いて最終弁論まで持っていかねばならんかった。そうすれば、二言三言差し挟んで真犯人が考え直すきっかけを与えられるかもしれんと思ったのじゃ――」

「アメリア・ジョーダンですね？」私が口を挟んだ。しばらくは誰も何も言わなかった。その間、H・Mは葉巻の先を見つめ、唸り声を上げ、ウィスキーパンチをあおった。「卿は彼女が犯人だとわかっていたんですね？」

「もちろんじゃ。どうしても必要なら証明だってできた。しかし、まずは被告人席に坐らされておる若者を自由の身にしてやらねばならん。彼女が犯人だと、さすがに法廷で名指しはできんのでな。お前さんたちに見せた時間表があったな。あそこに、殺人を犯すことができた人物は一人しかおらんと書いてあったはずじゃ」

「そうですか?」

「ではその話をしようか」H・Mは坐ったままもぞもぞ動いた。「小うるさい規則に縛られずに話ができるのは、何ともありがたいもんじゃな。

事件を初めから全部たどる必要はないな? ヒュームの書斎でジム・アンズウェルが薬入りウィスキーを飲まされてひっくり返るまでのことは、お前さんたちもよく知っておる。それどころか、事実については何もかも知っておるはずじゃ。ある人物が犯人だとわしが確信した確固たる理由、それを別としてじゃ。

事件の発端には狂気を理由に不埒者を拘束しようとする企てがあり、それは思惑通りに運ばなかった。このことはとっくに話したな。アンズウェルがやったのでないとすると、いったい犯行はどのようになされたのか? この問題がわしの頭を猛烈に悩ませた。その時、メアリ・ヒュームがある言葉を口にした——アンズウェルが独房で最もいやなものはユダの窓だ、とな。それでわしは、どんなドアにもユダの窓があるという、驚くべき可能性に思い至ったんじゃ。わしはそれこそ悪魔のように部屋を歩き回って、この可能性をあらゆる角度から考えた。それから腰を下ろして時間表を作った。すると、にわかに事件の全貌が見えてきたんじゃ。

レジナルド・アンズウェルを罠にかける企みに気づいた時、その企みに加わったのはたった二人、エイヴォリーとスペンサーだけだとわしは考えた。その考えは今も変わらん。しかし、誰かがこの企みを嗅ぎつけ、土壇場になって自分も加わると言い張ったのは間違いないと思い直した。

なぜかじゃと？ いいか、この殺人にユダの窓が利用されたとしたら、殺人者は間違いなくエイヴォリー・ヒュームと一緒に行動していた。少なくとも書斎で何が起こっているのか察知できる範囲にいる必要があった。警察に見つからんように薬入りウィスキーのデカンターを持ち去ったのはそいつに違いない――わしは時間表のデカンターに言及した箇所に疑問符をつけておいたな？――これは犯人とエイヴォリーの共謀を示しておる。犯人は企みに加わって、途中までは筋書き通りに実行させ、それからこの企みを利用してヒューム老を始末したんじゃ。

それは誰か？ 最初に思いつくのはスペンサー叔父さんじゃな、間違いなくこの企みに荷担しておったんじゃから。だが、この考えはうまくいかん、少なくともスペンサーが自ら手を下したという点ではな。彼には、病院のスタッフの半分が認める鉄壁のアリバイがある。

ではほかに誰がいるか？ 驚くべきことだがな、この企みにもう一人荷担していたと確信しただけで、範囲がぐっと絞られるんじゃ。エイヴォリー・ヒュームという男は友人がほとんどおらず、家族以外に親しくしていた者がいなかった。彼がこの企みを、本来その企みに必要ない人物に打ち明けるとなれば――たとえ強くせがまれたとしても――極めて近しい人物ということになる。

いいかな、ここでわしは腰を据えて考えたのじゃ。その時点では単なる思いつきでしかなかったものを、頭の中で転がしてみた。エイヴォリーと近しい人物じゃぞ、そう自分に言い聞かせながらな。外部の人間が（フレミングとかだな）忍び込んで犯行に及んだというのも理論上は可能じゃが、やはり無理がある。フレミングとは肚《はら》を割って話せる間柄ではなかった。親しい友人とさえ言えん。それは、二人が互いのことを口にした様子からもわかる。さらに、外部から忍び込んだとなると、ダイアーとアメリア・ジョーダンの目をかいくぐる必要がある。あの時、そのうち一人は家にいたんだからな。百歩譲って外部からの侵入が可能だとしても、いったん保留し、内部共謀者説を先に考えてみよう。

この考え方でいくと、もう一人の共謀者とは取りも直さずアメリア・ジョーダンかダイアーということになる。簡単すぎて、その含みをはっきり理解するのに時間がかかるくらいじゃ。そして、ダイアーでないことはまず確実だ。ことさら世間体を気にするミスター・ヒュームが、これまたことさら謹厳実直なダイアーに、外聞をはばかる家族の恥を覗き見させるとは考えられん。レジナルド・アンズウェルが気が狂ったように振る舞うのを偶然目撃する役にならなら使えるかもしれんが、共謀者としては失格じゃ。時間表からも、ダイアーでないことははっきりしておる。

わしは、お前さんたちも知っておる理由から、ヒュームはクロスボウから発射された矢で殺されたという結論に達しておった。犯人はジム・アンズウェルに薬の効き目が表れるまで待つ必要があった。それから書斎にいるヒュームと合流し、気を失ったアンズウェルの喉にミントエキスを流し込むのを手伝い、デカンターとサイフォンを運び出す。口実を設けて矢も持ち出す。ヒュームにドアの差し錠を掛けさせる。どんなふうに説き伏せてやらせたのかは、わしにもわからんかった。矢が部屋にないのに密室にするのはヒュームの計画の趣旨に反するからな。そして犯人はユダの窓の仕掛けを動かし始める。ヒュームを殺してユダの窓をふさぎ、クロスボウとデカンターを処分し、あたりを片づけて終わり、となる。ここまではおわかりいただけたかな?

さて、ダイアーは六時十分にジム・アンズウェルを家に入れた(これは立証されておる)。書斎に案内されたアンズウェルが薬入りのウィスキーを飲むまでに少なく見積もって三分、薬の効き目が表れるのにそれより長くかかった(アンズウェル自身が認めておる)。ダイアーが家を出たのが六時十五分(わしが立証しておる。時間表の下段は絶対に動かせない事実だけを書き入れてあるが、わしはダイアーが六時十八分に修理屋に着いたと記した。ダイアー自身も証言しておるように、修理屋は家から歩いて三、四分じゃ)。アンズウェルが意識を失ってからダイアーが家を出るまでの、どう長く見ても一分半ほどの間に、エイヴォリー・ヒューム殺害に要する行動を終えたと考えることができるか? とても考えられん。時間の観点から不可能じゃ。

こう考えて、アメリア・ジョーダンこそが、ヒューム、そして意識のないアンズウェルと一緒にあの家にいた唯一の人物だという、意味深長な事実に突き当たった。彼女は、ダイアーが車を引き取って戻る六時三十二分まで、たっぷり十七分も一人でいたことになる。

どうじゃな？　では、この女性のことを考えてみよう。エイヴォリーの企みに途中から首を突っ込んだ人物の要件に、彼女はどの程度当てはまるのか？　彼女は十四年間ヒューム家で寝食を共にしてきた。十四年じゃぞ。それだけで家族の一員と呼べる年月じゃ。彼女は、少なくともうわべでは、脇目も振らずエイヴォリーに尽くしてきた。彼女は興奮すると——お前さんたちも法廷で耳にしたじゃろう——ヒュームをファーストネームで呼んでいた。弟のスペンサーならわかるが、ほかの者は普通そんなことはせん。彼女は家の中で起こっているほとんどのことを知りうる立場にいた。エイヴォリー・ヒュームが計画を誰かに打ち明けるとすれば、最もふさわしいのは、長い間家族の名誉を担ってきた、実際的で機転が利いて骨身を惜しまず尽くしてくれるこの女性しか考えられん。

そうはいっても、これは机上の論理にすぎん。そこで、彼女が六時十五分から六時三十二分までの十七分間に何をしたか検証してみよう。彼女が法廷でした証言を思い出してほしい。これは彼女が警察にした供述とそっくり同じじゃ。ほかの連中の証言についてもそうだが、わしは徹底的に調べた。彼女の話では、自分の小型の旅行鞄とスペンサー叔父さんに頼まれた大型のスーツケースを荷造りし、六時三十分に荷造りを済ませて一階に下りた。彼女の言によると、それを持って下りてきた。

ダイアーの証言に、この場面と符合する興味深い箇所がある。ダイアーが戻ってくると、書斎のドアの前に彼女が立っていた——いいか、書斎のドアの前じゃぞ。彼女はダイアーを見ると狂ったように泣き喚き、書斎の中で殺し合いが起きている、急いで隣家のフレミングを呼んできてくれと頼んだ。ダイアーはこう証言しておる。『彼女は、ドクター・スペンサー・ヒュームの大きなスーツケースに覆いかぶさるように倒れ込みました』

いったいスーツケースが書斎の前に何の用があったのか、わしは不思議に思った。あの家の階段は——ケン、お前さんは実際に見て知っておるな——玄関に向かって付いておるんじゃ。するとどういうことになる？　彼女は鞄を二つ抱えて階段を下りる。そして、エイヴォリーに行ってきますを言いに、書斎の前へ行く。なんと鞄を二つ、あるいは少なくとも大型のスーツケースを提げたままな。これはどういうことじゃ？　わしの経験からすると、人は二階から鞄を二つも抱えて下りてきたら、たいてい鞄を階段の裾に下ろし、玄関から出るのに便利なようにする。たかだか行ってきますを言うだけに、重い鞄を家の裏手まで後生大事に抱えていったりはせんよ。

ここでわしは、脳味噌の後ろに焼けるような感覚を覚えた。いろんなことが見え始めたんじゃ。時間表のアメリア・ジョーダンの行動の下段に疑問符を書きつけて考えた。これまでのところ、殺人についてどんなことがわかっているか。警察とは異なるわしの考えを裏づける事実として、わしは次のことを知っておった。(a)エイヴォリーはユダの窓越しにクロスボウから発射された矢によって殺され、事件当夜以降そのクロスボウは裏庭の小屋からなくなっている。(b)アメリアは十七分間、一人で家にいた。(c)アメリアは、突発的な愛着に駆られたように、大型のスーツケースを持って書斎の前にいた。そのスーツケースがその後どうなったか、誰も知らない。その時、わしの鈍い頭に閃くものがあった。(d)スペンサー叔父さんの一張羅が行方不明になっている。

わお！　わしらはゴルフ服がないとわかったのはいつか、ということさえ知っておる。殺人が発見された直後、ランドルフ・フレミングが被告人の指紋を採るという妙案を思いついた時じゃ。スタンプ台はスペンサーのゴルフ服のポケットにあるとダイアーが言い、二階へ取りに行こうとして大急ぎで階段を上がると——なんと服はなくなっていた、あの時じゃな。ダイアーはキツネにつままれた様子で下りてきた。ゴルフ服はどこへ行ったのか？　書斎で遺体が発見されたせいで誰も彼もが慌てふためいておらなんだら、ありそうな場所として真っ先に思い浮かべるのはどこじゃ？」

しばらく沈黙があった。

「きっと」イヴリンが答えた。「スーツケースに詰めてあると思うわね」

「その通り」H・Mは葉巻の煙を乱暴に吐き出して睨む。「服の持ち主に頼まれた女性が荷造りを終えたばかりじゃ。スペンサー叔父さんは田舎で週末を過ごすことになっておる。さて、叔父さんに代わって何を措《お》いても鞄に入れてやるものといえば何じゃ？　ツイードのゴルフ服に決まっておる。『ああ、英国、我が英国』（D・H・ロレンスによる短編集の表題作）というところじゃな。

では、考えの道筋をたどっていこうか、大して複雑でもないんでな。時間表を見てもらえばわかるが、六時三十九分、病院へ行ってスペンサーを連れてきてくれとフレミングがアメリアに頼んでおる。同時に彼は指紋を採ろうと考え、スタンプ台があればいいんだが、と漏らす。ダイアーがゴルフ服のポケットにあるスタンプ台のことを思いつき、二階へ取りに行く。いいか、時間表を見ればわかるが、アメリアはまだそこにおる。フレミングとダイアーのやりとりも聞いておる。なぜあの甲高い声でこう言わなかったのじゃ？　『二階へ行って捜しても無駄よ。あの服なら廊下に置いたスーツケースに詰めたわ』とな（荷造りの際ポケットからスタンプ台を取り出しておるなら、こう言えばいい。『ゴルフ服を捜しても駄目よ。スタンプ台はこれこれの場所に置いたわ』）。いずれにせよ、なぜ黙っておった？　ついさっき荷造りをしたんじゃ、忘れるはずがない。どんなことでもエイヴォリー・ヒュームの都合のいいように取り計らうことが性格の一部になったような、機転の利く極めて実際的な女性だ。その彼女が黙っていた。なぜじゃ？

　そのほかにも気づいたことがある。ゴルフ服はそのとき見つからなかっただけじゃない――ずっと出てきておらん。加えて、赤革の派手なトルコ風スリッパもなくなったままじゃ（目立つからこそ、ないのがわかったんじゃがな）。そしてようやく思い当たる。そういえば、あのいまいましいスーツケースも消えておるぞ、とな。

　これも不思議なことじゃ。では、ほかにもなくなったものがあるのではないか？　考えるとすぐにわかる、クロスボウがなくなっておるぞ。待てよ、あれは短胴型だが、頭のほうはかなり幅が広かった。あれじゃ大きすぎて入らん、小さい旅行鞄なんかにはな……でもスーツケースならぴったり収まる」

　葉巻の火はとっくに消えていたが、H・Mは気づかないまま癇癪を起こしたように吹かし続けていた。H・Mがこれほど見事に事件の再構成をするのは初めて見たと私は思ったが、口に出すのは遠慮した。でないと、またふてくされたように椅子に身を沈め、我々を煙に巻いて面白がるのが落ちだ。

「先をどうぞ。最終弁論が終わるまで、卿はミス・ジョーダンが犯人だと仄《ほの》めかしてもくれませんでしたね。でも、卿には卿のやり方があるんだから仕方がない。先をお願いします」

「仮にじゃ」H・Mの顔には、かろうじて嬉しそうな表情と呼べそうなものが浮かんでいた。「議論を進めるために、クロスボウがそのスーツケースに入っていたとしよう。すると、ゴルフ服が二階にないことをあの女がダイアーに黙っていたのもうなずける。ダイアーにスーツケースを開けさせるわけにはいかん。他人の目があるところで自分が開けるわけにもいかん。どうすればいい？　ダイアーはゴルフ服を捜しに二階へ行こうとしておる。彼女はこう考えるだろうな——少しくらいの金なら賭けてもいい——二階にないとわかったら、もうお終《しま》いだわ。猫が鞄から飛び出すように秘密は漏れると言うけど、それこそニャーニャー鳴いて出てくるわ。ダイアーは当然思いつくはずのことを思いつき、こう言い出すに決まっているもの。『ミス・ジョーダン、申し訳ありませんがスーツケースを開けてスタンプ台を出してください』——まあ、こんな具合じゃ。とにかく彼女としては、大至急スーツケースを運び出さなくてはならん。運のいいことに、彼女には家を出るまたとない口実があった。スペンサー・ヒュームを迎えに行くことじゃ。フレミングは書斎にいる。ダイアーは二階へ上がった。今ならスーツケースを車に運んでも誰にも見咎められない。

　ここまでは、わしの推理はほぼ当たっている自信があった。だが——」

「ちょっと待って」イヴリンが眉をひそめて口を挟む。「一つだけわからないことがあるの。その時あなたは、スーツケースに何が入っていたと考えていたんです？　スペンサー叔父さんの服は除いて、ですけど」

「そうさな。クロスボウ、カットグラスのデカンター、少し中身の減ったサイフォン、ウィスキーの匂いを消す液体が入った瓶が一本、それにねじ回しと大きめのグラスが二つ、こんなところじゃ」

「そう、そこなの、私が言いたいのは。エイヴォリー・ヒュームにしろ犯人にしろ、どうしてそんなにたくさん、運び出したり隠したりしたんです？　どうしてデカンターを二つ用意したんです？　いつも使っているデカンターから薬入りのウィスキーを空けて、濯《すす》いでから普通のウィスキーを詰め直すほうがずっと簡単じゃない。グラスだって、洗って元に戻しておけばいいし。ソーダサイフォンなら台所の棚にでも置いてくれれば、何も怪しまれないでしょ？――クロスボウは別だけど、あれはヒュームの知らない、犯人の考えですものね。でも、今挙げたものについてはどうです？」

Ｈ・Ｍが漏らした含み笑いに私はぞっとした。

「嬢ちゃん、お忘れかな？　元々の計画にはエイヴォリーとスペンサーしか関わっていなかったんじゃぞ」

「ええ、それで？」

「わしがこれから言う光景を思い浮かべてみるんじゃな」Ｈ・Ｍは火の消えた葉巻を振り回し

た。「ダイアーはこの企てについて何も聞かされておらん。アメリア・ジョーダンも同じじゃ。何も知らんレジナルド・アンズウェルがのこのこやってきて、エイヴォリーと一緒に書斎に閉じ込められる。この時から、レジナルドが気が狂ったことになって発見されるまでの間、エイヴォリーは書斎を離れることはできんのじゃ。ダイアーかジョーダンのどちらか一人は必ず家におるからな。ダイアーが車を取りに出た後はジョーダン、ジョーダンがスペンサー叔父さんを連れに行った後はダイアーが残っておる。その状況で、台所の流しまで走ってデカンターのウィスキーを空け、水で洗って普通のウィスキーを詰め直し、書斎に引き返す、そういうまめな亭主みたいな真似がエイヴォリーにできるか？――開けっ放しの部屋で客が気を失って倒れており、用意した目撃証人には自分がちゃちゃっとデカンターを濯いでいる現場を見られるかもしれんというのに。家の中に人がいたら、とてもそんなことはできんよ。とりわけその人間が、揉め事があるのではないかと目を光らせておってはな。ダイアーにはエイヴォリーが自らそう匂わせておるし、アメリアは元々そういう性分じゃからな。同じ理由で、エイヴォリーはグラスを洗って元に戻すこともサイフォンを台所に置きに行くこともできなかった。だからわしは、この企みに関係していたのは最初は二人だけだった、と強調したんじゃ。

　そこのところを頭に叩き込んだ上で、わしがアメリアのことを次第に怪しいと思うようになった経緯を併せて考えてみよう。計画通り、エイヴォリーはサイドボードの準備をした。つまり、すり替え用のデカンターやグラスをサイドボードの下の棚に隠して、最初の一式といつでも置き換えられるようにしておいたんじゃ。さて、ここで胆に銘じてもらわねばならんことがある。それはな、エイヴォリーの計画では、警察沙汰になる可能性は考慮されておらんかった、ということじゃ。部屋の中にしろ家全体にしろ、捜索を受けるとは夢にも考えておらん。余計な穿鑿《せんさく》などしそうにない自前の目撃証人をごまかせれば、それでよかった。デカンター、サイフォン、グラス、ミントエキスの瓶をサイドボードの下に押し込み——鍵でも掛けておけば一丁上がり、とな。念を押すが、騙す相手はごく身近な連中だけだし、エイヴォリーは部屋を出られなかった。証拠品は、狂人に仕立て上げられたレジナルドが連れていかれてから、ゆっくり片づければいい。

しかし、この計画にアメリアが首を突っ込んできた。彼女は、その筋書きで済ますわけにはいかん。彼女の目的はエイヴォリーに死んでもらうことだし、そうなると警察の介入は避けられん。犯罪の証拠品をサイドボードに隠して、はいおしまい、とはいかん。家から運び出しておかないと、部屋の中で意識を失っている男に罪を着せることはできなくなる」

「私、あの女《ひと》が好きだったのに」イヴリンが出し抜けに口を挟んだ。「がっかりだわ！　だって——」

「まあ、ちょっと待たんか」

H・Mはデスクの引き出しからこれまでに何度もお目にかかった忌まわしい青表紙のフォルダーを取り（これは埃が積もるほど長くは放り出されていなかったらしい）、ぱらりと広げた。

「もう耳に入っておると思うが、彼女はゆうべセント・バーソロミュー病院で亡くなった。息を引き取る前に供述をしていてな、どの新聞も詳細に報じておる。ここにも一部あるから、少しばかり読んで進ぜよう」

……私は十四年間あの方にお仕えしてきました。いいえ、それでは言い足りません、我が身を犠牲にしてあの方に尽くしたのです。苦にはなりませんでした。あの方を愛していましたから。ところが奥様が亡くなられた時、あの方は私と一緒になってくださると思っておりました。ところがそうはなりませんでした。ほかによいお話がなかったわけではありませんが、私は全部お断りしました。いつかあの方と一緒になれると信じていたからです。けれど、いくら待ってもそのような話はおくびにも出さず、亡くなった奥様の思い出を大事にしたいとおっしゃるだけでした。ほかに当てもありませんから、私はあの家に住み続けました。

あの方が私に五千ポンド遺贈してくださることは知っておりました。それだけがこの世で頼りにできるものでした。そこにメアリの縁談が持ち上がります。すると、あの方は藪から棒に、遺言書を書き改め、財産を全部まだ生まれてもいない孫のために信託にすると、耳を疑うようなことを口にしたのです。恐ろしいことに、あの方は本気でした。私には我慢できない話でしたし、もう我慢する気はありませんでした。

……あの方がスペンサーやドクター・トレガノンと何を企んでいるか、私は知っておりました。最初から気づいていたのです。あの方はそうとは知らなかったでしょうが。あの方は、女性はそのようなことに関わるべきではないという考えの持ち主でしたし、頼んでも私には話してくれなかったでしょう。もう一つ申し上げねばならないことがあります。私はメアリのことがとても好きだったのです。エイヴォリーを殺しその罪をジェームズ・キャプロン・アンズウェルに押しつけようとは、夢にも考えていませんでした。メアリを恐喝しているレジナルド・アンズウェルなら、殺人の罪を着せても当然の報いだと思ったのです。あれが人違いだったと、どうして私にわかるでしょう？

「この言葉に嘘はない」H・Mは唸るように言った。「自分がしでかしたことにあの女が気づいた時、ああも取り乱したのはそれが大きな理由じゃ」

「でも、彼女は最後まで本当のことを言わなかったわ、そうすることもできたのに」とイヴリン。「法廷で彼女は、エイヴォリーが狙っていたのは最初からジム・アンズウェルだったと信じ込ませるような証言をしたわ」

「家族を守ろうとしたんじゃ。にわかには信じがたいかな？　いや、お前さんたちならわかるはずじゃ。彼女は自分だけじゃなく家族を守ろうとしたんじゃよ」

……私が企みを知っているとエイヴォリーに打ち明けたのは、あの人を殺す十五分前でした。ダイアーが車を取りに出かけると、私は鞄を二つ抱えて二階から下りました。まっすぐ書斎へ行き、ドアをノックしてこう言いました。「その人をブルディンで眠らせたんでしょう？　私にはわかっています。家にはほかに誰もいません、ドアを開けてください。

お手伝いします」

不思議なことに、あの方はあまり驚いた顔をしませんでした。手伝いを必要としていたのです。あの方はそれまで後ろめたいことなどしたことがなく、いざ実行しようとするとやはり私に頼るしかありませんでした。私だって、あんなことをするのは生まれて初めてでしたが、あの方よりはずっとうまくできました。だから私の言うがままにあの方を行動させることもできたのです。

私はあの方に、アンズウェル大尉が目を覚ました時――その時は大尉だと思っていました――騒ぎ立てて家の捜索を要求することを考慮に入れていないのだとしたら、とんでもないしくじりですよ、と言いました。ミスター・フレミングも居合わせるでしょうから、あの人だったら家捜しすると言い張って、きっとグラスやサイフォンを見つけてしまいますよ、とも。するとあの方は、それもそうだ、と言って怯えたのです。エイヴォリーを愛して、いつの間にか七年経っていました。その瞬間、私は彼のことをはっきり憎いと思ったのです。

部屋の外に私の旅行鞄が置いてある、あと二、三分で田舎へ出かけるから証拠になるものは全部持っていく、と言うと、あの人は納得しました。

私も手伝って、床に倒れている男の人のポケットにピストルを入れ、喉に匂い消しのミントエキスを流し込みました。窒息させはしないかとぞっとしました。ほかにも申し上げなければならないことがあります。その時私は、この人はジェームズ・キャプロン・アンズヴェルではないかと疑い始めたのです。コートと上着に仕立屋のラベルがあって、名前が入っていたからです。でも、後戻りはできませんでした。壁に掛かっていた矢をもぎ取り、その矢でエイヴォリーの手に傷をつけてそれらしく見せてから、倒れている人の指紋を矢に付けました。何より苦心したのは、エイヴォリーに疑われずに矢を廊下に持ち出すことでした。実はこのようにしたのです。デカンターやグラスなどは全部廊下に出してありました。私はダイアーが戻ってきた音を聞きつけたふりをして、矢の先をつかんで部屋を飛び出し、差し錠を掛けるよう部屋の外から叫んだのです。あの人は何も疑わず言われた通りにしました。年も取っていたし、そもそもあの人には後ろめたい企てなど向いていなかったのです。

それから先は時間をかけていられませんでした。クロスボウは薄暗い廊下に用意してありました。用が済んだら小屋に戻しておくつもりでした。ドアノブの軸には糸がくくりつけてありました……

H・Mは青表紙のフォルダーをデスクにばさりと置いた。

「困ったことに、事を済ませたちょうどその時、ダイアーの戻ってきた音が本当に聞こえた。万事休す、彼女はそう思ったかもしれん。エイヴォリーを説得する時間を勘定に入れていなかったから、ぎりぎりになってしまったんじゃ。(後で見つかったエイヴォリー・ヒュームの手袋を使って)ドアノブの軸を嵌め、ドアの仕掛けを元に戻した時、ダイアーがこっちへ向かってきた。クロスボウは裏庭の小屋に戻すはずじゃった。そうすれば誰も疑ったりせんからな。しかしもう時間がない。クロスボウの巻き上げ胴に挟まった矢羽根の切れ端を外す時間さえなかったんだからな。さあ、クロスボウをどう始末すればいい？　三十秒かそこらでダイアーが来て、何もかも見られてしまう。

実は、わしは最初ここでつまずいて、考え違いをやらかしかけた。彼女は小さい旅行鞄と大きなスーツケースを書斎前の廊下に置いていた。目論見では、ほかの道具を全部自分の旅行鞄に入れて後始末し、クロスボウは小屋に戻すはずじゃった。しかし、ダイアーが早々と現れたために、小さい旅行鞄に入らないクロスボウをスーツケースにしまう羽目になった。

そのせいでわしは（最初のうちだけじゃが）スペンサーが殺人に関わっていると思い込んだ。いいか？　彼女がスーツケースを持っていって週末旅行の身支度が一切なくなったのに、スペンサーは一向に騒ぎ立てなかった――」

「確かにそうでした」私が口を挟んだ。「裁判初日の午後、彼は訊かれもしないうちにゴルフ服はクリーニングに出してあると言いましたしね」

「うん、わしはてっきりあの男が殺人に関してぐるだと思った」H・Mは思い出して不機嫌そうだ。「あの男とアメリアが筋書きを作ったと睨んだのじゃ。スペンサー自身は周到に病院でアリバイを作っておいてな。さて、アメリアが家を出てスペンサーを迎えにセント・ブレイド病院へ車を走らせるところまで、わしらは事件の再構成を終えた。ここまでは上出来だと満足しておった。

しかし、腰を据えて考えておるうちに、どうしても腑に落ちんことがあるのに気づいた。アメリアはスーツケースを持って家を飛び出したが――少なくともその晩のうちに――それを持ち帰ることは、まさかにできん。不審に思われるかもしれんし、スタンプ台のことを思い出す者が現れんとも限らん。スーツケースの処分は焦眉《しょうび》の急じゃ。何しろ、寄り道せずに病院へ行ってスペンサーを連れ帰らねばならんからな。だが、彼女とスペンサーが殺人で手を組んでおるなら、スーツケースは病院に置いてくればよい。スペンサーなら病院に自分の部屋か、少なくともロッカーくらいは持っておるだろうからな。しかし、そうはしなかった。わしの時間表を見ればわかるが、彼女の車が到着しスペンサーを乗せて走り去るのを目撃した病院玄関の守衛は、スーツケースが手渡されるのは見ておらん。スーツケースはいったいどこへ消えたんじゃ？　そこいらのどぶに捨てるわけにはいかんし、物乞いにくれてやるわけにもいかん。物騒な犯罪土産を（たとえ一時的にしろ）処分するのは並外れて厄介なことじゃ。しかし、たった一つだけ、時間表が彼女に与えたごくわずかな時間で実行できることがある。お前さんたちも知っておるように――知っておらんでも話には出ておる――プレイド街のセント・プレイド病院にいるということは、取りも直さずパディントン駅の隣にいるということじゃ。手荷物預り所に放り込めば問題解決、というか、それが唯一の解決法で、ほかに道はない。

ところで、幸運の女神がわしに微笑んでくれた（ひょっとすると、じゃがな）ことがある。わしがスーツケースの行方に気づいたのは二月になってからだがな、アメリアは事件の晩以来寝たきりで、家から一歩も出られずにまだ家にこもっておった。スーツケースを取りに行けなかったわけじゃ。すると、論理的にスーツケースがあるはずの場所は――

わしは、馬を見つけた薄ぼんやりした子供みたいに、その場所へ行ってみた。果たしてスーツケースがあったのじゃ。その時わしが何をしたかは、ご存じの通り。旧《ふる》なじみのパーカー教授とシャンクスに同道してもらった。二人には中身を確認してもらうだけでなく、立会人になってもらった。もうその頃には、事件が法廷に持ち出されるのを止める手立てがなかったからじゃ。第一に、事件からひと月経っておった。第二に、こっちがもっと大事な理由だが、わしの話すことがその筋の連中にどう受け止められるかという問題があった。この老いぼれが（内務大臣や公訴局長の覚えも決してめでたくないときておる）ふんぞり返って乗り込み、がなり立てている場面を想像してみるとよい。『お前さんたちに教えてやる。この起訴状は取り下げてもらうぞ。理由は次の通り。アメリア・ジョーダンは嘘つき。スペンサー・ヒュームも嘘つき。レジナルド・アンズウェルも嘘つき。メアリ・ヒュームもついさっきまで嘘つきだった。お前さんたちの頭でもよくわかるように言うと、くそいまいましいこの事件では、わしの依頼人以外の誰も彼もが嘘つきだからじゃ』とな。連中は信じてくれるか？ そのかぼちゃ頭にも訊いてみるがよい。わしは証人を必要としておった。舞台上で正々堂々と剣を交えねばならんわしは、公明正大であれと求められていたんじゃ。わしにはわしなりの道理があり、多くを語らんかったのにもわけがあった。

お前さんたちはわしがどこで証人を見つけたか知っておるな。その理由もじゃ。だが、このわしの頭を悩ませたものがたった一つあった。その状態は裁判の二日目まで続いた。スペンサー・ヒュームは殺人に関わっておるのか否か、ということじゃ。

わかりやすく話してやろうか。わしはスーツケースを手に入れた。そいつは事件の晩からパディントン駅に預けっぱなしだった。アメリアとスペンサーがぐるなら、アメリアはスペンサーに頼んでさっさとスーツケースを回収したはずじゃ。どっかのお節介が中を覗いてみようなどと変な気を起こさんうちにな。彼女とて、ひと月以上もの間しゃべれないほど熱に浮かされ続けたわけじゃない。それに、わしがスーツケースを取りに行った一週間後、男が——スペンサーではない男が——手荷物預り所に現れ、スーツケースのことをしどろもどろに訊いていった。

わしは、ああでもないこうでもないと頭を悩ませた。それも裁判初日の夜までのことじゃ。なんとスペンサー・ヒュームが姿をくらましおった。自分はジェームズ・アンズウェルが殺人を犯す現場を目撃した、という手紙を置いてな。スペンサー叔父さん持ち前の引用癖は影を潜め、真実の響きを宿しておった。しかし、わしはそれが嘘に違いないとわかった。ついにお日様が雲間から顔を覗かせ、一切が明らかになったんじゃ。事件全体を通じて、アメリアはいかにも無関係な印象を与えていたが、スペンサー叔父さんはそうではない。口髭をひねって人を騙すような、いかにも胡散くさい様子がありありじゃった。スペンサー叔父さんの困ったところはな、何も知らなかったこと、本当に何も知らなかったことなんじゃ。とはいえ、アメリアにしてみれば好き勝手にさせておくわけにはいかん。十四年もの間スペンサーは、誠実で実際的なあの女が話すことなら何でも鵜呑みにしてきた。別に不思議はないがな。彼女はスペンサーに、自分はアンズウェルの犯行を目撃したと話し、あの男はそれを信じた。それだけのことだったんじゃ。あの男が口にする仰々しいが中身のない言葉は、嘘ではない。あの男はそっくり信じておる。だから、アメリアの取るべき行動は極めて単純だった。スペンサーにこう言うだけじゃ。私はエイヴォリーに話してあなたたちの企てに加わったの。計画が変わって、私はあなたのスーツケースにデカンターやグラスを詰めて持ち出した。そのスーツケースは処分しなければならなかった——彼女の供述によれば、テムズ川に捨てたらしい——だから、なくなったことに動じないでいてほしい。証拠品があなたのスーツケースから見つかったらあなたが困った立場になる、というようにな。大した忠義ぶりじゃな。もちろん、クロスボウのクの字も出さん。それでスペンサーは口をつぐんだ。メアリに残した手紙でも、聞いた話ではなくあくまで自分が見たことにしたんだからな。わしらは、あの男の人となりを見誤っていたのかもしれん」

「でも、それは変ですよ！」私はたまらず口を挟んだ。「卿から一週間遅れてパディントン駅に現れた男は誰なんです？——スーツケースのことを訊いていったという。あなたは預り所の主任にそのことを質問しましたよ。よく覚えています。びっくりしたなんてものじゃなかったですから。僕はてっきりその男が犯人だと思いました。いったい誰なんですか」

「レジナルド・アンズウェルじゃよ」H・Mはしてやったりという顔だ。

「ええっ？」

「レジナルドの奴はな」H・Mは、抵抗できない獲物を前にした獣のような態度で話を続けた。

「偽証罪で二年ほど食らい込むことになった。知っておったか？　ふん。あの男は宣誓して証言台に立った上で、殺人を目撃したと嘘の証言をしたんじゃからな。わしは、あの男を証言台に立たせようと考えた。証言台でけしからん真似をしたら（むしろそう願っておったが）すぐさまとっちめてやるつもりでな。恐喝で告発するには証拠が足らんかった。わしはあの男にこう言ったんじゃ。あんたに出ておる召喚状は形式だけで実際に尋問されることにはなるまい、とな。あの男にまでスペンサー叔父さんのように逃げられるわけにはいかん――メアリ・ヒュームをゆすった件を持ち出すつもりだと仄めかしただけで姿をくらましたのは間違いない。そんな事情があったから、あいつは面従腹背、うわべは協力的だが陰ではわしに一杯食わせてやろうと仕返しを企んでいたんじゃ。その結果、偽証罪で二年食らうことになった。だが、本件でとびきり見事で何よりべらぼうなのは、犯人の正体というごく些細な点を除いて、あの男はおおむね真実を話していたということなんじゃ。あの男は実際に殺人を目撃しておる」

「なんですって？」

「本当じゃ。レジナルドがグラベルと会ったこと――ヒュームがピストルを盗んでいったのを知らされた時のことじゃが――その事実をわしが嗅ぎつけたのを、あの男は裁判の二日目まで知らずにいた。その直前、あの男が事務弁護士《ソリシター》のテーブルにいた時わしがゆすりの件を持ち出したんで、あの男は相当むかついた。それで、わしに逆《さか》ねじを食わせようとしたんじゃな。だが、あいつの話は、途中まで嘘は一つもない。実際にグロヴナー街へ行ったし、隣家との路地にも入った。そして階段を上り、家の横に付いておるドアにたどり着いた――」

「ですが、窓のない一枚板のドアを通して何かが見えたはずはないと法廷で言ったのは、卿、あなたですよ――」

「お前さんは何かを忘れておるぞ」H・Mは穏やかに諭すような口調だ。「ウィスキーの残った二個のグラスじゃよ」

「ウィスキーのグラス？」

「ああ。エイヴォリー・ヒュームはウィスキーを二杯注《つ》いだ。一杯は自分に、だが口はつけんかった。ブルディンが入っておるからな。もう一杯はアンズウェルが半分ほど飲んだ。このグラス二つをその後アメリア・ジョーダンがスーツケースに詰めたのは知っておるな？　さて、アメリアがしたはずのないことが一つある。中身が入ったグラスをスーツケースに詰めはしなかったはずじゃ。詰める前に中身を捨てなきゃならん。しかし近くに流しはない。せっかく作った密室状況を壊すことはできんので、窓を開けて捨てるわけにもいかん。それで彼女は、廊下のすぐ先にあったドアを開けて、グラスの中身を外に捨てたんじゃ。そのせいで――」

「そのせいで？」

「レジナルドに、文字通りつけ入る隙を与えてしまった。あの男は隣家との路地をうろついていた。わしが家横のドアにガラス窓はないという事実を突きつけてやった時、あの男が何と言ったか覚えておるか？　すっかり青ざめ、『ドアは開いていたかもしれません』と言ったんじゃ。それは嘘ではなかった。あのドアは本当に開いていたんじゃ。あの男は、それがどんなドアだったか気にも留めなかった。ガラス窓があったドアのことを覚えていて、それを利用して話しただけじゃ。自分が家の中に鼻面を突っ込んだとは知られたくないのでな。あの男が実際にどこまで見たのか、わしにもわからん。殺人の瞬間を目撃したかといえば、極めて疑わしい。しかし、アメリア・ジョーダンをゆする手がかりになることは見たに違いないし、あのスーツケースが胡散くさいことも勘づいた。問題は、スーツケースが消え、奴には行方がわからなかったことじゃ。それがわかるまでは——行方を突き止めんことには——あの男は二進《にっち》も三進《さっち》も行かなかった。どんな目論見があったのか、アメリアにどこまで接近していたのか、それは何とも言えん。しかし、ひっきりなしの厄難に、わしはアメリアが気の毒になりかけておった。だからといって、わしの依頼人の首を絞めさせていいことにはならんがな。わしは、あの女が法廷で証拠を目にするのも無駄ではなかろうと考えた。とりわけ、レジナルドを証言台に立たせ、涼しい顔をした悪党が熱い鉄板の上でじりじり焼かれて身もだえするのを見れば、あの女の心境にもそこばくの変化があるだろうと踏んだんじゃ。わしとしては、あの男がかなりの時間を牢屋で過ごさねばならんと知って、ようやく溜飲が下がった。特に、その理由が、全くの真実を話したことじゃというのが気に入っておる」

私たちはH・Mがウィスキーパンチをあおるのを見守った。卿は自分を老獪《ろうかい》な巨匠扱いさせるのが好きだが、いよいよ本物の老巨匠だと認めなければならないようだ。

「どうしても疑っちゃうのよね」イヴリンが言う。「ヘンリ卿は、公正無偏の英国法の輝かしい伝統の面汚しじゃないかって。ここには親しい人間しかいないんだから——」

「そうさな、ほかならぬお前さんたちじゃ、話してもよかろう」H・Mは遠くを見る目つきになった。「厳密に言うとわしは法を犯しておる。わしには、かつて泥棒稼業で世過ぎをしておったシュリンプ・キャロウェイという友人がおってな、ある晴れた晩、その男に頼んで、モットラム警部が詰めておる警察署に押し入って、ユダの窓に羽根のかけらが引っかかっているはずだというわしの推理が間違っておらんか確かめてもらったんじゃ。せっかく法廷まで出向いたのに、たった一枚の羽根のかけらが見つからんために、わしの精妙かつ華麗な弁論の劇的効果にけちがつくなど、あってはならんことじゃからな……が、羽根はあったんだからもうよい。この老いぼれは、若い連中が楽しそうにしておるのを見るのが好きなだけじゃ。ジム・アンズウェルとメアリ・ヒュームも、お前さんたちのように幸せな夫婦になりそうじゃ。だから、そんなにわしにつらく当たらんでもよかろう?」

H・Mは再びウィスキーパンチをあおり、葉巻に火を点け直した。

「するとこういうことになりますね」私は言わずにはいられなかった。「我らがレジナルドは、曇りなき正義のルールが逆しまに働いて獄につながれたわけですが、どうやらジム・アンズウェルも、妙な策略を用いて釈放されたんだという気になってきました。こんなことになったのも――何のお蔭と言えばいいんでしょうかね?」

「それなら教えて進ぜる」H・Mは神妙な顔になった。「この世の出来事のとんでもない行き違いのお蔭じゃよ」

内外ミステリ談義2
ジョン・ディクスン・カーの魅力

瀬戸川猛資
鏡　明
北村　薫
斎藤嘉久
（司会）戸川安宣

瀬戸川　鏡は学生の頃、レイモンド・チャンドラーの『長いお別れ』とジョン・ディクスン・カーの『ビロードの悪魔』を相前後して読んで感動したんだったたね。

鏡　カーっていうのは基本的に好きなんだよね、ペダントリイ趣味みたいな、あれはね、嫌いじゃない。以前、瀬戸川たちとよく話したんだけど、小栗虫太郎と似ているところがあって、最後の解決が、一番ありそうもない解決だっていうのがさ……（笑）。パズルやなんか基本的に俺好きだから、そういう面では、論理のトリックみたいなもの、論理の軽業みたいなのが好きだから、カーってのは嫌いじゃないんだ。不可能なことに挑戦するって、結構ロマンじゃない。

瀬戸川　鏡は前に言ってたよ、ミステリを読むと、特にカーなんだけど、頭の中でいくつか解決を考えると、最後にフェル博士なんかがこれだっていうのが、一番ありそうにもない解決だって（笑）。

鏡　意外性があるよね。真摯なカー・マニアは解決を読んで笑うわけ。

瀬戸川　それは邪《よこしま》な楽しみ方だよね。
鏡　カーには愚作って山のようにある。だけど俺、カーに関しては愚作に腹が立たない。仲良く笑えるっていう感じがあるから、あんまり腹が立たない。たしかに邪なファンだね。
――じゃあ歴史物に限らず？
鏡　そう、ただ本当にカーがいいなと思ったのは、歴史物というか――『火よ燃えろ！』とか『ハイチムニー荘の醜聞』、それと『恐怖は同じ』はちょっと現代が入りすぎているのか。『ハイチムニー荘の醜聞』って大好きだったんだよね。それから『ビロードの悪魔』は決定版だよね。
瀬戸川　『喉切り隊長』とかね。
斎藤　でも、『ロンドン橋が落ちる』はがっかりする……。
瀬戸川　あれはつまんないね。あの辺は後期の作品で、落ちてるからね。
斎藤　まあ、謎の要素もほとんどないし。
北村　『火よ燃えろ！』は？
鏡　『火よ燃えろ！』って警察の話だっけ。
北村　スコットランドヤードに……。
斎藤　ステッキですよ、ステッキ。
鏡　あれはいいよね。
北村　泣かせますね。
瀬戸川　昨日読み返してみて思ったんだけど、カーにはさ、意外な犯人っていうのがあんまりないんだよ。結果として意外に思えるのはあるんだけど、ほかの作家みたいに車掌が犯人だとか、郵便配達が犯人だとか、そういうのってないんだよな。
北村　それはタイプの問題で、エラリー・クイーンはまず犯人を設定して作品を作っている。カーはトリックが先にあってそこから作っていくからですよ。犯人の意外性っていうのは別にあんまり主眼じゃないんです。
瀬戸川　カーは普通の登場人物が犯人なんだよね。それをうまく隠しちゃうんだ。あんまり読者の印象に残らないように、かつ印象があまりにも薄いと最後の驚きが少ないから。犯人そのものの存在自体は平凡なんだ。それをうまく隠すから、最後になるほど、という感じになる。ああいうとこがぼくは非常にうまいと思う。
北村　意外な犯人の設定から入ってきているのは『皇帝のかぎ煙草入れ』かもしれないですね。
――うーん、ぼくはカーっていうのは、フーダニットを大事にした作家だと思うんですが。

瀬戸川　いや、フーダニットは本当に大事にしてて、ぼくはいつも意外なの。それは意外なんですよ。ただなんていうの、形式的にさ……。

――特別にフェル博士が犯人とか……。

瀬戸川　そうそう、記述者が犯人とか、そういうところから考えていかない。そこに俺はカーがストーリー・テラーと言われる由縁がある、と思う。

北村　様式的に、今度はなんとか即犯人の形を踏んでいこうという初期クイーンの行き方とはちょっと違うよね。

瀬戸川　すごくうまい。まあ、その辺は年代的に跡づけていかなくっちゃいけないんだけど、俺は初期作品はあんまり好きじゃないからさ。その辺は北村に任せるけど。

北村　いや、鏡さんの面白いという言い方を敷衍するとね、前にワセダ・ミステリ・クラブの〈フエニックス〉に書いた時に言ったんだけど、偏見ですが、面白いつまんないという言葉を使うと、クイーンとカーは面白い。どうして面白いのかというと、クイーンにはつまらない作品がないから面白い。

瀬戸川　カー的な言い方ね（笑）。

北村　カーにはつまらない作品があっても、そのつまらないところが面白いから面白いんだ、と。

――なるほど。

北村　そんな感じがするんですよね。

瀬戸川　カーはさ、ずーっと何度も論議されているわけじゃない。でも、結局カーの論議というのは、トリック論議からしかされてこなかった。すると結局トリックでどうのこうのって、江戸川乱歩の形になるよね。でもさ、カーはやっぱりうまいよ、小説がうまい、だから鏡が好きなんだ。

北村　うまい作品があって、うまくない作品があるのが不思議な感じがしますね。

瀬戸川　いや、だけど、うまくない作品でもうまいんですよ。それは推理小説としての結構が整っていない作品でも。そう思わない？　クロフツとかと違うんだよ、全然。

北村　歴史物なんか読んでて、大衆小説のツボを心得ているな、というのはあるんだけど、その一方……。

瀬戸川　歴史物はちょっと違うんじゃない。いつもカーで思うのはね、章にはたいていタイトルを付けてるよね。1、2、3って数字だけの章って少ないでしょう。章題を付けてるよ。その章の変わり目にね、必ず「ご存じですか？　彼は帽子を着けていた」……とかとんでもないこと言うわけ(笑)。なにっ!?って、先を読んでみると、なんてことはないんだよ(笑)。

斎藤　思わせぶりなんですよ。

瀬戸川　それでどんどん読ませちゃう。それはね、ほかの黄金時代の作家にはないとこです。

斎藤　でもそれがたび重なると、また大したことないんだなって、思っちゃう(笑)。

瀬戸川　それはさ、俺がうまいって言うのも非常に通俗的な意味でのうまさであって、かなりひどいところもあるんだよね。それで松田道弘が面白いこと言っててさ、カーはクライマックスになると、雷が鳴ったり嵐が来たり(笑)、古いんだよな。お芝居のでんでんでん……みたいな、そういうばかばかしいところもあるんだけど、でも乗せられちゃうんだよね、これはほかの作家にないよ、絶対。

斎藤　だからミステリとしての評価は非常に低いけれども、『髑髏城』というのがあるでしょ、ぼくは高校生の時に読んで、すごく面白くて、喜んだ。ところがミステリ・クラブに入るとさ、『髑髏城』と言うとね、みんな「ケッ」とか言うわけ。なんだかんだ理由をつけて。その辺はどうなんですかね。あれだって、フォン・アルンハイム男爵とバンコランの対決みたいな……。

北村　そういうことが、フロントページの内容紹介にあって、高校か中学時代に読んで、つまらないなーと思ってさ。

——ぼくはあれは小学校の時に、講談社の子供物で読んで、メイルジャアという……。

斎藤　魔術師ですね。

——牢みたいなところから最後に出てくるでしょ、ぼろぼろになって。テーブルの上にトランプがあって、それを昔を思い出して扇形にするんです。そこで手が震えてはらはらとカードが落ちる。あそこは感激して涙が出ました。

瀬戸川　おお～。

北村　それは完訳じゃないから(笑)。完訳で読むと辛いですよ。

瀬戸川　俺は講談社のは面白くなかったね。なんかこけおどしっぽいんだもん。

斎藤　これは非常に個人的な印象なんだけれど、ぼく初期のバンコランものなんかを読んでると、ぼくはすごく懐かしいという感情にとらわれちゃうわけです。強烈なノスタルジアというか郷愁みたいなものを感じるんですよね。だから客観的な評価っていうのができないんだけど、カーはかなり古い時代のパリとか、あるいはロンドンにそういうものを持ってたわけでしょ、それで当然日本人だからその辺はわからないんだけれど、非常に強烈なノスタルジーの感覚を覚えてね、のめり込んでいっちゃったという記憶がある。

北村　ミステリ体験としてのノスタルジアじゃなくて、作品の中へのノスタルジア。

斎藤　そうそう、そういう舞台へのね、時代のね。バンコランの生きていたパリといった描写があるわけで。そこに強烈な郷愁――懐かしいという感情を覚えたんですよ。

鏡　みんなあんまり言わないけど、カーで一番優れているのは、ディテールだと思うんだ、俺は。

瀬戸川　ディテールがしつこいよね。

鏡　時代小説で俺が感心するのは、例えばその時代――『ビロードの悪魔』は典型なんだけど――六十近い初老の学者が、姪かなんかに言われるんだよ、あなたはほとんどすべてのことはマスターしているから、言葉遣いに気をつければ何とか生きていけるわよ、みたいなことを。それに感心するんだよ。言葉遣いっていうのはどうしても現代の読者に向けて書かれているから、現代語になっている部分があるんだけど、それ以外の部分は押さえてるところが、カーはやっぱりすごい。

斎藤　英語のわかる人が読めば、その辺わかるんでしょうね。でも、カーも言葉遣いは現代風に変えてるんじゃないですか。

鏡　完全に昔通りの言葉にはできないだろうね。――そのことに関して思い出すのは、カーが〈EQMM〉（エラリー・クイーンズ・ミステリマガジン）で書評を担当していた時、歴史ミステリを評して、「言う」というのがみんな say になってる、he said、she said と……。「言う」に相当する英語はたくさんあるんだ、と言って、単語をずらっと並べるんですよ。

鏡　ディテールの押さえ方は優れているね。しかもあの人は歴史小説をやらないからいいんだよ。チャンバラをやってくれる。これは理想だと思うんだ。一つの時代を完全に作って、そこでチャンバラやるというのが。歴史小説というのは現実を離れないから。そういう意味でカーっていうのはディテールの描写とか、ディテールの詰め方とかっていうのにすごく優れている。

瀬戸川 カー流の歴史小説のつもりなのかもしれないね。

鏡 だけどあれは歴史小説じゃないよな。

瀬戸川 ものすごく脚註にこだわるじゃない。この時、『トリストラム・シャンディ』のスターンは、こういうことをしてなかったと諸君は思うかもしれないけどそうではない、とか。そんなこと誰も思わないって（笑）。知らないいんだからさ。

斎藤 それをしつこく指摘する。

瀬戸川 それは英米の読者に対してでしょ。

斎藤 十九世紀が好きなんですよね、二十世紀の感じがしないでしょ、すべてにわたって。

瀬戸川 遅く生まれすぎちゃった。

斎藤 例えば『皇帝のかぎ煙草入れ』のような最盛期の作品にしてもさ、なにか不思議だよ。やっぱり百年前が好きなんだ。アーサー王伝説だとか、そんなのばっかり読んで育った人なんだ。

――ダルタニャン。

瀬戸川 そう、ダルタニャン。コナン・ドイル……。

鏡 一九二〇年代くらい。

――三〇年デビューです。

瀬戸川 デビューは三〇年だけど、読んでるものは一九一〇年代から二〇年代なんだよね。

鏡 それはイギリスで読んでたの。

瀬戸川 いや、アメリカ。

鏡 育ったのはアメリカなの。

瀬戸川 そう。

鏡 アメリカからイギリス？　イギリスからアメリカ？

瀬戸川 アメリカで生まれ育って、物心ついてからイギリスに行ったわけでしょ。

――途中、フランスで暮らしていた時期がありま す。

瀬戸川 たしかペンシルヴェニア生まれだよね。

――そう、父親が町会議員で。

瀬戸川 それでイギリスへ渡ったのも二十歳過ぎてからでしょ。

斎藤 大人になってからですよ。

瀬戸川　なんかさあ、当時のチャンバラ小説に、憧れ、恋い焦がれてたんだよね、あんまり現代が好きな人じゃなかったと思う。百年前にずっとこだわって、異常な十九世紀志向というのがあるね。

鏡　十九世紀半ばくらいに、ウォルター・スコットってアメリカで、大変な人気でさ、新作が出ると、何週間後にはアメリカで出てるんだよね。アッという間にアメリカじゅうに広がってるんだよ。その傾向はずっと続いていて、サバチニなんかもそうだよね。ホープの『ゼンダ城の虜』もそうかもしれないし。

瀬戸川　騎士道ロマンス。

鏡　その辺の作品っていうのは、二〇年代くらいまで結構出ている。サバチニなんか二〇年代だからね、発表してるのは（代表作『スカラムーシュ』は一九二一年発表）。

北村　結構は整っていないけど、『恐怖は同じ』って好きなんです。

斎藤　プリンス・オブ・ウェールズ。

瀬戸川　普通の作家の作品だったら、典型的なSFだよな。

北村　シェイクスピア学者のやってることとか出てくるんですよね。破綻の多い話だし、読んでて気持ちのいい話じゃないんだけど。

瀬戸川　タイムトラベルものだよ、あれは。

北村　『火よ燃えろ！』なんかが形としてすっきりしているし、『ビロードの悪魔』は重量感がある。でも『恐怖は同じ』って好きなんですよ。

斎藤　あれはかなりいい加減な話だよね、気がついてみると、やっぱり、なんか同じような状況になってる。

北村　そうそう。

鏡　『ビロードの悪魔』って書いたのは一番最初のほうでしょ。

――歴史物の最初です。

鏡　カーの作家歴の真ん中くらい？

北村　一九五一年。わたしが早稲田を受けた時にね、試験でヴェルヴェットって出たんですよ。なんか聞いたことがあるなあ――と（笑）。

瀬戸川　読んでたの、その時。

北村　いや、読んでません。英文和訳の問題に、ヴェルヴェットって出てくる。ああ読んどきゃよかったなーと（笑）。

鏡　今はヴェルヴェットのほうが通る、ビロードのほうが通じないんだろうね。

北村 *The Devil in Velvet*……。

鏡 あの作品で、当時の上流階級の人がみんな頭を丸めてたってことを初めて知ったよ。カツラを付けるから、みんな自分の頭を坊主にして、丸刈りにしてたんだってことをさ。

斎藤 必ず「好事家のためのノート」とか最後に付いてましたね。

瀬戸川 好事家なんて、いないんだよ（笑）。カー自身が好事家なんだよな。

鏡 そうそう。自分が一番の好事家。

瀬戸川 ものすごくつまんないことをさ。それはもう、カーの独壇場ですよね、あれはね。

鏡 明治時代に外を歩くのに、帽子かぶってないと異常なんだって最近聞いたけど、そういう話っていうのは、わからないものね。

瀬戸川 H・G・ウェルズにしても――ウェルズはカーよりも大分先輩だけど――アガサ・クリスティにしても、未来志向の人でしょ。カーの場合は、全然それがないんだよね、科学っていうのがないんだ。科学っていうか、当時の時流に乗っていくというところがないんだ。エジソンとかと同じ時代の人だろ。

斎藤 だいたい数学がダメで大学を諦めた人だから（笑）。

瀬戸川 アイザック・アシモフが言ってるんだよ。それを読んで、アシモフはすごくカーを読んでると思ったけど。カーは科学知識がないから（笑）、これだけわからないことしたって、論じてるんだよ（笑）。元素とアンチモン。もう一つは炭酸ガスと――

――一酸化炭素。

瀬戸川 あれはね、『連続殺人事件』だよね、あいうところはわかんないんですよ、カーは。

鏡 科学音痴。

瀬戸川 音痴というほどじゃないと思うんだけど。

斎藤 『夜明けの睡魔』の中で、瀬戸川さんは奇術趣味っていうことについては異論がある、と言ってますね。

瀬戸川 いや、趣味はすごくあると思うんだけど、あんまりそんなに興味がない。奇術趣味だらけでしょ、あの人は。奇術趣味でもさ、奇術趣味って、とかくクレイトン・ロースンみたいなのと誤解されるじゃない。カーはその出し方がうまいんです。

斎藤　クレイトン・ロースンという人は作品数が少ないからね、単純に比較できないんだけど、あの人は一応マジックのプロなわけですよ、マジックの本も書いてるくらいだから。ぼくの印象では、非常に巧みなテーブル・マジックをするマジシャンという気がする。カードとか、コインとか、そのもの自体には仕掛けのないものを使って、目の前で非常に鮮やかな奇跡を見せてくれる、という。だけどカーって人は、趣味なんですよね。だからね、印象から言えばね、ステージ・マジック、それも一時代前の、ブラックストンとかね、大魔術一座を組んでという気がして、つまり背景とか道具立てに非常に凝るわけでしょ。だからイリュージョンというんだけど、魔術、幻想を見せたいという志向が非常に強いんじゃないかなと。

瀬戸川　それはあるでしょうね。

斎藤　見てるほうとしてはあの道具には仕掛けがあるんだろうなと思ってるんだけれど、でもそれよりも何よりもロマンティックな幻想を舞台で見せるという、これは比喩でもちろん言ってるんだけど。

瀬戸川　そうなんだけれど、カーの奇術趣味とか、不可能興味とか、オカルティズム志向とかを強調すると、今まで言われてきたカーになっちゃうじゃない、それは、本当のカーの面白さを言い当てていない感じがするんだ。だから違う言葉で言うと、小説がうまい、と。

北村　それと別のことですけど、カーはやっぱり邪な読み方ができると思うんですよ。ロースンは邪な読み方という感じにはならない。

鏡　カーは邪な作家だよな。

斎藤　今までカーのドタバタは泥くさくてつまらないと言われてるでしょ、でも、ぼくは結構楽しんで読んでる。

北村　『墓場貸します』とか、実に馬鹿馬鹿しくて楽しい。

瀬戸川　慣れてくると楽しいんだ。

斎藤　私はそんなにセンスが悪いんだろうかと思って非常に悩んじゃう。

瀬戸川　違う、あれはハリウッド的なんだよ、それこそローレル&ハーディとかさ。チャップリンとかさ、あの時代だからね、本当はそのつもりなんだよね、ただフィルターが古いから、なんかすごいださくなっちゃうだけで……。

斎藤　オペラのアリアを朗々と歌ったりとかね。
瀬戸川　そうそう。でもあれも慣れてくるとね、非常に楽しいもんですよ。
北村　慣れてくればっていう意味で言うと、一つ読んだんじゃダメなんですね。
斎藤　だいたい、ほかの登場人物が、あれは何だと唖然とした顔してさ、坂の上から車椅子でひゅーって来たら、それはもう、無声映画の世界じゃないですか（笑）。
瀬戸川　彼としてはスラプスティックのつもりなんだよな。
鏡　スラプスティックってそういうもんなんだよ。
瀬戸川　本当はそうだったのかもしれないね。
斎藤　最近ビデオで昔のやつを観るとひどいもの。もう、ローレル&ハーディとか本当にひどいです。
瀬戸川　面白かったけどな。
斎藤　どうしていいのかわかんないのがたくさんある。あれを喜ぶっていうのは、アメリカ人だよね、カーは。
瀬戸川　典型的なアメリカ人。
鏡　カー自身が誤解してるんだろうけどね、アメリカ人ということを。
瀬戸川　いろいろなことを誤解している人なんだ。例えば『孔雀の羽根』みたいにさ……。
北村　読んだはずだけど覚えてない。
瀬戸川　あの中で密室講義ってのが出てくる。密室ができる状況を挙げていて、結果的に密室になってしまった場合、次は密室を作ろうとして何とかなった場合、最後が倒錯しているんだよ。密室を作ってね、解けなければ、それは密室の意味がある。密室ってのは不可能犯罪じゃない、いつまで経っても警察が解けなければ密室のままで終わる、だからこれは密室にする意味がある。絶対に解けないということを前提として密室を作ったんだ、と。
北村　開かない？
瀬戸川　いや、絶対誰にも解決できない。開かないんじゃないんだよ、解決できない。それで『孔雀の羽根』の事件が始まる。
――それは意味はありますよね。
瀬戸川　意味はあるけど、考え方として倒錯しているでしょ。ちょっと異常だ。なるほどとは思うけどさ。
北村　不思議なところはさ、斎藤君がなんかで言ってたけど、『三つの棺』の講義の中でね、我々は探偵小説の中の人間だから、と言い出す。普通の作家はそんなことを言わない。そういうことを言っちゃうわけよ。

瀬戸川　それはね、カー独特のユーモアなんだよ。

斎藤　ほかの人がなんか言うと、回りくどい言い方はやめよう、というわけ。要するに、我々はミステリ、推理小説の中にいるんだから、もっと率直にやろうとか言う――なんだこれはと思うね。

北村　探偵小説の中でしかこんなことは起きないんだけど、と言うんだから。

鏡　じゃあアジってたのね、基本的にね。それはわかった上で、本当に信じさせようとしてないところがある。それがすごいね。時代的にわからないんだけど、バローズって典型なんだけど、これは本当の話です、というのをどうやって納得させるかっていうことに心を砕いてるわけ、それをもう放棄しちゃってる部分があるよね。

北村　ほら話のことを「本当の話」という言い方がありますか。

鏡　トール・テイルはあるよ。本当の話です、と言ってほら話をしていくというのはある。けれど、なんと言うか。

北村　ギリシアのルキアノスに『本当の話』というめちゃめちゃな話があるんだけど、トール・テイルというのがあるのかなと、なんかで見たら、ほら話を本当の話という。

鏡　あの頃っていうのは、いかにリアルかというのを訴えてた時なわけ。こんな馬鹿な話は信じられないだろうけど、私はこういう人からちゃんと聞いた話なんだ、みたいな。カーはそういうのを完全に捨ててるのかね、『三つの棺』って、年代は三〇年代なの？　もっと後？

――『三つの棺』は一九三五年です。

鏡　そこまで目覚めちゃった人なのかな。

瀬戸川　いや、すごい冴えてる人というか、醒めてる人というか、極度の洒落っ気を感じるんだよね。それで松田道弘は、ヴァン・ダインの二十則、あれを意図的に破っているんじゃないかって言ってんだけどさ。『死者はよみがえる』みたいなのをやるっていうのはさ、すごいよな。はっはっは、という感じでさ。フェアプレイなんて頭から考えてないようなところがあるんだよね。だから、あれだよ、『火よ燃えろ！』のステッキだってさ。

斎藤　あれはでも、その時代のことをよく調べれば読者もわかるはずだとか、その辺まで考えてますかね。

鏡　いや、考えてないでしょう。

瀬戸川　説得力があるんだよね。

鏡　あの人の特徴っていうのは、だいたい、君たちは知らないだろうが、という姿勢がすごくある。私は知っている、という（笑）。

斎藤　この辺はすごいですよね、三〇年代は。

瀬戸川　いや、俺はあんまり好きじゃないの、三〇年代は。『死時計』とかそういうのでしょ。

斎藤　も、入ってます。

瀬戸川　『赤後家の殺人』は何年でしたか。『魔女の隠れ家』は好きじゃない。

斎藤　『魔女の隠れ家』は三三年。『赤後家』は三五年です、『黒死荘の殺人』が三四年。

鏡　カーはなんでこんなの書いたんだろう。作家としての動機っていうのが本当にわかんない人なんだよね。だけど、時代小説のほうはすごくよくわかる。

北村　後期のほうに行くと歴史物はやっぱり書きたくて書いてたんじゃ。

鏡　て言うかほら、あの時代に生きてた男というのが彼、好きなんだよね、きっと。だからヒーローの作り方がすごくうまい。周りが持ち上げるんだよ。周りの人間が信服して、付いてくる、典型的なパターンだよね。そういうのがすごくうまいわけ。

北村　ストレスを作って、それを何処かで解決するように持っていくでしょ。だから読んでて非常に快感があるんですね。

鏡　それと、うまいなあと思うのはね、虐げられた人たちの味方なんだよね。だから召使いとか、今まで人間と認められていなかった人間が、「あなたのためなら！」と言う。そういうのがすごくうまいんだ。それは必然性みたいなのを感じるんだよね。現代ではあり得ない男たちみたいな話というのが。きれいな女がいて、すごく逞しい男がいて、みたいな、一番昔のロマンスの形。でも、それ以外のはわかんないんだよな、俺。何を書きたくてこんなに書くんだろう。そんな流行作家でもないよね。カーってベストセラー作家になったとは思えないけどね。

北村　向こうではどうなんですか。売れてる人なの。
——デビュー作の『夜歩く』は発売後何週間かで……。
鏡　ベストセラーに入ったのか、あれ。
——二万部だか。いや、大したことはないけど、当時としてはすごかったんですよ。
鏡　カーがなんで小説をあんなにたくさん書いたんだろうって、それがわかんないんだ、俺。
瀬戸川　たくさん書いたよなあ。七十冊ですよね。
鏡　作家としての動機が、わからない。
瀬戸川　まあ、騎士道ロマンスが好きで書きたかったんだろうね。それが年とってから少し出てきちゃったんだよな。
鏡　騎士道ロマンスみたいなものを書きたいというのはわかる。
瀬戸川　ダルタニヤンみたいなやつな。
鏡　やっぱり時代とかさ、そういうものに憧れてる。本格物っていうか、ああいうミステリを書き出してるのがわからない。
北村　あれはやっぱり読者の要求があった？
——カーはチェスタトンとかを非常に尊敬してて……。
北村　チェスタトンとは違うんだけど。
——系統は全然違うんだけど、イギリスに行ったのも、チェスタトンに会いたかったから、というのが一つあったんでしょう。
瀬戸川　コナン・ドイルとチェスタトンね。尊敬してたのはね。
斎藤　だから『死の館の謎』の中で、おじさんに、『ブラウン神父の秘密』の校正刷りかなんかおみやげに持ってきてあげるというのが出てくるでしょ、喜ぶと思ったと言って。
瀬戸川　最近、『死者のノック』を読んだんだけど、あれにウィルキー・コリンズが出てくるんだよ。それでディケンズが、ウィルキー・コリンズに……。
鏡　『死者のノック』ってウィルキー・コリンズ主役のやつじゃない？
瀬戸川　違う、あれは『血に飢えた悪鬼』。それよりもっと前の作品だ。五〇年代じゃないかな。あの頃からやってるんですよ。
鏡　好きだったのかな。
瀬戸川　結局十九世紀の作家とか、みんな好きなわけよ。

斎藤　『死者のノック』は結構新しいですよ。五八年。
鏡　一九五八年が新しいと思えるのはもう相当トシだよね。
斎藤　カーとして、ですよ。
鏡　いや、俺だって、結構五八年って新しいなって、思うけどさ。今の人たちには何の関係もない。
瀬戸川　ばかばかしい……。
――『わらう後家』（『魔女が笑う夜』）風ですか。
瀬戸川　ああ『わらう後家』か。よくあんなこと考えるね。
北村　それは邪な読み方でしょ。
瀬戸川　そうそう。
北村　『わらう後家』はしかし腹が立たないんだよね、よくもまあ……。
鏡　ぬけぬけと。不思議だよね。
瀬戸川　ほかの人じゃやらないだろう。
北村　これをやったら作家生命が絶たれるだろう、って思わない。
――作家生命（笑）。
瀬戸川　うまいんだよ。なんだかんだ言っておさめちゃうんだ。
北村　『死者はよみがえる』なんかも。
瀬戸川　うまい、うまいんだ。
鏡　何なんだろう。カーっていうのは読者をバカにしてるんじゃないの。というか、下に見てる。
北村　それは例えば探偵のキャラクターから出てくる話ですか？
瀬戸川　違う、カーは早い話、フレドリック・ブラウンとか、マーク・トウェインとか、ああいうのに通ずるところがあると思うよ。全面的にとは言わないけど、そういう傾向がある。
鏡　マーク・トウェインは近いところがあるかもね。
瀬戸川　ああいう、いかにもアメリカほら話風に話を収斂させていくところがね。
鏡　厭世的でもないしさ、文明批評ってないからね。時代小説を書いているってことがそうかもしれないんだけど、文明批評みたいなのないでしょ。だからチェスタトンに憧れようと、ドイルに憧れようと、どうしても違うのはそこなんだよね。
瀬戸川　そういう点では、やっぱりアメリカ作家なんだ。イギリスにいたらああいう風にならない。
北村　だから、探偵の容貌でもね、バンコランとか『死の館の謎』のおじさんでも、何となくメフィストフェレス風な笑いを浮かべて、という具合でしょ。でも歴史物の、例えば『火よ燃えろ！』とか『ビロードの悪魔』なんかは巻措く能わずというところがありますね。だけど本格物は、そういう感じではない。だから、「カーを読むぞ」という感じで取り組まないと。

瀬戸川　頭の切り替えが必要。

鏡　そうだよね、カーをこれから読むんだぞ、読んでるんだと思わないとなかなか読めない時がある。

瀬戸川　『曲がった蝶番』なんかはさあ、トリックなんてちっとも面白くないわけよ。タイタニックだから。

斎藤　人間が入れ替わったのかもしれない、という疑惑で、最後までずっと持っていっちゃうわけ。

瀬戸川　そういう作家ってさ、本格物の黄金時代にはいないんだよ。

斎藤　いないですね。

瀬戸川　『緑のカプセルの謎』だってさ。毒殺事件が起こるでしょ、じゃあひとつ実験してみようって、それじゃ死んじゃうじゃない（笑）。そういうのってないんだよ、話の転がし方がユニークなんだ。普通の推理小説ならそこで、順番に尋問していく。エラリー・クイーンがそうでしょ。それが常道なんだよな。『騎士の盃』とか『メッキの神像』（『仮面荘の怪事件』）っていうのはひどかった。

鏡　たしかに、ひどいのが多い。でもそれがたまんないんだ。つくづく思った、カーって、なぜこれを書いたんだ、という読み方は今までされなかったじゃない。そこが本当は知りたいよね。彼の意図は別にあったかもしれないじゃない。そんなわけのわかんないことを書こうと思ったのはなぜか、読者に受けると思って書いたのかもしれないし。

瀬戸川　そうそう。ビル・プロンジーニなんか尊敬する作家にダシール・ハメットとディクスン・カーを挙げてるんだよな、全然タイプが違うじゃない（笑）。

——プロンジーニは密室を書いてますから。

北村　そうそう。

鏡　プロンジーニの趣味って、*Gun in Cheek* っていうのが出て、それからその続編も出たんだけど、二流のさ、ミステリ・マニアなんだよね。一作目のほうはまだいい、二作目はひどいよ。わけのわからない女流作家の、一作しか書いてないようなのを、こんなにひどい小説は読んだことないとわざわざあらすじ書いてるんだから（笑）、ああいうとこは悪い趣味だよな。

北村　瀬戸川さんと言えば、『火刑法廷』ですが。

瀬戸川　好きですね、一番好きですね。

鏡　何が。

瀬戸川　『火刑法廷』って、全部二重崩しになってるじゃない。

鏡　でもやっちゃいけないことをやってるよね、『火刑法廷』も。ファウル・プレイの山だよね。だから『ビロードの悪魔』で歴史書いちゃうけど、あんなのミステリ作家じゃ絶対できないからね。タイムパラドックスがどんどん出てきて、みんな知らん顔しちゃうじゃない。

瀬戸川　かと思うと、抜け穴は作るしさ。

鏡　そういう意味じゃ今向きかもね。真面目な人たちが多い時代には向かないと思うんだ。

瀬戸川　だからそれをね、真面目に読まれすぎた感じがあるんだよ。

鏡　そうだね。

瀬戸川　だからオカルティズムとか言うけど、カーの怪奇趣味なんてもうお笑いだもんね。

斎藤　それは単に道具立てであるより嗜好だと思うんですよ、彼の世界を彩る。やっぱり好きなんですよ。

鏡　いやそれがさ、道具立て以上の問題があると思うんだよね。小道具で使っているとはちょっと思えないんだよね。結構オカルトも馬鹿にしているんじゃないかって感じがある。

瀬戸川　そういう感じはあるね。悪のりして書いてるんじゃないかな。

鏡　にやにやしながら書いてるんじゃないかな。横溝正史のオカルティズムって結構わりとマジに行っちゃうところがあるじゃない。

瀬戸川　それはおかしいことだよね。

鏡　だから横溝正史って、日本でカーがどう受け取られたかという、いい事例だね。ああやってマジに書かざるを得ないんだ。

瀬戸川　向こうだったらさ、おふざけだったのかもしれないけど、横溝は本気になっちゃう。

鏡　それから怨念なんかを足してきたりする。日本の読者にオカルティズムの部分を納得させるために。カーにはそういうとこないもんな、怨念はないんだ。見世物に近い、そこがすごいよ。

瀬戸川 見世物だよ、あれは奇術趣味だから。

鏡 だからすごく面白い。

瀬戸川 カーは小説がうまいっていうのは、文学的な意味じゃ全然ないからね。

鏡 エンターテインメントとしてっていうことでしょ。

瀬戸川 そうそう。有名なエドマンド・ウィルソンの「誰がアクロイドを殺そうが」って評論があるじゃない。ドロシー・L・セイヤーズとか、推理小説を片っ端から切っていく。「私が読んで唯一つ面白いと思ったのは、レイモンド・チャンドラーの『さらば愛しき女よ』のみであった」という風に一般に喧伝されてるでしょ、そうじゃないんだ、もう一つ面白いと言ってるんだよ、それはね、ディクスン・カーの『火刑法廷』。『火刑法廷』のほうはなぜか切られちゃってるんだよね。正しくは、「一つはレイモンド・チャンドラーの『さらば愛しき女よ』、もう一つは『火刑法廷』、これはね、ちょっとバカみたいな作品だけど、非常に面白かった」って言ってるんだよ。

北村 カーの作品を色々読んだ上で、「これは異色作である」という読み方じゃあない。

瀬戸川 違う違う。

鏡 カーっていうのは、キャンプ趣味があった、六〇年代的に言えばね。悪趣味というか、俗悪的な感じ。

瀬戸川 まあそうだろうね。

鏡 結構インテリが弱いんじゃないかと思うんだよね。カーについては。

北村 逆にというのも変だけど、逆に。

鏡 裏読みの好きなインテリは結構カーを面白いと思うよ。

斎藤 インテリってのは騙されやすいから。

鏡 キャンプ趣味の典型であることは確かだと思う。

北村 『ビロードの悪魔』とか『火よ燃えろ!』なんて映画化したら面白いでしょうね。

鏡 でもあれじゃない、例の「ある日どこかで」だっけ。

瀬戸川 あれはつまんなかったよね。面白かった?

鏡　あれ好きよ。
瀬戸川　おれ、嫌いなんだよね。ジャック・フィニイみたいなやつだろ。
鏡　そうそう。原作リチャード・マシスンで、主演がクリストファー・リーヴ。
斎藤　瀬戸川さんは、映画の「火刑の部屋」は観てるんですか？
瀬戸川　観てない。
斎藤　ジャン＝クロード・ブリアリが出た。
瀬戸川　カーを真面目にやったらしいけど、つまらなかったらしいよ。
斎藤　ぼくは映画の広告だけは新聞で見て、非常に観たかったんだけど、群馬県のほうには来ませんでした（笑）。原作ジョン・ディクスン・カーと堂々と書いてあった。
――いや、東京でも一週間くらいで打ち切っちゃいましたよ。
北村　『宝石』の映画評に載りましたね。
瀬戸川　あれはしかしジュリアン・デュヴィヴィエだからね、当時の大巨匠だからね、観たいよね。
斎藤　映画になったというのはあれくらいなの？
――いやいや「パリから来た紳士」もなってるでしょ。
瀬戸川　あれは日本未公開。「外套の男」（The Man with a Cloak）とかいう。あれはでもわりと面白いらしい。
鏡　そういえば、一九二〇年代三〇年代くらい、シリアル・ムービーってあったよね。要するに連続活劇ってやつ。今、ビデオになってるけど。キャプテン・マーベルの何とか、とかさ、そういうやつ。それを観てて面白いのは、絶対毎回最後で主人公が死んでるんだよね、どう見ても。それを次の回の時に種明かしがあって、必ず生き延びるんだけどさ、それって、カーに近い（笑）。「そんなことねえだろうっ！」（笑）というのがあるわけ。縛られてて、その上に飛行機が飛んでるじゃない、縛られたままで、次のカットで飛行機がばーっと迫ってくる。あれは絶対死ぬ、と思って次回を見ると、ちゃんとほどいて抜け出してるんだ。カーに近いよね。
瀬戸川　カーってそういうところがあるね。
鏡　あるある。ああいうの観て、あれでいいと思っちゃったんじゃないの（笑）。
瀬戸川　映画は観てるはずなんですよ、あの人ね、だけどあんまり作品中には出てこないね。
鏡　出てこないね。
瀬戸川　十九世紀的なことばっかり出てきちゃうわけ。だからなんかそういう家庭に育ってるんじゃないの。当時だったら、普通の現代文学なんか読まなくていいと。
鏡　あれはコリン・ウィルソンとドンピシャだね、彼の書いてるものって。やっぱりコリン・ウィルソンは十九世紀をすべて、というか二十世紀はすべて終わるべきだと言ってるじゃない。
北村　『緑のカプセル』で映画撮ってますよ。
——実験のために映画を撮ってる。
瀬戸川　それはでも手品のためのな。あれは映画使ってたね。なんかこういうエンターテインメント的狙いはないんだよ。
北村　映画使っているとは言っても。
瀬戸川　なんか、同時代から目を背けてた感じがするんだよね、カーは。クイーンとかクリスティとかはそんなことないでしょ。
鏡　だから、ミステリというものの考え方が、もう、興味が違うんだろうね。ほかの人はやっぱり時代と共に生きてなきゃいけないという部分があったけど。原型に戻りたがるタイプ。だからチェスタトンとかシャーロック・ホームズとかにやっぱり戻りたがる。自分たちの文化の源へ戻りたがるところがすごくあるよね。
斎藤　『深夜の密使』なんかもね、ミステリとはちょっと言えないですよね。
瀬戸川　だから『ロンドン橋』と同じでしょ、自分がやりたいことをやって、ミステリをくっつけるという感じね。『死の館の謎』とかの《ニューオーリンズ》ものも。
斎藤　《ニューオーリンズ》ものだとまだミステリとしての要素はありますよね。だけど『深夜の密使』なんかになると、それすらも失っていると いう。
——あれは若い頃の作品なんですよ。
瀬戸川　『深夜の密使』はいつですか、あれ。
——最初に発表したのは一九三四年。別名義で発表したので、まるっきり無視されたようです。
北村　今、カーは売れ行きとしてはどうなんです。
——割合いいですよ、うん。
斎藤　本当はカーは好きじゃないんでしょ、そんなには。

北村　いや、好きだよ、クイーンとカーは、クイーンを読むか、カーを読むかという感じで読むよ。

瀬戸川　それと『白い僧院の殺人』。三〇年代だけれども、驚いたというのには『白い僧院の殺人』は驚いたね。きれいに割り切れて。ごちゃごちゃしてるのが多いんだよな、三〇年代は。

鏡　俺はほとんど覚えてないんだよな、「なんてひどい」というのしか覚えていない。

瀬戸川　それは邪悪な読み方をしてるから。

北村　なんと言っても、一番のケッサクは『わらう後家』ですよ。あれで長編を書く勇気（笑）。

瀬戸川　気絶しなかったらどうするんだよ。

北村　『囁く影』なんかもカーらしい奇想ですよね。

瀬戸川　あれは面白かった。

北村　あれは、ショック死するだろうと思うね。

鏡　最近、時代物ってまた増えてんじゃない、そういうのはどうなの。でも全然違うんだよね、ピーター・ラヴゼイとかと違うでしょ。

瀬戸川　だいぶ違うね。ラヴゼイはでもちょっと影響あると思うけどね。

鏡　いや、あると思うよ。だけど読後感が全然違

瀬戸川のこと、北村のこと、そして斎藤のこと

鏡　明

この座談会のことは、まったく記憶にない。冒頭の瀬戸川とのやりとりは、何となく覚えているが、それは、この座談会ではないところでの話だったと思う。

読みなおしながら、つくづく思うのは、みんな、なんて楽しそうなんだろうということだ。

それは、この四人の知識のレベルが、同じ水準にあるからだ。そして、それでも、それぞれの意見や好みが異なっているから、話がはずむ。楽しくなってくる。

ま、私が、その中では、一番レベルが低いという気がするが、それでも他の三人の話に、何とかついていっている。

うでしょ。
瀬戸川　全然違うね。
鏡　カーのほうが楽しいよね。やっぱり現代人が書いてる。
瀬戸川　まあカーは特殊ですな、独特ですな、ほかの時代物とは違うね。
鏡　でもサバチニみたいなのを読んでると結構近いんだよね。
瀬戸川　ああいうのは近いかもしれない。チャンバラの好きな人だからね。だから結構、その、古いものでも読み返すと、結構いろんなことやってるんじゃないかという気もするよね。
北村　カーって結構忘れるでしょう。
鏡　そう、忘れる。
瀬戸川　盛りだくさんすぎない？
鏡　だから次々忘れるよね。
瀬戸川　ごちゃごちゃ出してるからね、あの人は。
北村　『赤後家』にしたって覚えてないですもん。
鏡　全然覚えてない。『赤後家』は。
北村　そこに入ると死んじゃう部屋があるとか、それぐらいは覚えてるんだけど、大枠は。
瀬戸川　それはある。創元のフロントページで覚

それにしても、この三人の内の二人は、もうこの世にはいない。時は、あっという間に過ぎていくのだ。

私自身、書き足したいところが、それなりにあるのだが、半分の人間がそれをできない状態なのだから、最低限のなおしにとどめた。二人に対する礼儀だ。

瀬戸川の発言を読んでいると、ああ、もったいなかったなあ、と思う。

正統的なところと、ミステリ馬鹿のところが、ちゃんと備わっている。今でも書いていたら、誰も到達できなかった新たなミステリ評論を書いていたにちがいないし、それを私は心から読みたかったと思う。

斎藤は、この座談会に、一番手を入れたかった人間ではなかったか。妙に、まともに語っているが、本来は、もっとマニアックだったし、もっとちがう目を持っていた。ただのミステリ・マニアにしか見えないのが、残念だ。

彼のカーに対する思いや好みを、もっと語ってもらいたかった。言いたいことが、沢山

えているって感じだよね。トリックはあんまり覚えてないんだよ。カーのトリックってのは、結構いい加減なもんだよ。
鏡　いい加減だよ。
瀬戸川　だから覚えてないんだよ。
北村　短編を支えるようなネタが多いでしょ。
瀬戸川　だからね、やっぱり説得力なんですよ、こんなぐらいのことなのにさ、ふんふんふんっとやると、なるほどと。そういうふうにみんな見てるんじゃない。
北村　瀬戸川さんが話をするとどんな話でも面白くなるでしょう。
瀬戸川　似てるんだよ、そういうところが。
北村　エドウィン・コーリィの『星条旗に唾をかけろ！』とか読まざるを得なくなる。
瀬戸川　面白いじゃないか、読んでるんだ！（笑）
北村　読んでますよ。
瀬戸川　面白かったろうが（笑）。
北村　いや、面白かったですよ。でも瀬戸川さんの話のほうがはるかに面白かった、作品よりもね。
瀬戸川　ちゃんと読むところが感心ね（笑）。
北村　瀬戸川さんにやられると……。

あっただろうに、残りの三人に、ちゃんと合わせてくれている。本当に、いいやつだったのだ。

　北村は、やっぱり、この頃から立派な人だった。実に正統的な読み手であった。それは、瀬戸川とどこか通じるところもあったし、ある部分では、それを越えているところがある。北村の同期の仲間からも、一目置かれていたように思う。

　ノスタルジイではなく、ここにある楽しさは、私たちが体験してきたことだ。

　昔は良かったということではない。みんなが、馬鹿みたいなことに、本気でのめり込んできたことの結果だろうし、それは今でも可能なことだと思う。

　ディクスン・カーは、もうほとんど読まれなくなっていると聞く。

　この座談会が、カー再読のきっかけになってくれれば、と願っている。

（二〇一五・五・一八）

瀬戸川　読後感だけが残っちゃうのね。
北村　よくあんなこと、というのをやっぱりやるから、『三つの棺』にしても、丹念なんだけど、まあ、鏡がどうこうとか、なんとかかんとか、あいうとこがちょっとまともじゃない。これ、ほめ言葉ですよ。
瀬戸川　まともじゃないよ、『死時計』とかさ、火付け男（?）とか出てくるあれだろ、なんかわけわかんない、じっくり読まないと。ごちゃごちゃしててね。
——では最後に、好きな作品を三つ挙げてください。
瀬戸川　じゃ『火刑法廷』は入れましょうか。それと、『爬虫類館の殺人』を入れますかな。それから『黒死荘』でも『白い僧院』でもなんでもいいんだけどなあ、『死者はよみがえる』というのをやっぱり入れたいね、松田道弘がどうのこうの言ってるけど、あれはやっぱりいいよ。じゃあぼくはこれにします、北村が絶対に選ばないやつ。『緑のカプセルの謎』（笑）。あれはあんまり言われてないからね。歴史物が入らないっていうのがちょっと……。
鏡　俺だって三本とも歴史物だもの。
瀬戸川　そうだよね、じゃその三作にしよう。
鏡　『ビロードの悪魔』とそれから『ニューゲイトの花嫁』と『火よ燃えろ!』か『ハイチムニー荘』のどっちか。まあいいや、『火よ燃えろ!』にしておこうかな。
北村　『三つの棺』はまだ出てない、じゃあ『三つの棺』と『白い僧院の殺人』と『恐怖は同じ』。出てないのが。
斎藤　『曲がった蝶番』は?
——別にダブったっていいですよ。
瀬戸川　でもそこがカーの面白いところなんだ。
鏡　全部が違うっていうのがいいよね。
瀬戸川　そう、クイーンだとどうしても定番があるもんね。
斎藤　じゃあ、これはまず出ない『囁く影』を。
鏡　俺は好きよ。
斎藤　で、趣向で『ビロードの悪魔』というのを。
瀬戸川　いいですな。結構ですな。
斎藤　あと『エドマンド・ゴドフリー卿殺害事件』にしましょう。

（於・三笠会館）

本座談会と『ユダの窓』について

戸川安宣

一九八七年――まだ昭和の六十二年の秋だったと思うが、ひょっとすると翌六十三年の春だったかもしれない。お読みいただいたような座談会を、当時は現役の電通マンだった鏡氏が仕事の区切りが付き次第駆けつけるというので、勤務先に近い東京銀座の三笠会館で行った。

その日は、ジョン・ディクスン・カーについて大いに語ってもらおうという企画だった。昭和六十二年九月刊行のF・W・クロフツ『スターヴェルの悲劇』巻末に、「内外ミステリ談義1　F・W・クロフツの世界」と題して、中島河太郎、紀田順一郎、北村薫、小山正の四氏に話を伺うという、ちょっと変わった解説を掲載したことがある。

一九六〇年代、小林信彦（中原弓彦）氏編集の〈ヒッチコック・マガジン〉に連載されていた座談会「海外作家論シリーズ」が楽しみで、ぼくは同誌を定期購読するようになった。その第二回のテーマがディクスン・カーで、中島河太郎、大内茂男のレギュラー陣に、横溝正史がゲストとして加わり、江戸川乱歩が紙上参加するという豪華な内容だった。

それから三十年近く経った時点まで、あのような座談会をやってみたい、という思いを抱きつづけ、漸く実現にこぎ着けたのがこの「内外ミステリ談義」だった。ただし、一回目のクロフツのときにはなかなか日程が合わず一堂に会することができなくて、個別にお話を伺い、後で纏める、という形になった。そのため「ミステリ談義」という角書きにしたのだが、それならと上記四氏のほかに、読者代表として戦前からのミステリ読者（向後貢氏）と当時の岩波書店社長・緑川亨氏のお話も加えている。

この形式も面白いと思いながら、しかし次は座談会で、と考えた。カー好きということで真っ先に瀬戸川猛資氏に打診し、ワセダ・ミステリ・クラブの後輩でフリー編集者の斎藤嘉久氏がカー好きだ、ということになり、クロフツの回から引き続いて北村薫さんにも出てもらうことになった。そこまでメンバーが決まったところで、ふふふ、と悪戯っぽい笑いを浮かべながら、そういえば、鏡がカー好きだったよ、と瀬戸川氏が口にした。評論に、翻訳に、創作にと、SFとロックの世界で活躍する鏡明氏である。それは面白い、ぜひ加わってもらいましょう、ということになった。面子が揃うと、図らずもワセミスのOB、それも前後二年の先輩後輩という顔ぶれになった。瀬戸川、鏡両氏が昭和四十六年、斎藤、北村両氏が四十七年卒業組で、最終学年では瀬戸川氏が幹事長、鏡氏が副幹事長だった。座談会が始まると途端に二十年近い時間があっという間に雲散霧消し、学生時代に戻ったかのように侃々諤々の議論を闘わせたのである。

ところが、諸般の事情でこの座談会は活字化されず、「内外ミステリ談義」という創元推理文庫の巻末企画もクロフツの一回限りとなってしまった。

それから十数年経った一九九九年に、五十歳の若さで瀬戸川氏が他界し、二〇一三年、今度は斎藤氏が亡くなった。そして二人の霊が呼び寄せたかのように、本座談会のテープがひょっこりと出てきたのである。今はもう殆ど使うことのなくなったカセットプレイヤーにセットすると、懐かしい瀬戸川氏の声が耳に飛び込んできた。

あの闊達な、顔中をくしゃくしゃにして、大音声で話す瀬戸川節が流れてきたときには、ああ、と思わずため息が漏れた。

北村さんが座談会中で語っているように、瀬戸川猛資という人は、なにより座談の名手だった。眉が濃く、白面の美男子であった瀬戸川氏が、これ以上ないというくらいの笑顔を浮かべ、恰《あたか》も歌舞伎役者が見得を切るような仕種さえして語るその話しっぷりは、実際に聴いていただくしか妙味を伝える術がない。

終わりの方に「こんなぐらいのことなのにさ、ふんふんふんっとやると、なるほどと」という彼の科白があり、こうして文字にしてみるとなにやら意味不明だが、これをあの表情、あの手真似で話されるとどんなことでも納得させられてしまう、そんな独特の話芸の持ち主だった。

ともあれ、抜きん出た感性の持ち主が四人集まって談論風発に終始した二時間弱を、切り詰めに切り詰めたのが、今回の「ジョン・ディクスン・カーの魅力」である。活字化したものを鏡明、北村薫両氏に朱を入れていただいたが、鏡さんがおっしゃるように、出席者の半分がすでに亡い現在、全体の文責は司会を務め、この原稿をとりまとめた戸川にある。

次に本書『ユダの窓』について、若干触れておく。

本書の巻頭に付したダグラス・G・グリーン氏の序文は、一九八七年International Polygonics Ltd. から出されたペイパーバック版に書き下ろされたIntroductionの全訳だが、それにあるように、密室派の巨匠と言われるカーの作品中でも、これは屈指の傑作である。

アメリカ版初版の表紙

本書を傑作たらしめている要素はいくつかある。まず第一に、犯行時、堅牢な密室の中で、胸にアーチェリーの矢を刺され絶命している被害者とともにもう一人の人物がいたということ。当然のことながら、警察はその人物を犯人と断定し、逮捕する。ところが男は、被害者から勧められて飲んだウィスキーソーダの中に薬が入っていた、意識を失っていた間にこんな有様になったのだ、と言って自らの潔白を主張する。だが、室内に残っていたデカンターの中のウィスキーは少しも減っておらず、グラスもきれいで、使われた様子はない。おまけに男の尻ポケットの中にはいつの間にかオートマチックピストルが忍ばされていた。こういう信じがたい状況下に置かれた被告の無罪を確信し、弁護を買って出るのが、お馴染みヘンリ・メリヴェール卿である。

　本書は、『黒死荘の殺人』で初登場したときから、法廷弁護士という肩書きを紹介されていたH・M卿が、その本領を発揮する数少ない作品でもある。

　第二の要素は、絶体絶命と思える被告をめぐるその裁判のスリリングな展開だ。先に掲げた座談会では『ユダの窓』に言及した部分はないが、瀬戸川氏が強調するカーの小説のうまさは、本書で遺憾なく発揮されている。絶対的に不利と思われる被告の弁護を引き受けて、孤軍奮闘するH・Mの無手勝流とも思える法廷闘争は、実に緊迫感に溢れ、巻措く能わざる傑作に仕上がっている。

　そして第三の要素。密室の謎が解明され、評決が出てもなお真犯人の名は明かされないのである。この構成は見事というほかない。

　訳者の高沢治氏が、「本作品のメイントリックは、犯行の要ではあるでしょうが作品を楽しむ上では核心でも何でもありません」(〈ミステリーズ！〉71号)と書いておられるのは、けだし名言である。

　本書の密室トリックをめぐっては毀誉《きよ》褒貶《ほうへん》相半ばしている。*Locked Room Murders*(1979, 1991)の著者ロバート・エイディのように、密室ミステリの最高峰、と絶賛する人もいれば、ダグラス・G・グリーンのように、その実現性に疑問を呈する人もいる(『ジョン・ディクスン・カー 奇蹟を解く男』*John Dickson Carr: The Man Who Explained Miracles*, 1995)。尤も、グリーンもカー夫人クラリスの、カーが本書のトリックを何度も実験していた、という証言を紹介してフォローすることを忘れてはいない。

だが、高沢氏の言うとおり、本書の傑作たる所以は、その密室トリックにあるのではない。極めて特異な不可能状況を作り上げた密室トリックはたしかに奇抜なものだが、カーの本当のねらいは、犯人の正体を含む事件の真相——二重三重に織りなされ、錯綜した様々な企みにあるのではないだろうか。

本書『ユダの窓』***The Judas Window*** は一九三八年、アメリカのウィリアム・モロウ社と、イギリスのウィリアム・ハイネマン社から刊行された。そして一九六四年にバークリーのペイパーバックで上梓されたとき、***The Crossbow Murder*** と改題されている。ヘンリ・メリヴェール卿が登場する七番目の長編である。

これはカーの作品でしばしば見られることだが、英米両版の間には異同があり、たとえば裁判官の名前が、アメリカ版ではボドキン、イギリス版ではランキンになっているなど、細かい相違が何カ所もある。デビュー長編の『夜歩く』でもバンコランの友人の名前が変えられている。本書で一番大きな違いは、犯行現場となったヒューム邸の見取り図であろう。

本訳書は当初、イギリス版をテキストにしたが、人名については最新のアメリカ版に依ってほしい、というエイジェントからの要望に添っている。ただし、見取り図はイギリス版の方が妥当と思われたので、そちらを使用している。図らずも折衷の形になった。諒とされたい。

検印
廃止

訳者紹介　1957年茨城県生まれ。東京大学，同大学院人文研究科に学ぶ。英米文学翻訳家。共訳書にディクスン「黒死荘の殺人」，訳書に同「殺人者と恐喝者」がある。

ユダの窓

2015年7月31日　初版
2021年5月28日　4版

著　者　カーター・ディクスン

訳　者　高《たか》沢《さわ》治《おさむ》

発行所　（株）東京創元社
代表者　渋谷健太郎

162-0814/東京都新宿区新小川町1-5
電　話　03·3268·8231-営業部
03·3268·8204-編集部
URL　http://www.tsogen.co.jp
振　替　00160—9—1565
暁印刷・本間製本

乱丁・落丁本は，ご面倒ですが小社までご送付ください。送料小社負担にてお取替えいたします。

ISBN978-4-488-11838-9　C0197